Sarah Stankewitz

Rise and Fall

SARAH STANKEWITZ

RISE *and* FALL

Roman

FOREVER

Forever by Ullstein
forever.ullstein.de

Originalausgabe bei Forever
Forever ist ein Verlag der Ullstein Buchverlage GmbH, Berlin
1. Auflage Juni 2022

Umschlaggestaltung: zero-media.net, München
Titelabbildung: © FinePic®, München
Gesetzt aus der Albertina Pro powered by *pepyrus*
Druck- und Bindearbeiten: CPI books GmbH, Leck

ISBN 978-3-95818-641-5

Content Note

Liebe Lesende,

dieses Buch enthält potenziell triggernde Inhalte. Deswegen findet ihr auf S. 415 eine Triggerwarnung. Wir möchten, dass ihr das bestmögliche Leseerlebnis habt.

Eure Sarah Stankewitz & das Forever-Team

An alle starken Herzen dieser Welt:
Ihr dürft auch mal schwach sein.

Prolog

Skylar

Vergangenheit

Sozialwaise.
Dieses Wort kreiste durch meine Gedanken wie das Einhorn, auf dem ich immer saß, wenn Mommy und ich auf den Jahrmarkt gingen. Es war rosafarben, hatte einen blauen Schweif und ein riesiges Horn mitten auf der Stirn. Es glitzerte. Auf Beauty fühlte ich mich immer wie eine Superheldin – das Karussell war schnell, und ich wollte nie nach Hause. Weil zu Hause alles kalt war. Vor allem Mommy. Irgendwann wollte sie nicht mehr mit mir auf den Jahrmarkt gehen. Irgendwann wollte sie gar nichts mehr machen, was mit mir zu tun hatte.

Seitdem blieb mir nur noch mein Kuscheltier, das ich ebenfalls Beauty getauft hatte und das jetzt auf meinem Schoß lag und mich aus einem traurigen Auge ansah. Das andere hatte Beauty in der Waschmaschine verloren.

Seit zwei Tagen war ich in diesem gigantischen Haus, bei diesen fremden Erwachsenen mit völlig fremden Kindern, von denen keines mit mir sprach. Als hätte ich eine ansteckende Krankheit. Nun war ich keine Superheldin mehr, sondern eine Außenseiterin. Eine Sozialwaise.

Als ich am Morgen über den warmen Flur geschlichen bin, habe ich das Wort heimlich in der Küche aufgeschnappt. Die Frau mit den tiefen Fältchen an den Augen und dem schönen Lächeln hatte es gesagt. Ihre Stimme klang dabei so traurig.

Ich war auch traurig, seit Mommy mich hierhergebracht hatte. *Wann würde sie mich endlich wieder abholen? Ich wollte nach Hause.*

»Skylar ist so ein kluges und wundervolles Mädchen. Dass sie eine Sozialwaise ist, bricht mir das Herz, Charles. Aber wir werden ihr ein gutes Zuhause geben. Wie allen Kindern.« Charles war der Mann mit den grauen Haaren, die er lustig von einer Seite zur anderen kämmte. Ob sie im Wind nach oben fliegen würden?

Während ich die beiden belauschte und mein Kuscheltier an mich presste, versuchte ich zu verstehen, was sie mit diesem Begriff meinten. Wenn es bedeutete, dass ich Weihnachten ohne meine Mommy verbringen musste, dann wollte ich keine Sozialwaise sein. Hatte es etwas damit zu tun, dass sie mich hergebracht hatte? Ich vermisste Mommy. Ich vermisste sogar mein Zimmer, obwohl dieses hier dreimal so groß war und ein eigenes Fenster hatte, durch das man die Vögel beobachten konnte.

Das hier war nicht mein Zuhause, und selbst die große Holzkiste mit den Spielsachen auf dem dunkelblauen Teppich neben der Tür konnte mich nicht dazu bewegen, vom

Bett aufzustehen. Ein Bett, das viel weicher und bequemer war als meins, in dem ich von dem Jahrmarkt geträumt und in dem Mommy mir früher meine Gutenachtgeschichten vorgelesen hatte. Die letzte Geschichte war schon lange her.

Ich zupfte an dem Kleid, das die Frau – Heather war ihr Name – mir heute Morgen herausgelegt hatte. Es war blau mit weißen Punkten, die mich an Schneeflocken erinnerten. Als es an der Tür klopfte, wischte ich mir eilig die Tränen weg. Heather kam rein und lächelte mich an, doch sie sah dabei immer noch traurig aus. Ob sie auch auf ihre Mommy wartete? Wenn ja, musste ihre Mommy schon sehr, sehr alt sein.

»Hey, meine Kleine.« Sie setzte sich zu mir aufs Bett und strich mir meine blonden Locken hinter das Ohr. Anschließend stupste sie das Kuscheltier in meiner Hand an.

»Wer ist denn das, hm?«

»Beauty«, erklärte ich stolz.

»Beauty ist wirklich wunderschön«, flüsterte Heather. Sie war eine alte Frau mit weißblonden Haaren und blauen Augen, genau wie ich sie hatte. Mommy sagte immer, sie erinnerten sie an einen Ozean. Ich wusste nicht, was genau sie damit meinte, weil ich noch nie einen Ozean gesehen hatte, aber ich freute mich jedes Mal, wenn sie es zu mir sagte, weil ich mich dann besonders fühlte.

Nicht jeder hatte Ozeanaugen.

»Hey, Süße.« Heather rückte näher an mich heran und flüsterte mir ein Geheimnis zu. »Weißt du, dass in einer Woche schon der Weihnachtsmann kommt?«

Ich nickte so heftig, dass es fast wehtat. »Natürlich. Der

Weihnachtsmann ist mein Freund!« Zumindest war er das immer gewesen. Aber hier war alles anders.

»Oh, das ist er auf jeden Fall. Und weißt du, was das Schöne an der Zeit vor Weihnachten ist? Dass wir uns mit ganz vielen Plätzchen vollstopfen können. Die anderen Kinder sind alle schon in der Küche und bereiten den Teig vor. Komm doch mit runter, wir haben ganz tolle Formen. Ich glaube sogar, dass wir ein Einhorn haben!«

Im ersten Moment freute ich mich, weil ich die Vorstellung von Einhornplätzchen so schön fand. Doch dann dachte ich an die letzten Tage und daran, dass die Kinder nicht mit mir redeten. Ich spürte ihre Blicke, und ich wusste, dass sie mich nicht mochten. Heather strich meinem Kuscheltier die Mähne glatt und deutete zur Tür. »Also, was meinst du, Skylar? Lust auf Plätzchen?« Kurz überlegte ich, ihr zu folgen, aber das Schweigen der anderen Kinder machte mir zu viel Angst, also schüttelte ich den Kopf.

»Nein.«

Heathers Stirn wurde ganz faltig, und sie sah noch trauriger aus. Ob ich sie traurig machte? Ich wollte niemanden traurig machen. Am allerwenigsten Mommy. Doch sie war nicht hier, und das musste bedeuten, dass ich etwas falsch gemacht hatte, sonst hätte sie mich nicht hier vergessen. Sie wäre bei mir geblieben, wenn ich brav gewesen wäre.

»Bist du dir sicher? Der Teig schmeckt köstlich.«

»Ich will aber nicht. Ich will zu Mommy«, protestierte ich und wandte mich von ihr ab, damit sie mich in Ruhe ließ. Sie seufzte, tätschelte meinen Rücken und drückte mir einen

Kuss aufs Haar. »Deine Mommy muss ein paar Dinge klären, bevor sie dich zurück nach Hause holen kann, Süße.«

Ich glaubte ihr kein Wort.

»Wenn du es dir anders überlegst, weißt du ja, wo die Küche ist. Charles und ich würden uns sehr freuen.« Charles war ihr Mann, das hatte ich mittlerweile verstanden. Sie waren nett zu allen Kindern, aber sie waren nicht meine Eltern. Das Bett quietschte, als Heather aufstand und leise das Zimmer verließ. Die Tür hatte sie offen gelassen. Ich hüpfte vom Bett herunter und stellte mich dicht an die Fensterscheibe, damit ich die Vögel im Garten beobachten konnte. Vögel waren meine Lieblingstiere, weil sie fliegen konnten und ich auch fliegen wollte. Mommy hat gesagt, dass ich in meiner Fantasie fliegen kann, aber ich glaube, sie wollte mich nur trösten.

»Du bist neu.« Die Stimme eines Jungen schreckte mich auf. Ich ließ Beauty zu Boden fallen und drehte mich um. Er stand im Flur vor meinem Zimmer und sah mich mit einem breiten Grinsen an. Seine Haare waren blond und hingen ihm in die Stirn. Er war viel größer als ich, vermutlich auch älter. Ich hatte ihn noch nie gesehen. Er war der erste Junge hier, der mit mir sprach.

»Du auch, oder?«, fragte ich und hob mein Kuscheltier vom Boden auf, um es gegen meine Brust zu drücken. Beauty beschützte mich vor all den Monstern, denen ich tagsüber und nachts begegnete. Ob sie mich auch vor den anderen Kindern beschützen konnte?

»Nein, ich bin schon länger hier …« Mit diesen Worten kam er in mein Zimmer und sah sich um. Er trug ein graues

Shirt, eine schwarze Hose und war sicher schon acht oder neun Jahre alt. Ich musste den Kopf in den Nacken legen, um sein Gesicht zu sehen. Seine Augen waren blau. *Er hatte auch Ozeanaugen, genau wie ich! Hatte er auch eine Mommy, die ihm das sagte?*

»Aber ich war in der letzten Woche krank und musste im Bett bleiben.« Der Junge trat näher an mich heran. »Mein Zimmer ist das neben deinem. Ich habe schon gehört, dass jemand Neues da ist. Gefällt es dir hier?« Seine Mundwinkel breiteten sich zu einem Lächeln aus. Er war netter als alle Kinder, denen ich bis jetzt hier begegnet war, zusammen.

»Nein. Die anderen reden nicht mit mir«, schniefte ich, weil ich immer noch traurig war. Seit Daddy uns verlassen hatte, war ich das oft. Der Junge vor mir hingegen sah glücklich aus. Gefiel es ihm hier wirklich?

»Das liegt nicht an dir. Am Anfang ist es immer schwer, wenn jemand Neues dazukommt. Sie wissen nicht, wie sie mit dir umgehen sollen.«

Ich zuckte mit den Schultern, weil ich ja auch nicht wusste, wie ich mit ihnen umgehen sollte. Anstatt den Jungen anzusehen, blickte ich zum Boden und drückte meine Zehen in der gepunkteten Strumpfhose gegen das alte Holz.

»Heute ist Plätzchentag. Den solltest du nicht verpassen. Charles und Heather machen den besten Teig der Welt, versprochen.«

»Ich habe Angst«, gestand ich ihm und merkte, wie meine Lippen bebten. Als er seinen Arm um meine Schulter legte, fühlte ich mich sofort sicherer. »Du brauchst keine Angst haben. Ich pass auf dich auf. Und wenn dich jemand ärgert, dann kriegt er es mit mir zu tun.« Er knuffte mir in den Oberarm, und ich musste grinsen. »Außerdem brauche ich deine Hilfe beim Backen. Ich kann mich nie für die beste Plätzchenform entscheiden. Wie heißt du?«

»Skylar«, antwortete ich schüchtern und spürte, dass er mich noch dichter an seine Seite drückte. »Okay, SkySky. Dann lass uns nach unten gehen und den anderen zeigen, wer die coolsten Plätzchen backen kann!«

SkySky.

Ich hatte noch nie einen Spitznamen gehabt!

»Aber nur, wenn wir Einhornkekse machen«, fiepte ich und wurde aufgeregt. Er nickte. »Klar. Einhörner sind cool.« Gemeinsam gingen wir aus dem Zimmer und nahmen die Treppe nach unten zur großen Küche, in der wir jeden Abend beim Essen zusammensaßen. Und während wir Stufe für Stufe hinabstiegen, nahm der Junge seinen Arm nicht von meiner Schulter. Auch dann nicht, als wir in der Küche ankamen und alle Blicke auf uns gerichtet waren. Die Kinder starrten uns an, als wären wir Aliens, während Heather und Charles uns angrinsten. Heather fasste sich ans Herz und flüsterte etwas, das ich nicht hören konnte. Ich glaube, sie sagte: »Danke.« Es war an den Jungen gerichtet, der mich noch immer nicht losließ.

»Ach und übrigens. Ich bin Carter«, stellte er sich grinsend vor. Das war also Carter. Der erste Freund, den ich hier hatte. Der erste Freund, den ich jemals hatte. Es fühlte sich gut an, einen Freund zu haben.

»Macht mal Platz«, befahl er den braunhaarigen Zwillingsmädchen. Sobald sie zur Seite rutschten, zog Carter mich zum Tisch heran und griff nach den Ausstechformen in der Mitte der großen Platte.

»Siehst du? Einhörner.« Strahlend reichte er mir die silberne Form, und ich begann, sie in den ausgerollten Teig zu stechen. Hin und wieder spürte ich die Blicke der anderen Kinder auf mir, und am liebsten wollte ich davonrennen, mich in meinem Zimmer verstecken und nie wieder herauskommen, bis Mommy die »Dinge« geklärt hatte und mich abholte. Doch jetzt war ich nicht mehr allein. Jetzt hatte ich Carter, und ich wusste, dass er auf mich aufpassen würde. Ich musste lächeln, während wir so viele Plätzchen ausstachen, dass der halbe Tisch voller Einhörner war.

• • •

»So, Kinder. Die Bleche sind alle im Ofen, jetzt müssen wir warten. Wer weiß noch, wie lange sie brauchen?«, fragte Heather und klatschte freudig in die Hände.

»Fünfzehn Minuten!«, riefen die Zwillinge Mary und Monica im Chor.

»Genau. Und wer weiß, was wir in der Zwischenzeit machen?« Nun war es Charles, der sprach. Seine Stimme war kratzig und erinnerte mich an die Stimme von Daddy, auch wenn ich sie schon so lange nicht mehr gehört hatte. Sie war auch kratzig, weil er so viele Zigaretten rauchte. Mommy hatte deshalb oft mit ihm gemeckert. Ob er deshalb gegangen war? Den Geruch nach Rauch vermisste ich nicht.

»Wir tanzen!«, riefen die Kinder lebhaft. Fragend sah ich zu Carter hinüber, der sich gerade die Hände gewaschen hatte und seine nassen Hände an den Jeans trocknete. Er zwinkerte mir zu, während ich wieder Angst bekam. Warum sollten wir tanzen? Sobald er neben mir stand, krallte ich mich an seinem Arm fest.

»Wir tanzen?«, hauchte ich und wollte wieder fliehen. Die Vorstellung, vor den anderen zu tanzen, machte mich nervös. »Ja. Das machen wir immer, wenn das Essen im Ofen ist. Komm mit.« Gemeinsam mit Carter und den anderen Kindern lief ich in das große, helle Wohnzimmer. Charles nahm die Fernbedienung vom Couchtisch und drückte einen Knopf. Im nächsten Moment wurde Musik gespielt. Sie klang nicht fröhlich, sondern irgendwie traurig.

»Ihr wisst ja, Kinder, tanzt einfach drauflos. Wenn ihr traurig seid, dann tanzt zu eurer Traurigkeit. Wenn ihr fröhlich seid, lacht. Tanzt einfach alles raus!« Heather fing an, sich zu bewegen. Sie drehte sich wild im Kreis, hob die Arme über den Kopf und wiegte sich zur Musik. Die anderen Kinder begannen zu hüpfen, sich ebenfalls zu drehen und zu klatschen. Auch Carter. Er sprang auf zwei Beinen, warf seinen Kopf von einer Seite zur anderen und schloss die Augen. Charles sah seiner Frau beim Tanzen zu, während ich am Boden festwuchs und mich in Luft auflösen wollte.

Ich konnte nicht tanzen. So stand ich eine Weile rum, bis jemand nach meiner Hand griff und mich mit sich zog.

Carter drehte mich im Kreis, und langsam machte es Spaß. Die Musik war immer noch traurig, genau wie ich. Aber die Traurigkeit ließ nach, je länger Carter mit mir tanzte. Er sah aus wie ein kleiner Rockstar, und seine blonde Mähne verdeckte seine Ozeanaugen komplett.

Meine Wangen wurden wieder feucht, weil ich an meine Mommy dachte. An die Plätzchen, die ich früher immer mit ihr gebacken hatte, bevor diese fremde Frau vor unserer Tür gestanden und sie mit komischen Fragen gelöchert hatte. Unsere Nachbarin Mrs Wallice hatte sich in letzter Zeit viele Sorgen um mich gemacht – ob ich deshalb hier war? Hatte sie diese Frau vielleicht zu uns geschickt?

Als das Lied schließlich verstummte und der Backofen piepsend ankündigte, dass die Kekse fertig waren, stürmten alle Kinder in die Küche. Alle bis auf Carter und mich. Wir drehten uns weiter im Kreis, obwohl die Musik schon aus war. Das ganze Haus duftete nach Plätzchen. Nach Weihnachten. Nach Familie. Würde das hier meine neue Familie werden?

Damals verstand ich nicht, wieso wir tanzten, obwohl wir traurig waren. Heute schon. Wir bewegten uns zur Melodie unserer Ängste und tanzten unsere Sorgen fort. Zumindest für den Augenblick.

Teil 1

I

Skylar

Fünfzehn Jahre später

Wenn es einen Wettbewerb für den schlimmsten und zugleich schönsten Valentinstag in der Geschichte der Menschheit geben würde, würde ich ihn gewinnen. Daran gibt es keinen Zweifel. Der Abend fing voller Vorfreude an, weil mein erstes Date mit Owen bevorstand. Wir hatten uns vor vier Wochen über eine Datingapp kennengelernt und uns wirklich gut verstanden. Umso mehr freute es mich, dass wir uns an diesem Tag zum ersten Mal treffen wollten passend zum Valentinstag. Dafür habe ich mich ordentlich in Schale geworfen, ein neues Kleid gekauft und meine blonde Lockenmähne gezähmt, indem ich sie zu einem eleganten Dutt gebunden habe.

Jetzt hat sich dieser Dutt in ein Vogelnest verwandelt, und mein Make-up ist mittlerweile völlig aufgelöst. Genau wie ich, denn Owen – dieser Mistkerl – hat mich einfach sitzen gelassen. In der ersten halben Stunde dachte ich noch, dass er sich nur verspäten würde, weil auf Beaumonts Straßen sicher die Hölle los war und zahlreiche Turteltauben auf dem Weg zu ihren Dates sein dürften. Aber er kam nicht. Und so wurden aus dreißig Minuten zwei endlose Stunden, in denen ich am Fenster saß und immer wütender wurde.

Und das an einem Tag, der ohnehin schwer für mich war. In wenigen Stunden würde der wichtigste Mensch meines Lebens weg sein.

Er wird für sechs Monate das Land verlassen.

Sechs.

Verdammte.

Monate.

Nachdem Owen mich versetzt hat, simste ich Carter, dass ich ihn sehen musste. Er antwortete, dass er auf mich warten würde. Also schwang ich mich direkt auf meinen alten Drahtesel und fuhr zu seiner Wohnung herüber.

Sie war nur wenige Straßen von unserem Haus entfernt, und ich wollte keine Zeit mehr verschwenden, also behielt ich mein tannengrünes Cocktailkleid an. Vermutlich sah ich irre witzig aus in diesem schicken Paillettenkleid auf einem rostigen Fahrrad, das bei jedem Tritt in die Pedale fast auseinanderfiel.

Jetzt – fünf Stunden später – spüre ich seine warme Brust an meinem nackten Rücken und würde gern die letzten Stunden aus meinem Gedächtnis löschen. Nicht, weil sie nicht gut gewesen waren. Eher im Gegenteil. Die letzten Stunden waren die wohl schönsten meines Lebens, aber es war nicht richtig. Sie konnten alles ruinieren. Sie konnten mir den wichtigsten Menschen in meinem Leben nicht nur für ein halbes Jahr, sondern für immer entreißen. Ich rolle mich an den Rand des Bettes, taste im Dunkeln nach meinem Kleid am Boden und fluche leise vor mich hin, weil ich es nicht finden kann.

»Scheiße!«, murmele ich und schnappe mir anstatt meines Kleides sein schwarzes Shirt, das ich ihm vorhin im Eifer des Gefechts vom Körper gerissen habe. Noch immer flimmert mein Herz beim Gedanken daran, wie er mich angesehen hat. Der Valentinstag fing schrecklich an, doch er wurde wunderschön, weil er in seinen Armen endete. In den Armen des Mannes, dem ich mein Leben anvertraue. Blind. In den letzten Jahren haben wir uns oft ein Bett geteilt, haben sogar gekuschelt, aber wir sind nie weiter gegangen. Es war unendlich nah und vertraut, aber nie sexuell. Bis heute.

Sein warmer Atem streift meinen Nacken, während ich seinen muskulösen Arm anhebe und mich von ihm befreie. Schnell und möglichst leise schlüpfe ich in sein Shirt und werde sofort von seinem alles einnehmenden Duft eingehüllt.

Eine Mischung aus Patschuli und Sandelholz. Sein Duft ist mein Zuhause.

Durch die offenen Vorhänge in seinem Schlafzimmer fällt schwaches Mondlicht in den Raum, und als ich mich zu ihm umdrehe, verschlägt es mir die Sprache. Sein tätowierter Oberkörper sieht so makellos im silbrigen Licht aus. Das Sixpack, die breiten Schultern, die in beschützende Arme übergehen, das V, das unter der dünnen Decke verschwindet, unter der er splitterfasernackt ist. Seine blonden Haare fallen ihm wild in die Stirn, sein verführerischer Mund steht leicht offen, und seine Wimpern werfen Schatten auf seine markanten Wangen.

Carter Davis ist der schönste Mann, den ich kenne. Und vor allem ist er mein bester Freund! Mit dem ich in den letzten Stunden dreimal geschlafen habe. Was zur Hölle habe ich mir dabei eigentlich gedacht? *Hey, es ist Valentinstag, und ich wurde von meinem Date versetzt. Da schlafe ich doch einfach mal mit dem einzigen Menschen, mit dem ich niemals hätte schlafen sollen! Grandiose Idee, Sky.* Grandios grenzüberschreitend. Heute Nacht haben wir beide eine Grenze überschritten.

Hektisch greife ich nach meinem Slip, schlüpfe hinein und ziehe mir anschließend eine von Carters Jogginghosen an, auch wenn sie mir um Dimensionen zu groß ist, weil mein bester Freund ein verdammter Riese ist. *Und jetzt weiß ich, dass er auch in anderer Hinsicht riesig ist.*

Scheiße. Scheiße. Scheiße.

Ich werde niemals diesen Anblick vergessen können. Niemals vergessen, mit wie viel Feuer und Leidenschaft er mich angesehen hat. Wie viel Verlangen in seinen blauen Augen glühte. Der Ozean stand in Flammen und ich habe mich noch nie so begehrt gefühlt.

Beim Gedanken daran, dass er morgen früh fort sein wird, fängt meine Unterlippe an zu beben. Für sechs Monate wird er das Land verlassen, und dieser Gedanke überschattet all den Spaß, den wir heute Nacht zusammen hatten.

Leise tapse ich zu meiner Handtasche, und gerade, als ich das Schlafzimmer verlassen will, wird der Raum in ein gedämpftes, warmes Licht getaucht. Ertappt drehe ich mich um und sehe Carter an, der die Nachttischlampe angeknipst hat und sich nun müde aufrappelt.

»Schlaf weiter«, bitte ich ihn, meine Hand verharrt an der Türklinke. Er sieht sich prüfend im Raum um, und als er schließlich aufsteht, halte ich die Luft an. Jetzt bloß nicht in Richtung … zu spät. Mein Blick haftet an seinem besten Stück, das sich so perfekt in mir angefühlt hat. Ich beiße mir auf die Unterlippe, um nichts Falsches zu sagen. Wie wäre es mit: *Bitte nimm mich mit nach Europa, und mach das, was du vorhin mit mir gemacht hast, noch mal?*

»Du solltest dir etwas anziehen, Carter«, sage ich und verdrehe die Augen dabei. Er streicht sich die Haare aus den Augen, stemmt die Hände in die Hüften und sieht mich mit diesem kessen, verschlafenen Grinsen an, das jede Frau um den Verstand bringen würde.

»Würde ich ja, aber du hast meine Sachen an«, antwortet er schmunzelnd, während ich vehement versuche, ihm ins Gesicht zu sehen. Als wäre das weniger schön …

»Ich will nicht schon wieder in dem Cocktailkleid auf meinem Omafahrrad durch die Gegend fahren. Nachher werde ich noch weggesperrt, weil die Leute mich für verrückt halten. Du hast doch noch andere Sachen!«, dränge ich. Als ich ihn vorhin ausgezogen habe, war er unter seiner Jogginghose nackt. Dieselbe Hose, die jetzt meine Beine wärmt.

Mein bester Freund schlendert genüsslich zu seiner Kommode, zieht eine Shorts heraus und streift sie sich über. Dass er halb erregt ist, ist mir nicht entgangen. Sein definierter Oberkörper bleibt frei.

»Wolltest du dich echt wie ein One-Night-Stand aus meinem Bett schleichen? Das trifft mich tief, SkySky.«

»Ich wollte dich nicht wecken. Du musst früh aufstehen.«

Carter runzelt die Stirn, weil meine Worte absurd sind. Er ist eine Nachteule, wie sie im Buche steht. Meistens geht er nicht vor drei Uhr am Morgen ins Bett und steht nicht vor zehn Uhr auf. Angeblich erwacht seine Kreativität erst abends zum Leben, und diese Zeit nutzt er meistens für seine Texte.

»Dein Flug? Schon vergessen?« Meine Kehle wird trocken, und Tränen treten in meine Augen. In den letzten fünfzehn Jahren waren wir unzertrennlich, und jetzt soll bald ein ganzer Ozean zwischen uns liegen? Ich liebe den Ozean, vor allem den in seinen Augen, aber heute verfluche ich ihn.

»Wie könnte ich den vergessen.« Er senkt den Blick, wischt sich mit den Händen über das Gesicht und kommt auf mich zu. Als Carter vor mir steht, muss ich den Kopf in den Nacken legen, um ihn anzusehen. Wie damals. Er war schon immer ein Riese im Vergleich zu mir.

»Wie geht es dir?«, fragt er einfühlsam, und am liebsten würde ich meine Handtasche fallen lassen, mich in seine Arme werfen und ihn nicht mehr loslassen. Oder noch besser: Ihn an dieses Bett fesseln, damit er seinen Flug verpasst. Er wird mit der Maschine BA0195 um sieben Uhr morgens in Beaumont starten und neunzehn Stunden plus zwei Umstiege später in London landen. Ich bin bestens vorbereitet, um später im Netz das Flugzeug zu verfolgen und dafür zu beten, dass er heile landet.

»Was glaubst du?«, hauche ich.

»Ich glaube, dass du traurig bist.«

Carter weiß immer, wie es mir geht.

»Das bin ich auch. Aber das wird schon, richtig? Es sind ja nur sechs Monate.« Ich versuche, das Ausmaß dieser Katastrophe herunterzuspielen, aber ich bin wahnsinnig schlecht darin. Sechs Monate sind eine viel zu lange Zeit. Ich halte es ja kaum einen Tag ohne ihn aus. Wie soll ich dann mehr als zweihundert Tage überstehen?

»Ja«, sagt er mit geschürzten Lippen und zieht die Stirn kraus. Carter legt seine Hand unter mein Kinn und hebt es an, weil ich mittlerweile Löcher in den Dielenboden starre.

»Wir werden jeden Tag telefonieren, okay, Sky?« Er atmet tief ein und laut aus. »Und ich werde dir aus allen Ländern die hässlichsten Postkarten schicken, die ich finden kann. Und damit meine ich die richtig hässlichen. Die, bei denen man Augenkrebs bekommt und sich vor lauter Touri-Blues fast übergeben muss.«

Sein Daumen streichelt über meine Wange, und als er meine Tränen bemerkt, greift er nach der Kette um seinen Hals. Es ist ein silbernes Kreuz, das er schon getragen hat, als ich ihn kennengelernt habe. Er hat es von seiner drogenabhängigen Mutter bekommen, bevor er von einer Sozialarbeiterin aus den schlechten Verhältnissen herausgeholt und zu Heather und Charles gebracht worden war wie ein Hund, den keiner wollte. So wie ich. Wir waren beide ungewollte Hunde. Nur, dass meine Mutter kein Problem mit Drogen hatte, sondern sich nicht mehr um mich kümmern konnte, als mein Vater sie verlassen hat.

Heather und Charles haben nicht nur mir ein Zuhause

geschenkt, sondern auch meinem besten Freund. Carter betrachtet das Kreuz in seiner Hand einen Augenblick lang, bevor er die Kette über meinen Kopf streift, den Kragen meines Shirts zu sich zieht und den Anhänger darunter verschwinden lässt. Das Silber fühlt sich kühl auf meiner Haut an. Darunter pocht mein Herz schneller, weil ich immer noch nicht glauben kann, dass ich mit Carter geschlafen habe.

»Hey, Sky.« Jetzt zieht er mich an sich, und ich schlinge meine Arme um seinen Oberkörper. Vergrabe mein Gesicht an seiner nackten Brust, die mit all den Tattoos wie ein buntes Gemälde aussieht. Es gibt kaum eine Stelle, die nicht mit Tinte bedeckt ist. Lediglich seine rechte Brust ist noch frei, aber so wie ich ihn kenne, wird er die Stelle in London füllen lassen.

»Wir schaffen das. Wir schaffen alles.« Er nimmt meine Hände, legt sie auf seine Brust und streichelt über das Semikolon unter der dünnen und empfindlichen Haut meines rechten Handgelenks. Und ich verstehe, was er mir mit dieser schlichten Geste sagen will. Unsere Freundschaft endet heute Nacht nicht, nur, weil er geht. Genau dafür steht dieses Tattoo. Für unsere Geschichte, die noch lange nicht zu Ende erzählt ist.

»Ich weiß«, antworte ich leise. Mir brennen so viele Fragen auf der Zunge. *Wieso haben wir miteinander geschlafen? Was wird sich zwischen uns ändern? Wird sich überhaupt etwas verändern?* Aber ich spreche keine davon aus, weil ich dieses Gespräch jetzt nicht führen kann.

Ich bin müde, ich bin erschöpft und völlig durch den Wind. Das, was hier passiert ist, muss ich erst einmal verarbeiten. Ich muss verstehen, was es bedeutet, dass meine Herzfrequenz seinetwegen einen neuen Rekord aufstellt.

»Ich fahre jetzt nach Hause. Schreib mir, wenn du am Flughafen bist, okay?«

»Klar. Ich werde dich mit Nachrichten überschütten. Du wirst nicht mal merken, dass ich weg bin.«

Ich wünschte, es wäre so.

»Ich nagle dich drauf fest.«

»Habe ich meine Versprechen jemals gebrochen?« Seine raue Stimme löst ein Beben in mir aus.

»Nein.« Ich vergrabe das Gesicht an seiner Brust und spüre sein Lachen in jeder Faser seines Körpers. Seine Schultern beben. Diese Schultern, an die ich mich immer habe anlehnen können, wenn es mir schlecht ging. An wessen Schulter werde ich mich in den nächsten Monaten anlehnen?

»Siehst du, SkySky.«

Eilig wische ich mir die Tränen von den Wangen, gebe Carter einen Kuss auf den Mundwinkel und verharre mit meinen Lippen einen Moment zu lang auf seinen Bartstoppeln. Bei der Erinnerung daran, wie sie kratzig über meine Innenschenkel gewandert sind und jeden Zentimeter meiner empfindlichen Haut bedeckt haben, prickelt mein Unterleib wie eine frisch geöffnete Flasche Champagner.

»Schlaf noch ein wenig, Carter. Und rocke Europa für mich!« Endlich schaffe ich es, mich von ihm zu lösen, obwohl mich alles zurück in sein Bett zieht. Als ich die Tür geöffnet habe und in den Flur trete, kann ich sein trauriges Lachen hören.

Ich hasse es, wenn sein Lachen traurig klingt.

»Ich liebe dich, Sky«, ruft er mir hinterher, und seine Worte lassen mein Herz Purzelbäume schlagen. »Ich liebe dich auch.« Und ich befürchte, dass diese Liebe nicht mehr dieselbe ist wie vor einigen Stunden noch …

Als ich in die kühle Nachtluft hinaustrete, schließe ich mein Fahrradschloss auf, steige auf das klapperige Teil und fahre los. Ich genieße, wie der Wind mein Gesicht streichelt und die Hitze, die sich in meinem Körper wie ein Lauffeuer ausgebreitet hat, abkühlt. Das Einzige, was der Wind nicht beruhigen kann, sind meine Gedanken.

Fünfzehn Jahre.

So lange sind Carter und ich schon beste Freunde. Seelenverwandte. Ein Herz in zwei Körpern. Und heute Nacht haben wir eine Grenze überschritten, die wir niemals hätten überschreiten sollen.

Da es mitten in der Nacht ist, sind auf den Straßen kaum Autos unterwegs, und als mein Handy eine neue Nachricht ankündigt, ziehe ich es beim Fahren aus der Hosentasche und entsperre das Display.

> *Fuck, mein ganzes Bett riecht nach dir, Sky. Ich will nicht fliegen. Sechs Monate ohne dich?*

Ich starre seine Worte an, trete ruckartig auf die Bremse und steige vom Rad. Sekunden später erreicht mich eine zweite Nachricht.

> *Die werden scheiße.*

Mit zitternden Fingern antworte ich, während ich mit der freien Hand mein Fahrrad neben mir herschiebe.

Das ist deine Chance, Carter. Ich meine, hallo?
Crashing December. Das wirst du noch deinen
Enkelkindern erzählen!

Seit er 16 ist, schreibt Carter für Musikmagazine. Anfangs nur nebenbei, später hauptberuflich. Vor zwei Monaten hat er das Angebot bekommen, die wohl bekannteste Newcomer-Rockband Englands auf ihrer Europatour zu begleiten, die Promophase des neuen Albums mitzuerleben und über den Sänger und seine Band ein Buch zu schreiben. Niemand wäre für diesen Job besser geeignet als Carter. Er ist ein Mann mit dem Aussehen eines Rockstars und dem Herzen eines Schriftstellers. Einer, dessen großer Traum es immer war, eines Tages ein Buch zu schreiben.

Doch so sehr ich mich für ihn freue, so sehr wünsche ich mir auch, dass er bei mir bleibt und nicht in dieses Flugzeug steigt, das ihn in ein paar Stunden nach London bringen wird.

Wie gebannt blicke ich auf mein Handy, und als ich sehe, dass er mir antwortet, halte ich den Atem an. Die drei Punkte tanzen vor meinen Augen, nur, um dann wieder zu verschwinden. Erneut tippt er, macht jedoch immer wieder kurze Pausen, die mich in den Wahnsinn treiben. Carter weiß sonst immer, was er sagen will, doch jetzt scheint das genaue Gegenteil der Fall zu sein. Als seine nächste Nachricht ankommt, stoße ich die angestaute Luft aus.

Was haben wir getan, Sky?

Ich lese seinen Satz wieder und wieder. Es sind nur fünf Worte, aber für mich sind sie ein ganzer Roman.

Ja, was haben wir getan?

Während mein Daumen über dem Display schwebt, überquere ich die Straße vor meinem Haus. Das Fahrrad schiebe ich nach wie vor, weil ich gerade nicht in der Lage bin, wieder aufzusteigen und das Handy aus den Augen zu lassen.

Ich zucke zusammen, als ich ein lautes Quietschen höre.

Helle Scheinwerfer nähern sich mit bedrohlicher Geschwindigkeit, eine laute Hupe bringt mein Trommelfell beinah zum Platzen.

Als ich mich endlich aus meiner Schockstarre lösen kann, ist es bereits zu spät. Der Jeep erwischt mich, schleudert mein Fahrrad etliche Meter über den Boden und mich mit sich.

Alles geht so schnell.

Viel zu schnell.

Und noch während mir schwarz vor Augen wird, weiß ich, dass sich mein Leben nach dieser Nacht für immer verändern wird.

2

Skylar

Vier Monate später

»Mom, jetzt beruhige dich!«

Ein nervöses Kichern überkommt mich, während ich versuche, ihr zu folgen – aber ich habe keine Chance. Sie legt in dem Flur des Wohnheimes fast einen Sprint hin.

»Ich weiß, Schatz. Es ist nur so …« Sie bleibt mitten im Gang stehen, und ich schaffe es in letzter Sekunde, ihr nicht mit Holly – meinem Rollstuhl – über die Füße zu fahren. » … aufregend. Fast fühlt es sich an, als wäre das dein erster Tag an der Uni. Erinnerst du dich noch? Du warst die Gelassenheit in Person, während Carter und ich hyperventiliert haben.«

»Genau. Ich war kurz davor, euch zwei Tüten zum Atmen zu holen. Aber heute ist nicht mein erster Tag an der Uni, also bitte, entspann dich«, sage ich sanft und tätschle ihren Arm. Dabei stimmen meine Worte nur zu einem Teil. Heute ist vielleicht nicht mein erster Tag an der *Lamar Univer-*

sity hier in Texas, aber es ist der erste Tag an der Uni, seit ich vor vier Monaten mein Studium zwangsweise unterbrechen musste.

Seit einem Vierteljahr teile ich mein Leben in ein ›Vorher‹ und ein ›Nachher‹ ein.

Vor dem Unfall war ich sportlich, habe es geliebt, zu tanzen und mit Carter auf Konzerten in die Menge zu springen. Nach dem Unfall hat sich mein Leben schlagartig verändert.

Bei dem Aufprall mit dem Jeep am vierzehnten Februar dieses Jahres wurde einer meiner Lendenwirbel irreparabel verletzt. Die absteigenden Nervenbahnen wurden komplett durchtrennt, die aufsteigenden blieben zu einem großen Teil unversehrt. Was bedeutet, dass ich mich hüftabwärts nicht mehr bewegen, aber noch etwas spüren kann. Wenn auch nur gedämpft.

Will ich mein rechtes Bein ausstrecken, dann weiß ich in der Theorie natürlich, wie es geht, doch die Nervenimpulse zwischen Hirn und Körper funktionieren nicht mehr.

»Du hast recht. Ich bin hysterisch. Also, dann schauen wir doch mal, welches Zimmer du bekommen hast«, sagt Penelope und holt mich damit in die Gegenwart zurück, während sie sich durch die Unterlagen kämpft, die wir eben an der Anmeldung bekommen haben. Und auch wenn sie nicht meine leibliche Mutter ist, sondern mich adoptiert hat, als ich sieben Jahre alt war, fühle ich mich in ihrer Gegenwart immer wie ein Kind. Ihr Kind.

»Zwölf.« Ich deute auf die oberste Zeile, wo meine Zimmernummer steht. Mom sieht mich erleichtert an. »Siehst du, wie nervös ich bin? Ich kann nicht einmal mehr lesen. Komm, es müsste gleich hier vorne sein.«

In ihrer eng anliegenden Jeans, den karierten Chucks und der marineblauen Stoffbluse sieht sie aus wie eine Frau in den Zwanzigern, dabei wird sie nächstes Jahr bereits fünfzig. Penelope Campbell ist die Verkörperung der Wörter *jung geblieben.*

»Hier ist es. Bist du bereit?« Sie deutet auf die breite Wohnungstür. Kurz blicke ich an Holly herunter und versuche zu erkennen, ob die Tür auch wirklich breit genug für den Rollstuhl ist. Mein altes Collegezimmer war im dritten Stock dieses Hauses. Zimmer achtundfünfzig. Da die Räumlichkeiten jedoch nur im Erdgeschoss behindertengerecht sind, musste ich mich von meiner alten WG verabschieden, mein Zeug packen und umziehen. Sonderlich traurig bin ich darüber jedoch nicht.

Mom öffnet die Tür und tritt vor mir in mein neues Zuhause.

»Wow! Das ist ja riesig!« Mit großen Augen sieht Mom sich in der Wohnung um, und als ich ihr folge, staune ich ebenfalls nicht schlecht. Wir stehen in einem Wohnzimmer mit einem braunen Stoffsofa, einem Sessel, einem TV-Schrank und einer kleinen Küchenzeile, auf der eine in die Jahre gekommene Mikrowelle steht.

Die Wände sind beige gestrichen, das Fenster zeigt in Richtung Norden und gibt den Blick auf die Grünanlagen des Campus frei.

»Hey. Schau dir mal dein Zimmer an, Skylar. Es ist der Wahnsinn. Viel größer als dein altes.« Meine Mutter läuft aufgeregt im angrenzenden Raum auf und ab. Ich sehe, dass sie bereits überlegt, wie sie es dekorieren kann, und ich lasse es durchgehen, weil es ihr Freude bereitet. Ich liebe es, Menschen eine Freude zu machen, dafür nehme ich sogar in Kauf, dass mein Zimmer mit kleinen bärtigen Zwergen ausgestattet wird. Penelope liebt Zwerge.

»Das ist echt groß.«

Ich sehe mich neugierig im Raum um. Das Bett ist deutlich breiter als mein altes Wohnheimbett und hat eine elektrisch verstellbare Matratze. Links davon steht ein geräumiger Schreibtisch, den man ebenfalls in der Höhe verstellen und perfekt an Holly anpassen kann. Die warme Nachmittagssonne scheint durch das große Fenster direkt auf die helle Arbeitsfläche und wirft ein schönes Lichtspiel auf das Holz. Hier habe ich endlich genug Platz für meine ganzen Uniunterlagen und meine zahlreichen Bücher. Dieses Zimmer hier kostet sicher ein Vermögen, aber Mom will mir nicht sagen, wie viel sie im Monat dafür blechen muss.

»Wenn ich die Maße von den Fenstern für die Gardinen genommen habe, gehe ich zu der Frau an der Anmeldung und bedanke mich.«

»Jetzt lass deinen Zollstock aber erst einmal in der Handtasche, und hilf mir, die Kisten zu holen.«

»Du hast recht. Ich bin zu voreilig. Also los!« Voller Tatendrang klatscht sie in die Hände, und sobald wir wieder im Wohnzimmer sind, geht die gegenüberliegende Tür auf, und ein braunhaariges Mädchen erscheint. Sie hat haselnussbraune Augen und volle Wangen und Lippen. Das muss meine Mitbewohnerin sein. Sie erinnert mich an Aria aus

Pretty Little Liars und ist eines der schönsten Mädchen, die ich je gesehen habe. Hoffentlich gibt es in ihrem Leben keinen A, der uns seltsame Pakete vor die Tür legt. Sie stützt die Arme auf den blauen Krücken ab, die sie offenbar benutzt, weil ihr rechtes Bein in einem fetten Gips steckt. Sie strahlt uns an, und als sie eine der Krücken unter ihren Arm klemmt, ihre Hand auf die Brust legt, anschließend mit zwei Fingern über ihre Wange streicht und undefinierbare Zeichen mit ihren Fingern macht, muss ich schlucken.

Es ist nicht das erste Mal, dass ich Menschen sehe, die sich per Gebärdensprache ausdrücken, aber ich habe nicht erwartet, dass meine Mitbewohnerin gehörlos ist. Weil ich nicht weiß, was sie mir gesagt hat, geschweige denn, wie ich ihr erklären soll, wer ich bin, hebe ich nur meine Hand und winke wie eine Idiotin. Meine Mutter sieht mich überfordert an, und als das Mädchen zu lachen beginnt, entspanne ich mich schließlich.

»Oh Gott, entschuldigt!« Sie schlägt sich die freie Hand vor die Stirn und humpelt auf uns zu, um erst mir und dann Mom die Hand zu reichen. Ihre Haut ist warm, und sie riecht nach Rosen. »Mein kleiner Bruder war den ganzen Tag bei mir, und es fällt mir manchmal schwer umzuschalten. Ich bin Hazel!«

»Ich bin Penelope, die Mutter von Skylar.« Mom schüttelt ihre Hand, ehe ich an der Reihe bin.

»Und ich bin ab jetzt deine Mitbewohnerin.«

»Bist du ganz neu hier?«, fragt Hazel.

»Nein, ich studiere schon seit über einem Jahr, aber ich musste das Zimmer wechseln. Treppen sind nicht meine besten Freunde.« Mit einem schmalen Lächeln deute ich auf meinen Rollstuhl. Was mir am meisten an Hazel gefällt, ist weder ihr Name noch dass sie aussieht wie Aria. Mir gefällt am allerbesten, dass sie mich nicht mit Mitleid im Blick ansieht.

»Du bist witzig. Das gefällt mir!« Ihre Augen leuchten. »Also: Das hier ist unser gemeinsamer Wohnbereich, da links neben deinem Zimmer befindet sich das Bad mit ebenerdiger Dusche und einer Einstieghilfe in die Badewanne. Dein Zimmer hast du ja sicher schon entdeckt.«

»Jap. Es ist *wirklich* riesig!«

»Ich weiß genau, was du meinst. Vor wenigen Wochen habe ich noch im vierten Stock gewohnt, und die Zimmer da sind wahnsinnig klein.«

Wieso habe ich sie noch nie gesehen?

»Ich hole mal ein paar Kartons, dann können wir gleich mit dem Auspacken loslegen, Skylar.« Mom wirft mir ein warmes Lachen zu.

»Ich kann auch helfen. Meine Kurse sind heute alle schon durch«, bietet sich Hazel an. Meine Mundwinkel ziehen sich Richtung Himmel, weil sie so unfassbar nett ist.

»Das wäre lieb, danke.«

Mom sieht mich ein wenig enttäuscht an, und ich weiß, dass sie mir gern beim Auspacken geholfen hätte, aber wenn ich so die Möglichkeit habe, meine neue Mitbewohnerin besser kennenzulernen, muss ich die Chance nutzen.

Seit dem Unfall fällt es mir schwerer, Menschen kennenzulernen, weil die meisten mich meiden oder nicht wissen, wie sie mit mir umgehen sollen. Meine ehemalige Mitbewohnerin hat mich zwar zweimal im Krankenhaus besucht, aber ich habe ihr direkt angesehen, wie unangenehm ihr die Situation war. Ich habe versucht, das Gespräch mit Humor zu nehmen, aber seitdem hatten wir keinen Kontakt mehr.

Nachdem Penelope die nicht gerade leichten Kartons mit den Habseligkeiten aus meinem alten Zimmer in mein neues gestellt hat, versichere ich ihr, dass ich klarkomme, aber sie schaut mich skeptisch an. »Hast du eigentlich mal wieder mit Carter telefoniert?«

»Klar. Gestern erst. Er will heute mit mir skypen.« Beim Gedanken daran wird mir speiübel. Ich vermisse ihn mehr, als ich in Worte fassen kann, und ich will ihn unbedingt sehen, aber …

»Willst du ihm nicht endlich sagen, was los ist, Schatz?« Mom setzt sich auf das Sofa und legt ihre warmen Hände auf meine Knie. Ich spüre den Druck ihrer Finger, ein diffuses Gefühl und ein Kribbeln, das ich mir auch einbilden könnte.

»Das geht nicht, Mom. Wir hatten das Thema doch schon so oft.« Ich seufze. Natürlich hat sie recht, und ich hätte schon längst die Karten offen auf den Tisch legen müssen, aber wir wissen beide, was dann passiert wäre.

»Hätte ich Carter von dem Unfall erzählt, wäre er sofort in das nächste Flugzeug gestiegen und zurückgekommen. Oder er wäre gar nicht erst eingestiegen. Das ist die Chance seines Lebens, und ich darf sie ihm nicht kaputt machen«, wispere ich. Ich fühle mich schuldig und heuchlerisch, weil ich ihm vier Monate lang verschwiegen habe, was mir passiert ist, nachdem ich seine Wohnung verlassen habe, aber ich habe keine Wahl.

Anfangs haben wir immer nur telefoniert, weshalb es leicht war, ihm den Unfall zu verschweigen. Ich musste lediglich ein paar Ausreden erfinden, wieso ich mich manchmal ein paar Tage lang nicht melden konnte, und faselte etwas von Terminen in der Uni. In Wahrheit war ich nicht in der Uni, sondern in einer Rehaklinik am Rande von Texas gewesen, um mich auf mein neues Leben vorzubereiten.

»Und wie willst du es ihm verheimlichen, wenn ihr euch per Skype seht? Ich mache mir nur Gedanken um eure Freundschaft.« *Die mache ich mir schon, seit ich mich aus seinem Bett geschlichen habe.*

»Alles wird gut, Mom. Wirklich. Wenn er zurück ist, werde ich ihm alles erklären. Er wird es verstehen«, versuche ich sie zu beruhigen. Und mich gleich mit. Die Realität sieht jedoch anders aus – ich habe Angst davor, ihm alles zu beichten. Ihm zu sagen, dass ich ihn monatelang belogen habe, um seinen Auftrag nicht zu gefährden. Und beim Gedanken an seine Reaktion verwandelt sich die Angst in reine Panik.

»Okay, mein Schatz. Du wirst wissen, was das Beste ist. Ich werde jetzt einkaufen und dann nach Hause fahren. Die Fenstermaße nehme ich einfach beim nächsten Mal.« Sie drückt mir einen mütterlichen Kuss auf die Wange, verabschiedet sich von Hazel und verschwindet durch die Eingangstür. Augenblicklich puste ich die angestaute Luft aus, und als ich Hazels Blicken begegne, die ihre Augenbrauen in die Höhe zieht, winke ich ab. »Das ist eine lange Geschichte. Eine verdammt lange. Komm, lass uns anfangen, die Kisten auszuräumen.«

• • •

»Würdest du die Schnur an dem Nagel da befestigen?« Ich sitze mittlerweile auf meinem frisch bezogenen Bett, während Hazel mir hilft, dieses Zimmer in *mein* Zimmer zu verwandeln. Da ich in den nächsten Jahren hier leben werde, möchte ich mich wohlfühlen.

»Klar. Hier?« Sie wickelt das dünne Seil um den Nagel, der schon in der Wand steckt.

Ich nicke. »Genau da. Das ist perfekt.« Währenddessen befestige ich die andere Seite der Schnur an einem Haken an der Wand.

»Deine Mutter war ja aufgeregter als ich an meinem ersten Tag an der Uni.«

»Oh, das kannst du laut sagen. Sie denkt, dass ich auf dem Campus nicht klarkomme, aber ich werde ihr einfach das Gegenteil beweisen. Mom macht sich immer zu viele Gedanken um mich, das war schon vor meinem Unfall so.« Ich rolle theatralisch mit den Augen.

»Sie scheint dich sehr zu lieben.« Meine neue Mitbewohnerin sieht mich warmherzig an. Ebenfalls mit einem Lächeln auf den Lippen nicke ich. Moms Liebe war schon immer grenzenlos.

»Darf ich fragen, was passiert ist?«

»Ich wurde von einem Auto erfasst. Vor vier Monaten. Fast auf den Tag genau«, stelle ich erschrocken fest, als ich auf dem Kalender neben dem Schreibtisch sehe, dass wir in zwei Tagen den vierzehnten Juni haben.

»Wow, vier Monate erst? Es wirkt, als wärst du schon seit Jahren daran gewöhnt!«

»Meine Therapeutin Camille sagt das auch immer. Aber was bringt es mir, wenn ich dem Leben davor hinterhertrauere?« Ich zucke mit den Schultern und deute fahrig auf ihren Monstergips. »Und was ist mit dir?«

»Es ist bei einem Ausritt passiert. Meine Großeltern ...« Sie legt eine kurze Pause ein. »Mein Grandpa hat eine Farm, und ich wollte mit meinem Pferd den Sonnenuntergang genießen. Ich weiß nicht genau, was passiert ist, aber auf einmal hat es mich abgeworfen, und ich bin blöd gelandet und habe mir den Fuß gebrochen. Aber das ist halb so wild, laut meinem Arzt wird er in ein paar Monaten wieder wie neu sein.« Der Gedanke, dass sie dann vermutlich wieder ein anderes Zimmer bekommen wird, gefällt mir nicht, obwohl ich sie kaum kenne.

»Und was hat es mit der Gebärdensprache auf sich?«, hake ich neugierig nach. Ich bin kein Mensch, der lange um den heißen Brei herumredet, ich will meine Mitmenschen kennenlernen. Mit all ihren kleinen Wundern und Geschichten.

»Mein Bruder Jamie ist gehörlos zur Welt gekommen, deshalb kann ich gebärden. Und nach seinem Besuch fällt es mir immer schwer umzuswitchen. Außerdem gebe ich dreimal in der Woche Gebärdenunterricht. Angehörigen von gehörgeschädigten Menschen und Betroffenen selbst.«

Dieses Mädchen wird mir immer sympathischer.

»Das ist verdammt cool, weißt du das? Studierst du auch etwas in diese Richtung?«

»Ja, ich will Gebärdensprachdolmetscherin werden.«

Sie lächelt mich stolz an.

»Und wie alt ist dein Bruder?«

»Acht«, antwortet sie, und ihr Blick wird weich.

»Wie kommt er damit klar?«

»Richtig gut. Er sagt immer, das ist seine Superkraft. Dadurch, dass er nichts hören kann, kann er die Menschen viel besser lesen.«

»Dann ist dein Bruder wohl ein König darin, aus Zitronen Limonade zu machen«, flüstere ich und merke, wie sich meine Augen mit Tränen füllen, weil ich dabei nicht nur an Carter, sondern auch an Heather denken muss.

Hazel nickt hastig, und ihre Mundwinkel zucken. »Das ist er wirklich.«

»Könntest du mir mal den kleinen Schuhkarton da geben?« Ich deute auf den zerfledderten gelben Karton, in dem ich meine größten Schätze aufbewahre. Da er auf mehreren gestapelten Kisten liegt, kommt Hazel trotz Gips mühelos heran und reicht ihn mir. Sobald ich den Deckel geöffnet habe und die zahlreichen Bilder sehe, schleicht sich ein Lächeln auf mein Gesicht. Nach und nach bringe ich die Fotos mit den kleinen Holzklammern an der Schnur an. Hazel betrachtet die Fotos neugierig und zeigt auf ein Bild, das Carter und mich am Chrystal Beach zeigt. Seine blonden Haare stehen wild in alle Richtungen ab, während ich Sand nach ihm werfe. Das Lachen auf diesem Bild ist Gold wert.

»Ist das dein Freund?«

»Bester Freund«, korrigiere ich sie, auch wenn sich mein Herz dagegen sträubt, unsere Beziehung als reine Freundschaft abzustempeln. Mein Herz rast immer, wenn ich an ihn denke. Auf eine Art, die nichts mit Freundschaft zu tun hat. Man sollte meinen, dass ich in den letzten vier Monaten andere Probleme hatte, aber die Gefühle für Carter hüllen mich noch immer wie eine Wolke ein.

»Er sieht gut aus«, sagt sie anerkennend und betrachtet die anderen Bilder. Fast alle zeigen uns gemeinsam, auf einigen ist Mom zu sehen, und manche zeigen ihn ganz allein. Mein liebstes Bild ist schon etliche Jahre alt. Carter sitzt in meinem Zimmer bei Penelope auf dem Bett, an die Wand gelehnt, und schreibt in sein Notizbuch. *Mit einem Stift in der Hand sieht er unwiderstehlich aus.*

»Und was ist mit dir? Hast du einen Freund?«

Hazel lässt sich theatralisch aufs Bett plumpsen, hievt ihr Gipsbein auf die Kartons und atmet tief durch. »Ja. Sein Name ist Mason.«

»Und was macht dein Mason? Studiert er auch hier?«, hake ich nach. Tränen treten in Hazels Augen, und ich frage mich, ob ich etwas Falsches gesagt habe.

»Er ist in Afghanistan stationiert. Seit fünf Monaten. Und er muss noch mindestens sechs Monate durchhalten.« Mein Herz hört kurz auf zu schlagen und fühlt sich tonnenschwer an. Ich hatte mit vielem gerechnet, aber nicht damit, dass er im Krieg ist. »Ich habe auch so einen Karton wie du, nur nicht mit Bildern, sondern mit seinen Briefen.«

»Scheiße, das tut mir leid«, flüstere ich, stemme meine Fäuste in die Matratze und hieve mich mit der Kraft meines Oberkörpers dichter neben sie. Meine Beine ziehe ich mit den Händen nach. Anschließend nehme ich ihre Hand und drücke sie fest. »Er wird es schaffen«, versichere ich ihr.

Kurz sieht sie mir in die Augen, und eine einsame Träne rollt über ihre gebräunte Haut. »Das hoffe ich.«

• • •

Bereits seit ein paar Sekunden starre ich den Laptop auf meinem Schoß an. Carters Profilbild blinkt auf, und ich weiß, dass ich irgendwann rangehen muss. Seit Wochen liegt er mir in den Ohren, weil er mich per Skype sehen will, doch in mir sträubt sich alles dagegen, weil er mir sicher sofort ansehen wird, dass etwas nicht stimmt. Dass ich ihn anlüge. Jeden Tag.

»Okay, Sky. Jetzt reiß dich zusammen!« Ein letztes Mal atme ich tief durch, und als sich die Verbindung aufgebaut hat und ich meinem besten Freund ins Gesicht sehe, sind alle Zweifel wie weggeblasen. Ich strahle wie ein Honigkuchenpferd, und sofort treten Tränen in meine Augen.

»Hey, SkySky. Sag nicht, dass ich so scheiße aussehe, dass du weinen musst«, begrüßt er mich. Ich kann mich gar nicht sattsehen an ihm. Die blonden Spitzen, die ihm in die Stirn fallen, das Nasenpiercing auf der rechten, die Spider Bites auf der linken Seite unter seinen vollen Lippen. Sein schwarzes Tanktop verdeckt nur wenig von seiner definierten Brust, und seine Tattoos sehen selbst durch die schlechte Kamera seines alten Laptops wie ein Kunstwerk aus.

»Sky? Hörst du mich?« Er winkt, und endlich löse ich mich aus meiner Starre.

»Ja, ich höre dich. Und ich sehe dich. Ich. Sehe. Dich. Gott, ich kann es gar nicht glauben.«

»Ich auch nicht, das hat mir so gefehlt. Du siehst toll aus.« Es ist nur ein simples Kompliment, aber aus seinem Mund und an mich gerichtet, klingt es wie eine Komplimentendusche, unter der ich mich verdammt wohlfühle.

»Du auch. Aber eins muss ich dir sagen: die texanische Bräune fehlt dir. Du siehst aus wie ein französischer Weichkäse!«

»In London ist das Wetter echt scheiße. Es regnet jetzt seit drei Wochen durchgehend. Da hat mir Italien schon besser gefallen.« Grinsend lehnt er sich zurück und spielt mit dem Ring an seinem rechten Mittelfinger. Dabei fällt mein Blick auf die drei Buchstaben, die unter seinen Fingerknöcheln tätowiert sind.

S K Y.

»Und was genau macht ihr jetzt noch in London, bevor der zweite Teil der Tour losgeht?« In den letzten Monaten hat Carter Isaac Walker und seine Band Crashing December bei der Albumaufnahme begleitet, ihnen während der Promophase auf die Finger geschaut und ist auf jedes ihrer Konzerte gegangen, um genug Stoff für sein Buch zu sammeln. Italien hat ihm vermutlich nicht nur wegen des Wetters und der Pasta – er liebt Nudeln – am besten gefallen, sondern auch wegen der italienischen Schönheiten. Er musste es nicht sagen, ich weiß es auch so, weil ich ihn besser kenne als mich selbst.

»Jetzt gerade sind wir zu Hause bei Isaac. Glaub mir, diese Bude hier ist der Wahnsinn. Das Penthouse hat eine eigene

Sauna und eine protzige Dachterrasse. Echt verrückt. Als Nächstes werden wir noch ein paar Fotos fürs Cover shooten, und dann starten wir die Deutschlandtournee. Berlin, München, Köln, Frankfurt und danach geht es rüber nach Frankreich.«

»Du scheinst ja wirklich den Traum eines Rockstars zu leben«, sage ich grinsend. Ich spüre, dass mein linkes Bein zuckt. Diese Spasmen schmerzen höllisch, aber ich versuche, mir nichts anmerken zu lassen.

»Tue ich, SkySky. Aber es wäre noch besser, wenn du dabei wärst. Du würdest diese Wohnung hier lieben.« Ein Kloß entsteht in meinem Hals, weil ich ihn so sehr vermisse, aber jetzt sind es nur noch acht Wochen, bis er wieder bei mir ist. Die schaffe ich auch noch.

»Aber genug von mir. Was macht mein Lieblingsmädchen?«

Mein. Herz. Tanzt.

Es tanzt so sehr, dass ich mir beinahe vorstellen kann, meine Beine würden es ebenfalls tun.

»Ich bin heute in das neue Wohnheimzimmer gezogen. Es ist wirklich cool, Carter. Viel größer als mein altes, und wir haben sogar einen richtigen Gemeinschaftsraum.«

»Wieso genau wolltest du noch mal aus dem alten Zimmer raus? Ging dir die Hexe nebenan auf den Sack?«

»Mom fand das alte Zimmer zu stickig und zu dunkel.« Noch mehr Lügen.

»Das klingt nach Penelope. Gott, ich vermisse euch! Kannst du mal aufstehen? Ich will dich ganz sehen, nicht nur deinen Kopf!« Panik steigt in mir auf, weil ich ihm den

Wunsch nicht erfüllen kann. Kurz schließe ich die Augen und denke ernsthaft darüber nach, mich einfach tot zu stellen. Vielleicht würde es ja klappen.

»Sky? Steh auf! Für mich, bitte.« Schmollend schiebt er seine Unterlippe vor, und die beiden schwarzen Piercings unter seinem verführerischen Mund funkeln in die Kamera.

»Ich kann nicht. Ich trage nur einen Slip.«

»Umso besser. Nichts, was ich nicht schon kenne.« Carter zwinkert mir anzüglich zu, und augenblicklich steht mein Körper in Flammen. Mein Oberkörper verbrennt fast vor Hitze, aber in meinen Beinen spüre ich nur eine minimale Wärme. Ob es jetzt immer so sein wird, wenn er auf unsere gemeinsame Nacht anspielt?

»Carter«, ermahne ich ihn.

»Was denn? Du bist heiß. Und hast du vergessen, was wir …«

»Nein. Ich habe nichts vergessen.« Und da liegt das Problem. *Ich habe nicht vergessen, wie gut sich deine Finger auf meiner empfindsamen Haut anfühlten, die jetzt nicht mehr viel spürt. Doch in meiner Erinnerung fühle ich deine warmen Hände immer noch, die über meine Schenkel streichen und mich dann entschlossen packen.* Mist, ich muss aufhören, an diese Nacht zu denken. Oder an die Frage, ob er mich auch in Holly heiß finden würde. Ob er mich auch noch attraktiv findet, wenn er weiß, dass ich fünfmal am Tag einen Katheter legen muss … Kopfschüttelnd weise ich ihn ab.

»Sorry, Carter. Aber ich stehe heute nicht auf.« Ich stehe nie mehr auf.

In den letzten Monaten hat er hin und wieder versucht,

über diese Nacht vor seiner Abreise zu reden, aber wirklich gesprochen haben wir darüber bis jetzt nicht, weil ich ihn immer abgeblockt habe. Und das macht mich krank.

»Schade. Aber kein Problem, SkySky. In zwei Monaten werde ich dich sehen. Komplett. Vielleicht nicht in einem Slip, aber ich werde dich zu Tode drücken. Ich sag's ja nur …« Noch immer spielt er mit seinem Ring und dreht ihn wild von links nach rechts. »Ist das da etwa die Wall of Shame?« Er nähert sich der Kamera, sodass ich seine tiefblauen Augen sehen kann. *Gott, sie sind so schön.*

»Jap. Die habe ich heute als Erstes angebracht.« Die *Wall of Shame,* wie Carter sie immer nennt, weil er auf den meisten Bildern albern aussieht. Albern und unfassbar sexy.

»Halt mal die Kamera näher ran. Ich will die Fotos sehen«, bittet er mich, also greife ich nach dem Laptop und zeige ihm unsere Art eines Fotoalbums. »Oh Gott, das Foto von uns am Strand ist immer noch mein liebstes. Ich habe Wochen später noch Sand zwischen den Zähnen gefunden!«

»Du hast mich herausgefordert, Carter. Das geht auf deine Kappe.«

»Ja, ja. Ich weiß.« Er grinst breit in die Kamera, und ich verliere mich in seinem Anblick. So lange, bis es im Hintergrund bei ihm poltert und eine Männerstimme ertönt. Im nächsten Moment erscheint jemand im Bild. Jemand, der mein Herz ebenfalls zum Stocken bringt, weil Isaac Walker ein verdammter Star ist!

Als Bandleader von Crashing December lässt er Millionen Frauenherzen höherschlagen. Doch egal, wie gut er mit seinem schiefen Lächeln, den dunklen Augen und den dichten braunen Haaren aussieht, Carter überstrahlt seine Schönheit.

»Hey. Ich bin Isaac«, stellt er sich grinsend vor. *Als gäbe es jemanden auf diesem Planeten, der deinen Namen nicht kennt.*

»Skylar.« Lässig winke ich ihm zu.

»Hör mal, Skylar. Ich muss dir deinen Gesprächspartner jetzt für ein paar Stunden wegschnappen. Wir schmeißen eine Party, und Carter muss einfach dabei sein!« Erst jetzt bemerke ich den dumpfen Bass, der im Hintergrund läuft. Carter verdreht die Augen. Er sieht zwar aus wie ein Rockstar, der gerne feiert, aber im Grunde genommen verbringt er seine Zeit lieber mit einem guten Krimi.

»Kein Problem«, sage ich ungezwungen, dabei hatte ich gehofft, Carter noch länger zu sehen. »Hast du noch was vor, Sky? Sonst kann ich auch noch ein bisschen bleiben und später zur Party gehen.«

»Nein, kannst du nicht. Es gibt da einige Ladys, die dich kennenlernen wollen. Und sie sind ungeduldig, Mann.«

Sofort sticht die Eifersucht in meiner Brust.

»Das müssen wir wiederholen, SkySky. Scheiß auf langweilige Telefonate, ich will dich ab jetzt immer sehen.«

Carter hebt sein Handgelenk und küsst das Semikolontattoo, das uns für immer miteinander verbindet. Ich hebe mein Handgelenk an und küsse meines ebenfalls. Dieses Ritual haben wir schon, seit wir Kinder waren. Nur, dass da früher keine Tinte auf unserer Haut war, sondern schwarze Filzstiftfarbe.

Ein letztes Zwinkern seinerseits, ein »Ich vermisse dich«, und dann wird das Bild schwarz.

3

Carter

Eine Weile starre ich noch meinen Laptop an, bis Isaac mir schließlich das Teil wegnimmt, es zuklappt und auf den Nachttisch stellt. Ich sitze auf dem Bett in einem der Gästezimmer und frage mich nach wie vor, wozu der Kerl ein Penthouse braucht, das zweihundert Quadratmeter umfasst. Sky und mir waren die Zimmer bei Charles und Heather immer groß genug. Wir waren uns genug. Mit ihr hätte ich auch in einem Loch groß werden können.

»Das war also deine bessere Hälfte?« Isaac zündet sich einen Joint an, zieht einmal kräftig und reicht ihn mir dann weiter. Ich puste den Rauch in kleinen Kreisen aus.

»Bessere Hälfte … beste Freundin. Such es dir aus.« Jedes Mal, wenn ich über sie spreche, wallt Stolz in mir auf, weil ich einen verdammten Sechser im Lotto gewonnen habe, als sie in das Zimmer neben mir gezogen ist. Dass sie ihrer Mutter weggenommen wurde, war schrecklich, aber es war auch mein Glück.

»Sie ist süß. Auf die heiße Art.«

Isaac nimmt mir den Joint aus der Hand. Normalerweise kiffe ich selten, aber die letzte Woche war höllisch anstrengend, und ich bin mit dem Schreiben nicht ansatzweise so weit gekommen, wie ich es mir vorgenommen habe. Als ich diesen Job angenommen habe, wusste ich zwar, dass ich viel Zeit auf Tour und bei schnöseligen Events verbringen würde, aber nicht, dass mir so wenig Zeit für die eigentliche Arbeit am Buch bleiben würde. Sky würde mir auf die Finger hauen, wenn sie mich so sehen könnte. Immerhin bin ich normalerweise nicht der größte Freund von Drogen, seitdem das Jugendamt meiner Junkiemutter einen Besuch abgestattet hat. Der Unterschied zwischen ihr und mir ist dennoch eindeutig: Sie brauchte dieses dreckige, weiße Pulver, um morgens überhaupt aus dem Bett zu kommen. Ich kiffe einmal in drei Monaten, um runterzukommen.

»Vergiss es, Alter. Wenn ihr jemals nach Beaumont kommen solltet, ist Sky tabu – für die ganze Band.«

»Wieso? Läuft da etwas zwischen euch?« Interessiert wackelt er mit den Brauen, was total dämlich aussieht.

»Nein, aber ich schütze sie vor üblen Kerlen.«

»Was? Sind wir etwa üble Kerle? Schon vergessen, wer in Italien eine Frau nach der anderen um den Finger gewickelt hat?«

Isaac hat recht. Wir haben zwei Monate in der italienischen Sonne verbracht, Cocktails geschlürft, Videos gedreht und alles für die Tour vorbereitet. Die Liederliste aufgestellt, die Konzerthallen kontaktiert … und hin und wieder habe ich mit dem weiblichen Personal geflirtet. Aber das war es auch schon.

»Ich will nur nicht, dass man ihr das Herz bricht.« Als Kind habe ich ihr versprochen, es immer zu beschützen, und ich halte meine Versprechen. Das habe ich ihr schon in der Nacht vor meiner Abreise gesagt. Beim Gedanken daran, wie durcheinander sie war, als sie meine Wohnung verlassen hat, nehme ich Isaac den Joint wieder ab und ziehe an dem Filter. Ich habe in den letzten Monaten viel über diese Nacht nachgedacht und darüber, was unser Ausrutscher zu bedeuten hat. Zu einem richtigen Ergebnis bin ich jedoch nicht gekommen, weil Sky jedes Mal das Thema wechselt, wenn ich es anspreche. So wie eben.

Ich reiche meinem Boss den Joint und lasse mich tiefer in die Matratze sinken. Scheiße, ich bin heute wirklich zu nichts mehr zu gebrauchen.

»Hey, schon klar.« Abwehrend hebt er die Hände, drückt den Joint an seinem Stiefel aus und schnipst den Stummel in den Mülleimer hinter sich. »Deine Kleine ist tabu, hab's verstanden. Aber jetzt musst du echt mit runterkommen.«

»Muss das wirklich sein? Das ist die dritte Party in fünf Tagen. Gönn mir ein bisschen Pause von deinem Rockstarleben«, bitte ich ihn und lege den Unterarm über die Augen. »Außerdem hänge ich mit den Kapiteln hinterher, und falls du es vergessen hast: Es handelt sich um *dein* Buch.«

»Guter Punkt. Und ich verspreche dir, dass ich dich ab morgen verschonen werde, aber heute darfst du nicht fehlen. Megan ist unten und will dich unbedingt kennenlernen.«

»Deine Schwester Megan?«, hake ich nach und nehme den Arm wieder von meinen Augen. Er hat mir in den letzten Monaten ein paar Mal von ihr erzählt, aber außer ihrem Namen und ihrem Job weiß ich herzlich wenig über sie.

»Die einzig Wahre. Also beweg deinen Arsch, Carter.«

»Aye, aye!« Ich salutiere, stehe vom Bett auf und werfe noch einen Blick auf mein Handy. Eine Nachricht von Sky wartet auf mich, die mich in bessere Stimmung versetzt, als das beste Weed der Welt es je könnte.

Es war schön, dich zu sehen, du Camembert.

Und es war schön, dich zu sehen, SkySky. Auch wenn es mich tief getroffen hat, dass du nicht für mich aufgestanden bist. Morgen telefonieren wir länger.

Eilig tippe ich meine Antwort, bevor ich mein Handy in die Hosentasche stopfe und Isaac nach unten folge. Es gibt eine frei stehende Treppe, die einige Gäste bereits belegt haben. Ich dränge mich an ihnen vorbei und überblicke die untere Etage.

»Scheiße, wann ist das denn passiert?« Der gesamte Wohnraum ist vollgestopft mit Menschen, und es gibt kaum einen Fleck, an dem man sich ohne Körperkontakt zu anderen bewegen kann. Die Bar hinter dem Billardtisch ist mit roten Spots beleuchtet, und besagter Tisch wird nicht zum Spielen benutzt, sondern als Sitzgelegenheit für ein paar Frauen. Der Alkohol fließt hier sicherlich in Litern, das Gras könnte man bestimmt in Kilogramm zählen. Der süße Duft des Weeds wabert durch die Luft.

»Das sind nur ein paar meiner Leute«, sagt Isaac schulterzuckend.

»Das sind mehr Leute, als ich in meinem Leben je kennengelernt habe«, antworte ich lachend. Im Hintergrund läuft *Broken Souls* von Crashing December, ihrem neuesten Nummer-eins-Hit. Isaac liebt seine Band. Er liebt seine Songtexte, und vor allem liebt er das neue Album. Und obwohl er ein arroganter Scheißkerl ist, ist er mir in den letzten Monaten echt ans Herz gewachsen. Wir sind wie Brüder füreinander, und das kann ich sagen, ohne je einen gehabt zu haben.

»Bruderherz!«

Eine samtige Frauenstimme ertönt in dem Durcheinander, und als eine schwarze Frau auf uns zukommt, stütze ich mich am Treppenlauf ab, während Isaac sie in seine Arme zieht.

Sie trägt ein eng anliegendes, schwarzes Kleid mit einer roten Lederjacke und ebenfalls roten Boots. Die Hälfte ihrer dunklen Haare fällt in großen Locken über ihren durchtrainierten Körper, die andere Hälfte ist geflochten.

»Meg. Das ist Carter. Ich habe dir von ihm erzählt.« Mit geröteten Augen zieht Isaac mich an seine Seite, legt den Arm um mich und flüstert mir etwas zu. »Sei nett zu ihr. Sie ist süß wie Honig, hat aber Krallen wie eine Bärenmama.«

»Hey«, begrüße ich sie und entlocke ihr damit ein charmantes Lächeln.

»Hey, Carter. Ich bin Megan. Die Schwester von dem Chaoten da.« Unsere Hände berühren einander flüchtig.

»Bitte sag mir, dass du nicht genauso durch den Wind bist wie der Kerl hier. Noch einen von der Sorte kann ich echt nicht gebrauchen«, scherze ich. Ihr Teint verrät, dass sie herzlich wenig mit Isaacs Genen zu tun hat. Sie sieht aus wie eine dunkelhäutige Göttin, Isaac wie ein Blassschnabel. Ich weiß, dass Isaacs Verhältnis zu seinem Stiefvater schwierig ist, das zu Megan ihm hingegen wahnsinnig viel bedeutet. Das ist der einzige Grund, wieso ich mich dazu habe überreden lassen, das Gespräch mit Sky zu beenden.

»Gott bewahre. Wir sind zum Glück nur Stiefgeschwister und teilen uns diese Eigenschaft nicht.«

»Und doch liebst du mich wie deinen leiblichen Bruder«, erwidert Isaac und scheint sich dieser Sache absolut sicher zu sein.

Megan antwortet ihm, aber ich merke, dass meine Gedanken immer weiter abschweifen, obwohl Isaac mich hergeschleppt hat, damit ich sie kennenlerne. Seine Stiefschwester ist Eventmanagerin und wird uns auf der Deutschlandtournee begleiten, was bedeutet, dass sie unser Team erweitert und wir in Zukunft viel Zeit miteinander verbringen werden. Aber ich bin echt im Arsch und verfluche mich dafür, dass ich klein beigegeben habe. Ich könnte immer noch mit Sky reden, stattdessen stehe ich hier zwischen mir völlig fremden Feierwütigen und denke ohnehin nur daran, wie ich mich schnellstmöglich aus der Affäre ziehen kann.

»Erde an Carter?« Isaac schnippt mit den Fingern vor meinem Gesicht und reißt mich aus meiner Trance. »Du bist heute echt neben der Spur, was?«

»Ich sagte doch, dass ich arbeiten muss«, erwidere ich und schenke ihm und seiner Schwester ein typisches Carter-Lächeln, das die meisten milde stimmt.

»Es war schön, dich kennenzulernen, Megan. Aber ich muss jetzt wirklich noch ein paar Seiten schreiben, damit dein Bruder mir nicht in ein paar Wochen den Arsch aufreißt, weil ich die Abgabe nicht einhalten kann.«

»Klar, wir sehen uns ja ohnehin bald öfter.« Sie grinst mich verständnisvoll an und packt ihren Bruder an der Schulter. »Und du gehst jetzt mit mir tanzen!« Sie zieht Isaac in die Menge, und ich nutze den Moment, um mich wieder über die Treppe nach oben durchzukämpfen. Sobald ich mich auf das Bett geworfen habe, ziehe ich mein Handy aus der Tasche und sehe nach, ob Sky mir geantwortet hat … aber mein Display ist leer.

4

Skylar

Ich bleibe in der gepflasterten Einfahrt stehen und betrachte den hübsch angelegten Vorgarten, während meine Lunge vor Schmerzen brennt. Meine Kondition ist vollkommen im Eimer.

Die großen Rhododendronbüsche, hinter denen ich mich als Kind so gern versteckt habe, strahlen in einem leuchtenden Pink. Heather hatte schon immer ein Händchen für ihren Garten, doch seit einiger Zeit ist es Charles, der sich um dessen Pflege kümmert.

Der Schweiß rinnt über meine Stirn, weil die Mittagssonne auf meine Scheitelkrone knallt. Das Haus meiner damaligen Pflegefamilie liegt leicht erhöht auf einem kleinen Hügel außerhalb von Beaumont, der sich in den letzten Minuten eher wie der Mount Everest für mich angefühlt hat. Der Taxifahrer wollte mich nicht bis vor die Tür fahren, weil er unter Zeitdruck stand. Ungehobelter Vollidiot!

»Skylar!« Charles taucht mit einer großen Heckenschere zwischen den Büschen auf, lässt sie zu Boden gleiten und tritt auf mich zu. Seine warmen, braunen Augen haben mir in den Jahren, in denen ich hier war, immer Sicherheit gegeben. Seine Hände stecken in dreckigen Gartenhandschuhen, und als er sich zu mir herunterbeugt, um mich zu umarmen, seufzt er auf.

»Ich bin eindeutig nicht mehr der Jüngste«, sagt er lachend und tätschelt seinen schmerzenden Rücken. Charles trug schon immer diese karierten Hemden, der einzige Unterschied ist jetzt, dass der Bauch darunter etwas dicker geworden ist. Er nennt es seine Wohlstandsplauze, dabei weiß ich, dass sie mit Wohlstand nicht viel zu tun hat. Charles und Heather bekommen zwar Zuschüsse vom Staat, weil sie Kinder in Pflege nehmen, aber große Sprünge können sie sich nicht erlauben.

»Du siehst großartig aus! Ich wollte euch schon letzten Monat besuchen, aber meine Therapiestunden haben fast meine ganze Freizeit gefressen.«

»Hör auf dich zu rechtfertigen, und komm lieber rein. Heather wird sich freuen, dich zu sehen.« Charles streift sich die Handschuhe ab und wirft sie in einen alten Wassereimer neben uns.

»Würdest du mir kurz helfen?«, frage ich ihn mit einem Lächeln und wische mir den Schweiß von der Stirn. Sofort stellt er sich hinter mich, um mich die Einfahrt hochzuschieben. Ich seufze erleichtert, weil meine Hände vom Anschieben des Rollstuhls trocken und wund sind. Eine kleine Verschnaufpause kommt mir gerade gelegen.

Drinnen empfängt mich die angenehm kühle Luft der Klimaanlage, und sobald ich den vertrauten Geruch wahrnehme, fühle ich mich in meine Kindheit zurückversetzt. Ich sehe Carter und mich am Esstisch Plätzchen backen, auf dem Sofa Trickfilme schauen und alle Kinder vor der Anlage tanzen. Ein nostalgisches Lächeln schleicht sich auf meine Lippen. Obwohl ich nur zwei Jahre bei Charles und Heather gelebt habe, bevor Penelope mich bei sich aufgenommen und adoptiert hat, denke ich gerne an die Zeit zurück.

»Wo sind die Kinder?«, frage ich und vermisse das laute Lachen, das dieses Haus immer erfüllt hat. Als ich bei Heather und Charles lebte, war das hier das Zuhause von fünf Kindern. Ich habe mich später oft gefragt, wie die beiden alles unter einen Hut bekommen haben. Charles schiebt mich durch den Wohnbereich in Richtung Schlafzimmer.

»Die zwei Großen spielen draußen bei den Pferden. Unsere beiden Nachzügler machen Mittagsschlaf.« Kaum zu glauben, wie viel Arbeit jeden Tag hier geleistet wird. Es ist sicher schon anstrengend, auf ein Kind aufzupassen, aber gleich auf vier? Das ist eine Monsteraufgabe, der nur die wenigsten gewachsen sind. Zumal beinahe alle Kinder, die herkommen, schwer traumatisiert sind, weil sie ihre Eltern verloren haben oder schlecht behandelt wurden.

»Wie geht es Heather heute?« Ein mulmiges Gefühl breitet sich in mir aus, wie jedes Mal, wenn ich sie besuche. In den letzten Monaten hat Heathers Krebserkrankung jeden in diesem Haus erschüttert, und auch mir hat sie den Boden unter den Füßen entrissen.

»Sie schlägt sich wacker. Du kennst meine Frau ja. Der Regen ist ihr egal, sie sucht immer nach dem Sonnenschein.«

Heather ist eine Meisterin, wenn es darum geht, Limonade zu machen. Mein Rollstuhl quietscht leicht, als Charles mich um die Ecke schiebt und an die Schlafzimmertür klopft. Wir werden von ihrer warmen Stimme hereingebeten. Als sie mich sieht, setzt sie sich sofort kerzengerade im Bett auf. Ihre einst weißblonden Haare sind ihr nach der ersten Chemo ausgefallen, jetzt trägt sie immer ein Kopftuch.

»Ich glaub es ja nicht! Sky!« Müde lächelt sie mich an und versucht, ihre Erschöpfung zu überspielen. Sie hat es gelernt, vor den Kindern stark zu sein. Was sie vergessen hat, ist, dass ich kein Kind mehr bin. Dass ich die Dinge jetzt leichter durchschaue.

»Heather!« Ich fahre mit dem Rollstuhl neben ihr Bett und breite meine Arme aus. Als sie ihren dürren Körper an meinen drückt, inhaliere ich ihren vertrauten Geruch.

»Ich brühe euch mal einen Tee auf.« Charles lässt mich mit Heather allein, und ihre Krankheit schwebt über uns wie eine Gewitterwolke. Ihre Augen sind müde, ihre Haut matt und fahl. Ihre Lippen rissig. Die Falten, die ihre Augen umspielen, sind tiefer geworden.

»Wir haben uns lange nicht gesehen«, sagt sie, und das Lächeln erhellt den Raum.

»Ich weiß, die letzten Wochen waren wirklich voll bei mir. Der hier macht mir manchmal noch Probleme.« Ich klopfe auf die Armlehnen meines Rollstuhls und kann immer noch nicht fassen, dass der Taxifahrer mich regelrecht rausgeworfen hat, anstatt mir zu helfen.

»Gib dir noch ein bisschen Zeit, Sky.« Heather lächelt mich warm an, woraufhin ich dankbar nach ihrer Hand greife.

Sie ist kalt, obwohl hier im Zimmer die Heizung läuft und draußen dreißig Grad herrschen. Am liebsten würde ich mich ausziehen, weil der Schweiß unter dem Shirt über meine Brüste läuft.

»Was macht die Uni, Liebes? Und Carter? Wie geht es ihm in Europa? Er meldet sich viel zu selten.«

»Die Uni hat letzte Woche erst wieder angefangen, ich musste ja ein Semester aussetzen. Carter geht es gut, er führt jetzt ein Leben in Saus und Braus! Die Band startet jetzt ihre Deutschlandtour. Morgen Abend ist das erste Konzert in Berlin.«

»Wie kommt er mit der Arbeit voran?«

»Er hängt etwas hinterher, aber wir kennen ja Carter. Meistens läuft er zu Höchstleistungen auf, wenn er unter Zeitdruck steht. Letztens hat er mir ein Kapitel zum Probelesen geschickt, und ich kann noch gar nicht glauben, dass sein Traum endlich wahr wird.«

»Das ist so schön zu hören. Ich wusste schon immer, dass er ein Händchen fürs Schreiben hat«, schwärmt sie. Ich nicke. Carter konnte schon immer gut mit Worten umgehen, und auch, wenn es ihm oft peinlich war, mir seine Kurzgeschichten zu zeigen, wollte er jedes Mal meine Meinung hören.

»Das hat er. Ich kann es kaum erwarten, sein Buch in den Händen zu halten. Aber wie geht es dir?«, lenke ich das Gespräch zu dem Elefanten im Raum. Heather und Charles haben uns beigebracht, immer ehrlich zu sein. Sie zupft ihr hellblaues Kopftuch zurecht und lächelt mich schwach an.

»Es gab schon bessere Tage. Aber auch schlechtere. Ich

würde mal sagen, ich befinde mich in der goldenen Mitte.« Ich nehme ihre Hand erneut in meine, und ihre faltigen Finger umgreifen meine fest. Der Ehering, den sie nie abgenommen hat, sieht bereits verschlissen aus und ist in die Jahre gekommen.

»Was mir mehr Sorgen macht als der Krebs, ist das hier.« Sie deutet fahrig auf das Haus, in dem ich so viele schöne Erinnerungen sammeln durfte.

»Ich kann Charles kaum noch mit den Kindern helfen, weil mir meistens die Energie fehlt. Er gibt wirklich alles dafür, dass es den Kindern bei uns gut geht, aber wie lange wird er es noch ohne meine Hilfe durchhalten?« Mein Herz bricht bei dem Gedanken, dass ihre Lebensaufgabe in der Schwebe hängt.

»Das wird wieder. Ich bin mir sicher, Heather. Wann hast du dein nächstes Screening?«

»In einer Woche.«

Als Charles mit einer Teekanne und drei Tassen zurück ins Zimmer kommt, unterhalten wir uns noch eine Stunde lang über die alten Zeiten. Über die Pferde, die neuen Kinder und über Carters große Chance. Am Ende bin ich selbst erschöpft und freue mich auf dem Heimweg nur noch auf eins: das abendliche Telefonat mit meinem besten Freund.

• • •

Es ist kurz vor acht, als ich in meinem Bett liege und mich durch Carters Instagramprofil scrolle. Vor seiner Abreise war ich auf beinahe jedem zweiten Foto zu sehen, die meisten davon sind in Schwarz-Weiß, weil Carter diesen Stil liebt. Es wäre gelogen, zu behaupten, dass ich ihn in den letzten Monaten nicht des Öfteren gestalkt habe. Er hat fast jeden Tag ein neues Foto gepostet. Die meisten zeigen ihn allein, großteils bei der Arbeit am Laptop oder im Backstagebereich.

Die Bilder, auf denen er mit der Band zu sehen ist, haben Hunderte Likes und genauso viele schmachtende Kommentare. Und seit einer Woche ist da noch ein anderes Gesicht auf den Fotos. Ich weiß noch nicht, wer diese Schönheit mit den schokobraunen Augen und den aufwendigen Frisuren ist, aber eins steht fest: Sie sieht umwerfend an seiner Seite aus. Bei dem Anblick der beiden schnürt es mir die Kehle zu. Grummelnd rolle ich meinen Oberkörper auf die Seite und ziehe meine Beine mit den Händen nach.

Die Tür zum Gemeinschaftsraum steht offen, und ich kann hören, wie Hazel sich eine Folge *Friends* reinzieht. Seit meine Mom uns einen Fernseher gebracht hat, kriege ich sie kaum noch von der Glotze weg.

»Hey, Skylar. Komm doch her! Das ist die Folge, wo Joey Monica anpinkelt!« Hazels Lachen wird von einem leisen Knistern untermalt, weil sie in dem Popcorneimer herumwühlt.

»Ich kann nicht. Carter ruft gleich an.« *Ich muss ihm dringend von Charles und Heather erzählen und ihm sagen, dass er sie anrufen soll.*

»Alles klar. Aber sag nicht, ich hätte dich nicht eingeladen, wenn ich mir die Seele aus dem Leib lache.« Im nächsten Augenblick erklingt der Titelsong *I'll be there for you*, und an der passenden Stelle klatsche ich gemeinsam mit Hazel zur Musik. In der letzten Woche habe ich viel Zeit mit ihr verbracht. Die Lamar University verfügt über einen gigantischen Park, in dem wir mehr als einmal zusammen gelernt und das gute Wetter genossen haben.

Pünktlich um acht klingelt mein Handy, und ich bin froh, dass wir heute nur telefonieren, anstatt zu skypen, weil seine Internetverbindung nicht stabil genug ist. So sehr ich diese Grübchen auf Carters Wangen auch liebe, so dringend will ich vermeiden, dass er Verdacht schöpft. Seit wir uns kennen, waren wir immer schonungslos ehrlich zueinander, und ich fühle mich hundeelend, weil ich diese Lüge jetzt schon seit Monaten aufrechterhalte.

»SkySky!«, begrüßt er mich, und sein Lachen ist so ansteckend und bildlich, dass ich seine Grübchen auch ohne Videoverbindung vor mir sehen kann. Das ist nur einer der Vorteile, wenn man fünfzehn Jahre lang beinahe jeden Tag mit einem Menschen verbracht hat.

Ich kuschle mich tiefer in mein Kissen, ziehe den Kragen seines alten Shirts hoch, inhaliere den Duft und schließe die Augen. Carter hat immer ein paar Sachen bei mir deponiert, für den Fall, dass er nach einem Serienmarathon einpennt. Und das kommt mir in seiner Abwesenheit zugute, auch wenn der Stoff nur schwach nach ihm riecht.

»Na, wie war dein erster Tag in Deutschland? Ich habe gesehen, dass ihr am Brandenburger Tor wart.«

»Das Land ist irgendwie ganz anders, als ich dachte. Man sagt immer, dass die Deutschen spießig sind und sich nicht für das Leben anderer interessieren, aber ich hatte heute eine verdammt lehrreiche Autofahrt mit einem Taxifahrer Namens Beau. Als ich ihm sagte, dass ich aus Beaumont komme, hat er uns als Seelenverwandte bezeichnet. Irre, oder?«

»Da muss ich deinen deutschen Taxi-Beau aber enttäuschen, der Posten ist schon vergeben.« Schmunzelnd zupfe ich an den Enden der Decke und überlege, wie ich meinen Besuch bei Heather und Charles am besten ansprechen kann, ohne dass er sofort in einen Flieger steigt und herkommt.

»Hab ich ihm auch gesagt. Ansonsten war der erste Tag recht unspektakulär. Wir haben uns die Location angesehen, in der wir zuerst spielen. Sie ist gigantisch, Sky. Ich wünschte, du könntest dabei sein und in der ersten Reihe mit mir abrocken.« Er spricht mir aus der Seele. Die Erinnerung an all die vergangenen Konzerte entlockt mir ein warmes Lächeln.

»Ich wünschte auch, ich wäre bei dir. Aber ihr scheint ohnehin alle Hände voll zu tun zu haben.« *Zum Beispiel damit, Bilder für Instagram zu schießen, auf denen du dich eng an eine Frau schmiegst.* Sein Arm baumelt lässig um ihre Schultern, und seine Augen strahlen dabei.

»Haben wir echt. Megan greift uns zum Glück unter die Arme und klärt alles mit den Locations. Glaub mir, ich hatte ja keine Ahnung, wie viel Arbeit hinter all dem steckt. Ich werde nie wieder sagen, dass Justin Bieber ein leichtes Leben hat.«

Seine dunkle Stimme elektrisiert mich.

»Megan also? Wer ist diese Megan? Ich habe ein Bild von

euch auf Instagram gesehen. Mit dem Hashtag *coolste Socke Europas*? Sei froh, dass ich nicht mit euch da bin, sonst wäre ich jetzt mächtig eifersüchtig«, scherze ich, obwohl ich jedes Wort ernst meine.

»Megan ist die Stiefschwester von Isaac. Sie ist Eventmanagerin und begleitet uns auf der Tour. Sie ist echt cool, Sky. Du würdest sie lieben. Sie steht auf *Vampire Diaries, Lost* und *Prison Break*. Und auf diese eine Serie, die du letztes Jahr so gesuchtet hast. *This Is Us*?« Beim Gedanken an Jack Pearson schlägt mein Herz doppelt so schnell. Neben Carter Davis ist er der einzige Mann, der das bei mir erreicht. Leider ist er rein fiktiv und stirbt in der Serie bereits am Anfang. Carter hingegen ist real und am Leben.

»Das klingt wirklich sympathisch. Wird die Band eigentlich mal nach Texas kommen, wenn du wieder hier bist?«

Carter bittet mich, einen Moment zu warten, und während er Isaac schreiend fragt, ob er Lust auf einen Trip nach Texas hat, starre ich die Decke meines Wohnheimzimmers an. Sie ist etwas schief und hat undefinierbare Flecken, aber ich beschwere mich nicht. Das hier ist der reinste Luxus für jeden Studenten.

»Die Jungs haben Bock. Ich will sie dir echt gerne vorstellen, ich bin mir sicher, dass du sie mögen wirst. Und keine Sorge, ich habe schon allen klargemacht, dass du tabu für sie bist.«

»Du bist immer mein Retter in edler Rüstung«, albere ich und seufze, weil ich ihn so vermisse. Im Hintergrund höre ich Hazels lautes Lachen und Sekunden später ihr Fluchen. Vermutlich ist ihr der Popcorneimer runtergefallen.

»Wieso lacht deine Mitbewohnerin wie auf Drogen?«

»Sie guckt gerade *Friends*«, antworte ich und muss an all die Abende denken, an denen wir diese Serie gemeinsam gesehen haben. Meistens hat sich Carter in mein Zimmer bei Penelope geschlichen und wir haben die ganze Nacht durchgemacht, obwohl wir beide zur Schule mussten.

»Etwa die Folge, in der …«

» … Joey Monica auf den Fuß pinkelt. Exakt.«

»Das ist die beste Folge. Und du weißt, solltest du jemals in einen Seeigel oder eine Qualle treten, würde ich mich sofort opfern und dir auch auf den …«

»Vergiss es, Carter. Ich weiß deine Hilfsbereitschaft zu schätzen, aber ich stehe nicht auf Natursekt.«

»Auch nicht auf Kaviar?«

Ich ziehe die Brauen zusammen und habe Angst vor der Antwort auf die nächste Frage.

»Was zur Hölle ist denn Kaviar?«, hauche ich und ekele mich bereits jetzt. Carters Lachen ist einnehmend und es fühlt sich nicht an, als wäre er einen Ozean von mir entfernt. »Das Gegenteil von Natursekt, SkySky. Es gibt doch tatsächlich Menschen, die darauf stehen, angekackt zu werden. Ich liebe es, wie ahnungslos du bist.«

Schreiend presse ich mir das Kissen auf den Kopf, um keine weiteren Details hören zu müssen. »Aber jetzt mal zu den wirklich wichtigen Dingen. Ich war heute bei Charles und Heather.«

»Oh, verdammt. Ich habe sie schon eine Weile nicht angerufen. Haben sie etwas gesagt?« Man hört ihm die Schuldgefühle sofort an. Carter merkt immer, wenn er Scheiße gebaut hat. Zumindest in neunzig Prozent der Fälle.

»Heather geht es nicht sonderlich gut. Sie schlägt sich tapfer, weil sie eben Heather ist, aber sie sieht sehr krank aus, und ich habe keine Ahnung, wie lange Charles die Arbeit noch allein stemmen kann. Es war hart, das alles zu hören«, seufze ich und spüre wieder den Kloß im Hals, der mich seit meinem Besuch bei ihnen begleitet. Carter flucht leise, ich bin mir sicher, dass er seine Haare rauft. Das macht er immer, wenn er nicht weiß, wie er ein Problem lösen soll. Im Gegensatz zu mir hat er seine ganze Kindheit und Jugend bei ihnen verbracht.

»Scheiße, Sky. Das klingt übel. Ich hasse es, dass es ihnen so schwer gemacht wird, obwohl sie nur das Beste für die Kinder wollen. Ich werde sie anrufen, gleich morgen, wenn bei euch Nachmittag ist.«

»Sie werden sich freuen. Und melde dich ab jetzt öfter bei ihnen. Wer weiß, wie lange es noch geht.«

»Hey, Sky!« Seine Stimme ist sonst immer warm und weich, doch jetzt klingt sie schneidend. Wenn es eine Sache gibt, mit der er nicht umgehen kann, ist es ein drohender Verlust.

»Tut mir leid«, entschuldigt er sich. »Du weißt, das Thema jagt mir eine Scheißangst ein. Aber ich werde sie öfter anrufen, versprochen. Außerdem bin ich in sieben Wochen wieder bei euch. Kannst du das glauben? Nur noch sieben Wochen, bis wir wieder mit dem Motorrad an den Strand fahren können.«

Eine Pause entsteht, weil ich nicht weiß, was ich antworten soll, ohne ihm noch mehr Lügen aufzutischen. Sie alle werden mich eines Tages einholen. Carter und ich haben oft gemeinsam an seinen Maschinen geschraubt, alte Teile restauriert und anschließend verkauft, aber erst nachdem wir eine Spritztour damit gedreht haben. In Zukunft werde ich wohl nur noch da sein, um ihm das Werkzeug zu reichen. Hauptsache, wir sind zusammen.

»Hör mal, Sky. Ich muss jetzt auflegen, Megan will mit uns reden. Irgendetwas haut mit dem Sicherheitspersonal nicht hin. Sie hat es quasi vorhergesagt! Echt verrückt, diese Frau.«

»Hat sie schon mal etwas von selbsterfüllenden Prophezeiungen gehört?«, frage ich und klinge dabei eindeutig zu verbittert. Eilig schiebe ich ein künstliches Lachen hinterher.

»Ich werde sie drauf ansprechen. Wir hören uns, okay? Love you.«

Ich stelle mir vor, wie er sein Handgelenk küsst und tue dasselbe. Sobald meine Lippen das Semikolon berühren, weiß ich, dass er den Kuss spürt.

Irgendwie.

»Bis dann, Carter. Ich dich auch.«

Eine Weile liege ich mit ausgestreckten Armen und Beinen, leblos wie eine Puppe, auf dem Rücken und versuche nicht an Megan und Carter zu denken. Erst als meine Mitbewohnerin ins Zimmer schielt, werden die Gedanken leiser.

»Du siehst traurig aus.« Ich mag dieses Mädchen schon jetzt wie verrückt. Sie ist eine der reinsten Seelen, die ich in letzter Zeit kennenlernen durfte.

Leise humpelt sie mit ihren Krücken auf mein Bett zu,

setzt sich neben mich und sieht mich fragend an. »Du siehst nach jedem Gespräch mit ihm traurig aus.«

»Weil ich es jedes Mal bin?«, gebe ich widerwillig zu.

»Carter weiß nicht, dass ich im Rollstuhl sitze«, gestehe ich leise. Hazel verzieht keine Miene. Sie sieht weder schockiert noch enttäuscht oder verurteilend aus. »Und wieso hast du es ihm nicht gesagt?«

»Die Geschichte ist kompliziert. Wir sind beste Freunde, seit ich denken kann. Und am Abend vor seiner Abreise haben wir miteinander geschlafen. Ganze drei Mal.« Jetzt kann Hazel ihre Emotionen nicht mehr im Griff behalten. Ihre Kinnlade klappt herunter.

»Ja, ich weiß. Schlafe niemals mit deinem besten Freund!«, sage ich und lasse mich theatralisch tiefer ins Kissen fallen, bevor ich mich aufrapple, gegen die Wand lehne und meine Beine massiere, damit der Blutfluss angeregt wird. In meiner Therapie habe ich so viele Alltagstipps darüber bekommen, wie ich mit meiner inkompletten Querschnittlähmung umgehen muss, dass ich damit ein ganzes Buch füllen könnte. Diese Massagen sind nur ein kleiner Teil davon.

»Ich verurteile dich nicht.« Sie greift nach meiner Hand, und diese flüchtige Geste bedeutet mir die Welt. Ich hatte in meinem Leben nie eine Freundin, der ich mich anvertrauen konnte, es gab immer nur Carter und mich. Und auch wenn ich nie etwas anderes brauchte, ist es schön, mit einer weiteren Person zu sprechen. Einer Person, die nicht meine Vergangenheit, meine Dämonen, Ängste und Wünsche kennt.

Noch nicht.

»Danke.«

»Und wie ging es dann weiter?«, hakt sie forsch nach. Mittlerweile hat sie sich neben mich gehievt, ihr Gips liegt jetzt neben meinen Beinen.

»Ich wollte mich nachts wie ein Feigling aus seinem Bett schleichen. Auf dem Heimweg war ich so in Gedanken versunken, dass ich den Jeep nicht gesehen habe. Bis er mich erwischt hat.«

»Scheiße. Es ist in dieser Nacht passiert? Wieso hast du ihm nichts davon erzählt? Er wäre sicher nicht in dieses Flugzeug gestiegen, so, wie du über ihn sprichst.«

»Genau da liegt das Problem. Der Job in Europa ist ein Sechser im Lotto, Hazel. Wenn er ihn meinetwegen hingeschmissen hätte, hätte ich es mir niemals verziehen. Ich weiß, dass es falsch war, aber irgendwann war es auch zu spät, um noch mit der Wahrheit rauszurücken. Ich will es ihm von Angesicht zu Angesicht sagen und nicht übers Telefon.«

»Das verstehe ich. Aber es belastet dich«, erkennt sie und trifft damit ins Schwarze. Es belastet mich, seit ich am nächsten Morgen aus dem OP-Saal geschoben wurde und langsam wieder zu Bewusstsein gekommen bin. Die Narkotika haben mich eine Weile lahmgelegt, doch sobald meine Augen offen und mein Geist klar war, wusste ich, dass ich es ihm nicht sagen kann. Es war verdammt viel Arbeit, Penelope, Heather und Charles davon zu überzeugen, es für sich zu behalten. Zu meinem Glück konnte Mom ihn in der Nacht nicht erreichen, weil er schon im Flieger saß.

»Ich kenne eure Beziehung nicht, Skylar. Aber bei dem,

was ich mitbekomme, ist eure Verbindung sehr vertraut. Ihr hört euch manchmal an wie Zwillinge. Er wird es verstehen, und er wird dir vergeben«, muntert sie mich auf. Erstaunlicherweise klappt es sogar.

»Und willst du meine Meinung wissen?« Innerlich schreie ich ein lautes Nein, trotzdem nicke ich. Sie holt tief Luft.

»Er ruft dich jeden Abend an, immer pünktlich und nie eine Minute zu spät. Er schickt dir unzählige Postkarten, und du ziehst seine Shirts an, wenn du ihn vermisst. Außerdem trägt er deinen Namen auf seinen Fingerknöcheln. Ich habe schon beim ersten Mal, als du von ihm gesprochen hast, gesehen, dass du verliebt bist. Und wenn du mich fragst, beruht das auf Gegenseitigkeit.«

»Carter ist kein Typ für ernste Beziehungen.«

»Menschen ändern sich. Die Liebe ändert Menschen. Das ist eine ganz einfache Rechnung.« Kurz verfalle ich dem Glauben, dass sie recht haben könnte. Dass Carter genauso für mich empfindet, wie ich für ihn. Ich weiß, dass er für mich sterben würde, aber hier geht es um mehr als Vertrauen und Liebe. Hier geht es um Leidenschaft. Intimität. Sex. Etwas, das bei mir nie mehr wie früher ablaufen wird.

»Danke, Hazel.« Ich lasse meinen Kopf gegen ihre Schulter sinken, und als sie ihren Arm um mich legt und ich von ihrem Rosenduft eingehüllt werde, strahle ich übers ganze Gesicht. Hazel ist meine allererste Freundin, und ich weiß schon jetzt, dass es für immer sein wird.

So bin ich.

Wenn ich einen Menschen in mein Herz lasse, dann für immer.

5

Carter

Vergangenheit

»Hey, Skylar. Heute ist dein großer Tag. Bist du aufgeregt?« Heather ging zu Sky herüber, die auf ihrem Bett saß und nervös an Beautys Mähne zupfte. Seit sie und ihr Mann die freudigen Nachrichten überbracht hatten, traute ich mich nicht, ihr in die Augen zu sehen. Ich wollte nicht, dass sie mitbekam, wie schwer der Tag für mich war. In den letzten Jahren hatte ich es immer geschafft, sie zum Lachen zu bringen, wenn sie traurig war. Aber heute war ich selbst traurig.

Weil sie mir Sky wegnehmen würden.

In einer Stunde schon.

Diese Frau mit dem langen, beigen Mantel würde Skylar und all ihre Sachen mit zu sich nehmen und ihr ein neues Zuhause geben. Sogar ihr Lieblingskuscheltier würde sie mitnehmen. Schon morgen würde dieses Zimmer hier, das direkt neben meinem lag, leer stehen und in ein paar Wochen einem anderen, fremden Kind gehören.

Mein Herz polterte, und ich wischte wütend meine Tränen weg. Für Sky musste ich stark sein, ich durfte nicht heulen wie ein kleines Baby. Das konnte ich immer noch, wenn sie weg war. Immerhin wusste ich, wie gut Sky sich mit dieser Frau verstand, die vor einigen Monaten zum ersten Mal mit ihrem Hund hier aufgetaucht war. Sky war sofort Feuer und Flamme für dieses Tier gewesen.

»Ich bin super aufgeregt!«, platzte es aus Skylar heraus, und sie suchte meinen Blick, aber ich drehte den Kopf sofort zur Seite, damit sie keinen Verdacht schöpfte.

»Dir wird es gut gehen bei Penelope. Sie ist eine wahnsinnig tolle Frau. Und du wirst sicher eine Menge Spaß mit ihrem Hund haben.« Heather tätschelte Skys Wange, und ich wünschte, es wäre meine Hand. Aber ich war ein Feigling.

»Wie war sein Name noch gleich, Sky?«

»Monty«, sagte sie mit einem Strahlen in den Augen, das jedoch nachließ, als sie erneut in meine Richtung sah. »Aber kann ich Carter nicht mitnehmen?« Sie zog ihre Beine auf das Bett und sah Heather flehend an. Ihre kleinen Hände faltete sie wie bei einem Gebet. »Bitte!«

Seit zwei Jahren war Sky hier bei uns, und ich hätte nicht damit gerechnet, dass sie so schnell wieder gehen würde. Immerhin war ich schon seit fünf Jahren bei Heather und Charles. Aber wie konnte ich dieser Frau verübeln, dass sie Sky zu sich holen wollte? Sie war die Beste.

»Skylar, mein Schatz«, flüsterte Heather, die auch kurz davor stand, in Tränen auszubrechen. Sie wollte immer stark für uns sein, aber manchmal schaffte sie es nicht. »Wir haben uns darüber schon unterhalten. Das geht leider nicht. Aber du weißt, dass du uns jederzeit besuchen kannst.«

»Das ist unfair!«, schluchzte Sky, vergrub ihr Gesicht in ihren Händen, und bevor sie zusammenbrechen konnte, stieß ich mich von der Wand ab, rannte auf sie zu und krabbelte zu ihr aufs Bett. Ich nahm sie in den Arm, ihr zierlicher Körper bebte, und ihre Krokodilstränen tropften auf meine Unterarme. Ich wusste, dass sie sich auf diesen Tag seit Wochen gefreut hatte, aber uns war auch klar, dass der Abschied schwer werden würde. Am liebsten hätte ich sie angefleht, nicht zu gehen, damit sie bei mir blieb. Aber Sklyar würde alles bekommen. Eine richtige Mom, nur für sich allein. Einen Hund, mit dem sie den ganzen Tag spielen konnte. Sie konnte sogar eine der besten Schulen in Texas besuchen. Und all das verdiente sie.

»Hey, Sky«, versuchte ich, sie zu beruhigen. »Alles wird gut, hörst du?« In den letzten Jahren hatte ich gelernt, ihr großer Bruder zu sein. Und große Brüder beruhigen ihre Schwester. Trösten sie. Sagen ihr, dass alles gut gehen würde. Und sie glauben daran.

»Nein, Carter«, schniefte sie und drehte sich zu mir um. Sie trug ihr rotes Kleid mit den schwarzen Rüschen an den Ärmeln, in dem sie aussah wie eine blonde Minnie Mouse.

»Du musst mitkommen!« Sky krallte sich an meinem Shirt fest und presste ihren kleinen Kopf gegen meine Brust. Heathers Blick glitt zum Holzboden, ihr Atem ging schwer.

»Hört mal, Kinder. Ich wollte Penelope wirklich mit aller Macht ans Herz legen, dass sie euch beiden ein Zuhause gibt. Aber sie hat nicht die Mittel dafür, und das tut mir furchtbar leid. Wir haben aber abgemacht, dass ihr euch weiterhin sehen könnt. Ich kann einmal in der Woche mit Carter zu euch kommen, und Penelope wird dich mindestens einmal in der Woche herfahren, damit ihr spielen könnt.« Mit diesen Worten rutschte Heather zu Boden, kniete sich vor uns und strich Sky ihre blonden Locken hinter das Ohr, woraufhin sie ihr Gesicht noch dichter gegen meinen Körper drückte. Ich wollte heulen. Schreien. Mit den Füßen um mich treten. Verhindern, dass man mir Sky wegnahm. Aber ich wusste, dass ich erst zusammenbrechen durfte, wenn sie nachher im Auto dieser fremden Frau saß. Vorher musste ich ihr großer Bruder sein und mich zurücknehmen.

»Ich verspreche euch, dass ich nicht zulassen werde, dass euch etwas trennt. Niemals.«

»Versprochen?«, fragte Sky wimmernd. Als Antwort nickte Heather liebevoll, mittlerweile rannen ihr auch die Tränen über die Wangen, genau wie bei Sky, die mein Shirt durchnässte. Sie duftete nach Erdbeeren, wie immer. Und schon in einer Stunde würde sie fort und der Duft nur noch eine blasse Erinnerung sein. Ich schlang meine Hände noch fester um sie und legte mein Kinn auf ihren Kopf. Ihre blonden Haare kitzelten mein Gesicht, aber mir war heute nicht nach Lachen zumute.

»Skylar. Carter. Ich würde mein Leben für euch geben, das müsst ihr mir glauben.« Seufzend stand Heather auf, wischte sich die Tränen ab und deutete in den Flur. »Ich lasse euch noch ein bisschen allein.«

Erst als sie das Zimmer verlassen hatte, schaffte ich es, meine Arme von Sky zu lösen. So als wäre die Gefahr außer

Reichweite. Vorerst. Ich griff nach ihrer zitternden Hand und hielt sie einfach nur.

»Meinst du, sie sagt die Wahrheit?«, fragte sie nach einer Weile, in der wir einfach nur nebeneinandersaßen und schwiegen. *Ihr Lachen werde ich am meisten vermissen. Es hat dieses Zimmer hier mit Farbe gefüllt. Dieses ganze Haus.*

»Ich glaube schon.«

»Ich mag diese Frau und ihren Hund. Aber dich hab ich lieb.« Mit ihren großen, blauen Augen sah Sky zu mir auf, und es brach mir das Herz, sie so traurig zu sehen und zu wissen, dass ich der Grund dafür war. Das hier sollte der beste Tag der letzten zwei Jahre für sie werden!

»Sie scheint nett zu sein«, versuchte ich sie aufzumuntern. »Und ein Hund namens Monty klingt nach viel Spaß! Du könntest ihm coole Tricks beibringen.«

Skys Unterlippe bebte, während sie nickte.

»Und dann kannst du mir beim nächsten Mal zeigen, was er alles schon kann. Was hältst du davon, Sky?«

»Das klingt gut.« Sie wischte sich mit dem Handrücken die Tränen von den Wangen. »Aber wir bleiben doch Freunde, oder?«

Krampfhaft überlegte ich, wie ich ihr beweisen konnte, dass sich an unserer Freundschaft nichts ändern würde. Als mir schließlich eine Idee kam, sprang ich vom Bett auf, rannte zu der Spielzeugkiste herüber und öffnete sie. Eilig kramte ich mich durch die Puppen, Autos und Bausteine, bis ich einen schwarzen Filzstift fand. So bewaffnet ging ich zurück zum Bett, kniete mich vor ihr auf den Boden und nahm ihren Unterarm in meine Hand. Sie zitterte. Sachte platzierte ich ihn auf ihrem Knie.

»Was machst du?«, fragte sie, und ich liebte die Neugier in ihrer Stimme. Ich nahm die Kappe vom Filzstift, steckte sie zwischen meine Zähne und wanderte mit der Spitze zu ihrem Handgelenk. Anschließend malte ich erst einen Punkt und anschließend ein Komma auf ihre blasse Haut. Sobald ich mit ihrem Arm fertig war, zeichnete ich dasselbe Zeichen auf meinen linken Unterarm.

»Was bedeutet das?« Jetzt klang sie nahezu aufgeregt, während sie die schwarze Farbe betrachtete und mit ihren schmalen Fingern über das Symbol fuhr, sodass es leicht verwischte. Ich steckte die Kappe wieder auf den Stift und legte ihn zur Seite. Meine Hand umgriff ihre, und als ich unsere identischen Zeichen ansah, musste ich lächeln.

»Das ist ein Semikolon. Charles hat es mir vor ein paar Tagen erklärt. Dieses Zeichen benutzen Autoren, wenn sie einen Satz angefangen haben, den sie noch nicht beenden wollen. Sozusagen eine Geschichte, die noch nicht zu Ende erzählt ist.« Je länger ich darüber nachdachte, desto besser passte dieses Semikolon zu Sky und mir. Zu ihrer Geschichte und zu meiner.

»Unsere Geschichte endet hier noch nicht, Sky«, versicherte ich ihr. »Du wirst eine tolle Familie haben. Einen Hund. Und du wirst nicht länger darauf warten müssen, dass deine Mutter dich abholt. Es wird dir gut gehen.«

Sie starrte das Semikolon eine Weile lang wortlos an, und als sie mich ansah, waren ihre Tränen versiegt. Stattdessen sah sie fast glücklich aus.

»Das gefällt mir«, flüsterte sie leise, während sie ihre kleinen Knie fest zusammenpresste.

»Mir auch. Immer, wenn du an mich denkst, mal dir das Zeichen auf das Handgelenk.« Eilig nickte sie, und als sie mir ein Lächeln schenkte, war meine Welt wieder in Ordnung. Noch. Denn es dauerte nicht mehr lange, bis sie fortging und mir nur noch das Semikolon von ihr blieb.

• • •

»Hey, Kleine. Ich verspreche dir, dass wir in ein paar Tagen herkommen werden, okay? Wir können deinen Freund so oft besuchen, wie du willst.« Die Frau, die Skylar mitnehmen würde, war wirklich nett. Sie hatte wellige, blonde Haare, und ihr Lächeln erinnerte mich an Heather. Die stand neben mir, während Charles Skylars kleinen, rosafarbenen Koffer in das schwarze Auto der Frau trug. Es war ein riesiges Auto, und am liebsten wäre ich auch eingestiegen und hätte sie begleitet.

Sky stand vor der Frau und starrte auf den Boden, während sie mit den Spitzen ihrer Sandalen die Fugen der Pflastersteine nachzeichnete. Eine Weile sagte niemand etwas, und als der Abschied immer näher rückte, fiel es mir umso schwerer, nicht zu heulen. Heathers Hand legte sich auf meine Schulter und drückte sie sanft.

»Ich werde anrufen, sobald wir angekommen sind. Ich danke Ihnen, Heather. Und Ihnen auch, Charles.« Die Frau in dem beigen Superheldinnenmantel winkte uns zu, griff nach Skylars Hand und führte sie zu ihrem Wagen.

Nein. Nein. Nein.

Mit jedem Schritt von Skys Riemchensandalen wurde mein Herz schwerer. Wieso passierte das? Wieso nahm man sie mir weg? *Weil sie eine Familie verdient hat.* Eine richtige. Ich wusste es, aber es machte die Sache nicht einfacher. Skylar wurde immer kleiner in der Einfahrt, und bevor sie auf den Rücksitz kletterte, sah sie mich noch einmal an. Ich konnte ihr Gesicht nicht erkennen, aber ich wusste, wie zerrissen sie im Inneren war, weil sie beides wollte: bei mir bleiben und in dieses Auto steigen. Ich spürte es wie das Pochen unter meinem Handgelenk.

Mein Blick fiel auf das Semikolon. Es war heiß heute, und ich wusste, dass die Farbe nicht lange halten würde. Heather und Charles winkten, als der Wagen losfuhr. Ich bekam Panik und rannte los. *Sie durfte nicht gehen.*

»Carter, warte!« Es war Charles, der mich aufhalten wollte, aber Heather hielt ihn zurück und sagte ihm, dass ich das brauchte. Meine Beine rannten so schnell sie konnten zu dem schwarzen Auto, aber ich war zu langsam. Meine Lunge schmerzte, als das Auto die Ausfahrt hinunterfuhr.

Auch wenn ich wusste, dass ich es nicht schaffen würde, rannte ich weiter. Wurde noch schneller. Immer schneller. Und als ich dem Auto so nahe war, dass ich Sky durch die Heckscheibe sehen konnte, riss ich meinen Arm in die Luft und küsste das Semikolon auf meiner Haut. Sie wusste, was ich ihr sagen wollte. Als Antwort hob sie ihre zierliche Hand und küsste ihres. Wir wurden getrennt, aber wir wussten, dass wir verbunden waren. Für immer.

6

Skylar

Das Gebäude, in dem zweimal in der Woche meine Physiotherapie stattfindet, liegt gute zwanzig Minuten außerhalb des Campus, weshalb ein Therapietag für mich nicht nur darin besteht, zwei Stunden lang über eine Matte zu kriechen und Übungen zu machen, sondern auch darin, ein passendes Taxi zu finden, um rechtzeitig anzukommen. Seit dem Unfall brauche ich für fast jede Tätigkeit doppelt so lange. Einfach so einen Samstagabend in einem Club verbringen? Pustekuchen. Erst muss ich nach einem Schuppen Ausschau halten, der behindertengerecht ist, und dann muss ich noch darauf achten, nicht zu viel zu trinken. Auf keinen Fall werde ich mir jemals einen Katheter auf einer dreckigen Clubtoilette legen. Vorher sterbe ich lieber an einer Blasenentzündung oder pinkle mir in die Hose. Das Training war heute besonders herausfordernd, und ich spüre, wie mir der Schweiß über den Nacken rinnt.

»Das lief doch heute richtig gut.« Camille ist nicht nur meine Physiotherapeutin, sie hat auch Psychologie studiert und sich darauf spezialisiert, Menschen nach schweren Unfällen bei der Genesung zu begleiten. Ich lasse mir von ihr in Holly helfen, positioniere meine Beine auf dem Rollstuhl und wische mir den Schweiß von der Stirn. Um meine Schulter hängt ein Handtuch, aber ich bin zu erschöpft, um es zu benutzen. Meine Muskeln schmerzen, weil mich die letzten zwei Stunden körperlich an meine Grenzen gebracht haben.

»Danke. Ich glaube, langsam kriege ich es immer besser hin«, sage ich stolz. Wenn ich eins in meinem Leben gelernt habe, dann, dass ich mich nicht unterkriegen lassen darf. Das Schicksal hat mir vielleicht meine Beine genommen, aber meinen Optimismus kriegt es nicht.

»Das sehe ich. Anscheinend übst du zu Hause fleißig. Komm, Sky, wir gehen noch kurz ins Büro.« Nach dem Training fühlen sich meine Arme wie Wackelpudding an, aber ich gebe mir Mühe, die Meter bis zu ihrem Büro ohne zu jammern hinter mich zu bringen.

Sobald ich am Schreibtisch sitze, nimmt Camille ebenfalls Platz. Der Tisch sieht genauso chaotisch aus wie der Trainingsraum, in dem die Hanteln überall verteilt liegen. Hier herrscht ein Chaos aus Zetteln und Flyern, zahlreiche Tassen stehen neben ihrem Computer, und ihre Stifte stecken nicht in dem dafür vorgesehenen Behälter, sondern fliegen lose umher. Camille hat eindeutig ein Problem mit Ordnung.

»Also, Sky. Erzähl mir, wie deine ersten Wochen an der Uni waren. Kamst du gut zurecht?«

»Ziemlich. Es ist noch ein bisschen schwierig, die Zeiten zu planen, weil ich für alles doppelt so lange brauche, aber das kriege ich noch hin. Außerdem glaube ich, dass das Studium mir guttut. Mein neues Zimmer im Wohnheim ist riesig, und meine Mitbewohnerin ist ein richtiger Schatz«, antworte ich ehrlich. Mittlerweile bin ich seit drei Wochen wieder an der Lamar University, und langsam finde ich in meinen alten Rhythmus zurück.

»Das klingt wunderbar. Und wie sieht es mit dem Blasenmanagement aus? Klappt in der Hinsicht alles?«

»Jap. Fünfmal am Tag stürme ich aufs Klo, um mir einen Katheter zu legen. Ich will ja nicht angeben, aber ich glaube, dass ich es mittlerweile besser kann als die Schwestern im Krankenhaus. Da hat es manchmal echt ewig gedauert.«

»Perfekt.« Warm lächelt sie mich an. »Das Thema ist sicher nicht das schönste für junge Menschen wie dich, aber du weißt ja, dass ich dich danach fragen muss.«

»Kein Problem. Ich bin im Reinen mit mir«, erwidere ich ehrlich. »Und ich hatte bis jetzt auch noch keine Blasenentzündungen.« Als mir die Ärzte nach der OP sagten, dass sie eine inkomplette Querschnittlähmung vermuten, dachte ich, dass ich wieder gesund werden würde. Inkomplett klang in meinen Ohren wie Musik, zu der ich eines Tages wieder tanzen würde. Kurz darauf wurde mir jedoch klargemacht, dass ich vermutlich nie wieder würde laufen oder normal aufs Klo gehen können.

»Das sind tolle Nachrichten. Gerade in den ersten Monaten kommt es oft zu Entzündungen, weil sich die Patientin erst einmal einspielen muss.«

»Deshalb passe ich immer auf, dass ich alle Hygienemaßnahmen einhalte, viel trinke und mich regelmäßig entleere.

Ich sagte ja, ich bin ein Profi. Sie können mich auch Cat(he-ter)-Woman nennen«, scherze ich, und Camilles Lachen macht mich glücklich.

Carter würde das Wortspiel lieben, da bin ich mir sicher. Immer, wenn ich an meinen besten Freund denke und an die Tatsache, dass er bald zurück sein wird, werde ich nervös. Noch fünf Wochen, bis ich mich dem riesigen Elefanten stellen muss, der mich auf Schritt und Tritt verfolgt. Der mir ins Ohr schreit, dass ich eine Lügnerin bin.

Meine Finger pfriemeln an Holly herum.

»Du bist echt eine verrückte Nudel, Sky.« Camille grinst mich an, bevor sie fortfährt. »Du weißt, dass es noch ein Thema gibt, das wir besprechen sollten.« Ich ahne schon, in welche Richtung dieses Gespräch gehen wird, und würde am liebsten die Flucht ergreifen. Aber mein Taxi kommt erst in einer halben Stunde, und ich will ungern in der prallen Sommerhitze gegart werden.

»Hast du deine Periode wieder regelmäßig, Sky?«

»Ja. Also, so regelmäßig, wie man es nach zwei Monaten sagen kann.« In den ersten acht Wochen nach dem Unfall blieb meine Periode aus, und weil ich panische Angst hatte, in der Nacht mit Carter schwanger geworden zu sein, habe ich zehn Tests auf einmal gemacht, obwohl ich wusste, dass ich nicht schwanger sein konnte.

»Es ist normal, dass man in den ersten Monaten nach so einem körperlichen Schock keine Regelblutung hat. Aber du weißt ja mittlerweile, dass in diesem Bereich keine Einschränkungen zu erwarten sind. Du kannst immer noch schwanger werden und Kinder bekommen.« Ich wische mir den frischen Schweiß von der Stirn, der dieses Mal herzlich wenig mit dem Sport zu tun hat. Dieses Thema bringt mich immer ordentlich ins Schwitzen.

»Ich weiß«, murmle ich und versuche, das Gespräch schnell zu einem Ende zu bringen, indem ich nur noch kurz angebunden antworte.

»Wie sieht es im Bereich Sexualität aus, Sky? Das ist das einzige Thema, das wir noch besprechen sollten.« Camille hat mir in den letzten Monaten oft ans Herz gelegt, mich damit zu beschäftigen, aber dieses Thema belastet mich enorm. Die Vorstellung, mein Leben lang nur noch in zwei Posen Sex zu haben und jedes Mal vorher einen Katheter legen zu müssen, ist nicht gerade einheizend. Spontaneität wird nie wieder ein Teil meines Sexlebens sein. *Falls* ich je wieder ein intaktes Sexleben haben werde …

»Da in dieser Hinsicht kein Bedarf besteht, müssen wir darüber auch nicht reden«, weise ich sie ab und klinge dabei fast zickig.

»Im Moment vielleicht nicht. Aber du bist eine junge Frau, und du hast Bedürfnisse …«

»Okay, Camille. Ich … ich muss jetzt wirklich los. Danke für die tolle Therapiestunde. Wir sehen uns nächste Woche!« So schnell wie möglich verlasse ich Camilles Büro. Sie ruft mir seufzend hinterher, dass ich mich melden soll, wenn etwas ist, und dann fällt die Tür ins Schloss.

Einen Augenblick verharre ich noch an Ort und Stelle, lege den Kopf in den Nacken und versuche die Tränen zu verdrängen. Das Thema mit den drei Buchstaben bringt mich immer noch ordentlich aus dem Konzept. Und der One-

Night-Stand mit meinem besten Freund trägt einen Teil dazu bei … wenn nicht sogar den größten.

• • •

Die Sonne wirft magische Strahlen durch die großen Fenster des Hörsaals. Staub tanzt in der Luft und wird in dem Licht zu Glitzer. Professor Harrison unterrichtet uns heute über die traditionellen Familienstrukturen und die Probleme, die sie mit sich bringen können. Schon als Kind war mir klar, dass ich eines Tages Kindern helfen möchte, die wie ich einen schweren Start ins Leben hatten. Also kam mir das Studium über Familienwissenschaften wie ein Geschenk des Himmels vor, weshalb ich jedes Wort des Professors wie ein Schwamm aufsauge und mitschreibe.

In der Reihe hinter mir höre ich, wie zwei Kerle sich angeregt darüber unterhalten, wie es wohl ist, mit einer Frau im Rollstuhl Sex zu haben. In regelmäßigen Abständen verdrehe ich die Augen, weil sie genau wissen, dass ich jedes ihrer Worte hören kann. Bevor ich den Typen meine Meinung geigen kann, unterbricht mich das Vibrieren meines Handys. Ich hole das Smartphone heraus und entdecke eine Nachricht von Carter.

Notfall. Kannst du skypen?

Mein Puls beschleunigt sich, sobald ich seine Nachricht gelesen habe. Normalerweise würde ich sofort alles stehen und liegen lassen, den Saal verlassen und ihn anrufen. Aber dieses Mal kann ich mich nicht auf meinem Bett verkriechen …

Sky, bitte! Ich kann mich nicht entscheiden und brauche deine Hilfe …

Seit wir uns kennen, ist das hier ›unser Ding‹. Egal in welchem Bereich sich einer von uns nicht entscheiden kann, der andere hilft ihm. Immer. Ohne Ausnahmen. Seufzend stopfe ich die Sachen in meine Tasche, lege mein Handy in den Schoß und steuere auf den Ausgang zu. Professor Harrison ruft mir hinterher, aber ich will nicht vor versammelter Mannschaft behaupten, dass ich aufs Klo muss und ihnen ein perfides Kopfkino bescheren.

Suchend fahre ich durch die Gänge des Gebäudes, bis ich schließlich einen Platz gefunden habe, an dem ich ungestört bin. Als ich darauf warte, dass Carter den Anruf entgegennimmt, tritt wieder Schweiß auf meine Stirn. Was, wenn er die Griffe meines Rollstuhls sieht? Verdammter Mist, das hier war eine dämliche Idee. Ich hätte ihn dieses Mal hängen lassen sollen.

»SkySky! Gott, danke!« Das strahlende Lachen meines besten Freundes ist das Erste, was ich sehe, als die Verbindung stabil ist. Carter befindet sich in einer Kabine, im Hintergrund kann ich einen schwarzen Vorhang sehen.

»Bist du etwa gerade shoppen?«, witzle ich und halte das Handy in einem Winkel, der Holly verdeckt. Carter dreht die Kamera, sodass ich ihn im Spiegel der Umkleidekabine sehen kann. Er trägt ein schwarzes Shirt, das sich um seine

Muskeln schmiegt, und eine lässige, schwarze Jeans, die tief auf seinen Hüften sitzt. Mein Blick huscht über die Tattoos an seinen Armen, die Sehnen, die Adern … Ich schlucke und verbanne jeglichen sexuellen Gedanken ins Nirwana. Ich hätte Camille fragen sollen, wie ich die erotischen Fantasien von meinem besten Freund aus dem Kopf bekommen kann. Damit wäre mir wirklich geholfen.

»Ja. Ich brauche deine Hilfe. Heute Abend findet so ein schnöseliges Event in dem Verlag statt, in dem mein Buch erscheinen wird. Es wird einen Sektempfang geben und diese viel zu kleinen Häppchen, die niemanden satt machen. Ich bin mir sicher, dass ich mit einigen Leuten über die Story sprechen muss.«

»Das ist doch super, Carter!«

Bilde ich es mir nur ein, oder sind da Schweißperlen auf seiner Stirn? Mein Gott, er scheint wirklich panisch zu sein.

»Und was soll ich denen sagen?«

»Das kriegst du schon hin. Mach dir nicht zu viele Gedanken – wir wissen doch, dass du aufblühst, wenn du übers Schreiben redest, also sei einfach du selbst«, ermutige ich ihn. »Wobei genau brauchst du meine Hilfe?«

»Ich weiß einfach nicht, was ich anziehen soll.« Ah, jetzt verstehe ich, wieso er mich aus einer Umkleidekabine heraus ansieht.

»Welche Sachen stehen denn zur Auswahl?«

Carter schält sich aus dem Shirt. Das Handy hat er auf dem kleinen Hocker abgestellt, sodass ich seinen Striptease aus der ersten Reihe betrachten kann. Sein Oberkörper ist von Tattoos übersät, und ich sehe, dass ein neues auf seiner rechten Brust dazugekommen ist. Eine Faust, um die Stacheldraht gewickelt ist. Blut tropft aus der Hand heraus und vermischt sich mit dem Tattoo darunter. Es komplettiert das Kunstwerk Carter Davis. Die umliegende Haut ist noch gerötet, aber es scheint langsam zu verheilen.

Schweigend sehe ich dabei zu, wie er sich ein dunkelblaues Hemd überstreift und es langsam zuknöpft. Der Stoff sieht weich aus und schmiegt sich an seine breiten Schultern und Arme. Fragend sieht er mich an. »Und? Was meinst du? Zu viel? Zu wenig? Fuck, ich glaube, ein Hemd ist viel zu spießig und passt nicht zu mir.«

»Hey, Carter. Jetzt beruhige dich, okay? Du siehst toll aus«, versichere ich ihm und untertreibe maßlos. Ich habe Carter bis jetzt noch nie in einem Hemd gesehen, und mein Mund ist trockener als die Wüste Gobi.

»Danke, SkySky. Aber dieses Event ist wirklich wichtig. Normalerweise ging es bei den letzten Terminen immer um die Band und ihre Arbeit. Dieses Mal geht es zu einem großen Teil um meine Arbeit.«

»Und genau das hast du verdient. Isaacs Manager hat dich nicht ohne Grund angeschrieben, als er deine Musikartikel gesehen hat. Du bist genau da, wo du sein solltest, und du hast es verdient.« Carter hatte schon immer Probleme damit, seinen Wert zu erkennen. Nach außen hin wirkt er – vor allem auf Fremde – meist wahnsinnig selbstbewusst und extrovertiert, aber im Grunde genommen hat er ständig Angst, nicht zu genügen.

»Soll ich das Shirt noch mal anziehen? Damit du es vergleichen kannst?«, übergeht er meine kleine Lobesrede.

»Nein, ich denke, du solltest das Hemd tragen.« Und ich wünschte, ich könnte dich auf dieses Event begleiten …

»Okay, danke, SkySky. Du bist meine Rettung.« Er schnappt sich das Handy und setzt sich wieder auf den Boden der Kabine. Seine Augen wirken in dem Licht der Deckenlampe fast türkisfarben. *Wie das australische Meer.*

»Und wo ist mein Lieblingsmädchen gerade? Sieht nicht aus, als wärst du im Wohnheim.«

»Ich war gerade in einer Vorlesung über Familienstrukturen«, antworte ich.

»Etwa bei Professor Hawkeye?«, fragt er grinsend und beißt sich auf die Unterlippe. Ich hasse, wie gut er aussieht, wenn er das macht.

»Ja. Er scheint sich langsam erholt zu haben.« Professor Harrison, den wir liebevoll Hawkeye nennen, weil er aussieht wie Jeremy Renner in den Marvelfilmen, wurde vor einem halben Jahr von seiner Frau verlassen, und seitdem ist es ihm schwergefallen, nüchtern in der Uni aufzukreuzen. Weil die Studenten ihn lieben, hat ihn niemand verpfiffen, auch wenn es das einzig Richtige gewesen wäre.

»Und was macht die Uni sonst, SkySky? Du erzählst nicht viel von dir in letzter Zeit.« *Weil das, was ich dir verschwiegen habe, über allem steht … Wie soll ich mit dir über die Uni reden, wenn du nicht einmal weißt, dass ich im Rollstuhl sitze? Dass ich meinen Platz in der letzten Reihe aufgeben musste, weil ich die Treppen nicht hochkomme?* Schnell fange ich mich wieder, zucke mit den Schultern und suche nach einer passenden Ausrede.

»Weil hier nicht so viel passiert, seit du weg bist. Die Uni hat immer noch dasselbe schreckliche Mensaessen, der Park ist immer noch total überfüllt im Sommer, und die Studentenpartys sind voller Idioten. Alles beim Alten.«

Fast alles.

»Wird Zeit, dass ich nach Hause komme. Klingt, als wäre es ohne mich ziemlich langweilig.«

»Ist es. Ich bin froh, dass du bald wieder da bist.« *Noch glücklicher würde es mich machen, wenn du mir verzeihst, was ich getan habe.*

»Und bei dir? Wie läuft es mit dem Schreiben? Ist das Buch schon fertig? Wann kann ich es kaufen?« Meine Worte überschlagen sich fast, weil ich alles über seine Arbeit wissen will. So war es schon, als er noch beim Radio als Musikjournalist gearbeitet hat. Für mich gab es nichts Cooleres als abends um acht die Show anzumachen, in der mein bester Freund Musiker interviewt hat.

»Fertig ist es noch nicht, aber ich nähere mich dem Ende, ja. Es ist echt komisch, ein Buch zu schreiben, vor allem, wenn es biografisch ist. Aber mit Isaac zusammenzuarbeiten ist wirklich cool. Ich kann es kaum erwarten, dich ihm vorzustellen. Er wird mir zwar in den Arsch treten, weil er ein striktes Sky-Verbot hat, aber du wirst ihn lieben.«

»Mehr als ich dich liebe?« Meine Mundwinkel zucken, weil ich weiß, dass er in wenigen Sekunden das Gesicht verziehen wird. *Eins, zwei … bingo!* Carter schüttelt angewidert den Kopf. »Du liebst niemanden so sehr wie mich.« Die Arroganz steht ihm ins Gesicht geschrieben. Am liebsten würde ich ihm widersprechen, um mich nicht zu verraten, aber es hätte keinen Sinn, die Wahrheit zu leugnen.

»Du hast recht.«

Eine Weile blicken wir uns noch an. Ich stelle mir vor, wie es wäre, wenn er noch einmal seinen Arm um mich legen und mich ins Bett tragen würde, wie in dieser Nacht. Wie es wäre, wenn wir uns noch einmal so nah wären und ich in seinen Armen zu Wachs werden würde.

Doch Carter ist nicht hier, und ich weiß nicht, ob unsere Freundschaft meine Lüge überstehen wird. Also bleibt mir nur ein ›Was wäre, wenn …‹

7

Skylar

Zwei Tage sind seit Carters Event beim Verlag vergangen, und außer einem *Es lief besser als erwartet* habe ich keine näheren Infos darüber bekommen, weil wir seitdem nicht mehr miteinander telefoniert haben. Carter versinkt in Arbeit, und ich nutze diese kleine Auszeit, um mir einen Plan auszudenken, wie ich ihn mit der Wahrheit konfrontieren werde. Doch je länger ich grüble, desto mehr versinke ich auch in Selbstmitleid.

Es ist Samstag, und ich liege auf dem braunen Zweisitzer in unserem Gemeinschaftsraum, während im Fernsehen eine Folge *Monk* läuft. Doch meine Gedanken schaffen es kaum, eine Minute lang bei dem zu bleiben, was die Glotze mir zeigt. Zum Glück kommt Hazel nach Hause und reißt mich aus meiner deprimierenden kleinen Gedankenschaukel.

Über ihrer Schulter baumeln zwei riesige Einkaufstüten, ihre braunen Haare kleben vom Schweiß an ihrer Stirn.

»Warst du etwa shoppen? Ohne mich?«, begrüße ich sie grinsend und deute auf die Tüten.

»Hör mir auf. Da draußen herrscht die Hölle auf Erden. Ich meine, wie viel Grad kann ein Mensch überleben, ohne zu schmelzen? Es ist knallheiß«, jammert sie, humpelt zum Tisch herüber und lässt sich neben mich aufs Sofa fallen. Die Krücken fallen polternd zu Boden, während sie ihren noch immer schneeweißen Gips auf den Tisch hievt.

»Und, was hast du da drin?« Neugierig greife ich nach dem Henkel der blauen Tüte und schiele hinein. »Ich wusste ja nicht, dass du auf Lego stehst«, sage ich anerkennend und ziehe einen der drei Legokartons heraus. Es ist ein großes Farmerhaus mit einem roten Dach und braunen Ziegeln. Darin enthalten sind außerdem ein paar Bauernhofbewohner.

»Die sind für meinen Bruder. Jamie ist heute neun geworden.«

»Sag ihm alles Gute von mir. Er kennt mich zwar nicht, aber ich bin mir sicher, dass ich seine *coole Tante* sein könnte.«

Hazel grinst mich schief an, und dann reißt sie die Augen auf, als hätte ihr eine Biene in den Hintern gestochen. »Weißt du was? Wieso sagst du es ihm nicht einfach selbst? Ich treffe mich in einer Stunde mit ihm in unserem Lieblingscafé. Meine Mutter bringt ihn dorthin. Das Café würde dir gefallen!«

Ich muss nicht darüber nachdenken, weil die Antwort bereits feststeht. »Klar. Ich würde ihn gern kennenlernen. Auch wenn ich nicht mal meinen eigenen Namen gebärden kann.«

»Ich kann dir gleich noch ein paar grundlegende Gebärden zeigen. Aber mach dir deshalb keinen Kopf, Sky, du musst es nicht perfekt beherrschen. Außerdem bin ich eine Meisterin im Übersetzen, ist schließlich bald mein Job.« Hazel strahlt mich an. Ihre braunen Augen erinnern mich an eine Tafel Haselnussschokolade. Ich bin mir sicher, dass ihr Freund in Afghanistan Tag und Nacht an diese Augen denkt, um zu überleben. Dass er abends in den Sternenhimmel blickt und dabei ihr hübsches Gesicht vor Augen hat.

»Aber vorher muss ich dir noch etwas geben.« Sie hebt den Finger, um mir zu zeigen, dass ich kurz warten soll, greift in die beige Tüte und holt einen Brief und eine Postkarte heraus. Als sie mir die Karte reicht, verzieht sie das Gesicht. »Eins muss ich deinem besten Freund lassen: Er hat einen exzellenten Geschmack, was beste Freundinnen angeht, aber einen grässlichen Geschmack in puncto Postkarten.«

Die Karte zeigt eine Schwarz-Weiß-Karikatur einer Ente. Ihr linkes Auge quillt beinahe aus ihrem Schädel heraus, ihr Schnabel ist schief, und ihre Zunge hängt zur Seite heraus. Das Highlight ist ihr Gebiss, das aussieht, als hätte man es ihr in den Mund geworfen. Hazel hat recht. Die ist wirklich potthässlich.

»Er hat mir versprochen, für mich die hässlichsten Postkarten herauszusuchen, die er finden kann. Mit der hier hat er den Vogel abgeschossen. Wortwörtlich.« Schmunzelnd betrachte ich noch einen Moment die Vorderseite der Karte, bevor ich sie umdrehe und seine Nachricht an mich lese.

Gruselig, oder?

Ich habe dir ja gesagt, dass ich die schlimmsten Karten für dich finden werde. Wir sind gerade in Berlin gelandet, SkySky. Die Stadt ist ganz anders, als ich dachte. Irgendwie cool. Vor allem die Graffitis rocken. Eines Tages werde ich dich in einen Flieger setzen und mit dir herkommen. Du wirst es lieben. So wie ich dich. See you, Lieblingsmädchen. C.

Seine Worte verschwimmen vor meinen Augen, bis auf die drei kleinen Sätze am Schluss.

Du wirst es lieben.
So wie ich dich.
Lieblingsmädchen.

Mein verräterisches Herz tanzt Samba in meiner Brust, und ein Kribbeln wandert bis in meine Fingerspitzen, die über seine schöne Schrift fahren. Damit wird er bald zehntausende Autogrammkarten und Bücher unterschreiben müssen, wenn er mit seinem Buch über die Band fertig ist, da bin ich mir sicher. Carter hat über sechzigtausend Follower auf Instagram dazugewonnen, seit er mit den Jungs von Crashing December auf Tour ist.

»Sky?« Jemand rüttelt an mir, und als ich meinen Blick von der Karte lösen kann, sehe ich in Hazels Gesicht. »Wollen wir dir jetzt ein bisschen was beibringen?«

Nickend lasse ich die Karte auf den Tisch gleiten, und als ich den Brief sehe, den Hazel darauf abgelegt hat, nehme ich ihn an mich. Der Umschlag ist ziemlich schmutzig und vergilbt, außerdem sieht man ihm an, dass er eine verdammt lange Reise hinter sich hat, genau wie meine Postkarte, die aus Deutschland zu mir geflattert ist.

»Ist der von …«

»Mason, ja«, antwortet sie knapp angebunden. Perplex sehe ich sie an. »Willst du ihn denn gar nicht aufmachen?« Hätte ich einen Freund, der im Krieg ist, würde ich jeden Tag auf den Postboten warten und sofort jedes Wort inhalieren, das er mir geschrieben hat. So wie ich Carters Postkarte inhaliert habe. Jeden seiner Buchstaben.

»Später.«

Hazel scheint mir die Fragezeichen vom Gesicht ablesen zu können, greift nach dem Brief und fährt seufzend dessen Rand nach. »Ich habe immer Angst davor, die Briefe zu öffnen«, gesteht sie mir mit zerbrechlicher Stimme.

»Wieso? Wovor hast du Angst?«

»Davor, wie schlimm es ist? Meistens schreibt er nicht viel über das, was er da drüben erlebt. Aber es ist, als würde ich ihn in jedem Brief weniger wiedererkennen. Er ist nicht mehr derselbe wie vor seiner Abreise, Sky.«

»Verständlich, oder? Was die Soldaten an der Front sehen müssen, ist sicher heftig.«

Gedankenversunken betrachtet Hazel den Umschlag. Ich würde ihr gern helfen, weiß aber, dass ich in diesem Punkt machtlos bin. Solange ich ihn nicht von der Front abziehen kann, werde ich ihr nicht helfen können.

»Ich weiß«, wispert sie. »Und ich sollte deshalb nicht böse auf ihn sein, das bin ich auch gar nicht. Es ist nur so, als läge der Mann, den ich lieben gelernt habe, unter der Tinte begraben. Es ist albern, ich weiß, aber ich will einfach noch ein paar Stunden glücklich sein. Für Jamie.« Ich rutsche dichter an ihre Seite, greife nach dem Brief in ihren Händen und lege ihn zurück auf den Tisch. Direkt neben Carters Postkarte, die mir noch etliche Male ein Lächeln entlocken wird. Anschließend verschränke ich meine Finger mit ihren und drücke sanft.

»Dann bring mir jetzt bei, wie ich deinem kleinen Bruder sage, dass er eine verdammt coole Socke ist!«

• • •

Hazel hat nicht übertrieben, als sie sich über die Hitze beschwert hat. Es herrschen locker über fünfunddreißig Grad, und die schwüle Luft sorgt dafür, dass mein luftiges Sommerkleid bereits nach den ersten Metern Richtung Café feucht ist. Es hat ein wunderschönes, florales Muster.

»Ich muss dich noch warnen«, reißt Hazel mich aus meinen Gedanken.

»Wovor warnen? Ist dein Bruder etwa gefährlich?«

Während Hazel sich mit ihren Krücken abquält, versuche ich den unebenen Stellen auf dem Bürgersteig auszuweichen.

»Vor unserer Mutter. Sie ist der Teufel in Person«, grummelt Hazel, die hin und wieder eine kleine Pause einlegen muss, um sich den Schweiß von der Stirn zu wischen.

»Wirklich? Ich dachte, sie wäre nett. Immerhin bist du ihr ziemlich gut gelungen. Und so wie es sich anhört, scheint Jamie ebenfalls nicht übel zu sein.« Selten habe ich einen Menschen getroffen, der so herzensgut war wie Hazel Parker.

»Das liegt daran, dass ich größtenteils bei meinen Großeltern auf der Farm aufgewachsen bin. Meine Eltern waren immer sehr liebevoll, bis Jamie geboren wurde.«

»Was hat sich dadurch verändert?«

Ich ahne Böses.

»Meine Mutter hat immer viel Wert darauf gelegt, was andere Menschen von unserer Familie halten. Jamie kam gehörlos und somit mit einer Behinderung zur Welt, für sie war das, als hätte man ihr den Boden unter den hohen Pumps entrissen. Sie und Dad haben alles versucht, um Jamie wieder *hinzukriegen*. Es wurde irgendwann lächerlich. Ich will gar nicht wissen, wie viel Geld sie für die verrücktesten Methoden ausgegeben haben. Und das lag nicht daran, dass sie meinem Bruder damit helfen wollten, sie kamen einfach nicht damit klar.«

»Das klingt wirklich ätzend. Und wie haben es deine Großeltern aufgenommen? Ist Jamie auch bei ihnen aufgewachsen?« Meine Hände schmerzen bereits von dem weiten Weg zu dem Café, aber ich werde mich nicht beschweren. Bevor ich zu Heather und Charles kam, habe ich mir immer gewünscht, einen Bruder zu haben, aber meine Eltern waren schon mit mir überfordert gewesen. Mit Heather und Charles wurde mir nicht nur eine zweite Chance geschenkt, sondern auch ein Bruder.

»Zu einem großen Teil, ja. Sie haben eine Farm außerhalb von Beaumont. Mit Pferden, Kühen und Hühnern. Jamie genießt es, zwischen den Tieren zu sein. Ich glaube, weil er sich von ihnen verstanden fühlt. Mehr als von seinen eigenen Eltern. Meine Großeltern sind da ganz anders.« Sie hält inne. »Meine Grandma ist vor zwei Jahren gestorben, aber manchmal vergesse ich, von ihr in der Vergangenheit zu sprechen. Sie haben Jamie nie das Gefühl gegeben, nicht richtig zu sein, ganz im Gegenteil.«

Wenn Jamie nur fünf Prozent von der Herzlichkeit seiner Schwester in sich trägt, ist er ein Hauptgewinn für diese Erde.

»Da vorne ist es. Oh Gott, ich sehe sie schon.«

Vor dem Café steht eine gertenschlanke Frau in strahlend roten Pumps, die ungeduldig auf die Armbanduhr starrt. Daneben steht ein kleiner Junge, der ihr etwas zeigen will.

»Na endlich! Ich habe nicht ewig Zeit, Hazel.« Sie gibt ihrer Tochter ein distanziertes Küsschen auf die Wange.

»Das ist meine Freundin, Skylar. Skylar? Das ist meine Mutter Lauren.« Hazel klingt bezaubernd, aber ich weiß, dass sie nur eine Show abzieht. Ihre Mutter nickt mir kühl zu. Im nächsten Augenblick kommt Jamie auf seine Schwester zugehüpft. Seine Augen strahlen heller als die texanische Mittagssonne, und mir geht das Herz auf.

Jamie springt auf der Stelle und klatscht freudig in die Hände, bevor er Hazel umarmt. Ihm steht das Kindsein noch ins Gesicht geschrieben. Es gefällt mir. Er wirkt unbeschwert. Jedes Kind auf dieser Welt sollte das Glück haben, diese Leichtigkeit zu spüren.

»Jamie, jetzt benimm dich nicht wie ein Kleinkind«, mahnt die Mutter ihn und macht parallel dazu verschiedene Gebärden, woraufhin ich ihr gern mit dem Fuß gegen das Schienbein treten würde, das in einer eng anliegenden, beigen Hose steckt. Ihr Glück, dass ich meine Beine nicht bewegen kann …

Hazel klemmt sich eine der Krücken unter den Arm, um ihren Bruder in Gebärdensprache zu begrüßen. Bevor wir uns auf den Weg gemacht haben, hat sie mir beigebracht, wie ich ihm zum Geburtstag gratulieren kann. Als Jamie sich mir zuwendet, zeige ich ihm, was ich gelernt habe. Hazel grinst breit, als ich das letzte Handzeichen vollendet habe. »War das richtig?«, frage ich unsicher.

»Das war perfekt. Du bist ein Naturtalent.«

Mein Blick haftet jetzt wieder an Jamie, der seine flache Hand zu seinem Mund führt und dann von sich wegschiebt. »Er sagt Danke«, übersetzt Hazel mir. Ich hatte mir ihren Bruder zierlicher und kleiner vorgestellt, aber Jamie ist für sein Alter groß gewachsen und hat ein niedliches, rundliches Gesicht, das von dunkelbraunen Haaren umrandet wird. Sie locken sich an den Enden, was zuckersüß aussieht.

»Ich hole ihn in einer Stunde wieder hier ab. Und kauf ihm ja nicht zu viel Kuchen, nur, weil er Geburtstag hat, Hazel. Er könnte gut mal wieder ein bisschen abnehmen.« Mein Mund klappt auf, während mich bei ihrem bissigen Tonfall ein Schauer überkommt. Sie spricht über ihren Sohn, als stünde er nicht direkt neben ihr. Hazel presst ihre Lippen zusammen, und ich weiß, dass sie kurz vorm Explodieren steht. Nachdem diese Ziege sich mit einem knappen Handzeichen von ihrem Sohn verabschiedet hat, stolziert sie mit eleganten Schritten auf ihren Wagen auf der anderen Straßenseite zu. Ich sehe Hazel mit hochgezogenen Brauen an.

»Was denn? Ich habe dich gewarnt!«

Das Café, in dem wir Platz nehmen, ist wirklich zauberhaft und macht seinem Namen alle Ehre. Im *Flowerpower* stehen überall grüne Pflanzen und Vasen mit Wildblumen, der Dielenboden ist alt, hat aber einen gewissen Charme. Die Wände sind in einem hellen Grün gestrichen, und die Frau hinter der Theke summt laut Ed Sheerans *A-Team* mit. Hier drin hat niemand einen Stock im Hintern, so wie Hazels Mutter. Ich betrachte Jamie, der sich auf der Sitzbank gegenüber von mir niederlässt.

Er scheint jedes Detail seiner Umgebung wie ein Schwamm aufzusaugen. Seine Gesichtszüge sind weich, seine Lippen voll und sein Lächeln so herzlich, dass die Eiszapfen, die seine Mutter in der Luft hinterlassen hat, wieder schmelzen. Jamie zeigt auf mich und macht für mich unverständliche Handzeichen. Ich sehe fragend zu Hazel herüber. Kurz fühle ich mich hier fehl am Platz, weil ich mich nicht ohne Hazels Hilfe mit ihm unterhalten kann, aber der Gedanke verschwindet so schnell, wie er gekommen ist. Wenn ich nicht will, dass andere Menschen sich in meiner Gegenwart seltsam benehmen, dann will ich mich auch in seiner Nähe entspannen.

»Er hat gesagt, dass du im Rollstuhl sitzt«, erklärt sie mir.

Grinsend sehe ich Jamie an und nicke. »Er scheint ein echter Sherlock zu sein. Würdest du ihn fragen, ob er mir noch einmal zeigen kann, wie die Gebärde dafür aussieht?« Hazel nickt, knickt ihren rechten Zeige- und Mittelfinger leicht ab und macht eine kreisende Bewegung. Anschließend führt sie ihre flache Hand zu ihrem Kinn und zieht sie ein

Stück nach unten. Es fasziniert mich, ihnen bei der Kommunikation zuzusehen.

Jamie nickt hastig, sieht mich grinsend an und wiederholt seine Gebärden so langsam, dass ich sie mir einprägen kann. Erst zeigt er mit dem Finger auf mich, dann formt er mit denselben Fingern, die seine Schwester benutzt hat, zwei Hasenohren und imitiert dann mit beiden Händen, als würde er einen Rollstuhl antreiben. Ich präge mir die Zeichen ein, zeige mit dem Finger auf meine Brust und wiederhole die beiden neu gelernten Gebärden.

»War das richtig? Ich wollte ihm sagen, dass ich im Rollstuhl sitze.«

»Das war gut. Du musst noch ein bisschen mehr mit deiner Mimik arbeiten, aber du lernst schnell.« Eine Weile vermittelt Hazel noch zwischen Jamie und mir, während ich mir ein Stück Schokoladenkuchen gönne und die beiden beobachte. Ihr Umgang miteinander ist zart, herzlich und gleichzeitig frech. So, wie es unter Geschwistern immer sein sollte.

Jamie erzählt mir, dass er Tiere liebt und einen Narren an Pferden gefressen hat, dass er eines Tages eine eigene Farm haben möchte und dass er gern malt. Außerdem fragt er mich nach der feinen, weißen Narbe unter meinem linken Auge, die sonst kaum jemandem auffällt. Ich erkläre Hazel, dass ich sie bekommen habe, als ich von einem Baum gesprungen bin, und sie übersetzt ihrem Bruder jedes Wort. Er antwortet, dass er sie *cool* findet.

Wir verbringen die nächste Stunde damit, uns über unsere Hobbys, unsere Lieblingstiere und das Wetter zu unterhalten, und mit jeder Sekunde, die ich mit Jamie in einem

Raum verbringe, werde ich wachsamer. Mir fallen Kleinigkeiten in diesem Café auf, die ich sonst nicht wahrgenommen hätte. Zum Beispiel, wie sich das Licht in dem silbernen Serviettenspender auf dem Tisch spiegelt und kleine regenbogenfarbene Lichtkreise auf die abgewetzte Tischplatte zaubert. Ich sehe die Gesichtszüge von Jamie und Hazel klarer. Erkenne, dass sie das gleiche Grübchen haben, wenn sie lachen. Dass Hazels linker Mundwinkel immer ein wenig höher schnellt als der rechte und dass Jamie bereits in seinem Alter kleine Lachfalten hat.

Hazel hat vor lauter Freude über ihr Wiedersehen fast vergessen, ihm ihr Geschenk zu überreichen. Er streckt jetzt konzentriert die Zunge raus, als er das Legomodell zusammenbaut.

»Sie ist zu früh«, murmelt Hazel genervt, und als ich ihrem Blick folge und die Eisprinzessin draußen auf dem Gehweg sehe, verschwindet das warme Gefühl in meiner Brust. Hazel lässt uns beiden von der Kellnerin noch zwei Stücke Kuchen einpacken, bevor wir das Café verlassen. Als wir wieder in die warme Sommerluft treten, grummelt Hazels Mutter bereits vor sich hin.

»Wurde ja auch Zeit. Ich muss noch zu einem Probeessen, Hazel. Ich habe dir gesagt, dass ich heute nicht lange kann«, schnauzt sie meine Freundin an. Jamies Lächeln, das eben noch den Raum geflutet hat, erlischt langsam. Obwohl er nicht versteht, was seine Mutter gesagt hat, spürt er ihre Schwingungen. Und die sind alles andere als herzlich.

Die Eiskönigin greift unsanft nach dem Arm ihres Sohnes und zieht ihn Richtung Auto. Ungläubig sehe ich den beiden hinterher und spüre eine Wut in mir, die ich kaum zügeln kann. *Er konnte sich nicht einmal von uns verabschieden.*

»Wow. Diese dämliche Kuh!«, platzt es aus mir heraus. Hazel presst ihre Lippen zusammen und nickt. »Das kannst du laut sagen. Nicht einmal an seinem Geburtstag kann sie sich zusammenreißen.«

Kopfschüttelnd machen wir uns auf den Weg zum Campus. Eines steht fest: Sollte ich jemals Kinder haben, werde ich alles anders machen. Ich werde nicht dafür sorgen, dass das Lachen meines Kindes verschwindet, ich werde dafür kämpfen, dass es niemals erlischt.

• • •

Ich liege auf meinem Bett, höre mein liebstes Album von *Birdy* und starre Carters Postkarte an. Die Zeit rast, und ich habe immer noch keinen blassen Schimmer, wie ich ihm erklären soll, dass ich ihn angelogen habe. Dass ich ihm die größte Veränderung in meinem Leben vorenthalten habe, um ihn zu schützen.

Er wird verdammt sauer sein.

Carter war noch nie wütend auf mich, aber ich weiß, dass ich mich auch noch nie so sehr in die Scheiße geritten habe wie dieses Mal.

Ich betrachte noch eine Weile die hässliche Ente, bevor ich nach einer freien Klammer greife und die Postkarte an meiner *Wall of Shame* anbringe. Direkt neben einem Bild von Carter und mir an meinem ersten Geburtstag bei Heather und Charles. Ich trug eine Prinzessinnenkrone, hatte ein bodenlanges Faschingskleid an, und auf dem Tisch vor mir türmten sich die Geschenke. Auch wenn die beiden oft finanzielle Probleme hatten, haben sie alles dafür getan, uns Kindern ein gutes Gefühl zu geben. Unser Leben sollte so normal wie nur möglich verlaufen, und zu einem Geburtstag gehörten nun mal Geschenke.

Auf dem Foto steht Carter mit einer Torte hinter mir, auf der sechs Kerzen brennen. Auch wenn es schon ein ganzes Leben her ist, erinnere ich mich noch genau daran, was ich mir beim Ausblasen der Kerzen gewünscht habe.

Bei Carter zu sein.

Für immer.

Und ich habe mich noch nie so weit von ihm entfernt gefühlt wie in den letzten Monaten. Das Schlimmste ist, dass es nicht einmal an der räumlichen Distanz liegt, sondern an meiner Lüge. Weil ich nicht ehrlich und offen mit ihm sprechen kann.

Das Vibrieren meines Handys holt mich zurück in die Gegenwart, und als ich den Videocall annehme, fühle ich mich viel sicherer als beim letzten Mal. Bis jetzt konnte ich dem Unausweichlichen ziemlich gut ausweichen.

»Ich habe deine Postkarte aus Berlin bekommen«, sage ich zur Begrüßung. Carters Eckzähne blitzen hervor, und er lehnt sich lässig auf seinem Stuhl zurück. Heute trägt er unter seiner Lederjacke ein schlichtes weißes Shirt. Die schwarze Jacke begleitet ihn schon seit fünf Jahren und ist zu seinem Markenzeichen geworden. Sie hat gelbe und pinke Aufnäher auf dem Rücken, kleine Nieten an den Schultern und steht ihm hervorragend. Er hat sie von einem recht unbekannten Musiker bekommen, den er in seiner Radioshow interviewt hat. Und auch wenn der Kerl kein Michael Jackson oder Kurt Cobain war, hat er die Jacke immer in Ehren gehalten.

»Und? Hat sie die Hässlichkeit der letzten Postkarte übertroffen?«, fragt er amüsiert und trinkt einen Schluck Bier hinterher.

»So was von. Ich habe ihr schon einen Ehrenplatz gegeben.« Das Handy halte ich in Richtung meiner Fotowand, und als Carter die Postkarte mit der Ente an ihr baumeln sieht, wird sein Grinsen noch breiter.

»So lob ich mir das. Was geht bei dir ab, SkySky? Wie hast du den Tag verbracht?« Bei ihm ist es mitten in der Nacht, im Hintergrund kann ich sehen, dass es draußen stockdunkel ist, während hier langsam erst die Sonne untergeht und den Himmel in einen Erdbeerpudding verwandelt.

»Ich war mit meiner Mitbewohnerin und ihrem kleinen Bruder in einem Café. Sie hat ihn mir heute vorgestellt. Jamie ist wirklich ein Goldschatz, Carter. Und ich habe heute ein paar Dinge gelernt. Ich kann jetzt gebärden«, verkünde ich stolz. Carter stößt einen anerkennenden Pfiff aus, streicht sich die blonde Mähne aus der Stirn und stellt sein Bier auf dem Tisch neben sich ab.

»Echt? Dann lass mal was sehen!« Ich begrüße ihn und stelle mich mit meinem vollen Namen vor.

»Damit habe ich dir gesagt, wie ich heiße.«

»Cool, Alter. Ich will auch etwas lernen? Was heißt es, wenn ich sagen will, dass der Sex grandios war?« Ein süffisantes Grinsen erscheint auf seinem Gesicht, das meine Knie zu Butter werden lässt.

»Das hat sie mir nicht gezeigt, Carter. Ihr Bruder ist schließlich erst neun!«, sage ich empört, aber mein bester Freund lässt sich nicht so leicht abwimmeln.

»Komm schon! Frag sie. Für mich. Bitte?« Als er mit seinen strahlend blauen Augen den Husky-Welpen-Blick auspackt, bin ich ohnehin wehrlos. Ich schreibe Hazel, dass sie kurz rüberkommen soll, und als sie schließlich in meinem Zimmer steht, drehe ich die Kamera, damit sie Carter sehen kann.

»Mein nerviger bester Freund will wissen, wie man einer Frau sagt, dass der Sex mit ihr grandios war.« Hazels Blick huscht kurz zu mir, als müsste sie sich vergewissern, dass es mir gut geht. Sie weiß neben Mom als einziger Mensch auf diesem Planeten von meinen Gefühlen für Carter. Ich nicke, auch wenn es nicht stimmt.

Hazel stellt eine der Krücken gegen meinen Schreibtisch, fährt einige Male mit ihrem Zeigefinger zügig über die Seite ihres Halses und formt ihre Lippen zu den drei Buchstaben. Anschließend hebt sie ihren Daumen und malt damit kreisende Bewegungen in die Luft.

»Echt jetzt? Das war‘s schon?«, fragt Carter ungläubig.

»Jap. Das war‘s schon.«

»Super, danke, Hazelchen«, ruft er ihr hinterher, während sie das Zimmer wieder kopfschüttelnd verlässt. In letzter Zeit nennt er sie ständig so, wenn sie im Raum ist und wir telefonieren. Ich freue mich schon darauf, wenn sich die beiden endlich richtig kennenlernen.

»Bist du jetzt zufrieden?« Ich frage mich, wofür zur Hölle er diese Gebärde wissen will. Ob er mit vielen Frauen in Europa Sex hatte? Früher haben wir uns über solche Dinge immer unterhalten, aber seit unserer gemeinsamen Nacht hält Carter sich in diesem Bereich ziemlich bedeckt.

»Mehr als das. Ich finde es ziemlich cool, wenn man sich so verständigen kann.«

»Ich auch. Es war total verrückt, heute mit ihrem Bruder zusammen zu sein. Er ist viel wachsamer als die meisten Kinder in seinem Alter. Und als die meisten Erwachsenen sowieso.« Im Hintergrund höre ich laute Stimmen, die sich zu einem Brei vermischen. Alle davon sind männlich. *Keine Megan in Sicht.*

»Wie lief eigentlich dein Event? Du hast noch gar nicht viel darüber erzählt, und ich platze vor Neugier!«

»Es war gut, SkySky. Die Feier war mir ein bisschen zu protzig, aber ich habe zum ersten Mal mit meinem Lektor gesprochen, und der Typ ist echt cool. Außerdem hat mich die Verlegerin ordentlich in die Mangel genommen, und ich glaube, ich konnte sie von mir überzeugen.«

»Ich habe nichts anderes erwartet«, sage ich und spüre wieder Stolz in mir aufwallen. »Und wo seid ihr jetzt?«

»Mittlerweile sind wir weiter nach Frankreich gezogen, und die Jungs werden morgen in Paris die erste von zwei Shows spielen. Normalerweise pennen wir im Tourbus, aber nach der Fahrt von Köln hierher hatten wir keinen Bock auf enge Kojen und haben uns hier ein Haus gemietet.«

»Ich hoffe für dich, dass du viele Videos für mich gemacht hast, wenn ich schon nicht dabei sein kann. Wie läuft das Album denn in Europa? Letztens habe ich *November Nights* im Radio gehört, als ich auf dem Weg …« Zur Therapie war. » … zu Heather und Charles war. Es war echt verrückt, ein Lied der Band zu hören und zu wissen, dass du gerade mit ihr unterwegs bist.«

»Irre, oder? Ich kann es auch nicht wirklich glauben. Die Kerle sind mittlerweile echt gute Freunde von mir geworden. Und natürlich mache ich Videos für dich, was denkst du denn von mir? Wenn ich zurück bin, wirst du fünf Wochen lang nichts anderes zu tun haben, als meine Notizen zu lesen und die Videos zu gucken.« Klingt perfekt für mich. Heute ist der Schmerz in meinem rechten Bein ziemlich penetrant, weshalb ich öfter die Position wechseln muss. Mühsam rapple ich mich auf, lehne mich gegen das Kopfteil des Bettes und wünschte, ich könnte zwei Monate in die Zukunft reisen. Zu dem Zeitpunkt, an dem ich den zweitschwierigsten Teil unserer Freundschaft bereits hinter mir habe. Der schwierigste war es, von ihm getrennt zu werden.

»Davis! Dein Beerpong-Team ist dran!«, brüllt jemand im Hintergrund, und ich seufze, weil unsere Telefonate immer kürzer werden. Direkt nach seiner Abreise haben wir es auch mal zwei Stunden am Telefon ausgehalten, mittlerweile gibt es immer jemanden von der Band, der uns dazwischengrätscht und Anspruch auf ihn erhebt.

»Die Jungs nerven. Sorry, Sky.« Seine blauen Augen sehen mich an, und für einen kurzen Moment fühlt es sich an, als würde er direkt vor mir sitzen. Auf meinem Bett. Als würde er mir in die Seele blicken und die Wahrheit erkennen.

Ich verdränge, dass die Kerle im Hintergrund immer lauter werden, weil es in mir immer leiser wird. Ich betrachte meinen besten Freund zum ersten Mal mit den Augen von Jamie. Sehe das kleine Muttermal an seinem Hals, das die Form eines Halbmondes hat und bei dessen Anblick ich mich frage, ob seine leibliche Mutter dasselbe auf ihrer Haut trägt. Sehe die vereinzelten Bartstoppeln, die sein Kinn bedecken, und von denen einige blond, einige eher braun scheinen. Erkenne, dass sein Nasenpiercing leicht verzogen ist. Zu meinem Bedauern sieht Carter aus wachsamen Augen noch viel schöner aus.

Einzigartiger.

»Ich muss dir noch etwas sagen«, platzt es aus mir heraus, bevor er auf die Idee kommt, aufzulegen. Mein Puls rast unter dem Tattoo, das ich seit fünf Jahren auf meiner Haut trage wie einen Talisman. Mein Atem geht schneller und mein Mund trocknet aus.

»Ich bin ganz Ohr«, antwortet Carter und lässt sich von den Bandkollegen nicht beirren, die abermals seinen Namen rufen. Er wimmelt sie einfach durch konsequentes Ignorieren ab und fokussiert sich auf mich. Ich zeige mit dem Finger auf meine Brust, knicke meine Finger, wie ich es heute Nachmittag von Jamie gelernt habe, und setze die Gebärde für Rollstuhl hinterher.

Für einen kurzen Moment steht die Zeit still.

Ich weiß, dass Carter nicht versteht, was ich ihm gerade gesagt habe. Dass ich ihm gerade verraten habe, was mich seit Monaten verfolgt wie eine schwarze Gewitterwolke.

Ich habe ihm gesagt, dass ich im Rollstuhl sitze.

Carter legt den Kopf schief und wartet darauf, dass ich

ihm die Übersetzung sage. Aber dazu bin ich nicht bereit. Nicht so. Nicht hier. Nicht, wenn er in einem Raum mit betrunkenen Kerlen ist, die Beerpong spielen. Mein Herz rutscht mir in die Hose, je länger er auf eine Erklärung wartet.

»Nun komm schon, Sky. Was bedeutet das?«, hakt er ungeduldig nach und rutscht auf dem Stuhl nach vorne, sodass ich sein Gesicht von Nahem sehen kann. Dafür verschwindet der Blick auf die Tattoos, die unter seinem Shirt hervorlugen. Ich kenne jedes einzelne, aber ich weiß, dass ich nie auf Jamie-Art hingesehen habe. Nicht so, wie ich es heute durch ihn gelernt habe. Am liebsten würde ich ihn bitten, Jacke und Shirt auszuziehen, damit ich ihn *wirklich* ansehen kann.

»Das ist ein Geheimnis. Ich verrate es dir, wenn du hier bist«, antworte ich schmallippig. Carters aquamarinblaue Augen funkeln belustigt und herausgefordert auf. »Gut. Ich liebe Geheimnisse.« Dieses hier ganz sicher nicht …

Und auch wenn er immer noch nicht weiß, was mit mir in jener Nacht passiert ist, fühlt sich die Last auf meinen Schultern leichter an.

»Ich lass dich jetzt mal zu deinen Freunden gehen, bevor sie sich noch die kostbaren Stimmbänder ruinieren, wenn sie weiter deinen Namen schreien.«

Carter nickt, und bevor ich auflege, bittet er mich, noch kurz zu warten. »Ich will dir auch noch ein Geheimnis verraten.«

Er schließt die Lider, und als er sie wieder öffnet, brennt ein Feuer in seinen Augen, das ich am Valentinstag zum ersten Mal gesehen habe. Ein Feuer aus Leidenschaft und Verlangen. Carter hebt seinen Zeigefinger und fährt einige Male schnell über das Muttermal an seinem Hals. Anschließend hebt er den Daumen und zieht damit Kreise durch die Luft. Genau wie Hazel vorhin. Als sie ihm den ersten Satz beigebracht hat, den er lernen wollte.

Er findet, der Sex mit mir war grandios.

Mein Puls beschleunigt sich, und ich schlucke die Wärme herunter, die sich mit jeder verstreichenden Sekunde mehr in eine glühende Hitze verwandelt. Eine Hitze, die jetzt durch meinen Magen schießt und in meinem Unterleib mündet. Auch wenn uns ein Ozean trennt, bilde ich mir ein, wie seine geschickten Hände über meine Taille wandern. Wie er mein Becken packt und sich zwischen meine Schenkel schiebt.

Carter hat recht. Der Sex war grandios. Und ich wünschte, ich wüsste, dass wir ihn wiederholen könnten und dass alles noch wäre wie zuvor. Aber diese Nacht scheint Lichtjahre her zu sein, und ich bin nicht mehr dieselbe Frau wie damals.

Schweigend sehen wir uns an, und ich weiß nicht, was ich sagen oder denken soll. Wieso zeigt er mir das? Wieso macht er es mir so unfassbar schwer?

»Ich lege jetzt auf«, sage ich mit zitternder Stimme. Die Leichtigkeit ist aus seinem Gesicht verschwunden, und Leidenschaft tritt in seinen Blick. »Du weißt, dass wir eines Tages darüber sprechen müssen, was passiert ist, oder? Über die Nacht, bevor ich geflogen bin.«

Atemlos nicke ich.

»Ich weiß. Aber ich will nicht am Telefon darüber reden«,

wispere ich. Was, wenn er dieselben Gefühle für mich hat wie ich für ihn? Was, wenn er den Gedanken daran ebenso wenig aus dem Kopf bekommt wie ich? Was, wenn er trotzdem mit anderen Frauen schläft?

Die erste Träne rollt über meine Wange, und bevor Carter mich darauf ansprechen kann, drücke ich auf den roten Hörer und beende das Gespräch.

Ich bin wütend auf mich, weil ich ihm nicht die Wahrheit sagen kann. Wütend auf Carter, weil er nicht bei mir ist. Ich lasse mein Handy auf den Nachttisch gleiten, schiebe meine Beine nach rechts und rolle mich auf die Seite. Und als ich die Augen schließe, ist da nur ein Bild in mir, das ich seit Monaten zu vergessen versuche. Carter. Über mir. Seine Hände auf die Matratze gestützt und sein Blick tief mit meinem verwoben. Sein Brustkorb hebt und senkt sich schnell, während ich laut atme. Seine tiefblauen Augen wandern hinab zu meinem Mund und anschließend hungrig über meinen Körper.

»Willst du es wirklich?«, hat er mich mit dunkler Stimme gefragt. Ich konnte seine Zerrissenheit hören. Weil er es wollte, aber wusste, dass es falsch war. Ich hätte in dieser Nacht auf meinen Verstand hören sollen, aber mein Herz war lauter. Stärker. Also habe ich ein leises Ja geflüstert. Sekunden später glitt er in mich. Ich habe meine Nägel in seinen Rücken gegraben, ihn dichter an mich gezogen und jeden Stoß ausgekostet. Er fühlte sich perfekt in mir an. Währenddessen hat er seinen Blick nicht von meinem gelöst, und wir haben uns einfach nur angesehen. Als würden wir nicht gerade unsere Freundschaft aufs Spiel setzen.

Mit Carter zu schlafen, war wie Fliegen – und in dieser

Nacht verstand ich zum ersten Mal, dass es die Wolke sieben wirklich gibt.

Die Wärme, die sich in meinem Unterleib eingenistet hat, wird noch heftiger. Seit ich im Rollstuhl sitze, habe ich mich noch nie selbst berührt. Doch je länger ich an Carters warmen Blick denke, während er sich langsam in mir bewegt hat, desto mehr will ich es. Ich will berührt werden. Von ihm. Von mir. Egal von wem.

Langsam gleitet meine Hand über meinen flachen Bauch, und als ich mit den Fingerspitzen den Bund meines Höschens berühre, halte ich den Atem an. Wie in Zeitlupe schlüpfen die Finger unter den dünnen Seidenstoff, und als ich über meinen Venushügel streichle, spüre ich den Hauch einer Berührung. So, als würde mich der Wind küssen, der draußen gegen das Fenster peitscht.

Mein Herz pocht wild in meiner Brust, während ich mit dem Daumen über meinen Kitzler fahre und die dumpfe Berührung in meinem Kopf mit den Bildern ergänze, die mich seit Monaten nicht einschlafen lassen. Ich stelle mir vor, dass es Carters Hände sind, die zwischen meine Beine gleiten. Stelle mir vor, dass es sein Daumen ist, der über meine Klit fährt und sie spielerisch umkreist. Mit der anderen Hand greife ich in den Kragen meines Shirts, ziehe seine Kette hervor und greife nach dem Kreuz.

Ein leises Stöhnen entflieht mir, obwohl die Empfindungen nur schwach sind. Als ich schließlich mit den Fingern tiefer hinabwandere, meine Schamlippen teile und etwas Nasses spüre, zerbricht etwas in mir. Der Schutzwall, den ich in den letzten Wochen um mich erbaut hatte, bröckelt.

Wie ein dunkler Gewitterhimmel, der nach Monaten zum ersten Mal aufreißt und den Blick auf die Sonne freigibt. Tränen der Erleichterung laufen über meine Wangen, weil ich etwas spüre. Weil ich feucht bin. Eine Weile liege ich noch so da, liebkose mich selbst und stelle mir vor, dass es andere Hände sind, die mich wie der Wind berühren. Ich komme nicht. Aber das ist in Ordnung. Weil ich jetzt weiß, dass es noch funktioniert. Ich funktioniere noch.

8

Carter

»Fuck.« Ich probiere noch zweimal, Sky anzurufen, aber sie nimmt nicht mehr ab. Ich sollte ihre Tränen nicht sehen, also hat sie aufgelegt. Ich kenne dieses Mädchen besser als mich selbst. Sky hat geweint, und ich bin nicht da, um sie zu fragen, was los ist. Scheiße. Ich habe ihr gerade gesagt, dass ich den Sex mit ihr grandios fand, und sie legt einfach auf? Ist das ihr verdammter Ernst?

Bei den letzten Telefonaten war sie meistens ruhig, aber ich habe es darauf geschoben, dass sie mich vermisst. Heute glaube ich zum ersten Mal, dass es andere Gründe haben könnte. Vielleicht bereut sie unsere Nacht und geht dem Thema deshalb ständig aus dem Weg. In den letzten Monaten habe ich ständig versucht herauszufinden, wie sie zu uns steht, aber meistens speiste sie mich mit einem ›Darüber will ich nicht am Telefon mit dir sprechen‹ ab. Ich habe es akzeptiert, aber mit jeder Abfuhr von ihr fühlt es sich an, als würden wir uns weiter voneinander entfernen. Und die Vorstellung, dass unsere Nacht nur mir gefallen haben könnte, lässt meine Laune umgehend in den Keller sinken. Womöglich gibt es aber auch einen anderen Grund für ihre Schweigsamkeit. Ist da vielleicht ein anderer Kerl, von dem sie mir nichts erzählt hat?

Allein der Gedanke daran, dass es jemanden in ihrem Leben geben könnte, der ihr genauso nahekommt wie ich in der Nacht vor meiner Abreise, killt mich. Und noch während ich das denke, wird mir die Absurdität meiner Gedanken bewusst. Immerhin habe ich einen fucking großen Fehler begangen … und mit Megan geschlafen. Wir waren gemeinsam mit der Band auf dem Verlagsevent. Es gab wie zu erwarten lächerliche Häppchen, eine Menge Gespräche und verdammt viel Alkohol. *Zu viel.* Und auch wenn Sky und ich nie über uns geredet haben, fühlt es sich falsch an, ihr nichts davon zu erzählen.

Ich schreibe ihr, dass sie mich zurückrufen soll. Frage sie, ob alles in Ordnung ist. Aber es kommt keine Antwort. Isaac brüllt meinen Namen so laut, dass es in meinen Ohren dröhnt, aber ich habe gerade herzlich wenig Lust auf dieses dämliche Spiel. Am liebsten würde ich meine Klamotten packen, mich von dem Manager der Band zum Flughafen fahren lassen und nach Hause fliegen. Ich war ohnehin viel zu lange weg.

Die Jungs haben eine Platte von *Metallica* aufgelegt, und als *Nothing Else Matters* aus den gigantischen Boxen strömt, grölen die anderen betrunken mit.

Die Minuten auf meinem Handydisplay vergehen, ohne dass Skylar mir antwortet, und langsam werde ich nervös. Es ist, als würde ich ihre Tränen auf meiner Haut spüren. Früher hat sie oft in meinen Armen geweint, weil sie ihre Eltern vermisst hat. Irgendwann weinte sie dann, weil sie mich nur noch zweimal in der Woche sehen konnte, und dann kam die Phase, in der irgendwelche Wichser ihr das Herz gebrochen haben. Eine Sky mit Liebeskummer ist mein Kryptonit.

»Hey, Carter.« Megans Stimme reißt mich aus meinen Gedanken. Geschmeidig gleitet sie auf den Stuhl neben mir, legt den Kopf schief und stupst mich unter dem Tisch mit ihren nackten Füßen an. »Was ist los, hm? Isaac ist wütend auf dich, weil du ihn einfach im Stich lässt. Er dachte, ihr könntet zusammen den Sieg holen, aber jetzt betrinkt er sich, um die bevorstehende Niederlage zu verkraften.« Ihre braunen Augen haben zwar nicht dieselbe Wirkung auf mich wie die meiner besten Freundin, aber ich kann mich in ihrer Gegenwart öffnen. Ein wenig.

»Ich habe keinen Bock zu spielen«, antworte ich und nehme einen ausgiebigen Schluck von meinem Bier. Anschließend drehe ich die Flasche in meinen Händen und betrachte das Licht, das sich in ihr spiegelt. Die Hütte hier ist zwar nur halb so groß wie Isaacs Bude in London, aber sie ist deshalb nicht weniger pompös.

»Willst du mir sagen, was dich so beschäftigt?« Megan trägt ihre langen Haare heute zu zwei Knoten nach oben gebunden und sieht damit ziemlich süß aus. Ihr Körper steckt in einem schwarzen Minirock und einem bauchfreien Netzoberteil, unter dem man ihren Spitzen-BH sehen kann. Ich habe keine Ahnung, wie genau unser One-Night-Stand nach dem Event zustande kam, aber es lenkt mich von dem brüllenden Löwen in meiner Brust ab, der wütend wird, weil Sky mich schon wieder im Regen stehen gelassen hat.

»Es geht um Sky.« Mit malmendem Kiefer werfe ich noch einen Blick auf mein Handy, aber ich muss mich wohl damit abfinden, dass sie heute nicht mehr antworten wird.

»Was ist mit ihr?« Megans warmer Hintern presst sich gegen meinen Schritt, als sie sich auf mich setzt. Ich sollte ihr gleich klarmachen, dass ich heute nicht in der passenden Stimmung bin, aber dieser dämliche Stolz in mir ist stärker als meine Vernunft. Ich ziehe sie mit einem Ruck dichter an mich und spiele mit dem Ring an meiner rechten Hand. Das mache ich immer, wenn ich nervös bin.

»Ich weiß es nicht. Sie benimmt sich seltsam, seit ich weg bin. Also eigentlich erst seit ein paar Wochen. Ich habe das Gefühl, es wird schlimmer, je näher meine Heimreise rückt. Was total komisch ist, weil ich weiß, dass sie mich vermisst.«

»Hast du sie denn mal gefragt?«, hakt Megan nach und zupft an dem Kragen meiner Lederjacke, um sie anschließend glatt zu streichen.

»Fast jeden Tag. Aber sie blockt immer ab.« Ich werde oft wütend, aber nie auf Sky. Doch seitdem wir befreundet sind, spüre ich zum ersten Mal eine Wut, die sich gegen sie richtet, weil sie direkt vor meinen Augen dichtmacht. Weil sie nicht mit mir über unsere Nacht sprechen will und ich mich insgeheim selbst für das hasse, was ich getan habe. Ich hätte niemals mit ihr schlafen dürfen, egal, wie gut es sich angefühlt hat, in ihr zu sein. Ich hätte niemals diese Grenze überschreiten dürfen, auch wenn sie es genauso sehr wollte wie ich.

Ich versuche mir einzureden, dass sie nur mit mir ins

Bett gegangen ist, weil sie traurig war. So ist es leichter, ihr Schweigen zu ertragen. Und ich habe einfach nur das in mir herausgelassen, was ich in den letzten Jahren in den Keller gesperrt hatte. Meine Gefühle für ein Mädchen, das ich nicht auf diese Art lieben sollte. Sky ist der Inbegriff von Perfektion, und ich wusste schon immer, dass sie mir mehr bedeutet als eine Freundin. Aber da ist eine ziemlich penetrante Stimme in meinem Kopf, die mich jedes Mal wieder zurück auf den Boden der Tatsachen geholt hat. Sky ist zu gut für mich. Sie braucht keinen Kerl wie mich, der mit seinen Scheißgefühlen nicht umgehen kann. Und deshalb habe ich jeden Funken Zuneigung, der über Freundschaft hinausging, tief in mir verschlossen.

»Vielleicht will sie im Moment einfach nicht darüber reden. Manchmal braucht man mehr Zeit, Carter. Oder es ist etwas, das man nicht mit einem Kerl bespricht.« Megans Worte sollten mich beruhigen, aber sie lösen das genaue Gegenteil aus.

»Wir sprechen über alles. Immer«, halte ich dagegen. Ihre Hand fährt über den Reißverschluss meiner Jacke, und als sie nach meiner Hand greift und mit den Fingern über meine Knöchel streichelt, schaffe ich es, mich zum ersten Mal seit Beenden des Telefonates zu entspannen.

»Wieso trägst du eigentlich ihren Namen auf der Hand?« Flüsternd zeichnet sie die Buchstaben nach.

Die drei wichtigsten Buchstaben im ganzen Alphabet.

»Was? Bist du etwa eifersüchtig?«, ziehe ich sie auf, woraufhin sie mir die Zunge rausstreckt. Das funkelnde Piercing hat mich nach dem Event ziemlich gut von dem Drama in meinem Kopf abgelenkt. Kurz flackert der Wunsch in mir auf, es zu wiederholen.

»Ich bin nicht eifersüchtig«, versichert sie mir. »Ich bin nur neugierig. Sie muss dir viel bedeuten, wenn du ihr ein Tattoo widmest.« Einige ihrer schwarzbraunen Strähnen haben sich aus den Knoten gelöst und umrahmen ihr Gesicht.

»Sie bedeutet mir alles«, antworte ich ehrlich. Dass dieses Tattoo nicht das einzige ist, das ich Sky gewidmet habe, behalte ich vorerst für mich. Mein Blick gleitet zu dem Semikolon auf meinem Handgelenk. »Wir haben uns in der Pflegefamilie kennengelernt, in der ich aufgewachsen bin. Mein Start da war wirklich schwierig, und ich habe Heather und Charles oft Ärger gemacht, weil ich immer diese Ausraster hatte. Aber als Sky in das Zimmer neben meins zog, hat sich alles verändert. Sie war verdammt traurig. Und ich? Ich hatte eine Aufgabe. Und die lautete, sie zum Lachen zu bringen. Sie sagt immer, dass ich ihr Leben gerettet habe, dabei war es genau andersherum.«

Die Worte sprudeln aus mir heraus, als hätte ich nicht erst ein Bier, sondern ein ganzes Fass geleert. In Megans Gegenwart fällt es mir erstaunlich leicht, ich selbst zu sein.

Im Augenwinkel kann ich sehen, wie die Jungs der Band neue Teams bilden und Robert, den Manager, dazu überreden wollen, für mich einzuspringen. Er hat die Arme vor der Brust verschränkt und schüttelt abwehrend den Kopf, aber ich weiß, dass er einknicken wird. Nach außen hin hat er eine harte Schale, aber die legt er meistens nach Feierabend ab.

»Das klingt wirklich nach einem besonderen Mädchen. Meinst du, ich kann sie mal kennenlernen? Die Jungs sagten mir, dass sie dich im August in Texas besuchen wollen, um sich ein paar Locations für eine eventuelle Tour anzusehen.« Unsere Hände sind mittlerweile ineinander verwoben, und langsam lässt meine Anspannung nach. Der Sturm beruhigt sich. Es sind nur noch ein paar Wochen, bis ich wieder zu Hause bin und die Dinge auf meine Weise regeln kann. Es fällt mir leichter, zu meiner besten Freundin durchzudringen, wenn sie vor mir steht.

»Klar. Ich habe ihr schon gesagt, dass die Band uns besuchen kommt. Du wirst Sky lieben. Sie ist die coolste Socke Amerikas.«

»Dann lernt die coolste Socke Europas die coolste Socke Amerikas kennen. Das klingt gut.« Ihre tiefrot geschminkten Lippen verziehen sich zu einem Grinsen, und ich wünschte, wir wären an einem ruhigeren Ort. Einem Ort, an dem sich keine besoffenen Idioten darüber streiten, welches Team zuerst anfängt und was passiert, wenn ein Ball wieder aus dem Becher heraushüpft. So seriös, wie die Band tagsüber sein kann, so kindisch wird sie, wenn die Nacht anbricht.

»Wollen wir woanders hingehen?« Megans warmer Atem kitzelt meinen Hals, und als ihre Lippen mein Ohrläppchen streifen, kämpfen zwei Teile in mir gegeneinander an. Ein Teil will sich wieder so sorglos fühlen wie vor einigen Nächten, der andere weiß, dass sich unser One-Night-Stand nicht in eine Affäre verwandeln sollte. Ich weiß, dass Megan nicht auf der Suche nach einer Beziehung ist und dass es für sie nur um Sex geht … verdammt, ich merke, wie ich einknicke, als sie meinen Hals küsst. Ich stehe auf und hebe sie hoch. Lachend ruft sie den Jungs zu, dass wir für heute raus sind, aber keiner von ihnen hebt auch nur den Kopf.

Sobald ich Megan in mein Zimmer getragen und ins Bett gelegt habe, greift sie nach dem Kragen meiner Lederjacke und lässt sie über meine Schultern gleiten. Achtlos wirft sie die Jacke auf den Boden. Mein Shirt folgt Sekunden später. Ihre warmen Finger fahren Linien über meine Haut, die sofort Feuer fängt.

»Ich finde es sexy, wenn du dir Sorgen machst. Du bist ein echt guter Kerl, Carter«, haucht sie kratzig, und als sie mich schließlich in die Matratze presst und sich auf mich setzt, gleiten meine Hände unter ihren schwarzen Minirock. Sie trägt nur einen dünnen String, den ich mit Leichtigkeit zwischen meinen Händen zerreiße.

Megans warme Mitte streicht über meine Jeans, und als sie sich über mich beugt, um mich zu küssen, werde ich hart. Meine Zunge tanzt mit ihrer, umkreist ihr Piercing und neckt sie, bis sie in meinen Mund stöhnt. Mein Schwanz presst sich schmerzend gegen den Stoff meiner Jeans, und als sie sanft in meine Unterlippe beißt, tauchen Bilder vor mir auf, die ich in den letzten Monaten erfolglos zu vergessen versucht habe.

Die Vergangenheit vermischt sich mit der Gegenwart.

Ihre schokoladenfarbene Haut wird langsam blasser, ihre braunen Haare verwandeln sich in blonde Locken. Je länger ich Megan beobachte, die sich jetzt aufsetzt, aus dem Netzoberteil schält und mit einem flüchtigen Handgriff ihren BH an der Vorderseite öffnet, desto klarer werden die Bilder. Ich sehe Sky über mich gebeugt. Ihre blonden Locken streicheln meine Brust und ihre blauen Augen sind noch vom Weinen gerötet, genau wie ihre vollen Wangen.

Megan öffnet den Knopf meiner Jeans, aber alles, was ich vor mir sehe, ist meine beste Freundin, die langsam auf mich gleitet und mir zeigt wie sich der fucking Himmel anfühlt. Megan rutscht von mir herunter, kniet sich auf den Boden und zieht mir die Jeans aus, bis ich nackt vor ihr liege. Mein Schwanz ist immer noch hart, aber ich weiß, dass eine andere Frau dafür verantwortlich ist. Bevor sie mich in ihren süßen Rachen schiebt, halte ich sie zurück, indem ich meine Hand an ihre warme Wange lege.

»Ich … kann heute nicht«, sage ich und könnte mir selbst in die Eier treten, weil ich diese Frau von mir schiebe, obwohl ich weiß, dass sie mir guttut. Dass meine Gedanken aufhören würden, wenn ich mit ihr schlafe. Aber ich will nicht dieser Typ sein, der eine Frau benutzt, um danach ruhig pennen zu können.

»Sorry.«

»Für mich sieht es aus, als könntest du«, antwortet sie surrend, und als sie mit ihrer Hand über meinen harten Schaft fährt, ziehe ich sie zu mir nach oben. Als sie neben mir liegt und mich ansieht, bin ich mir sicher, dass sie versteht, was mich blockiert. Aber sie sagt nichts, kuschelt sich stattdessen an meine Brust und versucht, ihre Atmung wieder zu beruhigen.

»Es ist okay, Carter. Dann liegen wir einfach nur hier«, wispert sie, aber es stimmt nicht. Nichts ist okay. Ich sollte mir nicht wünschen, dass sie jemand anderes ist. Ich sollte mir nicht wünschen, dass sich die Nacht mit Sky jemals wiederholt. Dass ich noch einmal ihre süßen Lippen auf meinen spüren kann. Und doch ist es so. Weil ich die Tür zu meinem emotionalen Keller geöffnet habe und sie sich nicht mehr schließen lässt …

9

Skylar

Der blumige Duft von Moms Waschmittel hüllt mich ein, als ich mich in die graue Kuscheldecke wickle und durch Netflix zappe, um einen Film zu finden, auf den ich heute Lust habe. Mom steht in der offenen Küche hinter mir und bereitet die Füllung für den Kuchen zu, den sie extra für mich backen will, während ich mir eine Handvoll Chips nach der anderen in den Rachen schiebe. »Und, hast du schon einen Film gefunden?«, ruft Mom aus der Küche zu mir herüber.

»Keinen, den ich nicht schon kenne. Worauf hast du mehr Lust? Schnulze oder Mord und Totschlag?«, frage ich sie und werfe einen Blick über die Schulter. Penelope trägt eine graue Schürze, die voller Teig und Mehl ist, und rührt kräftig.

»Ich bin für alles offen. Ruf doch Carter an, und frage, was du gucken sollst. Macht ihr das nicht immer so?« Ein liebevolles Lächeln huscht über ihr Gesicht, und ich nicke eifrig, während ich mir eine neue Portion Chips hineinschiebe.

»Du hascht rescht«, nuschle ich, hole mein Handy heraus

und wähle seine Nummer. Es klingelt etliche Male, aber schließlich springt seine Mailbox an und hinterlässt ein bitteres Gefühl auf meiner Zunge. So, als wären die Chips in meinem Mund aus Chicorée anstatt aus gesalzenen Kartoffeln.

»Er geht nicht ran«, sage ich stirnrunzelnd. Carter geht ausnahmslos immer ans Handy, wenn er nicht gerade in einem Flugzeug sitzt und die Welt von oben betrachtet. Ich erinnere mich daran, dass er vor ein paar Wochen sogar aus einem Meeting gestürmt ist, nur, weil ich angerufen habe.

Ich will gerade mein Handy zurück in meine Hosentasche schieben, als es in meiner Hand vibriert. Carters Bild erscheint auf dem Display, und als ich abnehme, wird es plötzlich höllisch laut. Nach wenigen Tönen erkenne ich das Lied *Sunshine* im Hintergrund. Auf dem Bildschirm ist nicht Carter zu sehen, sondern die Bühne, auf der Isaac mit seinen Jungs steht und mit seiner rauchigen Stimme singt. Eine Gänsehaut fährt über meine Arme, weil er ein junger Gott am Mikrofon ist.

»Wow«, flüstere ich und schiebe automatisch meine freie Hand erneut in die Chipstüte. Eine Weile beobachte ich Isaac noch, der auf der Bühne sein Innerstes nach außen kehrt. Sämtliche Muskeln sind zum Zerreißen angespannt, während seine Bandkollegen an den Instrumenten ihr Bestes geben.

Es ist erstaunlich ruhig im Hintergrund, und die Festtagsbeleuchtung verrät, dass sie gerade den heutigen Auftritt proben. Bei uns ist es noch kurz nach Mittag, bei ihnen müsste bald der Einlass beginnen.

Nachdem Isaac das krönende Ende des Songs ins Mikrofon geschmettert hat, ruft Carter ihm zu, dass er in die Kamera winken soll.

»Sky ist dran!«, setzt er laut hinterher. Die Instrumente werden leiser, und die Gänsehaut auf meinen Armen noch stärker. Isaac zwinkert mir durch die Cam von Carters Handy zu, und als mein bester Freund endlich auf der Bildfläche auftaucht, macht mein Herz einen Satz nach vorne. Er trägt die schwarze Lederjacke über einem ebenfalls schwarzen Shirt. Das silberne Nasenpiercing hat er durch ein neues, schwarzes ersetzt. Seine blonden Haare sind zu einem wilden, aber schönen Nest verknotet.

»Sorry, dass ich nicht rangegangen bin, SkySky. Ich wollte, dass du Isaac in Aktion sehen kannst. Krass, oder? Der Kerl hat es echt drauf.«

»Hat er. Ich habe immer noch eine Gänsehaut«, stimme ich ihm zu. »Ich wollte dich auch gar nicht lange stören, eigentlich brauche ich nur kurz deine Hilfe bei meiner Filmauswahl. Ich bin bei Mom, und wir wissen nicht, was wir gucken sollen.«

Carter geht zur Bühne herüber, steigt die Treppe nach oben und klatscht mit Isaac ab, der sich den Schweiß von der Stirn wischt. Anschließend verschwindet die Band hinter der Bühne, und Carter setzt sich an den Platz des Drummers.

»Welche Genres stehen zur Auswahl?«, fragt er und spielt lässig mit einem braunen Drumstick umher.

»Thriller und Liebesschnulze.« Wobei mir eigentlich weniger nach Letzterem zumute ist. Vor allem, wenn ich dem Mann in die Augen sehe, der der perfekte Protagonist meiner eigenen Liebesgeschichte wäre.

»Und habt ihr schon eine Auswahl?«, hakt er nach.

»Entweder *Gone Girl, Fractured, Wie ein einziger Tag* oder *Drei Schritte zu dir*«, präsentiere ich ihm die Filme, die ich bis jetzt in die engere Auswahl genommen habe. Carter denkt einen Moment lang nach, während er den Stick in seinen Händen dreht. »*Wie ein einziger Tag* fällt raus, SkySky. Du willst den nur sehen, um Ryan Gosling anzuschmachten, und den hast du schon zehn Mal gesehen! *Drei Schritte zu dir*? Ist der zum Heulen?«

»Ja, ich befürchte schon. Das Buch war verdammt traurig«, antworte ich, und allein beim Gedanken an Will wird mein Herz bleischwer.

»Dann fällt der auch flach. Ich will nicht, dass du heute weinst. Du sollst lächeln, das macht die Welt zu einem besseren Ort.« Solche Dinge sagt Carter oft zu mir, doch vor unserer Nacht hat es mich nie zum Erröten gebracht. Ich sinke tiefer in das Sofa und ziehe die Decke höher, damit ich mich unter dem weichen Stoff verstecken kann.

»Also keine Liebesschnulze?«, frage ich und hoffe, dass er das Glühen in meinem Gesicht nicht sehen kann.

»Nope. Lieber Mord und Totschlag. Zeig deiner Mom *Fractured*. Der war echt cool.« Zustimmend nicke ich und halte mein Handy in Penelopes Richtung.

»Carter sagt, wir sollen uns für Mord und Totschlag entscheiden!« Mom lässt die Teigschüssel auf die Küchenzeile gleiten und kommt zu mir herüber. Als sie Carter durchs Handy sieht, strahlen ihre Augen.

»Es ist so schön, dich zu sehen. Wird Zeit, dass du wieder herkommst, Carter.« Meine Adoptivmutter liebt Carter fast genauso sehr wie ich und hätte ihn damals gern bei sich aufgenommen, wenn sie die Mittel dazu gehabt hätte.

»Du hast recht. Ab Mitternacht können wir die Tage schon an zwei Händen abzählen. Keine Sorge, Pen. Ich bin bald wieder da und gehe euch auf den Zeiger.« Er zwinkert ihr zu, woraufhin sich Penelope grinsend zurückzieht und dem Kuchen zuwendet.

»Was zaubert sie da?«

»Käsekuchen.« Mein Magen knurrt allein beim Gedanken daran.

»Scheiße, das ist unfair. Auch wenn die Tour cool ist, essen wir fast jeden Tag billiges Fast Food. Ich bestehe bald nur noch aus fettigen Burgern, labberigen Pommes und triefenden Apfeltaschen.«

»Käsekuchen ist nicht gerade als Vitaminbombe bekannt. Und ich will dich ja nicht angreifen, aber hier lebst du auch nur von Pizza und Pasta. Wo spielt ihr heute?«, frage ich gespannt und betrachte das große Banner der Band im Hintergrund. Carter tippt mit dem Drumstick auf die Snare Drum.

»In Lyon. Der Schuppen hier ist gigantisch.« Er wechselt zur hinteren Kamera, damit ich den Konzertsaal sehen kann. Doch alles, was ich fokussiere, ist Megan, die jetzt mit einem Haufen Papiere in der Hand die Bühne betritt. Sie bemerkt nicht, dass sie direkt vor Carters Linse läuft, weil sie so in die Unterlagen vertieft ist. Megan trägt unter einer schwarzen Lederjacke ein rotes Kleid, das sich eng an ihren Körper schmiegt. Ihre schmalen Beine stecken in schwarzen Nietenboots. Die schöne, dunkle Mähne hat sie zu einem französischen Zopf geflochten, der über ihre Brüste fällt.

Sie sieht umwerfend aus. Und auch wenn ich weiß, dass Carter kein oberflächlicher Mensch ist, bin ich eifersüchtig. Nicht nur, weil sie aussieht wie eine Traumfrau, sondern auch, weil ich glaube, dass sie okay ist. Mehr als das sogar. Wenn Carter sagt, dass sie cool ist, dann stimmt es auch. Mir würde die Vorstellung besser gefallen, wenn sie eine dämliche Ziege wäre.

»Verrückt, oder? Hier passen fünfzehntausend Leute rein, und das Konzert ist ausgebucht.« Carter dreht das Handy wieder, und als ich ihm ins Gesicht sehe, schiebe ich die Eifersuchtsgedanken weg. Damit kann ich mich immer noch beschäftigen, wenn ich heute Nacht im Bett liege.

»Und, was meinst du? Steht mir ein Schlagzeug?« Carter posiert an dem gigantischen Teil, und ich nicke atemlos.

»Klar. Aber ich muss dich enttäuschen. Mit Stift und Papier siehst du immer noch am besten aus. Außerdem klingt es, als würde man einer Katze auf den Schwanz treten, wenn du singst. Konzentrier dich also lieber auf deine Schreibkarriere«, scherze ich. Carters linker Mundwinkel tanzt nach oben, Sekunden später lässt er den Stick entschlossen fallen.

»Du hast recht. Das überlasse ich lieber den Jungs. Gott, SkySky. Ich freue mich schon, wenn die Band in Texas spielt. Ich werde dich auf jedes Konzert im ganzen Bundesstaat schleppen und mir mit dir in der ersten Reihe die Füße wundtanzen.« So sehr ich auch versuche, seine Euphorie zu teilen, so sehr versinke ich gleichzeitig in diesem abgrundtiefen Loch, das ich mir selbst geschaufelt habe.

»Hey, Sky. Du siehst schon wieder so traurig aus. Habe ich etwas Falsches gesagt?« Seine Miene wird ernst, sein Mund steht leicht offen, und in seinen blauen Augen liegt Skepsis.

»Nein, hast du nicht. Ich … es ist nur momentan so viel los bei mir. Die Uni frisst meine ganze Zeit, und ich weiß noch nicht, wie es in den nächsten Monaten weitergehen wird. Aber mir geht es gut«, lüge ich. Ein quälend langer Moment vergeht und fühlt sich an wie ein alter Kaugummi, der es sich unter meiner Sohle bequem gemacht hat. Früher sind Carter und ich jeden Monat auf mindestens ein Konzert gegangen. Und auch wenn uns in Zukunft nichts daran hindern wird, werde ich es vermissen, mit ihm in der Menge zu tanzen.

»Dann lächle. Mach die Welt zu einem besseren Ort für mich«, bittet er mich ernst. Ich zwinge mich zu einem Lächeln, das sich langsam zu einem echten Grinsen ausbreitet. Carters Augen strahlen, während er sich theatralisch ans Herz greift, als hätte ihn mein Lächeln mitten in die Brust getroffen.

»Danke. Ich habe es gespürt. Eben gerade wurde die Welt besser.«

»Ich muss jetzt auflegen, Carter. Der Kuchen ist im Ofen, und wir schmeißen uns vor den Fernseher. Viel Spaß bei der Show.«

Er küsst sein Handgelenk und ich erwidere die Geste. »Love you, Sky.«

»Ich dich auch, Carter.« Dann wird der Bildschirm schwarz. Sobald ich das Handy in die Ecke des Sofas geschmissen habe, kann ich die Tränen nicht länger zurückhalten. Zu meinem Bedauern merkt meine Mutter sofort, dass etwas nicht stimmt. Sie tritt von hinten an das Sofa heran, schlingt ihre Arme um meinen Hals und bettet ihren Kopf auf meine Schulter.

»Hey, mein Schatz.« Sie drückt mir einen Kuss auf die Wange, schält sich anschließend aus der Schürze und legt sie ordentlich gefaltet über die Sofalehne. Sobald sie neben mir Platz nimmt, kuschle ich mich an ihre Schulter.

»Ich bin ein schlechter Mensch, oder?«, schniefe ich und wische mir die Tränen mit der Kuscheldecke weg.

»Bist du nicht. Du hast ihm die Wahrheit verschwiegen, damit er seinen Job nicht gefährdet. Obwohl du ihn gebraucht hättest, hast du ihn damit nicht belastet. Wie zur Hölle sollst du ein schlechter Mensch sein, Skylar?«

»Aber du warst dagegen, es ihm zu verschweigen«, protestiere ich und schiele zu ihr hoch. Ihre karamellbraunen Augen wärmen mein Herz auf.

»Weil ich immer das Beste für dich will. Und Carter ist das Beste für dich. Ja, ich hätte es besser gefunden, wenn du ihm Bescheid gesagt hättest, aber es war allein deine Entscheidung. Und dieser Job wird ein Sprungbrett für ihn sein.«

»Er wird mir niemals verzeihen, dass ich ihn angelogen habe.« Allein die Vorstellung, die Enttäuschung in seinem Gesicht zu sehen, macht mich fertig. Der Duft des leckeren Kuchens erfüllt die Luft, aber trösten kann er mich nicht.

»Hey.« Mom legt ihre Hand an meine Wange und streicht mir die Locken aus dem Gesicht. »Du kennst Carter besser als jeder Mensch auf dieser Welt. Glaubst du wirklich, dass er dir nicht verzeihen wird? Dieser Mensch würde dir alles verzeihen. Ausnahmslos alles.«

»Danke, Mom«, flüstere ich und hauche ihr einen Kuss auf die Wange, an der noch ein wenig Mehl vom Backen klebt. Gemeinsam kuscheln wir uns tiefer in die Polster, während ich auf den Ratschlag meines besten Freundes höre und *Fractured* anschalte. Mord und Totschlag passt mir gerade viel besser als ein gebrochenes Herz.

10

Carter

Kurz verharrt mein Blick noch auf dem Handy, bevor ich es mit einem mulmigen Gefühl zurück in meine Jeans stopfe. Ich muss mich heute auf meinen Job konzentrieren, die Gefühle im Konzertsaal aufsaugen und die Stimmung der Band im Backstagebereich einfangen, damit ich sie in dem Buch authentisch beschreiben kann. Doch mit dem Schatten von Skys Traurigkeit fällt es mir schwer, mich auf etwas anderes zu konzentrieren.

Im Hintergrund wuseln die Tontechniker, um die letzten Einstellungen zu überprüfen, bevor die ersten Gäste in den Saal gelassen werden. Die Band lacht laut hinter der Bühne, während ich auf Connors Platz sitzen bleibe und das Schlagzeug betrachte. Im Augenwinkel sehe ich Megan, die angeregt telefoniert und sich dabei durch einen Stapel Unterlagen wühlt. Nachdem sie aufgelegt hat, kommt sie fluchend auf mich zu.

»Das war Robert. Er macht mir echt Feuer unter dem

Hintern, weil das hier seiner Meinung nach eines der wichtigsten Konzerte ist. Der Kerl nervt.«

»Er macht nur seinen Job«, verteidige ich den Manager der Band, weil der Typ echt korrekt ist.

Megan verdreht die Augen. »Dann soll er gefälligst seinen Arsch selbst hierher bewegen.«

»Sein Arsch hat gerade ganz andere Probleme, Meg. Robert hat sich irgendein Virus eingefangen und hält kaum eine Stunde aus, ohne aufs Klo zu müssen.« Angewidert rümpft Megan die Nase.

»Na gut. Aber was ist mit dir? Du siehst blass aus. Noch blasser als sonst. Sag nicht, er hat dich angesteckt«, sagt sie besorgt, aber mehr als ein schlappes Lächeln kriege ich nicht heraus. Nicht, solange ich nicht weiß, wie ich Sky helfen kann.

»Alles okay. Ich bin nur müde. Geh doch schon mal zu den Jungs, ich komme gleich nach.«

Mit geschürzten Lippen nickt sie, drückt mir einen flüchtigen Kuss auf den Mund und verschwindet hinter der Bühne. Derweil ziehe ich das kleine Notizbuch aus der Arschtasche meiner Jeans, hole den Stift aus dem Buch und schlage eine leere Seite auf. Normalerweise lasse ich mir die Greatest Hits für Skys Geburtstag – unsere schönsten Momente des Jahres – immer spontan einfallen, aber ich will diesen Augenblick nicht vergessen. Die Kappe klemmt zwischen meinen Zähnen, während ich die Spitze des Feinliners zu Papier bringe und zu schreiben beginne.

#2: Als du die Welt mit deinem Lächeln zu einem besseren Ort gemacht hast.

II

Skylar

Vergangenheit

Dreiundzwanzig Uhr und neunundfünfzig Minuten. Der Wecker auf dem Nachttisch neben meinem Bett würde in wenigen Sekunden auf den nächsten Tag umspringen. Meinen Geburtstag. Ich habe mir nie viel aus meinem Geburtstag gemacht, bis Carter und ich vor ein paar Jahren angefangen haben, ihn immer auf dieselbe Art und Weise zu verbringen: Mit Cupcakes, einem Friends-Marathon und den fünf *Greatest Hits* des letzten Jahres. Doch als der Wecker jetzt null Uhr anzeigte, war ich traurig, weil dieses Jahr alles anders war.

Carter hatte morgen seinen Einarbeitungstag bei dem neuen Radiosender, der hauptsächlich Rock- und Punksongs spielte. Abends war er noch auf eine VIP-Party eingeladen, für die er mich auf die Gästeliste setzen lassen wollte, aber sein Boss hatte ihm den Wind aus den Segeln genommen.

Ich wurde um halb eins in der Nacht am zweiten August

im Beaumont Hospital geboren. Ergo – in einer halben Stunde war ich sechzehn Jahre alt. Ich pustete die angestaute Luft aus der Lunge, drehte mich von einer Seite zur anderen, konnte aber einfach keine Ruhe finden. Nach lästigen Minuten des Herumwälzens entschied ich mich dazu, den Friends-Marathon allein zu beginnen, bis ich irgendwann müde genug war, um einzuschlafen.

Meine Mutter hatte konkrete Pläne für den kommenden Tag. Sie wollte morgens mit mir in die Mall fahren, in unserem Lieblingscafé brunchen und mich danach in die Tanzschule bringen, in der ich einmal die Woche Training hatte. Seit ich bei Charles und Heather gelernt habe, wie befreiend es sein kann, zu seinen Emotionen zu tanzen, kann ich meine Füße kaum noch stillhalten.

Ich stellte den Fernseher leiser, kuschelte mich tiefer in die Kissen und musste schmunzeln, als Phoebe einen ihrer perfekt unperfekten Songs im *Central Perk* zum Besten gab. Meine Lider wurden bereits nach den ersten paar Minuten schwer, und als ich kurz davor war, in den Schlaf abzudriften, klopfte es leise an mein Zimmerfenster. Panisch schreckte ich hoch, schlug die Decke zurück, sprang auf und nahm mir zur Sicherheit den Wecker vom Nachttisch, um dem Einbrecher notfalls damit den Schädel einzuschlagen.

Welcher Einbrecher klopft denn vorher an?, fragte ich mich kopfschüttelnd, ließ den Wecker aber nicht los, als ich die schweren Vorhänge ein Stück anhob und nach draußen schielte. Eine kleine Flamme loderte direkt vor meinem Fenster, und als ich Carters Gesicht dahinter erkannte und er noch mal anklopfte, schob ich das Fenster eilig nach oben.

»Carter?« Müde rieb ich mir die Augen. Träumte ich etwa?

»Nun lass mich schon rein, SkySky. Ich komme mir vor wie ein Krimineller hier draußen. Misses Bloom wird noch die Cops rufen, wenn sie mich so sieht.«

Ich machte ihm Platz, zog die Vorhänge weit auf und wartete, bis er durch das Fenster in mein Zimmer kletterte. In seiner Hand hielt er einen kleinen Cupcake mit rosa Zuckerguss, in dem eine einsame, pinke Kerze steckte.

»Was machst du hier? Es ist mitten in der Nacht!«, sagte ich leise, damit Mom mich im Nebenzimmer nicht hörte. Sie hatte nie etwas dagegen, wenn Carter bei mir übernachtete, aber wenn er sich nachts in mein Zimmer schlich, konnte sich das sicher schnell ändern.

»Denkst du, ich verpasse den Geburtstag vom besten Menschen auf diesem Planeten?«, fragte er und zog eine Braue hoch. Er warf einen kurzen Blick auf den Wecker, der immer noch in meiner Hand lag. »Und ich bin verdammt pünktlich. Leg das Scheißding weg, und lass dich umarmen, Sky.« Er breitete die Arme für mich aus, und wie aufgetragen feuerte ich den Wecker auf mein Bett, bevor ich Anlauf nahm und ihm in die Arme sprang. Mit den Oberschenkeln umklammerte ich seine Hüften, vergrub mein Gesicht in seinem frisch gewaschenen Haar und inhalierte sein herbes Shampoo. Carters Duft war meine Heimat.

»Du bist hier! Mein Geburtstag ist gerettet«, quiekte ich leise und genoss es, als er den Cupcake auf dem Fensterbrett ablegte, um mich zu umarmen. Er wirbelte mich einige Male im Kreis, vergrub seine schlanken Hände in meinem wilden Haar und drückte mir einen Kuss auf die Stirn.

»Happy Birthday, Lieblingsmädchen.« Wir grinsten um die Wette. Widerwillig befreite ich mich aus seiner Umarmung, und als meine Füße wieder festen Boden ertasteten, fühlte es sich an, als würde das Holz unter mir wabern.

»Danke«, wisperte ich und schielte hungrig zu dem Cupcake herüber. »Wo hast du den her? Ich glaube kaum, dass du dich nachts in die Küche gestellt hast, um für mich zu backen.«

Carter griff nach dem Gebäck, hielt es sich vor die Brust, und die warmweiße Flamme erhellte sein schönes Gesicht. Er hatte sich seit ein paar Tagen nicht rasiert und sah in der schwarzen Lederjacke und den zerrissenen, schwarzen Jeans aus wie ein verwegener Rockstar.

»Erwischt. Ich habe ihn an der Tankstelle besorgt. Aber ich habe mir versichern lassen, dass er in Ordnung ist. Nun komm schon, puste die Kerze aus und wünsch dir was«, forderte er mich auf. Ich schloss die Augen, überlegte, was mir in meinem Leben noch fehlte, und kam zu dem Entschluss, dass ich alles hatte, was ich zum Glücklichsein brauchte. Ich war gesund, hatte gute Noten in der Schule, die mir ein tolles College einbringen würden, eine grandiose Mom, ein schönes Zuhause und den besten Freund, den man sich wünschen konnte. Also pustete ich die kleine Flamme aus und wünschte mir, dass mein Leben genau so blieb. Anschließend entfernte ich das fettige Papier von dem Tankstellencupcake und biss in den süßen Teig. Er war nicht ganz durchgebacken und schmeckte klebrig, aber erstaunlich lecker dafür, dass er vermutlich schon seit Stunden offen herumlag.

»Hast du etwa den Friends-Marathon ohne mich gestartet?«, fragte Carter empört, als er sich auf mein Bett warf. Er benahm sich in diesem Haus, als würde er hier wohnen. Mehr als einmal hatte er ein paar Tage hier verbracht, und auch wenn er sich bei Heather und Charles wohlfühlte, wusste ich, dass er sich insgeheim auch eine Penelope in seinem Leben wünschte. Er hat sein ganzes Leben mit Kindern verbracht, die nur für wenige Monate Teil seines Alltags waren und dann adoptiert wurden. Nur er blieb.

»Ich konnte nicht einschlafen«, rechtfertigte ich mich, und als er auf die Matratze neben sich klopfte, krabbelte ich auf das Bett und kuschelte mich an seine Schulter. Carter legte seinen Arm um mich.

»Dafür bin ich ja da. Du dachtest aber nicht wirklich, dass ich deinen Geburtstag verpasse, oder?«

»Na ja, morgen hast du einen wichtigen Tag vor dir, und ich dachte, dass du heute Nacht ein wenig Schlaf gebrauchen kannst.«

»Du bist albern. Ich brauche keinen Schlaf, ich bin in der Hinsicht wie ein Vampir«, sagte er lachend und fuhr mit seinen Fingern kleine Kreise über meinen nackten Oberarm.

»Dann bist du definitiv Damon.«

»Was zur Hölle? Ich bin doch keiner von den Salvatore-Weicheiern. Ich bin eher Klaus«, protestierte er.

Wir schauten noch drei weitere Folgen *Friends*, als hätten wir sie nicht schon zehn Mal gesehen und könnten die Dialoge nicht mitsprechen. Danach schaltete ich den Fernseher aus und drehte mich zu ihm.

»Du willst die Greatest Hits wissen, richtig?«, durchschaute er mich im Handumdrehen. Eilig nickte ich, kuschelte mich noch dichter an ihn und zupfte an dem grauen Stoff seines Beatles-Shirts. Das war immer mein liebster Moment an meinem Geburtstag.

»Okay, dann spanne ich dich nicht länger auf die Folter. Also ich fange mit Nummer fünf an.« Er lehnte den Kopf gegen das Gestell meines Bettes, starrte an die Decke und kramte sich durch die Erinnerungen des letzten Jahres. Im Vergleich zu mir improvisierte Carter immer, während ich mir während des Jahres unsere liebsten Momente im Handy notierte, um keinen zu vergessen.

»Meine Nummer fünf ist der Tag, an dem du mich beim Radio besucht hast.«

»Oh Gott!« Mir entfloh ein Lachen. »Du meinst den Tag, an dem ich dein Interview mit diesem Popschnösel gegen die Wand gefahren habe?« Röte stieg in mein Gesicht, weil mir mein Auftritt immer noch peinlich war.

»Genau den. Du hast mir diese spießigen zwanzig Minuten versüßt, SkySky. Der Typ war langweiliger als eine Dauerwerbesendung über die besten Staubsauger des Jahres. Außerdem fand es die ganze Belegschaft amüsant, als du ihm den kalten Kaffee über den Schritt geschüttet hast.«

»Das war keine Absicht«, hatte ich mich verteidigt, aber niemand kaufte es mir ab. Der Typ hatte sich echt danebenbenommen, und als er mich wie eine billige Assistentin behandelte und den Kaffee beleidigte, hätte ich ihm wirklich am liebsten das Gebräu über die beige Cordhose gekippt. Aber es war ein Unfall. Er wurde Opfer meiner Tollpatschigkeit.

»Okay, weiter. Was ist die Nummer vier?«, hakte ich ungeduldig nach.

»Nummer vier ist der Tag am Strand, als wir die legendäre Sandschlacht bestritten haben. Auch wenn ich verloren habe, werde ich dich in diesem schwarzen Einteiler niemals aus dem Kopf bekommen«, säuselte er, und ich boxte gegen seinen Arm.

»Nummer drei ist auch leicht. Erinnerst du dich an den Tag der offenen Tür in deiner Highschool?«

Sofort wusste ich, worauf er hinauswollte.

»Na klar. Einige Collegeprofessoren waren an dem Tag vor Ort, und ich habe an jedem Stand mit meinem Schriftstellerfreund angegeben. Ich glaube, die Leute wollten mir gern die Flyer in den Mund stopfen, damit ich endlich die Klappe halte«, sagte ich lachend.

»Ich hätte dir den ganzen Tag zuhören können, SkySky. Du warst voll in deinem Element. Wenn ich jemals berühmt werde, dann musst du meine Pressesprecherin werden.«

»Du wirst berühmt. Da bin ich mir sicher.« Im Kopf sah ich seine Bücher schon in den großen Buchhandlungen stehen und ihn Lesungen halten.

»Heute geht es nicht um mich, also weiter im Programm. Nummer zwei.« Gedankenversunken strich er mit den Fingern über meine Arme, und meine Haare stellten sich auf, weil seine Berührungen so sanft waren. »Der Tag, an dem wir die alten Bilder aus der Zeit bei Heather und Charles mit Penelope durchgesehen haben. Sie haben mich wieder daran erinnert, dass du meinen Arsch gerettet hast.« Seine Worte waren absurd, und doch beharrte er immer darauf, mich als seine Heldin darzustellen.

»Wenn hier jemand einem den Arsch gerettet hat, dann ja wohl du mir«, korrigierte ich ihn, aber er schüttelte nur den Kopf, während er auf mein Gesicht hinabblickte.

»Du hast ja keine Ahnung. Heather wusste manchmal nicht mehr, was sie mit mir machen sollte. Ich bin mehr als einmal in eine Prügelei mit den anderen Kindern geraten.« Schon oft hatte ich von dieser aggressiven Seite von ihm gehört, gesehen hatte ich sie zum Glück nur zweimal. Einmal, als mich ein Typ auf einer Party schräg anmachte, und einmal, als eines der anderen Pflegekinder seinen Laptop kaputtgemacht hatte, auf dem seine ganzen Dokumente gespeichert waren. All seine Kurzgeschichten waren weg.

Immer, wenn diese dunkle Seite an ihm aufblitzte, machte sie mir Angst, aber meist wusste ich, wie ich den Wolf in ihm wieder zum Einschlafen bringen konnte.

»Dann haben wir uns gegenseitig geholfen. Deal?« Ich hielt ihm meine Hand hin, damit er einschlagen konnte. Doch anstatt den Deal mit einem Handschlag zu besiegeln, drückte er mir einen Kuss auf den Scheitel.

»Ich würde dich auf der Stelle heiraten, wenn ich wüsste, dass ich dich verdient hätte, Sky.« Seine dunkle Stimme klang auf einmal viel zu traurig und nahm die Dunkelheit der Nacht in sich auf. Den Regen, der jetzt gegen das Fenster donnerte, durch das er vorhin eingestiegen war, um mich zu überraschen.

»Und wenn ich volljährig wäre, meinst du wohl«, kicherte ich.

Carter nickte und wuschelte mir durch die blonde Lockenmähne. »Das auch.«

»Aber mal im Ernst. Du machst dich immer so klein, Carter. Du hast mich verdient und noch so viel mehr.« Entschlossen sah ich zu ihm auf. Ein dunkler Schleier legte sich über sein Gesicht. Ich hasste es, dass er sich so schlecht behandelte, obwohl er das Wichtigste in meinem ganzen Leben war. Carter wirkte nach außen hin immer selbstbewusst, nahezu selbstverliebt, doch vor mir ließ er seine Schutzmauern fallen wie der Himmel den nächtlichen Regen, der den Garten in einen Haufen Matsch verwandelte.

»Du redest Bullshit, Sky. Im Vergleich zu dir bin ich nur ein Bauer. Du bist die Königin unter den guten Menschen. Das ist auch der Grund, wieso jemand wie Penelope dich ausgewählt hat. Weil du es verdient hast, glücklich zu sein.«

»Hey!« Ich setzte mich auf, nahm sein Gesicht in meine Hände und zwang ihn, mich anzusehen. Unsere Blicke verkeilten sich, und seine Ozeanaugen wirkten heute nahezu gefährlich dunkel.

»Du bist der beste Mensch, den ich kenne. Du bist so viel mehr wert, als du dir erlaubst zu glauben. Du bist talentierter als alle, die ich kenne. Du kannst mit Worten umgehen wie kein zweiter. Du bist meine Konstante, mein Horizont, Carter.« Ich fühlte die Worte tief in meiner Brust. Er weinte nie vor mir, weil er stark für mich war, aber ich wusste, dass unter der Oberfläche seines Ozeans ein Sturm von Emotionen wütete.

»Dieser Moment mit dir. Diese Entschlossenheit, mit der du mich zu überzeugen versuchst, an mich zu glauben. Du glaubst, dass ich es wert bin, und du *glaubst es wirklich*, Sky. Das hier ist meine Nummer eins«, flüsterte er und schluckte die Tränen herunter, die die Oberfläche beinahe durchbrochen hätten.

»Danke.« Mehr als ein Hauchen schaffte es nicht über meine Lippen, und als ich mich wieder an ihn lehnte, spürte ich, wie er die Anspannung loslassen konnte. In dieser Sekunde konnten ihm seine Dämonen nichts anhaben, weil wir zusammen waren.

»Das hier waren meine liebsten Greatest Hits«, murmelte ich, und ein Lächeln huschte über mein Gesicht.

»Das sagst du jedes Jahr«, stellte er lachend fest.

»Weil es jedes Mal die Wahrheit ist.«

»Ich meinte es ernst, Sky. Wenn ich könnte, würde ich dich heiraten«, sagte er leise, aber mit so viel Kraft, dass es mir eine Gänsehaut über die Arme jagte. Mit einem Grinsen sah ich ihn an.

»Das Thema hatten wir doch schon. Ich heirate dich erst, wenn du ein Sixpack und dein erstes Buch geschrieben hast.« Wir liebten es, uns aufzuziehen, und ich wollte die Stimmung ein wenig auflockern. Mein bester Freund lachte tief. Ich spürte, wie sein Körper vibrierte.

»Ich nehm dich beim Wort, SkySky.« Gemeinsam rutschten wir ein Stück herunter, bis wir nebeneinander im Bett lagen. Ich drehte mich auf die Seite, und Carter nahm mich von hinten in den Arm.

»Schlaf schön, Geburtstagsmädchen«, murmelte Carter

dicht an meinem Nacken, beugte sich über mich und knipste das Nachtlicht aus.

»Gute Nacht.« In seinen Armen schlief ich innerhalb weniger Sekunden ein.

12

Skylar

»Happy Birthday!« Hazel klemmt sich beide Krücken unter den linken Arm und schließt mich in eine innige Umarmung. Ihr Monstergips stößt dabei gegen Hollys Reifen, und wir verkeilen uns halb ineinander. Lachend liegen wir uns in den Armen, und als sie sich wieder von mir löst, haben sich einige Strähnen aus ihrem lockeren Zopf gelöst.

»Danke, Süße.«

»Ich wollte dir direkt heute Morgen gratulieren, bevor ich in meine Kurse musste, aber du warst schon weg, als ich aufgestanden bin.« Verschwitzt streicht sie sich die losen Strähnen hinter die Ohren und stützt sich wieder auf den beiden Krücken ab.

»Meine Mom und ich haben da diese Tradition. Wir fahren ganz früh in die Mall und frühstücken in unserem Lieblingscafé. Danach hat sie mich früher immer ins Tanzstudio gefahren.«

»Und was habt ihr dieses Jahr stattdessen gemacht?« Hazel trägt heute ein fluffiges, pfirsichfarbenes Kleid, das ihrer leicht gebräunten Haut schmeichelt. Ich habe mich für eine Röhrenjeans und eine geblümte Bluse entschieden.

»Wir waren stattdessen im Botanischen Garten.« Die knalligen Blumen, kleinen Wasserfälle und Grünanlagen haben mich schon immer fasziniert. Die Sonne schien mir mitten ins Gesicht, und der morgendliche Wind küsste meine Nasenspitze, bevor er schließlich verschwand und die Sonne Beaumont in einen Hochofen verwandelte.

»Jamie liebt den botanischen Garten. Ich muss ihm immer beschreiben, was ich hören kann«, schwelgt Hazel in Erinnerungen. Sofort setze ich auf meine Bucketlist einen Ausflug in die Gärten mit Hazel und ihrem Bruder. In seiner stillen Welt muss es ein ganz anderes Erlebnis sein.

»Ich habe noch etwas für dich!« Meine Mitbewohnerin verschwindet in ihrem Zimmer und kommt mit einem Geschenk zurück. Ich fahre mit den Fingern über das schlichte, braune Papier, ziehe die rote Schleife auf und hebe den Deckel an. Als ich die Polaroidkamera sehe, würde ich am liebsten sofort aufspringen und mich in ihre Arme werfen.

»Oh mein Gott«, kreische ich so laut, dass es vermutlich die gesamte untere Etage des Wohnheimes hören kann. »Du bist doch verrückt! Die sind viel zu teuer!« Und doch will ich sie schon jetzt nicht mehr hergeben.

»Keine Sorge, ich habe sie auf einem Flohmarkt gefunden. Es ist ein älteres Modell, aber sie funktioniert noch einwandfrei. Ich dachte mir, so kannst du die Fotos direkt ausdrucken und an deine Wand hängen.«

»Sie ist perfekt«, flüstere ich gerührt und hänge sie mir mit dem schwarzen Riemen um den Hals. Die Kamera hat ein ordentliches Gewicht und fühlt sich haptisch ganz wunderbar in meinen Händen an.

»Ich habe schon einen neuen Film eingelegt. Er ist aber in Schwarz-Weiß, weil die Farbfilme aus waren.« Ehrfürchtig streiche ich über dieses Schmuckstück.

»Umso besser. Carter liebt Schwarz-Weiß-Aufnahmen.« Beim Gedanken an meinen besten Freund durchströmen mich ganz unterschiedliche Gefühle. Ich bin ziemlich nervös, weil er in ein paar Tagen zurückkommt und ich mich endlich meiner Lüge stellen muss. Und enttäuscht, weil er mir bis jetzt noch nicht zum Geburtstag gratuliert hat, obwohl es schon Abend ist. Wir haben uns gestern vor dem Schlafengehen nur ganz kurz geschrieben. In seinen Nachrichten hat er mir erzählt, dass er viel zu tun hat und die letzten Konzerte der Tour in Frankreich anstrengend sind. Trotzdem hat er mir noch nie so spät zum Geburtstag gratuliert.

Ich vermisse meine Greatest Hits.

In den letzten sechs Monaten konnten wir keine gemeinsamen Erinnerungen sammeln, weil uns 4 789 Flugmeilen getrennt haben. Die Vorstellung, dass er in ein paar Tagen wieder live und in Farbe vor mir steht, lässt Schmetterlinge in meinem Bauch tanzen. Doch je länger ich über die Konsequenzen meiner Lüge nachdenke, desto größer wird meine Angst, bis sie meine Kehle verstopft und ich nur noch schwer Luft bekomme.

»Apropos Carter. Hat er dir schon gratuliert? So wie ich ihn einschätze, hat er trotz der Zeitverschiebung pünktlich um null Uhr angerufen.«

Hazel hat in den letzten Wochen mit mir als Mitbewohnerin schon einige seiner Eigenheiten kennengelernt, seine Pünktlichkeit bei Telefonaten an erster Stelle.

»Er hat noch nicht angerufen«, sage ich und versuche wirklich, nicht enttäuscht zu klingen. Kurz flackert Mitleid in ihren Haselnussaugen auf, doch es verwandelt sich schnell in einen unabdingbaren Tatendrang. So ist es bei ihr immer: Wenn jemand traurig ist, will sie sofort helfen und die Traurigkeit verscheuchen.

»Gab bestimmt Probleme mit der Band. Wenn man den Medien glauben kann, lässt Isaac Walker es manchmal etwas zu sehr krachen. Einmal hat er sich auf der Bühne mit einer Glasscherbe einen Cut auf der Stirn zugezogen, weil er so high war«, versucht sie mich zu besänftigen. »Aber er wird anrufen. Ganz sicher. Und bis dahin wäre ich dafür, dass ich uns Pizza im Tesoro hole und wir uns mit deinem Lieblingsfilm auf die Couch schmeißen.« Ihr Vorschlag gefällt mir, weil er mich an die Geburtstage mit Carter erinnert. Anstelle von Cupcakes wird es Pizza geben und anstelle von *Friends* den Film *Love, Rosie.*

Manchmal glaube ich, dass Carter und ich wie Alex und Rosie sind. Die Gefühle waren schon immer da, aber das Leben kam jedes Mal dazwischen, genau wie unsere tiefsitzende Angst davor, unserer Freundschaft zu schaden. Beziehungen sind oft zerbrechlicher als Freundschaften, und ich will vermeiden, dass unsere Verbindung reißt, weil wir uns von unseren Gefühlen leiten lassen.

»Das klingt nach einem perfekten Plan.«

»Ich weiß«, sagt Hazel von sich überzeugt. »Also: eine Gemüsepizza für dich?«

»Du kennst mich«, antworte ich schmunzelnd. Zum ersten Mal in meinem Leben gibt es noch einen weiteren Menschen, der über meine Vorlieben und Ängste Bescheid weiß. Während Hazel sich ihr Portemonnaie schnappt und Richtung Tür humpelt, hieve ich mich auf das Sofa und genieße es, wie sich der weiche Stoff an meinen Beinen anfühlt.

Ich polstere meinen Rücken mit ein paar Kissen, sodass ich leicht erhöht liege, und schalte den Fernseher ein, um schon mal den Film rauszusuchen. Auch wenn ich ungerne bei einem Film unterbrochen werde, schalte ich mein Handy auf laut. Sicherheitshalber …

• • •

Hazel ist bereits seit einer Viertelstunde unterwegs, als mein Smartphone auf dem kleinen, abgewetzten Holztisch vibriert. Schnell beuge ich mich nach vorne und greife nach meinem Handy, das mir beinahe aus der Hand rutscht. Als ich den Videocall mit Carter annehme, lege ich mir bereits meine Worte zurecht. Normalerweise hasse ich es, anderen Menschen ein schlechtes Gewissen einzureden, aber heute bin ich verletzt und würde es gern an jemandem auslassen. Carter ist weit genug entfernt, um die volle Ladung abzubekommen.

»Na sieh mal einer an«, sage ich, klinge aber bei Weitem nicht so schnippisch, wie ich klingen will. Sein strahlendes

Lächeln erwischt mich wie eine Welle, und meine Wut ist innerhalb weniger Sekunden verpufft.

»SkySky! Es tut mir so, so leid. Ich habe dich nicht vergessen, das musst du mir glauben.« Er lächelt gequält, und diesen Anblick ertrage ich nur schwer an meinem besten Freund. Eine Welt, in der Carter Davis nicht lacht, fühlt sich verkehrt an. Wie ein Fehler in der Matrix. Ich schalte die Musik aus, die ich über den TV-Stick laufen habe, und bringe mich in eine aufrechte Position.

»Was war denn los? Du siehst hundemüde aus. Richtig scheiße, um genau zu sein«, lockere ich die Stimmung auf. Er hievt eine schwarze Reisetasche über seine Schulter und streicht sich die wilden Haare aus den Augen.

»Das Konzert gestern war verdammt abgefuckt, SkySky. Die Leute sind ausgerastet und haben den halben Konzertsaal auseinandergenommen. Es mussten sogar die Cops ausrücken und die Leute unter Kontrolle bringen. Die Band und ich saßen bis eben in einer Zelle, und die Idioten haben mir mein Handy weggenommen.«

»Ach du Scheiße! Geht es euch allen gut? Wieso, um Himmels willen, haben die euch festgenommen?« Auf einmal habe ich ein schlechtes Gewissen, weil ich wirklich dachte, dass Carter meinen Geburtstag vergessen hat, obwohl es in sechzehn Jahren nicht einmal passiert ist. Meistens hat er es kaum ausgehalten, bis null Uhr zu warten, um mir zu gratulieren. Im Hintergrund kann ich sehen, dass er ein Gebäude betritt, um ihn herum herrscht ein wildes Treiben. In Gedanken gehe ich den Tourplan durch. Nach meinen Berechnungen müssten sie heute in Toulouse ihr letztes Konzert spielen.

»Keine Ahnung, Mann. Die haben gedacht, dass wir die Menge dazu angeheizt haben, einen auf Rambo zu machen. Aber irgendwann mussten sie einsehen, dass wir nichts damit zu tun hatten. Was macht mein Geburtstagsmädchen? Hast du einen Cupcake bekommen?«

Sein warmes Lächeln trifft mich mitten ins Herz. Plötzlich wünschte ich mir nichts lieber als einen seiner Geburtstagscupcakes.

»Nein, leider nicht. Aber Hazel holt uns gerade Pizza, damit wir uns mit *Love, Rosie* vor die Glotze werfen können.«

»Super. Ich habe nämlich echt einen Mordshunger. Aber über die Filmauswahl müssen wir uns noch mal unterhalten«, antwortet er.

Ich runzle die Stirn. Seine Worte ergeben keinen Sinn. Doch als ich hinter seinem Rücken den Gang erkenne, in dem er unterwegs ist, schnürt sich meine Kehle zusammen. Mein Magen rebelliert.

»Carter?«, hake ich nach.

»Ja?«

Seine spitzen Eckzähne blitzen auf, sein Megawattlächeln geht mir durch Mark und Bein.

»Wo bist du?«, hauche ich und wünsche mir, dass ich falschliege. Dass der Gang, den er überquert, nur eine erstaunliche Ähnlichkeit mit dem in meinem Wohnheim hat. Doch als ich auf dem Display meines Handys die blonde Schönheit aus Zimmer eins über den Flur huschen sehe, stülpt sich mein Magen um und ich muss mich beinahe übergeben.

Nein. Nein. Nein.

Wie ist das möglich?

»Du …«

»Ich …« Er sieht mich aus erwartungsvollen, tiefblauen Augen an, die voller Vorfreude stecken, während mein ganzer Körper nach Rückzug schreit. Nach Flucht.

»Carter, du bist … hier?« Tränen steigen in meine Augen, die mein bester Freund mit einem strahlenden Nicken kommentiert. Er glaubt, dass ich vor Freude weine, dabei bricht gerade alles um mich herum zusammen. Er darf mich noch nicht so sehen. Er darf noch nicht erfahren, dass ich ihn belogen und unsere Freundschaft aufs Spiel gesetzt habe. Mit jedem seiner Schritte über den Flur donnert mein Herz lauter in meiner Brust.

»Ich kann den Geburtstag von meinem Mädchen doch nicht verpassen«, sagt er als Erklärung.

»Was ist … was ist mit der Story über den Knast?«

»Eine eiskalte Notlüge.« Ob er mit meiner Notlüge ebenfalls so locker umgehen wird? Die ersten Tränen laufen über meine Wangen und tropfen auf meine zitternde Hand, die sich in den Stoff der Bluse krallt. »Aber in gewisser Hinsicht war der Flug wie ein Gefängnis. Ich hatte einen echt beschissenen Platz, obwohl Isaac versucht hat, mich in die erste Klasse upzugraden. Stattdessen saß ich neben einer sabbernden Frau, die nach alter Oma stank, und einem zehnjährigen Gör, das Candycrush bei voller Lautstärke gespielt hat.«

»Ich … ich verstehe das nicht. Du solltest doch erst am

Samstag zurück sein«, wispere ich und überlege, wie ich mich am besten in Luft auflösen könnte. Ich hatte genug Zeit, um mich auf das Gespräch mit ihm vorzubereiten, aber ich fühle mich, als hätte man mich ins kalte Wasser geschmissen, obwohl ich nicht schwimmen kann. Ich sehe den Boden nicht.

»Ja, aber ich habe alles, was ich für mein Buch brauche, also habe ich einen früheren Flug genommen, um an deinem Geburtstag bei dir zu sein. Also. Bist du bereit für die Umarmung deines Lebens?«

Voll und ganz.

Ganz und gar nicht.

Meine Atmung wird flacher, je näher er mir kommt. Nur noch wenige Meter und eine dünne Wand liegen zwischen uns, und obwohl wir sechs Monate lang durch die halbe Welt getrennt waren, fühle ich mich ihm jetzt ferner denn je. Ich bin noch nicht bereit hierfür. Nicht bereit dafür, ihn in mein Leben ›nach dem Unfall‹ einzuweihen.

»Ich bin nicht im Wohnheim«, platzt es aus mir heraus, aber ich weiß, dass es zwecklos ist. Carter legt den Kopf schief. »Ich sehe doch das Foto, das hinter eurem Sofa hängt. Willst du mich etwa nicht sehen?« Langsam scheint er zu bemerken, dass die Tränen in meinen Augen keine Freudentränen sind. Es sind Tränen der Angst. Der Selbstverachtung.

»Doch … i-ich …« Stotternd suche ich nach den richtigen Worten, aber sie fallen mir nicht ein. In diesem Moment erinnere ich mich kaum an meinen eigenen Namen. Carter öffnet eine Tür, Sekunden später ertönt ein spitzer

Schrei, der den ganzen Flur durchdringt. Lachend schließt er sie wieder.

»Fuck, ich glaube, ich hab mich im Zimmer geirrt. War deines nicht die Nummer einundzwanzig? Da war so eine kleine Rothaarige, die verdammt gelenkig war. Ich glaube, sie hat gerade den herabschauenden Hund gemacht. Der Anblick war nicht schlecht.« Er grinst schief.

»Moment, ich glaube, ich weiß es wieder. Nummer zwölf! Mist, ich bin zu weit gegangen.« Während er sich suchend in dem Gang umsieht, handelt mein Körper auf eigene Faust. Ich beende das Telefonat, greife panisch nach Holly, ziehe den Rollstuhl dichter an das Sofa heran, damit ich so schnell wie möglich zur Tür kann, um sie abzusperren. Doch gerade, als ich mich in den Rollstuhl hieven will, rutsche ich durch meine schweißnassen Hände ab, knalle mit der Hüfte auf die Fußstütze und lande auf dem Boden. Ein scharfer Schmerz zieht durch meinen Bauch, der mir noch mehr Tränen in die Augen jagt. Adrenalin pumpt durch meinen Körper, während ich die Tür fokussiere, als wäre sie mein größter Feind. Nur noch sie steht zwischen mir und Carter. Sie und die bittere Wahrheit, die ich so lange verschwiegen habe, dass es dafür keine Entschuldigung mehr gibt. Ich hatte viele Chancen, ehrlich zu ihm zu sein, aber ich habe keine genutzt.

Mit den Fingern taste ich nach der Stelle, mit der ich aufgeprallt bin, und robbe mich danach langsam zur Tür. In den Physiotherapien habe ich diese Übung mehr als einmal mitgemacht. Ich positioniere meine Beine und ziehe mich mühsam mit der Kraft meiner Arme über den Linoleumboden.

Bei jeder Regung schmerzt meine Körpermitte, als wäre ich zum zweiten Mal in meinem Leben fast auseinandergebrochen.

Mein Handy vibriert dumpf und bedrohlich auf dem braunen Polster, aber ich habe nur ein Ziel. Und das ist, diese Tür abzuschließen.

Jede Zelle in meinen müden Armen schmerzt, und als ich endlich die Tür erreicht habe, greife ich hastig nach dem Knauf und drehe ihn um. Sekunden später klopft es lautstark, und ich halte den Atem an, in der Hoffnung, dass ich mich dadurch in Luft auflösen kann. Ich bin noch nicht bereit für dieses Gespräch!

»Sky?« Erneut klopft es, dieses Mal lauter. »Ich bin hier. Mach die Tür auf. Hier wartet jemand auf dich, der einen Beste-Freundinnen-Entzug hat. Und zwar einen heftigen. Glaub mir, so ein langer Entzug gepaart mit einem Jetlag ist scheiße«, sagt er lachend, aber man hört ihm die Unsicherheit in der sonst so souveränen Stimme an. Er spürt, dass etwas nicht stimmt. Er hat es immer gespürt. Bei jedem Telefonat der letzten Monate. Jedes Mal, wenn ich ihm ausgewichen bin.

Meine Augen fokussieren Holly, die umgekippt neben dem Sofa liegt und mich höhnisch ansieht. Vielleicht halluziniere ich nur, aber es sieht aus, als wäre in die Speichen eine Fratze eingraviert, die mich auslacht.

Karma gets you, Bitch.

»Sky? Nun komm schon. Ich kann dich atmen hören. Ist alles okay?« Scheiße. Scheiße. Scheiße. Jede Karte, die ich in den letzten Monaten zu einem Haus errichtet hatte, fällt jetzt zu Boden.

»Du … du kannst nicht reinkommen. Ich bin nackt«, versuche ich, noch ein paar Minuten zu gewinnen, in denen ich mich zumindest zurück in den Rollstuhl setzen kann. Aber meine Arme brennen vor Müdigkeit und Erschöpfung, ich schaffe es ohne Hilfe unmöglich. Hazel … wo zur Hölle bleibt sie?

»Fuck, Sky. Du hattest letztens schon so eine dumme Ausrede. Ich würde dich auch umarmen, wie Gott dich schuf. Nun mach die Tür auf, oder ich muss sie eintreten.« Weil ich weiß, dass Carter zur Not auch zu drastischen Maßnahmen greifen würde, gebe ich das Versteckspiel auf. Zitternd atme ich ein, greife nach dem Schloss und drehe es um. Mit dem Klicken verdoppelt sich die Last auf meinen Schultern. Augenblicklich öffnet Carter die Tür, und als er mitten im Zimmer steht und Holly am Boden liegen sieht, halte ich wieder den Atem an. Die Welt hört auf sich zu drehen. Der Moment, in dem ich mich meiner Unehrlichkeit stellen muss, baut sich wie eine Wolke über mir auf.

»Ich dachte, Hazel benutzt Krücken? Ich wusste gar nicht, dass sie in einem Rolli cruised.« Mit diesen Worten dreht Carter sich zu mir um, und als er mich am Boden sitzen sieht, lässt er die schwarze Reisetasche fallen. Erleichterung tritt in sein schönes Gesicht, die ich leider nicht verspüre. Eher im Gegenteil. Jede Sekunde, in der ich hier am Boden bin, während er vor mir steht, saugt mir noch mehr Kraft aus den Gliedern. Carter breitet seine Arme aus, und ich wünschte, ich könnte aufstehen und mich in sie werfen.

»Hast du dich so doll gefreut, dass du hingefallen bist? Komm schon, Sky. Ich brauche diese Umarmung. Jetzt.« Er sieht wunderschön aus. Erwachsener als vor sechs Monaten. Noch attraktiver.

»Ich …«

»Ach du Scheiße, Sky?« Hazel betritt das Zimmer und lässt vor lauter Schreck die beiden Pizzakartons fallen. Sie schlagen dumpf am Boden auf, während sie die Krücken zur Seite stellt, umständlich mit ihrem Gips auf die Knie geht und versucht, mir aufzuhelfen. Währenddessen wünschte ich mir zum ersten Mal in meinem Leben, in einer anderen Haut zu stecken. Carter beobachtet uns, aber ich weiche seinen Blicken aus. Ich spüre, dass er es weiß. Dass er versteht, was hier passiert. Und auf der anderen Seite scheint er gar nichts mehr zu verstehen.

»Nun hilf mir schon, Carter! Hilf mir, sie in den Rollstuhl zu setzen!«, brüllt Hazel meinen besten Freund an, der fassungslos in der Mitte des Raumes steht. Seit er sich zu mir umgedreht hat, hat er sich keinen Millimeter bewegt, seine Füße verschmelzen mit dem hellen Linoleum.

»Carter! Hilf mir, verdammt noch mal!« Hazel ist kein Mensch, der flucht, aber das hier bringt selbst sie zum Explodieren. Ich meide weiterhin seine Blicke, und als er eilig nach dem Rollstuhl greift, ihn neben mir abstellt und Hazel hilft, mich in ihn zu heben, schluchze ich heftig auf. Die Tränen haben sich mittlerweile in Bäche verwandelt, und als ich mich an seiner schwarzen Lederjacke festkralle und seinen Duft inhaliere, hasse ich mich. Ich hasse mich dafür, dass er es auf diese Weise erfahren hat. Ich hasse mich dafür, dass ich nicht den Mut hatte, ehrlich zu ihm zu sein. Ich hasse, dass er so viel Traurigkeit ausstrahlt. So viel Verzweiflung. Sie durchströmt den ganzen Raum bis in den letzten Winkel. Hazel schnappt sich ihre Krücken, schließt die Tür und wendet sich schwer atmend an mich.

»Ist alles in Ordnung, Sky?«

Ich nicke, aber ich lüge. Nichts ist in Ordnung.

»Ich verstehe das nicht. Sky. Was … was ist hier los?« Seine Stimme ist nur ein Hauchen und hat nichts mit der Entschlossenheit zu tun, mit der er sagte, dass er diese Tür für mich eintreten würde. Mein Oberkörper zittert wie Espenlaub in einer kalten Herbstnacht. Carters Blick gleitet über meinen Rollstuhl, während ich vermeide, ihm in die Augen zu sehen.

»Sky.« Seine Stimme bricht im selben Moment wie sein Herz.

»Kann mir jemand sagen, was hier vor sich geht, verdammt?« Carters Verzweiflung verwandelt sich in Wut, und ich habe dieses Mal nicht die Macht, sie zu regulieren, weil ich der Auslöser bin. Hazel sieht mich mit geschürzten Lippen an. Ihr Gesicht ist von derselben Hilflosigkeit gezeichnet, die ich verspüre, weil ich nicht weiß, wie ich es ihm erklären soll.

»Du … du solltest uns vielleicht kurz allein lassen, Carter. Ich erkläre dir alles später. Aber lass uns einen Moment allein«, bittet Hazel ihn, und auch wenn ich ihn nicht fortschicken will, brauche ich Zeit, um mich zu sammeln. Um das hier zu verarbeiten.

»Ist das dein Ernst?«, blafft er sie an, und ich verüble es

ihm nicht. Er kam extra früher aus Europa für mich zurück, und ich schaffe es nicht einmal, ihn anzusehen.

»Bitte«, setzt sie flehend hinterher.

»Sky …« Ein letzter Versuch, zu mir durchzudringen, aber ich halte den Blick gesenkt und fokussiere den Boden.

Weil ich noch immer nicht antworte, donnert er seine Faust gegen die Tür, schnappt sich seine Tasche und stürmt nach draußen. Als sie ins Schloss fällt, breche ich zusammen. Schützend lege ich die Hände auf die Stelle meines Körpers, die am meisten schmerzt. Mein Herz, das mit einem lauten Scheppern direkt vor meinen Augen in tausend Teile zerbricht. Und der Mann, der es seit Jahren wie dünnes Porzellan behandelt hat, ist nicht da, um die Scherben aufzusammeln.

Teil 2

13

Carter

Mein Herz hämmert in meiner Brust, während ich die Faust gegen das dunkle Holz von Penelopes Eingangstür donnere. Seit Sky mich mit Schweigen gestraft und Hazel mich rausgeschmissen hat, grabe ich meine Nägel in die Handinnenflächen, um meine Wut zu kanalisieren. Aber es hilft nicht.

Am liebsten würde ich die Tür vor mir in Kleinholz verwandeln. Was hat das alles zu bedeuten? Der Kopfschmerz hinter meinen Schläfen hat nichts mehr mit dem Jetlag zu tun, sondern einzig mit dem Bild, das sich in meine Netzhaut gebrannt hat. Für immer.

Sky.

Meine Sky.

Am Boden.

Nachdem wir sechs Monate voneinander getrennt waren, hat sie mir nicht einmal in die Augen gesehen, obwohl ich direkt vor ihr stand. Die Sonne ist bereits untergegangen, und Skys Geburtstag ist bald schon vorbei. Wieso macht Penelope nicht endlich diese Scheißtür auf? Ihr grauer Ford

Mondeo steht in der Einfahrt, sie muss zu Hause sein. Erneut donnere ich meine Faust gegen das Holz und drücke abwechselnd dazu auf die Klingel. Ein leises Knarzen ertönt im Inneren des Hauses, während ich im Hintergrund den Motor des Taxis hören kann. Ich habe dem Fahrer einen Bund Scheine gereicht und ihn darum gebeten, vor dem Haus auf mich zu warten, bis ich meine Antworten habe.

»Penelope. Mach die Tür auf!«, rufe ich hinein, und als sie schließlich öffnet, dränge ich mich an ihr vorbei, ohne auf ihre versuchte Umarmung zu reagieren.

»Carter! Oh mein Gott, du bist schon zurück? Ich dachte, du kommst erst am Samstag.« Penelope war genau wie Heather eine Mutter für mich. Doch so sehr ich diese Frau auch liebe, so wütend bin ich im Moment auf sie. Auf Sky. Auf meine Welt, die gerade aus den Angeln gehoben wird.

»Wieso?« Mein Atem rasselt. Blut rauscht in meinen Ohren. Penelope schließt leise die Tür hinter sich, während ich im Flur auf und ab tigere. »Wieso habt ihr es mir verschwiegen? Was zur Hölle ist passiert?«

»Carter, setz dich bitte.« Sie geht an mir vorbei in das große, tagsüber lichtdurchflutete Wohnzimmer, in dem Sky und ich so viele Tage vor dem Fernseher verbracht haben.

»Ich will mich nicht setzen. Ich will Antworten. Und komm bloß nicht auf die Idee, mich auch wegzuschicken! Wieso sitzt sie in einem Rollstuhl, obwohl sie kerngesund war, als ich vor einem halben Jahr gegangen bin?«

»Sie hat dich weggeschickt?«, fragt Penelope irritiert. Erschöpft lässt sie sich auf das Sofa fallen, knetet nachdenklich ihre Hände und starrt auf den Boden. Nicht einmal sie schafft es noch, mir in die Augen zu sehen.

»Besser gesagt ihre Mitbewohnerin. Sky hat nicht mit mir gesprochen«, zische ich. Wenn ich noch länger über den schmalen Teppich unter mir latsche, werde ich ein Brandloch verursachen, aber ich kann einfach nicht stillstehen. Entweder ich laufe auf und ab, oder ich schlage auf etwas ein. Mehr als diese beiden Optionen gibt es in meinem Leben nicht. Gab es nie.

»Es tut mir so leid, Carter. Du solltest es nicht auf diese Weise erfahren.«

»Sollte ich es überhaupt erfahren?«, speie ich. Meine Gefühle kochen über. Waren es vorhin noch Vorfreude und Glück, ist da jetzt nur Wut und Enttäuschung. Gepaart mit dieser beschissenen Angst, die mir bis ins Mark zieht.

»Ich habe Sky sofort gesagt, dass sie es dir sagen muss. Aber sie hatte Angst, dass du dann zurückgekommen wärst. Dass du deinen Job gefährdet hättest. Das ist deine große Chance gewesen.«

»Natürlich wäre ich sofort zurückgekommen, Pen. Glaubst du, dieser Job ist mir wichtiger, als für sie da zu sein? Ich scheiße auf diesen Job und das Geld«, knurre ich. Penelope hebt den Blick, aber jetzt bin ich es, der den Boden unter meinen Stiefeln fokussiert. Es hält mich davon ab, die blau-weiß-getigerte Vase auf dem Kamin gegen die Wand zu schleudern. Hier gibt es so viele Gegenstände, die ich zerbrechen könnte … So viele Ventile für meine Wut. Und zu wenig Sky, die mich davon abhält.

»Und da liegt das Problem, Carter. Du hättest die Chance

deines Lebens verpasst, und das wollte Sky nicht. Du kennst sie besser als irgendjemand sonst. Besser als ich. Wie wäre es ihr wohl ergangen, wenn du ihretwegen zurückgekommen wärst?«

Ich schlucke.

»Wie?« Mehr als ein Flüstern kriege ich nicht heraus. »Wie ist es passiert?«

»Sie wurde von einem Jeep angefahren. Einer ihrer Lendenwirbel wurde dabei verletzt. Die Ärzte konnten ihr Leben retten, aber ihre Beine …«

Um mich herum dreht sich alles, und Magensäure steigt meine Kehle hinauf. Am liebsten würde ich mich übergeben, um den Knoten in meinem Magen loszuwerden. Allein die Vorstellung, dass meine beste Freundin im OP-Saal lag, ohne dass ich es wusste, killt mich.

»Wann? Wann ist es passiert?«

Ich muss das Bild zusammensetzen. Die einzelnen Teile an die richtige Stelle schieben. Muss verstehen, wann genau ich als bester Freund so versagt habe.

»In der Nacht vor deiner Abreise.« Penelopes Worte lassen die Zeit stillstehen. Man hört nichts außer dem leisen Ticken der Wanduhr, bis schließlich der Groschen bei mir fällt.

»In …« Ich schließe die Augen, um meine Wut herunterzuschlucken, aber es ist zu spät. Sekunden später habe ich diese hässliche Vase vom Kamin gestoßen. Während das Porzellan am Boden zerspringt, zerspringt auch etwas in mir.

Sie war in dieser Nacht bei mir. Sie hat in meinen Armen gelegen. Gesund. Ihre himmelblauen Augen haben direkt in meine gesehen, ihre Lippen haben gebebt, und ich? Ich habe sie gehen lassen. Ich reise zurück in diese Nacht und erinnere mich. Erinnere mich, dass sie auf meine Frage, was wir getan haben, nicht mehr geantwortet hat. Ich habe gedacht, dass sie bereits zu Hause und im Bett war. Dass sie Zeit brauchte, um darüber nachzudenken, was wir getan hatten. Wenige Stunden später saß ich bereits im Flieger auf dem Weg nach London, während sie im Krankenhaus lag.

»Fuck!«

»Carter …« Penelope steht auf, macht einen Bogen um die Scherben und tritt an mich heran. Ich will sie nicht ansehen, geschweige denn ihre Haut spüren, aber sie hatte nie Angst vor mir, genauso wenig wie Sky. Manchmal vergesse ich, dass sie nicht ihre leibliche Tochter ist, weil sie sich so ähnlich sind.

»Carter, hey.« Sie nimmt mein Gesicht in ihre Hände und schaut mich an.

»Du hättest nichts tun können«, versichert sie mir. Die ersten Tränen laufen über ihre Wangen, während ich den Kloß in meinem Hals herunterschlucke.

»Ich hätte für sie da sein können.« In meinem Leben habe ich mich oft wie ein Versager gefühlt, aber nie in Skys Nähe. Weil sie mir immer das Gefühl gegeben hat, etwas Besonderes zu sein. Zum ersten Mal in unserer Freundschaft habe ich versagt, und dieses Gefühl vergiftet mich.

»Sie wollte es so, Carter. Du hast immer ihre Wünsche respektiert. Ich bin mir sicher, dass sie dir alles erklärt hätte, wenn du am Samstag gekommen wärst. Aber du hast sie heute überrumpelt. Sie …« Penelope schließt ihre Augen für einen Moment, um sich zu sammeln. Als sie sie wieder öffnet, brennt Entschlossenheit darin.

»Sie wird dir alles erklären. Aber du musst ihr Zeit geben. Sky ist eine Kämpferin, und das weißt du. In den letzten Monaten war sie so stark, lass sie auch mal schwach sein.«

»Sie musste in meiner Nähe nie stark sein«, sage ich bitter. Wieso wollte sie ein halbes Jahr lang stark für mich sein? Ich lasse die letzten Monate Revue passieren, und plötzlich wird mir alles klar. Die Tatsache, dass sie manchmal tagelang abwesend war. Das neue Zimmer. Sie wollte nicht für mich aufstehen. Die Traurigkeit in ihrem Blick, wenn ich über all das gesprochen habe, was ich mit ihr vorhabe. Die Konzerte, die Ausflüge mit dem Motorrad an den Strand …

»Und das weiß sie zu schätzen. Carter, ich bin so froh, dass du wieder da bist. Sie hat es nicht zugegeben, aber sie braucht dich. Kämpfen macht müde, und sie ist unfassbar müde.« Noch immer liegen ihre Hände auf meinen Wangen, und als ich meine Stirn gegen ihre lehne, nimmt sie meine Hände und drückt einen Kuss auf meine Fingerknöchel. Auf die drei wichtigsten Buchstaben in unseren Leben, die ich unter der Haut trage. Heute sind sie bedeutender denn je.

»Du hättest mir die Wahrheit sagen sollen«, flüstere ich, habe aber keine Kraft mehr, wütend auf sie zu sein.

»Ich weiß. Es tut mir leid«, haucht Pen. Eine Weile stehen wir noch so da und lassen den Schmerz zu. Prüfend blicke ich auf die Uhr über dem Kamin. Bald ist ihr Geburtstag vorbei. Noch habe ich Zeit, etwas wiedergutzumachen.

»Pen?«

»Ja?«

»Hast du Mehl und Zucker da?«

»Natürlich. Ich habe immer etwas zum Backen da«, sagt sie lachend. Meine Mundwinkel trauen sich, nach oben zu wandern, trotz all der Scheiße, die gerade in mir passiert. »Gut. Dann musst du mir jetzt helfen.« Entschlossen stiefle ich in die offene Küche, hole Schüsseln und alle Zutaten aus den Schränken, um wenigstens eine Tradition zu bewahren. Sky liebt Traditionen. Der Taxifahrer hat sich heute den Job seines Lebens geangelt, als ich in seinen Wagen gestiegen bin.

»Carter?« Ich verharre am Kühlschrank, aus dem ich gerade etwas Margarine herausholen will.

»Ja?«

»Es ist schön, dass du wieder da bist.«

14

Skylar

Seit Carter gegangen ist, haben sich die Schmerzen in meinem Körper verzehnfacht. Die Seite, mit der ich gegen die Fußstütze geknallt bin, brennt wie Feuer, und sobald ich sie nur flüchtig berühre, durchzieht mich ein stechender Schmerz. Nachdem die Tür hinter Carter ins Schloss gefallen ist, bin ich sofort in Tränen ausgebrochen. All die Gefühle, die ich in den letzten Monaten heruntergeschluckt hatte, wirbelten auf und stiegen an die Oberfläche.

Hazel hat versucht, mich zu beruhigen, aber es gibt nur einen Menschen, der es schafft, mich aus diesem Stadium der Traurigkeit zu holen. Und diesem Menschen konnte ich vor Scham nicht einmal in die Augen gucken.

Es ist kurz vor Mitternacht. Mein Geburtstag ist gleich vorbei, und noch nie in meinem Leben hat er so trostlos geendet. Hazel habe ich ins Bett geschickt, weil ich Zeit für mich brauchte, doch jetzt sitze ich in meinem Rollstuhl, starre die Fotowand über meinem Bett an und frage mich, wie ich mit den starken Schmerzen ohne Hilfe aus Holly herauskommen soll. Normalerweise sind meine Arme dafür längst kräftig genug, aber heute ist kein normaler Tag.

Gedankenversunken starre ich die Bilder an, und als ich Hazels Geburtstagsgeschenk auf dem Bett liegen sehe, lache ich bitter auf. Vermutlich will Carter nach diesem Tag nie wieder vor meiner Linse stehen. Es wird keine neuen Erinnerungen geben, die ich auf einem Film festhalten kann. Keine neuen Greatest Hits. Keinen Nachschub für die Wall of Shame.

»Es tut mir so leid«, wispere ich und wünschte, er könnte mich hören. Mit dem Daumen fahre ich über das Semikolon auf meinem Handgelenk, aber die Verbindung, die ich sonst immer gespürt habe, ist verschwunden. Stattdessen ist da nur noch schwarze Tinte unter heller Haut.

Ich habe jegliches Zeitgefühl verloren und weiß nicht, wie lange ich so dasitze und dem Wichtigsten in meinem Leben hinterhertrauere. Erst als es leise an der Tür klopft, reiße ich meinen Blick von dem Tattoo los, manövriere den Rollstuhl in Richtung Tür und bitte Hazel herein. Vermutlich konnte sie nicht einschlafen, weil sie sich Sorgen um mich gemacht hat.

Doch als die Tür aufgeht und Carter vor mir steht, halte ich die Luft an.

»Hey«, flüstere ich niedergeschlagen. Meine Stimme klingt rau und kratzig. Mein bester Freund lehnt am Türrahmen, sein Blick wandert hastig über meinen Rollstuhl, als müsse er sich vergewissern, dass er vorhin nichts falsch interpretiert hat. Ich spüre, dass ihm mein Anblick schwerfällt.

»Hey«, antwortet er gequält. Carter hält eine kleine,

weiße Brottüte in der Hand. Er öffnet sie, und als er einen kleinen Cupcake mit Zuckerglasur herausholt, breche ich erneut in Tränen aus. *Er hat ihn nicht vergessen.*

»Was wäre dein Geburtstag ohne einen Cupcake?« Mit diesen Worten stößt er sich vom Türrahmen ab, wirft die Tüte in den Mülleimer neben meinem Schreibtisch und kommt auf mich zu. Er setzt sich auf mein Bett, und als er in die Tasche seiner Lederjacke greift und eine kleine Kerze herausholt, poltert mein Herz. Sachte drückt er sie in den fluffigen Teig, holt ein Feuerzeug aus der Jeanstasche und zündet die Kerze an. Die kleine Flamme flackert wild auf, und der Duft von Penelopes Wahnsinnscupcake steigt mir in die Nase.

Er war bei ihr.

Er weiß bereits, was mir passiert ist.

Einerseits wünschte ich, ich hätte ihm die Wahrheit selbst gesagt, auf der anderen Seite bin ich erleichtert, weil er jetzt schon Bescheid weiß.

»Wünsch dir was, Lieblingsmädchen.« Noch nie klang das letzte Wort aus seinem Mund so gequält. Noch nie hat es mich so traurig gemacht wie heute. Ich schließe die Lider und puste die kleine Kerze aus. Sende den Wunsch ins Universum, den ich seit Monaten bei mir trage. *Dass er mir vergibt. Dass ich unsere Freundschaft nicht zerstört habe.*

»Ich habe dir verziehen, Sky.« Seine Antwort beweist, was ich ohnehin längst weiß. Dass er meine Gedanken lesen kann. Doch kann er auch meine Gefühle lesen? In mir bricht etwas auf. Die Mauer, die ich in den letzten Monaten um mein Herz gezogen hatte, bekommt die ersten Risse, und Erleichterung durchflutet mich. Carter legt den Cupcake auf meinem Bett ab und greift nach meinen Händen. Im nächsten Augenblick spüre ich ein Gewicht auf meinen Beinen. Müde schlage ich die Lider auf, und als ich sehe, dass Carter seinen Kopf in meinen Schoß gebettet hat, bricht mir der Anblick das Herz.

»Es tut mir so leid.« Meine Kehle fühlt sich noch immer zugeschnürt an, aber langsam kann ich wieder atmen. Wenn er in meiner Nähe ist, ist alles leichter.

Leben ist leichter mit ihm an meiner Seite.

»Mir tut es leid«, erwidert er und vergräbt sein Gesicht in meinem Schoß. »Es tut mir so leid, dass ich nicht für dich da war, Sky.« Seine Schultern beben, und ich weiß, dass er weint, aber ich spüre seine Tränen nicht. Alles, was ich wahrnehme, ist der leichte Druck seines Kopfes auf meinen Oberschenkeln. Mit den Fingern wandere ich in sein dichtes, blondes Haar und fahre sachte über seinen Nacken. In all den Jahren unserer Freundschaft war er immer der starke Part von uns beiden. Heute lässt er zum ersten Mal zu, dass wir die Rollen tauschen.

»Es war meine Entscheidung, nicht deine. Du hast nichts falsch gemacht«, beruhige ich ihn.

»Aber ich hätte merken müssen, dass etwas nicht stimmt.«

»Hast du doch.« All die Telefonate, in denen er mich fragte, ob es mir wirklich gut geht … »Du hast es gemerkt, aber ich habe dich angelogen. Und das tut mir leid, Carter.«

Als er seinen Blick hebt und mich ansieht, verliere ich mich in seinen feuchten Augen.

»Du solltest deinen Job nicht gefährden. Ich hätte es mir nie verziehen, wenn du meinetwegen die Chance deines Lebens verpasst hättest.«

»Scheiß auf den Job, Sky!«, unterbricht er mich scharf. Seine Miene wird augenblicklich weich, und seine Snake Bites verschwinden, als er die Unterlippe zwischen die Zähne nimmt.

Er steht auf, nimmt mein Gesicht in seine Hände, beugt sich über mich und sieht mir tief in die Augen. »Ich hätte alles, ohne mit der Wimper zu zucken, hingeschmissen. Für dich. Ohne dich ist all das einen Scheiß wert.« Sein Blick ist verletzt. »Ich dachte, das wüsstest du.«

»Ich weiß es. Aber das heißt nicht, dass ich mir das für dich wünsche. Ich wollte, dass du dein Talent unter Beweis stellen kannst. Dass endlich jemand sieht, was du kannst. Ich wollte es für dich. Mehr als du selbst«, wispere ich. »Erinnerst du dich an den Tag, an dem Penelope mich zu sich geholt hat? An diesem Tag hast du dasselbe für mich getan. Ich wusste, dass es dir das Herz brechen würde, mich gehen zu lassen, aber du hast dich für mich entschieden, Carter. Dieses Mal war ich es, die sich für dich entschieden hat.« Rasselnd atme ich aus und fühle mich auf einmal so viel leichter.

»Du machst mich echt fertig, Sky«, murmelt er. Ich versuche derweil, eine Position zu finden, in der meine Schmerzen erträglicher werden, aber sitzen tut aufgrund des Sturzes ziemlich weh. Also nutze ich den Moment und sammle meine neu gewonnene Kraft, um mich aufs Bett zu legen. Anschließend klopfe ich auf die Matratze. »Setzt du dich zu mir?«

Erleichtert atme ich aus, als Carter auf die Matratze klettert, sich gegen die Wand lehnt und meinen Kopf auf seinen Schoß bettet. Anstatt mich anzusehen, starrt er an die Decke.

»Liegst du gut?«, fragt er ruhig und beginnt, mit den Strähnen zu spielen, die sich aus meinem Zopf gelöst haben. Ich nicke, verheimliche ihm aber, dass mein ganzer Körper schmerzt, als wäre ich ein zweites Mal von einem Jeep erfasst worden.

»Wie fühlt es sich an, Sky?« Jetzt wandert sein Blick über meinen Körper. Ich antworte erst, als er mir wieder in die Augen sieht. Ihm nach so vielen Monaten wieder so nah zu sein, fühlt sich wie nach Hause kommen an. Zum ersten Mal seit einem halben Jahr fühlt sich ein Atemzug wieder belebend und nicht erdrückend für mich an.

»Als wären meine Beine eingeschlafen und würden nicht wieder aufwachen. Ich kann sie nicht mehr bewegen, egal, wie sehr ich mich bemühe«, wispere ich. Meine blonden Locken fallen ihm aus der Hand, und als sie stattdessen sanft über meine Arme wandert und schließlich über meine Hüfte fährt, entflieht mir ein schmerzerfüllter Laut. Er greift nach dem Bund des zu großen, grauen Shirts, und als er es anhebt, erstarrt er. »Scheiße, Sky.« Seine Finger verharren in der Luft über dem großen Bluterguss, der meine Haut blau färbt. Es sieht wirklich übel aus.

»Das wird schon wieder. In ein paar Tagen ist der weg. Ich bin hingefallen, als ich wieder in den Rollstuhl kommen wollte«, sage ich ehrlich. Ich bin es leid zu lügen. Hier mit ihm fällt es mir erstaunlich leicht, die Wahrheit zu sagen. Auf die Distanz war es so viel schwieriger.

»Das sollte sich ein Arzt ansehen.«

»Ich werde mich morgen durchchecken lassen«, verspreche ich ihm. Seine Finger wandern tiefer, und als ich sehe, dass er über meine Oberschenkel streichelt, spüre ich seine Berührung kaum. »Wie fühlt sich das an?«, fragt er und fokussiert seine Hand, die kleine Kreise über meine Schenkel zieht.

»Ich spüre nicht viel. Es fühlt sich an, als würde eine Fliege über meine Beine krabbeln.« *Ich spüre vielleicht nicht viel, aber ich spüre dich, Carter. Dich und jede deiner Berührungen.*

»Du kannst ruhig ein bisschen mehr Druck ausüben.«

Er legt seine flache Hand auf mein linkes Bein. Ich kann sehen, dass er den Druck erhöht, aber viel mehr als ein leichtes Kribbeln nehme ich nicht wahr. Doch dieses dezente Kribbeln ist eines der schönsten Gefühle, die ich je empfinden durfte.

»Das spüre ich«, hauche ich. »Nur leicht. Aber ich spüre etwas. Kannst du mir verzeihen, was ich getan habe?«

Carters Berührungen stoppen, und als er mir die Haare hinter die Ohren streicht, kenne ich die Antwort bereits.

»Wäre ich sonst hier?«

Kopfschüttelnd blicke ich zu ihm auf.

Carters Miene wird noch weicher, und als er den Cupcake nimmt und hineinbeißt, boxe ich gegen seinen Waschbrettbauch. »Hey, das ist ja wohl meiner!«

»Ach, meinst du?« Er betrachtet das Gebäck in seinen Händen, und als er schließlich die Kerze aus dem Cupcake zieht, sie wegwirft und mir das Ding ins Gesicht drückt, quieke ich auf. »Oh Gott, wart's ab!« Ich winde mich unter seinen Händen, die mich jetzt kitzeln. Als er anfängt, den Teig auf meinem Gesicht zu verteilen, kneife ich lachend die Augen zusammen.

»Das gibt Rache!«, drohe ich ihm.

»Ach ja? Und wie soll die aussehen?«, fragt er mich kess. Diese Leichtigkeit zwischen uns habe ich mir so sehr gewünscht.

»Mir fällt schon was ein!« Kichernd wische ich mir den Zuckerguss von den Wangen und lecke ihn von meinem Daumen ab. Penelopes Cupcakes sind wirklich die besten.

»Nummer fünf«, sagt Carter lachend. »Das hier ist meine Nummer fünf.«

Meine Greatest Hits.

»Ich dachte schon, dieses Mal bekomme ich keine.«

»Manchmal frage ich mich, ob du mich überhaupt kennst, SkySky. Es gibt keinen Geburtstag ohne Greatest Hits.« Zufrieden warte ich auf die weiteren Punkte.

»Meine Nummer vier ist leicht zu erraten. Letztes Jahr Silvester. Wir haben Pechkekse gebacken, weißt du noch?«

Eilig nicke ich. »Klar. Mein liebster Spruch war: An deinem Platz in der Sonne liegt leider schon ein anderes Handtuch. Sorry.« Wir hatten den Tag mit Penelope bei Heather und Charles verbracht. Die Kinder haben natürlich richtige Glückskekse von uns bekommen.

»Das war auch meiner.«

Mittlerweile hat Carter wieder angefangen, meine Haare um seine Finger zu wickeln. »Nummer drei. Dich zum ersten

Mal nackt gesehen zu haben.« Ein arrogantes und anzügliches Grinsen wandert über sein Gesicht, während ich vor Scham erröte. Ich hätte nicht gedacht, dass er diese Nacht in die Greatest Hits einfließen lassen würde.

»Was denn?«, fragt er lachend, weil ich nicht antworte. »Für mich war das ein ganz besonderer Moment.« Und ich glaube ihm, dass er es todernst meint. Im Zimmer ist es so still, dass ich meinen Herzschlag hören kann. Wie gern würde ich Carter bitten, sich neben mich zu legen, damit ich mein Ohr an seine Brust lehnen kann. Um zu prüfen, ob unsere Herzen trotz allem noch im selben Takt schlagen.

»Was ist die Nummer zwei?«, hake ich aufgeregt nach.

»Als du meine Welt mit deinem Lächeln zu einem besseren Ort gemacht hast, so wie jetzt.« Wie auf Knopfdruck wird mein Lächeln noch breiter. Ich erinnere mich an das Gespräch noch haargenau. Er saß am Schlagzeug auf der Bühne in Lyon und sah hinreißend aus.

»Bist du bereit für die Nummer eins?«

Normalerweise kann ich die Nummer eins kaum erwarten, aber ich habe Angst, was sie mit mir machen könnte. Ich verliebe mich mit jeder Sekunde mehr in diesen Mann, und ich weiß, dass unsere Freundschaft bereits auf dem Spiel steht. Atemlos nicke ich.

»Die Nummer eins war die Nacht vor meiner Abreise. Du sahst so hinreißend aus in diesem grünen Kleid, und ich wollte …« Ihm fehlen die Worte. »Ich wollte dich einfach noch ein letztes Mal spüren, bevor ich gehe, verstehst du? Und als ich dir in dieser Nacht so nah war, hat es sich gut angefühlt. Ich weiß, dass wir eine Grenze überschritten haben, aber in dieser Nacht war es mir egal. Dich in meinem Arm zu haben, dich zu halten …« Seine Worte klingen wie Musik in meinen Ohren. Aber wir wissen beide, dass es ein Fehler war, alles, was wir haben, zu riskieren. Wieso nur kann ich nicht aufhören, daran zu denken, wie er sich in dieser Nacht angefühlt hat? Ich weiß nicht, wo wir stehen, und ich müsste nur meine Hand ausstrecken und ihn berühren, um es herauszufinden. Aber ich kann nicht, auch wenn sich alles in mir danach sehnt.

»Das waren meine liebsten Greatest Hits«, sage ich lächelnd, auch wenn mein Herz in der Brust immer schwerer wird, weil ich weiß, dass wir nicht einfach dort ansetzen können, wo wir aufgehört haben.

Carter sieht mich ernst an und nickt. »Meine auch.«

Bevor ich mir meine Gedanken ablesen lasse, wische ich mir den Rest des Teiges vom Gesicht und stemme mich mit den Armen hoch. »Ich sollte jetzt schlafen. Der Tag war anstrengend.«

»Darf ich hierbleiben? Ich habe dich gerade erst wieder.« Ohne darüber nachzudenken, ob es eine gute Idee ist, nicke ich. Carter rutscht an meine Seite. Eng aneinandergeschmiegt liegen wir da, und auch wenn ich todmüde bin, kriege ich kein Auge zu, als ich mein Gesicht an seine Brust schmiege. Mein Herz galoppiert beim Gedanken daran, wie gut es sich anfühlen würde, wenn da kein Stoff zwischen unseren Körpern wäre. Keine Barriere, keine Distanz. Ich fokussiere mich auf seinen Herzschlag und stelle lächelnd fest, dass noch nichts verloren ist, weil unsere Herzen immer noch im selben Takt schlagen.

15

Carter

Habe ich das regnerische und kalte Wetter in London bis vor ein paar Monaten noch verabscheut, käme mir jetzt ein Regenschauer gerade gelegen. Ich bin erst seit drei Tagen wieder in Beaumont, aber diese Hitze macht mir zu schaffen. Wir haben Samstag. Heute wäre ich normalerweise erst gelandet, stattdessen fühlt es sich bereits an, als wäre ich nie weg gewesen. Nur an die Hitze und den Schweiß auf meiner Stirn muss ich mich wieder gewöhnen.

Wer kommt auch auf die dumme Idee, in der Mittagssonne an seiner Harley zu schrauben? Mein Handy vibriert in der Tasche meiner schwarzen Jogginghose, und als Megans Bild erscheint, nehme ich das Gespräch grinsend an.

»Hey, coolste Socke Europas«, begrüße ich sie und lasse die neue Auspuffanlage zu Boden gleiten. Pen hat mir erlaubt, meine neue Sportster bei ihr in der Garage abzustellen, also stehe ich jetzt mitten in ihrer Einfahrt und tune die ersten Teile am Bike. Meine Gedanken sind seit meiner Anreise so laut, dass ich etwas brauche, um mich für ein paar Stunden abzulenken.

»Hey, geilste Socke Amerikas!« Megans Stimme sprüht vor guter Laune. In den letzten Wochen war sie es, die mich davon abgehalten hat, tagelang in Sorgen um meine beste Freundin zu versinken.

»Wie ist es, wieder zu Hause zu sein?«, will sie wissen. Derweil lasse ich mich zu Boden gleiten, lehne mich gegen den hellen Holzzaun, der das Grundstück der Nachbarin von Penelopes abtrennt, und wische mir mit dem Unterarm den Schweiß von der Stirn. Meine Hände sind voller Dreck und Öl, also putze ich sie nacheinander an der Hose ab.

»Heiß«, antworte ich grinsend. »Mal im Ernst, ich liebe Texas, aber ich bin diese Hitze nicht mehr gewohnt, Meg.«

»Klingt, als sollte ich mir für unseren Besuch Ende des Monats ein paar Bikinis einpacken«, sagt sie nachdenklich, während ich mir ihre Worte durch den Kopf gehen lasse.

»Moment Mal. Heißt das, ihr habt schon Flüge gebucht?«

»Jap. Das Abschlusskonzert ist gespielt, die Tourvideos sind im Schnitt und die To-do-Listen abgearbeitet. Wir wollen in Texas ein paar Locations abklappern und erste Gespräche mit den Inhabern führen, deshalb werde ich die Jungs begleiten. Na ja, und weil ich dich vermisse, Cowboy.« Meine Mundwinkel schießen nach oben, weil ich es kaum erwarten kann, der Band und Megan Sky vorzustellen.

»Wow, das ist der Hammer. Ihr werdet es hier lieben. Und ich kann euch endlich Sky vorstellen.« Beim Gedanken an die Funkstille der letzten zwei Tage spüre ich einen Knoten in meinem Hals. Nachdem sie in meinen Armen eingeschlafen ist, hat sie sich am nächsten Morgen seltsam benommen, und ich hasse es, nicht zu wissen, wie es zwischen uns weitergehen soll. In Europa hat mich die Arbeit mit den Jungs abgelenkt, und ich konnte nicht vierundzwanzig Stunden am Tag über diese fette Wolke nachdenken, die über mir schwebte. Aber seitdem ich wieder hier bin, bricht alles über mir ein. Nicht zu wissen, wie ich zu Sky durchdringen soll, fühlt sich beschissen an. Wie ein Fremdkörper, der es sich in meiner Brust anstelle meines Herzens bequem gemacht hat. Ja, ich habe ihr verziehen, dass sie mich angelogen hat, aber ich habe keine Ahnung, ob ich mir nicht nur selbst etwas vorspiele. Weil es das ist, was ich mit Problemen mache. Ich schiebe sie von mir, so gut es geht. Aber, Fuck, Sky hat über meinen Kopf hinweg entschieden, was das Beste für mich ist, ohne zu merken, dass sie vollkommen falschliegt.

»Wo wir schon beim Thema sind: Was macht deine Best-Friend-For-Life? Geht es ihr jetzt besser, wo du wieder zurück bist?«

»Ich wünschte es«, antworte ich ehrlich. Auch wenn ich Megan noch nicht lange kenne, weiß sie verdammt viel über mich und mein Leben hier in Texas, so wie ich über ihres in London.

»Hat sie dir gesagt, was ihr auf dem Herzen liegt?«, hakt sie nach, und ich höre die Sorge in ihrer Stimme. Meg weiß, dass mich die Sache mit Sky belastet. Ich greife nach einem Schraubenschlüssel und drehe ihn gedankenversunken in meiner freien Hand. Sky hat mir nicht gesagt, was ihr auf dem Herzen liegt, stattdessen wurde es mir auf die wohl beschissenste Art und Weise gezeigt. Aber ich weiß nicht, ob ich über ihren Unfall ohne ihre Erlaubnis sprechen sollte, also behalte ich es vorerst für mich. Gerade zur rechten Zeit taucht ein Taxi vor Pens Haus auf. Der Fahrer steigt aus, geht zur hinteren Tür und fährt eine kleine Rampe heraus.

»Hör mal, Meg. Ich muss auflegen. Ich freue mich, euch bald zu sehen.«

»Ich freu mich auch auf dich, Cowboy. Grüß deine Kleine von mir. Wird Zeit, dass wir uns kennenlernen.« Mit einem Schmatzer verabschiedet sie sich von mir, und als ich sehe, dass der Taxifahrer Sky aus dem Wagen hilft, sticht es in meiner Brust, als hätte man heißes Motoröl in meinen Rachen gegossen. Dieses Leben ist unfair.

Sobald Sky mich in der Einfahrt entdeckt und meine neue Maschine sieht, macht sie große Augen, bedankt sich eilig bei dem Taxifahrer und kommt auf mich zu. Sie bewegt sich anmutig in ihrem Rollstuhl, und meine Mundwinkel verselbstständigen sich nach oben.

»Was zur Hölle ist das?«, ruft sie mir zu, und je näher sie kommt, desto stärker wird das Brennen in meiner Kehle. Ihrem seligen Gesichtsausdruck ist nicht zu entnehmen, wie sie über die Funkstille der letzten zwei Tage denkt. Ich stemme mich hoch, lasse den Schraubenschlüssel fallen und präsentiere mein neues Bike wie in einer Dauerwerbesendung im Fernsehen. Eigentlich widerstrebt es mir, so zu tun, als gäbe es keine emotionale Distanz zwischen uns, aber ein wenig Normalität kann uns beiden sicherlich nicht schaden. Und das hier war unsere Normalität, bevor ich nach Europa ging.

»Das, meine Liebe, ist eine nagelneue 48er Harley-Davidson Sportster. 1200 Kubik. Die Kleine wird auch liebevoll Bobber genannt.« Stolz fahre ich mit den Fingern über die schwarze Schönheit, und als Sky sich das Bike von Nahem ansieht, formt sie mit den Lippen ein Wow.

»Die ist der Wahnsinn! Wie teuer war das Teil?«

»Zwölf Scheine.« Vor einem halben Jahr wäre es noch undenkbar gewesen, so viel Geld auszugeben, weil ich schlichtweg von einem Monat zum anderen gelebt habe. Beim Radio habe ich kaum etwas verdient, und es gab ein paar Tage im Monat, in denen Pen mich durchfüttern musste. Mein Leben hat sich durch den Buchauftrag komplett verändert.

»Alter Schwede. Nicht schlecht, Carter. Und wieso schraubst du jetzt schon an ihr rum? Sag nicht, das Teil ist schon kaputt. Wäre bei einer Harley ja gar nicht so abwegig«, witzelt sie. Seit ich angefangen habe, alte Bikes zu kaufen, zu restaurieren und anschließend wieder zu verkaufen, hat Sky Blut geleckt und inzwischen ganz schön viel Ahnung von dem Zeug.

»Ich baue eine Vance and Hines Auspuffanlage ein«, erkläre ich ihr und zeige ihr das schicke, schwarze Teil vor meinen Füßen. »Sie soll lauter schnurren.«

»Oh, das wird sie!«

»Aber was machst du hier, SkySky? Penelope ist arbeiten, sie kommt erst heute Nachmittag zurück.«

»Na, ich wollte zu dir, du Dummkopf. Mom hat mir gesagt, dass du hier bist, und ich hatte heute nichts zu tun. Außerdem habe ich dich gerade erst wieder.« Sorglos betrachtet sie meine Maschine, während ich nur sie ansehen kann. Sky trägt ein luftiges, beiges Kleid, das auf der Mitte ihrer

Schenkel endet. Dazu trägt sie Riemchensandalen. Shit, sie sieht umwerfend aus. Der Stoff schmiegt sich an ihren Körper, und ich versuche mir nicht vorzustellen, wie ich ihr das Teil ausziehe. Erfolglos. In meinem Geist formen sich Bilder, die mich noch mehr ins Schwitzen bringen als die heiße Sonne.

»Du könntest mir helfen, wenn du willst. Wie in alten Zeiten«, schlage ich ihr vor, hebe die neue Auspuffanlage an und mache mich wieder an die Arbeit. Mein Bike wird nie fertig, wenn ich sie weiterhin so angaffe.

»Natürlich, schließlich bin ich eine hervorragende Werkzeughalterin«, sagt sie im Scherz, aber ich höre die Enttäuschung, die sie damit verdecken will. In den letzten Tagen hatte ich oft Momente, in denen ich beinahe vergessen hätte, dass Sky nicht mehr laufen kann. Ich muss mich erst an den Gedanken gewöhnen, dass wir nicht mehr gemeinsam Joggen oder Motorradfahren können. Zum Glück kommt mein Verstand zurück, bevor ich eine unüberlegte Frage stellen kann.

Ich greife nach dem Werkzeugkasten und gehe auf sie zu. »Darf ich?« Ich deute auf ihre Oberschenkel, und als sie nickt, lege ich den kleinen Koffer sanft auf ihnen ab. Sky beginnt emsig, die Werkzeuge zu sortieren, während ich den originalen Auspuff der Sportster löse und zur Seite lege.

»Ich habe übrigens gute Neuigkeiten für dich.« Ich halte ihr meine geöffnete Hand hin. »Ratsche, bitte.« Sekunden später reicht sie mir das Werkzeug, und als ihre Fingerspitzen meine Handinnenfläche berühren, ignoriere ich, was diese Berührung mit mir macht. *Sie will nicht darüber reden, Davis. Halt den Ball flach. Sie wird darüber reden, wenn sie so weit ist.*

»Und die wären? Nun spann mich nicht auf die Folter!«

»Die Band wird Ende des Monats nach Texas kommen. Ich habe dir ja gesagt, dass sie uns besuchen wollen, um ein paar Locations abzuchecken.« Sky antwortet nicht, und als ich sie ansehe, blickt sie gedankenversunken in den Werkzeugkoffer.

»Stimmt etwas nicht, SkySky?«

»Doch, alles ist gut. Ich freue mich, sie kennenzulernen. Wird diese Megan auch dabei sein? Isaacs Schwester?« Sky stellt diese Frage so unschuldig und desinteressiert wie nur möglich, aber ich glaube, einen Hauch von Angst in ihrer Mimik zu erkennen.

»Ja, sie ist Eventmanagerin und wird bei der Locationsuche helfen.« Vielleicht bilde ich es mir nur ein, vielleicht auch nicht. Aber ich habe das Gefühl, dass sie bei dem Gedanken an Megan zusammenzuckt. Und in mir wächst eine Hoffnung heran, die ich sofort im Keim ersticken sollte … *Ich will, dass sie eifersüchtig ist. Weil es bedeutet, dass ihr die Nacht mit mir nicht völlig egal war. Weil es bedeutet, dass sie nicht bereut, was zwischen uns passiert ist. Fuck, ich sollte es bereuen, aber ich würde heute alles ganz genauso machen. Mit dem einzigen Unterschied, dass ich sie, so aufgelöst wie sie in dieser Nacht war, niemals gehen lassen würde.*

»Cool«, sagt sie knapp, aber ich durchschaue sie.

»Also, was meinst du? Wann wirst du deine erste Tour an den Strand damit machen?«, setzt sie hinterher und fährt mit ihren Fingerspitzen tanzend über die Sitzbank.

»Ich denke, nächste Woche.«

»Das Meer vermisse ich.« Ein dunkler Schleier legt sich über ihren eben noch strahlenden Blick. So, als würde sich der Himmel in ihren Augen in einen gefährlichen Gewittercocktail verwandeln.

»Du warst seit dem Unfall nicht mehr am Meer?«, frage ich sie entsetzt. Erst jetzt fällt mir auf, dass ich mir den Rollstuhl noch gar nicht genauer angesehen habe, weil ich meine Augen nicht von ihr lassen konnte. Es ist ein schlichtes Modell mit schwarzem Schiebegriff und silberner Fußraste.

»Ohne dich hätte es sich nicht richtig angefühlt. Und ich … ich würde lieber mit dem Motorrad fahren. Aber mit Holly ist das ein bisschen kompliziert.« Sky war seit der ersten Tour mit mir Feuer und Flamme für das Gefühl der Freiheit, das man auf dem Bike spürt. Der Wind, der das Gesicht kitzelt. Die Geschwindigkeit, der Rausch. Diese Leidenschaft teilen wir schon, seit ich eine Maschine fahren darf.

»Holly?«, frage ich grinsend.

Sie zuckt die Schultern. »Ja, Holly. Das ist mein Rollstuhl. Du weißt, dass ich allem einen Namen gebe«, antwortet sie, und das Strahlen kehrt langsam in ihre Augen zurück.

Die Tatsache, dass sie das Meer seit Monaten nicht mehr gesehen hat, macht mich irre traurig. Und während ich die neue Auspuffanlage anbringe, kommt mir eine Idee.

Scheiße, Sky. Du wirst das Meer sehen. Du wirst den Wind während der Fahrt auf deinem Gesicht genießen. Du wirst vielleicht nicht den Sand an deinen Füßen spüren, aber du wirst dich daran erinnern, wie es sich angefühlt hat. Dafür werde ich sorgen.

16

Skylar

»Das war eine tolle Stunde, Skylar. Du hast seit dem letzten Mal schon wieder gute Fortschritte gemacht, und dein Oberkörper wird immer stärker.« Camille räumt die Trainingsgeräte weg, während ich mir den Schweiß von der Stirn tupfe. Meine Lockenmähne habe ich zu einem Pferdeschwanz gebunden, einige Strähnen haben sich bei der Bodenakrobatik jedoch gelöst und kleben jetzt an meiner verschwitzten Haut.

»Danke. Ich trainiere zu Hause viel.« Meine Antwort entlockt meiner Therapeutin ein zufriedenes Grinsen. »So soll es sein. Das nächste Mal sehen wir uns dann erst in zwei Wochen, weil ich mit meiner Familie in den Urlaub fahre. Aber ich bin mir sicher, dass wir dann an die Erfolge anknüpfen können.« Camille verschließt den Schrank, in dem sie die Gummibänder und Gymnastikbälle lagert, steckt den Schlüssel in die Tasche und kommt auf mich zu. Nervös zupfe ich an meinem Sportoberteil und suche nach den richtigen Worten.

»Camille?«

»Ja?« Neugierig sieht sie auf mich herab.

»Ich würde gern noch über ein Thema sprechen, das längst überfällig ist.« Sie scheint sofort zu wissen, worum es mir geht. Kleine Lachfalten entstehen auf ihrem jung gebliebenen Gesicht, bevor sie in Richtung Büro deutet und mich hinter sich herwinkt.

»Dann erzähl mal. Worüber willst du sprechen?«, fragt sie mich mit diesem mütterlichen Unterton in der Stimme. Normalerweise würde ich solche Themen mit Penelope besprechen, aber für mich ist dieser Bereich eben nicht mehr *normal*. Außerdem brauche ich eine Fachmeinung.

»Sex.« Ich beiße mir auf die Unterlippe, weil ich dem Thema monatelang aus dem Weg gegangen bin, obwohl sie mir so oft ans Herz gelegt hat, mich damit zu beschäftigen.

»Es freut mich, dass du dich entschieden hast, dem Thema eine Chance zu geben, Skylar. Was willst du wissen?« Das hier fühlt sich eher wie ein privates Gespräch unter Freundinnen an. In den letzten Tagen habe ich wahnsinnig oft darüber nachgedacht, wie ich diesen riesigen Elefanten im Raum am besten ansprechen soll, und bin zu dem Entschluss gekommen, dass ich nicht so viel darüber nachdenken sollte. Ich weiß nicht, ob Carter und ich jemals wieder so intim miteinander sein werden wie vor seiner Abreise, aber ich kann ihn nicht mehr ansehen, ohne gleichzeitig an seine starken Hände zu denken, die mich entschlossen packen. Das ist auch der Grund, wieso es in den letzten Tagen – bevor ich ihn bei Penelope besucht habe – so still zwischen uns war. In meinem Kopf herrschte so viel Unordnung, und das

Wort mit den drei Buchstaben war der Unruhestifter Nummer eins. Also packe ich das Thema an, egal, wie unangenehm es mir auch ist.

»Einfach alles«, platzt es aus mir heraus. »Ich … ich will einfach wissen, worauf ich mich einstellen muss, wenn ich wieder Sex mit einem Mann habe.«

»Du weißt ja schon, dass einem aktiven Sexualleben nichts im Wege steht – selbst mit einer Querschnittlähmung. Aber es gibt ein paar Dinge, die beachtet werden müssen und über die man sich im Klaren sein sollte.« Camille wühlt sich in ihrer Schublade durch einen Stapel Flyer und zieht zwei für mich heraus. Beide schiebt sie mir über den Tisch hinweg zu. »Damit du dir später noch etwas dazu durchlesen kannst. Aber jetzt versuche ich erst mal, alle deine Fragen zu beantworten.«

»Wie wird es sich anfühlen?«, frage ich hauchend. Ich weiß, dass sie selbst keine persönlichen Erfahrungen hat, aber vielleicht kann sie mir mit den Erfahrungswerten anderer QS-Patienten helfen.

»Der Sex wird anders sein, Skylar. Wie sieht es mit deiner Lubrikation aus?« *Sie will wissen, ob ich noch feucht werden kann.* Sofort schießt mir Schamesröte ins Gesicht, weil ich an die Nacht zurückdenke, in der ich mich selbst berührt habe, weil die Gedanken an Carter nicht verschwinden wollten. Die Tränen der Erleichterung spüre ich immer noch auf meiner Haut.

»Ich kann feucht werden«, antworte ich und versuche, mich zu entspannen. Dieses Gespräch hat Camille schon mit

Hunderten von Patienten geführt, ich muss mich einfach locker machen.

»Das ist gut. Sehr gut sogar. Natürlich gibt es auch andere Mittel wie Gleitgele, aber eine körpereigene Lubrikation erhält sehr viel Normalität.«

»Ich habe es probiert, aber ich habe nicht viel gespürt. Meistens empfinde ich unterhalb meiner Hüfte nur einen schwachen Druck, wenn ich berührt werde.«

»Das heißt aber nicht, dass du keinen Spaß dabei haben kannst, Skylar. Viele Frauen behalten sogar die körperliche Fähigkeit, auf sexuelle Stimulation mit rhythmischen Kontraktionen der Vulva zu reagieren, wie bei einem normalen Orgasmus. Lediglich die Art und Weise, wie du ihn empfindest, wird anders sein. Wir sprechen auch von Para-Orgasmen. Eine Kombination aus den körperlichen Empfindungen, emotionalen Reaktionen auf einen Menschen, Erinnerungen an frühere sexuelle Begegnungen, und natürlich kann deine Fantasie dir auch hervorragend helfen. Gerade visuelle und auditive Stimulationen können einen Orgasmus auf ein ganz neues Level bringen, obwohl er körperlich schwächer ausfallen wird.« Ihre Worte machen mir Mut und geben mir Hoffnung, dass ich vielleicht doch noch Spaß haben kann.

»Das klingt gut«, wispere ich und versuche, jede noch so kleine Information aufzusaugen wie ein Schwamm. Sollte es je dazu kommen, dass Carter und ich noch einmal miteinander schlafen, soll es perfekt sein. So perfekt wie es eben möglich ist.

»Ist es auch, Skylar. Das sind gute Nachrichten. Man

muss die Sexualität ganzheitlich betrachten. Es geht beim Sex nicht bloß um das reine Befriedigen von Bedürfnissen. Und es geht auch nicht immer nur darum, einen Orgasmus zu haben. Man kann auch ohne Höhepunkt zufrieden sein. Als QS-Patient lernt man, auf andere Zeichen des Körpers zu achten. Auf den beschleunigten Herzschlag zum Beispiel. Oder auf die erhöhte Empfindsamkeit der Haut und der erogenen Zonen wie den Brustwarzen. Auch der Nacken, die Ohren und der Hals können für Menschen sehr bedeutsam sein.« Sie schenkt mir ein warmes Lächeln.

»Zusätzlich kann man auch mit Düften und erotischer Musik einiges erreichen. Wichtig ist, dass du entspannt bist und dich nicht verkrampfst«, legt sie mir ans Herz. Eilig nicke ich.

»Aber es gibt doch sicher auch Dinge, die ich beachten muss, oder?«, hake ich forsch nach.

»Natürlich. Zum einen musst du auf die Position achten. Es kann sein, dass deine Beine Spasmen aufweisen, wenn du zu lange in einer Stellung verharrst. Du bist natürlich eingeschränkt, was die Stellungen angeht, aber was ich von den Erfahrungen anderer QS-Frauen sagen kann, ist, dass sich die seitliche Stellung bewährt hat. Dabei können die meisten Frauen am besten entspannen.«

»Und wie sieht es mit der Blase aus?«, frage ich mit geschürzten Lippen.

»Schränke ein paar Stunden vorher deine Trinkmenge ein, und dann sollte das gar kein Problem sein. Und selbst wenn mal ein kleines Malheur passiert, mit dem richtigen Partner sollte das ebenfalls kein Problem darstellen.«

»Danke, Camille. Das hat mir schon sehr geholfen. Ein spontaner ONS wird wohl nicht mehr drin sein«, spaße ich und entlocke ihr ein herzliches Lachen. Ich war nie der Typ für One-Night-Stands, deshalb macht mir dieser Punkt nicht viel aus.

»Planung ist das A und O, da hast du recht. Aber auch wenn es nicht mehr so spontan möglich ist wie sonst, kann es auch seinen Reiz haben, einen romantischen Abend zu planen. Sich Dessous zu kaufen, Kerzen aufzustellen, Musik auszusuchen. Das alles gehört quasi zum Vorspiel dazu.« Der Gedanke gefällt mir.

»Das beruhigt mich schon sehr.«

»Wunderbar. Aber eine Sache habe ich noch nicht erwähnt. Das meiner Meinung nach Wichtigste in Sachen Sex für eine QS-Patientin ist das Vertrauen. Du brauchst einen Menschen an deiner Seite, vor dem du dich nicht schämst. Bei dem du ganz du selbst sein kannst. Und dem du voll und ganz vertraust.« Ihr letzter Punkt sorgt dafür, dass die Schmetterlinge in meinem Bauch noch heftiger mit den sanften Flügeln schlagen, als sie es ohnehin seit Tagen tun. Weil ich weiß, dass ich genau diesen Menschen an meiner Seite habe.

»Ich vertraue ihm mein Leben an«, antworte ich schluckend. Camilles Augen funkeln glücklich, und in meinem Körper findet eine kleine Konfettiparty statt.

»Dann hast du alles, was du brauchst, Skylar.«

• • •

Es ist sonnig heute, aber das Thermometer klettert nicht über dreißig Grad, wofür ich wahnsinnig dankbar bin. Hazel hat mich von meiner Therapiestunde abgeholt und kann mittlerweile ohne Probleme mit einer Krücke laufen. So schlendert sie neben Holly her. Ich genieße die Wärme auf meinem Gesicht, und als eine neue Nachricht von Carter hereinkommt, ist mein Glück an diesem Tag perfekt.

»Was grinst du so?«, will Hazel neugierig wissen, während wir an den kleinen Geschäften vorbeigehen, in denen man alles findet, was das Touristenherz begehrt. Kleine Souvenirshops säumen die Straße und werden hin und wieder von Boutiquen mit nicht gerade billigen Designerklamotten unterbrochen.

»Carter will mich heute mit irgendetwas überraschen.«

»Uh la la. Scheint, als würdet ihr endlich einsehen, dass ihr ineinander verliebt seid.«

»Sind wir nicht«, lüge ich, merke aber schnell, wie albern es ist. Hazel weiß längst, was ich für ihn empfinde. »Also, ich schon. Aber ich weiß nicht, ob er das genauso sieht. Er macht immer diese Andeutungen, aber ich glaube, keiner von uns traut sich, es wirklich laut auszusprechen«, korrigiere ich mich.

»Dann solltet ihr den heutigen Abend vielleicht dafür nutzen, um darüber zu reden. Und zwar nichts als Klartext.«

»Du hast recht«, seufze ich. Als wir schließlich an einer kleinen Boutique vorbeikommen, in dessen Schaufenster mich weinrote Dessous anlächeln, halte ich direkt davor an. Hazel folgt meinem Blick und nickt wissend, als sie die Spitzenunterwäsche sieht.

»Oh ja!« Sie steuert den Laden an.

»Warte … ist das nicht albern? Mir Dessous zu kaufen, obwohl ich gar nicht weiß, was heute passieren wird? Vermutlich will er nur mit mir Burger essen gehen oder an seiner neuen Harley schrauben.« Ich muss an Camilles Worte darüber denken, wie schön und aufregend es sein kann, wenn man einen romantischen Abend plant. Und ich bin mir nicht sicher, ob ich überhaupt schon bereit bin, wieder Sex zu haben. Aber Dessous werden schließlich nicht schlecht, oder?

»Absolut nicht. Du bist eine Frau mit Bedürfnissen. Und jetzt lass uns da reingehen und dir die schärfsten Teile kaufen, die du finden kannst.« Selten sah Hazel so entschlossen aus, also gebe ich nach und folge ihr in die Boutique.

• • •

»Glaubst du wirklich nicht, dass es zu viel des Guten ist?«, frage ich, als wir zurück im Wohnheim sind. Zögernd werfe ich einen Blick in die kleine Papiertüte, in der meine neuen Dessous sind. Ein weinroter Spitzen-BH mit passendem Slip und weißen Strümpfen, die ich mit den passenden Strapsen an den Slip klicken kann.

»Ich glaube ja, dass Carter sprachlos ist, wenn er dich darin sieht«, macht Hazel mir Mut. »Vielleicht sollte ich ihm vorher noch ein paar Gebärden beibringen.«

Er hat mir geschrieben, dass er mich in einer Stunde aus dem Wohnheim abholen wird, und ich frage mich seitdem ununterbrochen, was er vorhat.

»Er ist nie um die richtigen Worte verlegen.« Ich lächle. »Jedenfalls war es bis jetzt immer so. Aber genug von mir. Was ist mit dem hier?« Ich greife nach dem neuesten Brief von Mason, der seit zwei Tagen ungeöffnet auf unserem Couchtisch liegt. Hazel lässt sich erschöpft auf das Polster sinken und betrachtet den Umschlag, als stünde darin ihr Todesurteil geschrieben.

»Ich will ihn nicht öffnen.« Ihre sonst so weiche Miene verhärtet sich, also lasse ich die Tüte mit den Dessous zu Boden gleiten und fahre auf sie zu. Neben ihr halte ich an, ziehe mich auf das Sofa und schmiege mich an ihre Seite.

»Was ist los, hm?«

»Der letzte Brief war nicht sonderlich schön. Es war, als würde er mir nur eine Zusammenfassung dessen schreiben, was er an dem Tag getan hat. Die Briefe werden immer kürzer.« Ihre Haselnussaugen füllen sich mit Tränen.

»Das tut mir leid, Süße.« Ich kuschle mich dichter an sie, damit sie merkt, dass sie nicht allein ist.

»Aber das ist nicht mal das Schlimmste. Seine Einheit darf bald für zwei Wochen nach Hause kommen.«

»Aber das sind doch tolle Neuigkeiten!«, platzt es aus mir heraus. »Ich würde Mason wirklich gern kennenlernen.«

»Tja, dumm nur, dass er mir in dem letzten Brief geschrieben hat, dass er nicht kommen wird. Er will nicht nach Hause kommen, weil er Angst hat, dass er dann nicht mehr zurückgehen wird. Du weißt, was mit Deserteuren passiert, Sky. Die kommen, wenn es ganz mies läuft, vor das Militärgericht und werden ins Gefängnis gesteckt.«

Meine Euphorie verwandelt sich in ein leises »Oh«, das mir entflieht. Gefolgt von einem lauten »Scheiße.«

»Ja. Also verzichtet er lieber darauf, mich zu sehen, und bleibt vor Ort, während die anderen nach Hause zu ihren Familien fliegen.«

»Vielleicht hat er auch nur Angst, dass du siehst, was aus ihm geworden ist. Die meisten Menschen kommen aus dem Krieg und haben heftige psychische Probleme.«

»Und dann ist die Lösung, einfach fortzubleiben?«, fragt sie mit zittriger Stimme. Ich wünschte, ich könnte etwas tun, um ihr zu helfen, aber mir sind die Hände gebunden.

»Lies seinen neuen Brief. Vielleicht hat er seine Meinung ja geändert. Oder er will dich überraschen und sagt nur, dass er nicht kommen wird.«

Hazel verdreht die Augen.

»Das wäre der schlechteste Witz, den er je gebracht hat.« Hazel kuschelt sich noch enger an mich, und so sitzen wir eine Stunde lang auf dem Sofa, schauen drei Folgen *Friends* und tun einfach das, was Freunde immer tun sollten: füreinander da sein.

• • •

Es fiel mir schwer, Hazel danach allein in unserem Wohnzimmer zurückzulassen. Aber sie hat darauf bestanden, dass ich Carter die Überraschung nicht verderbe, also habe ich mich widerwillig von ihr verabschiedet.

Im Taxi war Carter still und hat nichts durchblicken lassen. Während er jetzt etwas mit dem Taxifahrer bespricht, fährt die Rampe des Wagens heraus, sodass ich auf den Bürgersteig gleiten kann.

»Deine Überraschung ist also ein Tag bei meiner Mom?«, frage ich mit hochgezogenen Brauen. Mom steht mit einem Geschirrtuch bewaffnet in der Einfahrt unseres Hauses und schirmt sich die Augen vor der Sonne ab.

Wer weiß, vielleicht sehen wir uns ja alte Aufnahmen an und wühlen uns durch die zahlreichen Fotoalben, die unsere Kindheit festhalten? Diese Überraschung würde mir wahnsinnig viel bedeuten. Ich liebe es, in Erinnerungen zu schwelgen und dabei Kuchen auf der Veranda zu essen.

»Warst du schon immer so ungeduldig, SkySky? Oder ist das erst so, seit du Holly hast?«

Vor ein paar Tagen habe ich Carter davon erzählt, dass ich mein Leben in ein ›Davor‹ und ein ›Danach‹ einteile.

»Die Ungeduld wurde gemeinsam mit dem Modell geliefert. Und ich dachte: Hey, wieso nicht? Immerhin ist sie gerade im Sonderangebot, und so ein Schnäppchen kann ich mir wirklich nicht entgehen lassen«, scherze ich und strecke ihm meine Zunge heraus.

»Danke, Mann.« Carter reicht dem Taxifahrer ein großzügiges Trinkgeld, woraufhin ich anerkennend pfeife. »Sieh mal einer an, Carter Davis ist jetzt ein Bonze, der mit Scheinen nur so um sich wirft.«

»Du spinnst, SkySky«, sagt er scherzend und begleitet mich Richtung Haustür. Während der Taxifahrer unsere wenig befahrene Straße wieder verlässt, kommt Mom ganz aufgeregt zu uns gelaufen. Sie trägt eine alte, hellblaue Latzhose, auf der sich ein paar frische Farbflecke befinden. Vermutlich hat sie wieder einen ihrer Renovierungsanfälle, die sie alle zwei Jahre überkommen. In dieser Zeit räumt sie die komplette Einrichtung des Hauses um und wundert sich anschließend, dass nichts mehr an derselben Stelle steht, wenn sie es sucht. Lediglich die Zwerge in ihrem Vorgarten verrückt sie niemals.

»Bist du dir auch wirklich sicher, dass es funktioniert, Carter?« Sie tätschelt seine Wange zur Begrüßung, gibt mir einen Kuss auf den Mund und stemmt die Hände in die Hüften. Langsam werde ich wirklich neugierig.

»Es wird klappen. Ich bin mir sicher. Mach dir keinen Kopf, Pen. Sie wird in einem Stück zurückkommen, versprochen.«

»Okay, Leute. Hört auf damit, über mich zu reden, als wäre ich nicht da. Ich bin hier!« Ich winke theatralisch, um auf mich aufmerksam zu machen. »Du tust ja so, als würde ich jetzt sterben. Was hat er mit mir vor, Mom?«

»Komm einfach mit, und ich zeige es dir.« Carter klatscht vorfreudig in die Hände, marschiert auf das große Garagentor neben dem Haus zu und öffnet es. Der Geruch von Motoröl steigt mir in die Nase. Es klingt verrückt, aber ich liebe diesen Geruch, weil er mich an meine Jugend erinnert. An die zahlreichen Abende, die zu Nächten wurden, in denen Carter und ich alte Maschinen aufgemöbelt haben. Mehr als einmal haben wir nachts noch eine kleine Tour durch Beaumont damit gedreht. Meine Obsession für Motorräder fing in diesen Nächten an.

»Soll ich dir etwa wieder das Werkzeug reichen?«, hake ich nach und beobachte meinen besten Freund, der seine nagelneue Harley aus der Garage holt. Er stellt sie direkt vor meiner Nase ab, aber ich verstehe immer noch nicht, was eigentlich sein Plan ist. »Die Karre ist kaum ein paar Tage bei dir, und schon sieht sie aus wie Sau! Einen Bike-Wash wirst du von mir nicht bekommen, wenn du darauf aus warst.« Staub und Dreck benetzt die schwarze Schönheit, als hätte sie Ewigkeiten in der Garage gestanden.

»Ach, halt den Mund, SkySky. Hör mir lieber jetzt zu.« Er kommt um die Harley herum und zeigt auf eine schwarze Schiene, die ganz sicher nicht zur Grundausstattung des Motorrads gehört.

»Was ist das?«

»Das«, er macht eine theatralische Pause » … ist eine Fußstütze. Hier kannst du deine Beine einklemmen und musst keine Bedenken haben, dass du sie während der Fahrt nicht ordentlich halten kannst.« Allmählich lichtet sich der Nebel um mich herum, und mein Herz fängt laut an zu poltern.

»Carter?«, fiepse ich.

»Ja, wir werden an den Strand fahren, SkySky«, kommt er mir zuvor, obwohl ich noch nicht einmal die Frage stellen konnte. Penelope wischt sich mit dem Geschirrtuch ein paar Tränen aus den Augenwinkeln, während ich mein Glück kaum fassen kann.

»Ist das dein Ernst?« Meine Stimme ist kaum mehr als ein Flüstern. Seit Monaten habe ich das Meer nicht mehr gesehen, und jetzt soll ich sogar wieder auf einer Maschine sitzen?

»Natürlich ist das mein Ernst. Oder siehst du hier versteckte Kameras? Ich habe auf beiden Seiten diese Schiene angebaut, damit du sicher bist. Die Teile sind zwar nicht eingetragen und vermutlich hochgradig illegal, aber ich scheiß drauf. Wenn mein Mädchen das Meer sehen will, wird sie das Meer sehen.« Seine Worte treffen mich wie ein Blitz aus Wärme und tiefster, inniger Liebe. *Sein Mädchen.* Bin ich das? Ich wünschte, ich wäre es. Ich lasse mir Hazels Worte wieder durch den Kopf gehen und entschließe mich, heute endlich über unsere Nacht zu sprechen. Aber erst will ich die Fahrt in vollen Zügen genießen.

»Ich flippe aus!«, kreische ich.

»Holly bleibt hier, bis wir zurück sind. Ich hoffe, das ist okay für dich?« Carter wartet meine Bestätigung ab, huscht anschließend noch einmal in die Garage, und als er mit einem roten Gurt zurückkommt, flimmert Vorfreude in meinem ganzen Körper. »Pen? Hilfst du mir, sie zu stützen?«

»Natürlich. Oh Gott, ich hoffe für dich, dass das sicher ist, Carter. Sonst muss ich dir den Hals umdrehen«, warnt sie ihn.

»Habe ich je etwas getan, das Sky in Gefahr gebracht hat?«

»Nein«, antworten Mom und ich im Chor. Anschließend lasse ich mir von Carter auf die Harley helfen. Meine Beine positioniert er vorsichtig in den Halterungen, und während Mom mich stützt, besorgt er uns zwei Helme. Nachdem er mir meinen gegeben hat, setzt er seinen eigenen auf, positioniert sich vor mir und startet den Motor. Brummend begrüßt uns die Harley, und ich spüre ihre Vibration unter meinen Händen.

»Ich gurte dich jetzt an mir fest, okay, SkySky?«

Mom hilft ihm, den roten Gurt um meine Taille zu ziehen, den er anschließend an seinem Bauch verschließt. Dicht werde ich an seinen Rücken gepresst, und ich kann es kaum erwarten, gleich den Fahrtwind zu spüren. Die Geschwindigkeit zu fühlen und das Kribbeln, das ich damals immer so geliebt habe, wenn es in jede Pore meines Körpers glitt.

»Wenn du willst, kannst du dich an mir festhalten«, ruft er mir über den summenden Motor zu. Es ist nicht zu überhören, dass er das Bike getuned hat. Die Maschine schnurrt wie eine wild gewordene Raubkatze. Ich zögere nicht, stattdessen schlinge ich ihm bereitwillig die Arme um die Taille und lehne mein Gesicht gegen seinen breiten Rücken. Carters Duft hüllt mich ein und verspricht einen Hauch von Freiheit, die ich gleich wieder inhalieren und in meinen Lungen spüren darf.

• • •

»Ich glaube es einfach nicht!« Obwohl wir mittlerweile stehen, höre ich immer noch das laute Geräusch des Motorrades in meinen Ohren. Carter öffnet den Gurt, steht auf und achtet darauf, dass ich nicht von der Harley rutsche.

»Wie war es?«, will er neugierig wissen. Man sieht ihm an, dass er Angst vor der Antwort hat. Carter hasst es, Menschen zu enttäuschen. Immer, wenn er als Kind einen seiner Wutausbrüche hatte, hat er sich danach tagelang in seinem Zimmer verkrochen, weil ihn die Schuld von innen aufgefressen hat. Meistens konnte ich ihn davon überzeugen, dass niemand böse auf ihn ist, aber manchmal waren die Schuldgefühle viel zu hartnäckig.

»Es war unglaublich«, rufe ich so laut, dass es der ganze Strand hören kann. Direkt vor meiner Nase breitet sich der Chrystal Beach aus, den wir schon als Kinder häufig mit Penelope besucht haben. Hier ist auch das Bild an meiner Fotowand entstanden. Hier hat Carter seine ersten Flirtversuche gestartet, die ersten Körbe kassiert und seinen ersten Kuss von einem Mädchen namens Clementine bekommen, die danach angewidert das Gesicht verzogen hat, weil er nach Erdbeereis schmeckte und sie nur Schoko mochte.

»Ich muss echt sagen, dass ich ein verdammtes Genie bin«, sagt er und klopft sich anerkennend auf die Schulter.

»Bist du.« Verliebt lächle ich ihn an.

»Aber lass uns zum Wichtigen kommen. Bist du bereit für das Meer?«

Ich bin bereit für mehr, schießt es mir durch den Kopf. Euphorisch nicke ich, und als ich das leise Wellenrauschen im Hintergrund höre, fühlt es sich wie Nachhausekommen an. »Und wie ich das bin! Jetzt trag mich endlich zum Wasser, Carter. Du weißt doch, wie ungeduldig ich bin!«

Er nimmt mir den Helm ab und hängt ihn über den Lenker. Anschließend holt er mich von der Harley herunter und geht mit mir auf dem Arm Richtung Düne. Ich spüre es, als seine Füße zum ersten Mal den Sand berühren. Glücklich schließe ich die Augen und stelle mir vor, es wären meine eigenen Beine, die mich über den Strand tragen.

»Zieh die Schuhe aus«, sage ich herrisch. Carter gehorcht, streift sich die Schuhe von den Füßen und versucht, ohne

Hände aus den Socken zu kommen. Sobald er barfuß im Sand steht, sehe ich ihm tief in die Augen.

»Wie fühlt es sich an? Beschreib ihn mir. Beschreib mir den Sand«, bitte ich ihn leise. Am Strand ist kaum etwas los, und nur wenige Gestalten genießen die immer tiefer wandernde Sonne am Horizont.

»Warm«, sagt er als Erstes. »Warm und … sandig.«

»Oh wow!« Lachend schüttle ich den Kopf. »Fallen dir noch mehr Adjektive als warm und sandig ein, Super-Autor? Und du willst ein Buch geschrieben haben?«, necke ich ihn, bereue es aber sofort, als Carter losrennt. Der weiche Sand verteilt sich zu allen Seiten, während er auf das unendliche Blau losstürzt.

»Carter!«, quieke ich aufgeregt, und als er mit den Füßen ins Meer rennt, spritzt das Wasser bis zu meinen Armen hoch. Noch immer hält er mich, und es ist ihm egal, dass seine Jogginghose jetzt klitschnass ist. Feucht und schwer legt sie sich um seine Hüften, und als ich einen Blick auf den Ansatz seiner Unterwäsche erhasche, schießt mir Hitze in den Bauch.

»An deiner Stelle würde ich nicht so frech sein, SkySky. Ich könnte dich einfach fallen lassen.« Seine Drohung entlockt mir nur ein kehliges Lachen.

»Was? Glaubst du mir etwa nicht?« Er deutet an, dass er mich fallen lässt, aber in letzter Sekunde zieht er mich wieder fest gegen seine Brust. Ich kralle mich in seiner Lederjacke fest, kuschle mich an ihn und sehe aufs offene Meer hinaus. Die kleinen Wellen schweben beinahe über die Wasseroberfläche, und ich entspanne mich augenblicklich bei ihrem Klang. Durch die untergehende Sonne glitzert das Meer in hübschen Orange- und Gelbtönen, gepaart mit dem restlichen Blau, das gleich ganz verschwunden sein wird.

»Darf ich etwas testen?« Carters Atem ist nah an meiner Schläfe, während er das fragt. Eine Gänsehaut jagt über meinen Körper, weil wir einander so nah sind.

»Ja.«

Mein bester Freund geht noch ein paar Schritte weiter Richtung Unendlichkeit, und als wir so tief im Meer stehen, dass meine Füße das Wasser berühren, sieht er mich fragend an. »Spürst du das?«

Konzentriert fokussiere ich mich auf meine Beine, aber ich kann die Wellen nicht fühlen, die uns umgeben. »Nein«, hauche ich. Dafür fühle ich ganz andere Dinge … *deinen Herzschlag dicht an mir zum Beispiel.*

»Ich spüre, dass es kühl ist, aber sonst nichts.« Ermutigend lächle ich ihn an, weil ich genau weiß, was in seinem hübschen Kopf vor sich geht.

»Es geht mir gut, Carter. Wirklich. Hier zu sein ist so befreiend. Ich dachte, dass ich nie wieder herkommen würde, und jetzt kann ich sogar den Sonnenuntergang sehen.« Dankbar beobachte ich den roten Feuerball, der sich langsam Richtung Horizont vorarbeitet.

»Das ist gut.« Eine Weile steht Carter noch mit mir im Wasser, und gemeinsam beobachten wir, wie der Himmel sich in einen Traum aus Rosa und Rot verwandelt. Er trägt mich auf Händen, so wie er es sich in jener Nacht für mich gewünscht hat.

»Langsam frieren mir die Eier ab.« Sein Spruch lässt mich

laut prusten, weil er die Romantik im Keim erstickt. Als er mit mir wieder Richtung Strand geht, wünschte ich, wir könnten für immer hierbleiben. Hier an diesem Ort, an dem wir so viele gemeinsame Erinnerungen geschaffen haben, dass es für ein ganzes Leben reichen würde.

Sobald wir wieder trockenen Boden unter den Füßen haben, helfe ich Carter, sich aus der Jacke zu schälen, die er am Boden für mich auslegt, um mich darauf abzusetzen. Ich lächele, als ich die ersten Sandkörner unter meinen Fingern spüre. Aber ich weiß auch, dass es mit den Füßen immer ein ganz besonderes Gefühl war. Carter lässt sich neben mich zu Boden gleiten, und gemeinsam warten wir darauf, dass der Tag endet und die Nacht anbricht.

»Wie Freiheit«, sagt er schließlich und ist in Gedanken irgendwo weit weg. Zu gern hätte ich, dass er mich mit in die Welt seiner Gedanken nimmt.

»Hm?«

»Du wolltest wissen, wie sich der Sand an den Füßen anfühlt. Wie Freiheit.« Seine Mundwinkel zucken, als er mich von der Seite ansieht, und ich liebe es, wie sich die untergehende Sonne in seinen Lippenpiercings spiegelt.

»Der Sand gibt mir ein Gefühl von Leichtigkeit, SkySky. Weil ich dabei immer an unsere Kindheit denken muss, die zwar absolut nicht leicht war, aber irgendwie auch schwerelos. Hier mit dir habe ich mich immer schwerelos gefühlt.« Er gräbt seine rechte Hand in den Sand und lässt ihn anschließend durch seine Finger rieseln wie Schnee an einem kalten Wintertag.

»Erzähl mir mehr«, bitte ich ihn, weil ich nicht will, dass

dieser Moment je endet. Carter und ich hatten in den letzten Monaten viel zu wenig von diesen Momenten.

»Das hier hat mir gefehlt, weißt du das? Einfach nur bei dir zu sein und alles andere zu vergessen. Die Deadlines, die Arbeit, die Selbstzweifel. Bei dir hört dieses verdammte Karussell endlich auf, sich zu drehen.« Er tippt gegen seine Schläfe. Ich würde ihm gern die blonden Haare aus der Stirn streichen, meine Finger darin vergraben und ihn näher an mich heranziehen.

»Mir hat es auch gefehlt«, antworte ich ehrlich. Carters linke Hand wandert zu meiner, und als wir unsere Finger miteinander verschränken, ist die Szenerie perfekt. Carter, ich und das Meer.

»Ich habe eine Idee.« Ich schultere den kleinen Rucksack von meinem Rücken, lege ihn auf meinen Schoß und ziehe den Reißverschluss auf. Als ich die Kamera ertaste, ziehe ich sie heraus und halte sie grinsend in die Höhe.

»Du hast eine Polaroidkamera? Seit wann das denn?«

»Ganz neu. Hazel hat sie mir zum Geburtstag geschenkt«, sage ich glücklich und weiß, dass dieser Moment der perfekte erste Shot sein wird. Ich werde nicht nur ein Bild festhalten, sondern ein Gefühl. Das Gefühl von warmem Sand an nackten Füßen. Von kühlem Wasser, das gegen meine Arme spritzt. Von Carters Hand in meiner, die sich so perfekt anfühlt, als wäre sie für mich gemacht.

»Lass mich.« Er nimmt mir die Kamera ab, schaltet sie ein und hält sie eine Armlänge von uns weg. Und bevor er abdrückt, haucht er mir einen Kuss auf die Schläfe. Wie immer. Und doch so anders als sonst.

17

Carter

»Ich weiß nicht, wann ich das letzte Mal so lang wach war«, kichert Sky, als wir das Wohnheim um zwei Uhr nachts betreten. Auf dem gesamten Campus waren vielleicht zwei Leute unterwegs, sonst war das Gelände, das sonst immer voller Leben ist, menschenleer. Nachdem die Sonne am Chrystal Beach untergegangen ist, saßen wir noch etliche Stunden am Meer und haben darauf gewartet, dass wir die Sternbilder suchen konnten. Wie damals immer. Und doch hat es sich so anders angefühlt, sie dabei im Arm zu halten. Es fiel mir schwer, ihr nicht einfach all das zu sagen, was mir seit Monaten auf der Zunge brennt. Dass ich sie umwerfend finde. Dass ich nicht mehr aufhören kann, diese wahnsinnig attraktive Frau in ihr zu sehen und nicht nur meine süße, beste Freundin. Scheiße, ich wollte ihr heute eine Freude machen, habe aber nicht daran gedacht, was es mit mir anstellt. Ich verliere mich von Tag zu Tag mehr in die Vorstellung von uns beiden und habe keine Ahnung, ob sie es genauso sieht.

»Wir müssen leise sein. Hazel schläft sicher schon«, flüstere ich.

Skylars Wangen glühen, als wir das Licht im Wohnzimmer anknipsen. »Hazel ist heute Nacht nicht da. Sie ist bei ihren Eltern, weil ihr Bruder sie sehen wollte. Sie hat mir vorhin eine Nachricht geschickt«, erklärt Sky ruhig. Stille kehrt ein, die ohrenbetäubend laut ist. Das Klingeln meines Handys macht den Moment kaputt.

Ich werfe einen flüchtigen Blick aufs Display und sehe Megans Namen neben einem Bild, das ich in Deutschland von ihr geschossen habe. Sie posiert in einer schwarzen Lederhose und einem bauchfreien Oberteil am Checkpoint Charlie in Berlin. Kopfschüttelnd schiebe ich das Handy wieder in meine mittlerweile nur noch klamme Jogginghose. Skys Blick verharrt auf meiner Tasche, in der nun mein Handy steckt. Ob sie sehen konnte, wer mich angerufen hat? Ich bin nicht dumm und weiß längst, dass sie eifersüchtig auf Megan ist. Umso mehr will ich die beiden Frauen einander vorstellen, weil ich mir sicher bin, dass sie sich gut verstehen würden. Außerdem war das mit Megan und mir eine einmalige Sache.

»Wolltest du nicht rangehen?«

Ich schüttle den Kopf.

»Nicht so wichtig.«

Skylar schluckt schwer, legt ihren Rucksack am Boden ab und deutet auf ihr Zimmer. Die Stimmung zwischen uns war eben noch ausgelassen, aber jetzt scheint sie mit der Situation genauso überfordert zu sein wie ich. Was sollen wir jetzt machen? Soll ich sie ins Bett gehen lassen und verschwinden? Will sie allein sein? Früher wusste ich immer, was Sky will, aber in meinem Kopf herrscht zu großes Chaos, das mich ablenkt.

Nervös nestelt sie an ihrem Oberteil. »Ich werde mir mal meine Schlafsachen anziehen. Der Tag war anstrengend, und ich bin ziemlich erschöpft.« An die Küchenzeile gelehnt beobachte ich, wie sie im Bad verschwindet, um sich umzuziehen. Derweil versuche ich, nicht vollkommen den Verstand zu verlieren. *Scheiße, Carter. Reiß dich zusammen. Sie will sich bloß harmlose Schlafsachen anziehen!*

»Würdest du dich noch zu mir legen?« Sky reißt mich wenige Minuten später aus meinen Gedanken, und als ich sie ansehe, schlucke ich schwer. Sie trägt nur ein labberiges, viel zu großes Bandshirt und eine Schlafshorts. Und trotzdem schießt dieser Anblick umgehend in meine Lenden.

»Na klar.« Ich folge Sky in das angrenzende Schlafzimmer. Sobald ich neben ihr liege, verdoppelt sich mein Herzschlag, weil sie wie eine verdammte Blumenwiese duftet und dieser Duft mehr mit mir anstellt, als ich zugeben will. Ich knipse die Lichterkette an, die unsere Fotos beleuchtet. Sky rollt ihren Oberkörper zur Seite, zieht ihre Beine mit den Händen nach und scheint es zu genießen, als ich mich von hinten an sie schmiege. Mein warmer Körper direkt an ihrem. Mein schlagendes Herz direkt an ihrem Rücken.

»Danke für den schönen Tag«, seufzt sie. »Das hat mir wirklich gefehlt.«

»Immer«, antworte ich lächelnd. »Mir hat es auch gefehlt.« Sky schmiegt sich noch dichter an mich heran, aber all das ist mir nicht nah genug. Am liebsten würde ich sie so dicht an mich ziehen, bis unsere Körper eins sind, aber ich kann nicht, weil ich sie nicht verschrecken will. Vorsichtig zieht sie meinen Arm über ihren Körper, verkeilt ihre Hand mit meiner und spielt mit den Ringen an meinen Fingern. Sie liest ihren Namen auf meinen Knöcheln, und ich bin mir sicher, dass sie es ebenfalls spürt. Spürt, dass da schon immer mehr zwischen uns war, als wir zugeben wollten. Wenn ich genau darüber nachdenke, haben wir unsere Gefühle immer nur hinter unserer Freundschaft versteckt.

»Würdest du mich noch fester in den Arm nehmen?«, bittet sie mich atemlos, und ihr folgender Wimpernschlag killt mich.

»Ich würde gern … aber …«

»Aber was?«, haucht sie und kuschelt sich wieder mit dem Rücken an meine Brust.

»Aber es macht etwas mit mir, dich so zu halten, Sky«, antworte ich rau. Ob sie schon gespürt hat, dass ich hart für sie bin? Wenn ja, scheint es sie nicht zu stören, denn sie rutscht nicht von mir weg.

Also komme ich ihrer Bitte nach, schlinge meinen Arm fester um sie und ziehe ihr Becken mit einem Ruck zu mir heran. Meine Härte drückt sich gegen den dünnen Stoff ihrer Shorts, und ich wünschte, ich würde sie ganz und gar spüren. Ohne Stoff dazwischen. Aber ich weiß nicht, ob sie schon bereit dafür ist. Ob *wir* schon bereit dafür sind.

Ich streiche ihr mit der freien Hand die Haare hinter das Ohr und küsse sachte ihr Ohrläppchen, wohl wissend, dass ich es mir damit nur noch schwerer mache.

»Ich muss dir eine Frage stellen, Lieblingsmädchen.« Mehr als ein Hauchen schafft es nicht über meine Lippen.

»Okay.«

»Bereust du es? Was wir getan haben?«

Eine Frage, die schon so lange zwischen uns im Raum steht, dass sie beinahe unsere Freundschaft kaputt gemacht hätte. Aber wir sind stärker als das. Stärker als ihr Geheimnis, das uns neben der Distanz getrennt hat. Ich höre, wie Sky den Atem anhält. Und ich spüre, dass heute etwas anders ist. Heute Nacht wird sie mir nicht ausweichen, das weiß ich einfach.

»Nein. N-Nein, ich bereue nichts.« Seit sechs Monaten wünsche ich mir schon, diese Worte von ihr zu hören. Ich umfasse ihre zierliche Hand, und als ich mein Gesicht in ihrem Haar vergrabe, wünschte ich, meine Geschichte würde hier enden. Ich würde aus dem Semikolon gern einen Punkt machen, damit ich sie kein zweites Mal beinahe verliere.

»Gut, SkySky. Ich nämlich auch nicht.«

18

Skylar

Vergangenheit

»Willst du noch ein paar Jahre hier stehen und zögern, oder wollen wir es durchziehen?« Carter stellte sich direkt vor mich, und ich versuchte, meine Atmung zu drosseln. Für ihn war das hier kein großer, bedeutender Tag, für mich schon.

»Du hast gut reden. Wie viele Tattoos hast du schon? Fünfhundert? Meine Haut ist noch rein und jungfräulich!« *Nicht mehr lange,* schoss es mir durch den Kopf. Das kleine Tattoostudio namens *Skinked* sah unscheinbar aus zwischen den ganzen anderen Geschäften, aber mich schrien die Bilder der verschiedenen Tattoos im Schaufenster nahezu an. Sie machten mir Angst, weil ich keine Ahnung hatte, wie sehr es wehtun würde.

»Es ist ein guter Schmerz«, erwiderte Carter lachend, weil er wieder einmal meine Gedanken lesen konnte. Er lachte mich aus, weil ich ein Schisser war. Ein Angsthase. Aber Nadeln waren nichts, was ich unbedingt unter meiner Haut haben wollte, unser Symbol hingegen schon. Ich musste mich also entscheiden, was mir wichtiger war.

»Es gibt einen guten Schmerz?« Fragend hob ich eine Braue. Mein bester Freund nickte entschlossen, und ich glaubte ihm sogar, auch wenn es in meinen Ohren völlig verrückt klang.

»Ja. Du wirst es sehen. Aber das geht nur, wenn du mit mir reinkommst. Ich kann zuerst, wenn du willst«, bot er mir an, aber ich schüttelte den Kopf. »Nein, wenn, dann will ich es zuerst hinter mir haben. Dann kann ich dich danach leiden sehen.« Feixend boxte ich ihm gegen den Oberarm, und gemeinsam gingen wir durch die schmale Eingangstür des Studios. Eine Glocke über der Tür kündigte unsere Ankunft an, und ich begann, mich in dem überschaubaren Raum umzusehen. Zu meiner Linken stand eine kleine Sitzlandschaft vor einem chaotischen Tisch voller Tattoomagazine. Dahinter prangten gerahmte Fotos von Werken der Künstlerin, die sich gleich mit ihrer Nadel auf meinem Körper verewigen würde. Es gab eine elegante La Catrina, Totenköpfe, Tribals und Erzengel, aber auch filigrane Tattoos von Vögeln, Ornamenten und schön geschwungenen Schriftzügen.

Auf der rechten Seite des Ladens standen drei weiße Regale, die sauber mit weiteren Magazinen und Büchern eingeräumt waren. An den anderen Wänden hingen Plakate von den bekanntesten Rocklegenden der vergangenen fünfzig Jahre.

»Hey, ihr zwei.« Mit diesen Worten kam eine zierliche Frau aus dem benachbarten Raum. Sie hatte ein zartes Gesicht, kurze, kupferfarbene Haare, und mit den spitzen Ohren, die aus den Haaren hervorlugten, sah sie aus wie eine Elfe. Unter dem zu großen, rot-schwarz karierten Hemd konnte man die zahlreichen bunten Tattoos an ihren Armen bewundern. Ob sie sich auch selbst tätowierte?

»Carter, lange nicht mehr gesehen. Wurde mal wieder Zeit, was? Vermisst du die Nadel schon?« Das klang, als wäre mein bester Freund ein Junkie. Meine Mundwinkel zuckten.

»So was von. Aber heute wird es nur was Kleines. Wir lassen uns ein Freundschaftstattoo stechen«, erklärte er der Frau, die sich mir nun als Millie vorstellte. Ich mochte sie ab Sekunde eins, weil ihr Lächeln warm und ihre grauen Augen herzlich waren.

»Dann kommt mal mit nach hinten. Wer will zuerst?«

»Sky«, antwortete Carter. »Aber sie hat noch Schiss. Es ist ihr erstes.« Auf einmal kam ich mir langweilig vor in der Gegenwart der beiden, die schon so oft unter der Nadel lagen.

»Oh, das erste ist immer etwas Besonderes. Habt ihr euch das Motiv gut überlegt?« Als Millie uns in einen Raum führte, in dem zwei schwarze Liegen standen, schluckte ich schwer. Neben den Liegen befanden sich kleine Tische mit Tattoomaschinen und den verschiedensten Nadeln. Manche waren dicker, andere eher filigran wie Millie.

»Ja.« Weil ich mich erschrocken in dem Raum umsah, war ich nicht in der Lage, selbst zu antworten, und überließ das Reden Carter.

»Dann setz dich mal zu mir, Sky.« Millie klopfte auf eine der Liegen, und ich schlich zu ihr herüber. Carter stellte sich direkt neben mich, legte seine Hand auf meine Schulter und gab mir damit Mut.

»Was soll es werden, hm?«

»Ein Semikolon. Hier.« Ich hielt ihr mein Handgelenk hin und zeigte auf die dünne Stelle Haut, die ich mir ausgesucht hatte. Carter würde dieselbe nehmen, weil wir das Semikolon schon damals immer am Handgelenk getragen hatten. Ich wünschte, es gäbe einen permanenten Filzstift, den ich anstelle der Nadeln nehmen könnte.

»Das sollte schnell gehen. In zehn bis fünfzehn Minuten haben wir es. Soll es speziell sein? Mit Farbe? Schwarz-Weiß?«

»Schlicht und schwarz«, antworteten wir im Chor. Wie damals immer. Ich schielte zu Carter hoch, der mir ermutigend zuzwinkerte.

»Carter hat dir ja die Dokumente mit den wichtigsten Regeln schon gegeben, oder? Hast du Cola oder Kaffee getrunken, Sky?«

»Nein.«

»Aspirin genommen? Das verdünnt das Blut, und das können wir absolut nicht gebrauchen«, erläuterte sie mir. Ich hatte mir das Schriftstück sicher zig Mal durchgelesen, um auch ja nichts falsch zu machen.

»Nope. Ich hab mich an alles gehalten.« Derweil schaltete Millie das Radio neben uns ein und machte sich dann daran, das kleine Tattoo vorzuzeichnen. Es war ein schlichtes, schwarzes Semikolon, genau wie ich es wollte. Sie legte mir die Schablone auf das Handgelenk und übertrug die Vorlage auf meine Haut.

Gleich gab es kein Zurück mehr.

»Ich frage zur Sicherheit noch mal. Bist du dir mit dem

Symbol wirklich sicher? Es ist fürs Leben.« Millie wollte keine Ängste oder Bedenken schüren, sie wollte einfach nur sichergehen, dass ich es nicht bereute. Wieder blickte ich zu Carter auf, der grinsend neben mir stand und meine freie Hand nahm. Als mein Blick auf das Tattoo an seinen Fingerknöcheln fiel und ich meinen Namen las, wusste ich, dass es richtig war. Was könnte schöner sein, als meinen besten Freund jeden Tag für den Rest meines Lebens bei mir zu tragen?

»Ich bin mir sicher!«, sagte ich nahezu euphorisch. Und als das Summen der Nadel ertönte, blieb ich erstaunlich ruhig. Carter schaute mir tief in die Augen, und als die Nadel meine Haut durchstach, zog ein brennender Schmerz durch meinen Arm. Doch auch wenn ich instinktiv die Augen zusammenpressen wollte, behielt ich sie offen und sah Carter an.

»Geht es?«, fragte er einfühlsam.

»Ja«, hauchte ich und schlug mich wirklich tapfer. Millie summte zur Musik im Radio mit, während ich anfing, den Schmerz zu genießen, weil ich wusste, was er mir schenken würde. Carter hatte recht. Es gab ihn: den guten Schmerz.

19

Skylar

»Ich bin aufgeregt, Hazel«, jammere ich, während ich an meinen blonden Haaren umherzupfe, die ich heute zur Feier des Tages sogar geglättet habe.

»Musst du nicht sein. Die Jungs werden dich sicherlich lieben.« Hazel malt mir Smokey Eyes, während ich versuche, mein wild pochendes Herz unter Kontrolle zu bringen.

»Und was ist mit dieser Megan?« Allein ihren Namen laut auszusprechen, missfällt mir, und das, obwohl ich nie voreingenommen an neue Bekanntschaften herangehe. Aber sie hat die letzten Monate mit Carter verbracht, ich nicht. Eifersucht ist ein absolutes Scheißgefühl, auf das ich gern verzichten könnte. Vor allem, nachdem wir eng umschlungen eingeschlafen sind und ich eindeutig spüren konnte, was meine Nähe mit Carter macht. Die Dessous habe ich nach unserem Trip ans Meer noch nicht angerührt, aber etwas sagte mir, dass ich es heute wagen sollte. Also trage ich unter meinem Outfit für den Abend die – für meinen Studentengeldbeutel viel zu teure – Reizwäsche.

»Wenn er sagt, dass sie in Ordnung ist, wird sie es auch sein.« Hazel vollendet das Make-up, hebt mein Kinn an und betrachtet ihr Kunstwerk. Zufrieden nickt sie, schmeißt die Lidschattenpalette in ihre Kosmetiktasche und kneift mir anschließend in die Wange. In Sekundenschnelle fühle ich mich wie ein kleines Mädchen, das von ihrer Großmutter wegen ihres ersten Liebeskummers aufgemuntert wird.

»Das wird toll. Du bist toll. Und glaub mir, du siehst umwerfend aus. Wenn Carter heute Nacht Augen für eine andere hat, dann ist der Typ blind.« Sie tritt zur Seite, sodass ich mein Spiegelbild betrachten kann. Meine blonden Haare reichen mir geglättet bis zum Bauchnabel und fallen wie ein goldener Schleier über die gewagte Bluse. Sie hat einen tiefen Ausschnitt, unter dem man die Spitze meines weinroten Bustiers hervorblitzen sieht. Der schwarze Seidenstoff schmiegt sich um meine Haut, während meine Beine in einer hellen, knöchelfreien Jeans stecken. Als mein Blick auf mein Gesicht fällt, traue ich meinen Augen kaum. Mit diesem Make-up sehe ich mindestens fünf Jahre älter aus. Das Schwarz lässt meine blauen Augen funkeln wie zwei Diamanten, und meine Lippen ziert ein sinnliches Rot.

»Ich sehe vollkommen verwandelt aus«, stelle ich erschrocken fest und berühre meine Wangen, um sicherzugehen, dass Hazel mir keine Maske aufgesetzt hat. Doch da ist nur meine Haut, sonst nichts.

»Vor allem siehst du wunderschön aus«, pflichtet sie mir bei. »Wo trefft ihr euch eigentlich?« Während sie ihre Sachen zusammenkramt, werfe ich einen Blick auf mein Handy.

Carter wird mich gleich abholen, und dann werden wir losziehen.

»In so einen Club namens *Shooting Star*. Ich hab noch nie davon gehört. Bist du dir sicher, dass du nicht mitkommen willst? Ich weiß doch, dass du die Songs der Band liebst. Du könntest dir von Isaac die Brüste signieren lassen«, ziehe ich sie liebevoll auf. Insgeheim wünsche ich mir, dass sie mich begleitet, weil ich dann eine weitere Stütze an meiner Seite hätte.

»Ich würde wirklich gern, aber meine Mutter holt mich gleich ab und bringt mich zur Farm. Mit dem Bein kann ich zwar immer noch nicht aufs Pferd steigen, aber Jamie vermisst mich, und ich will ihm eine Freude machen. Außerdem habe ich Gramps schon ewig nicht gesehen.« Seit ein paar Tagen ist Hazels Gipsverband ab, jetzt nutzt sie die Krücke nur noch, um ihren Knöchel zu entlasten.

»Schade. Aber ich wünsche dir viel Spaß bei deinem Großvater. Sag Jamie, dass ich euch mal zur Farm begleiten will und er mir dann alle Tiere vorstellen muss.« Immer, wenn ich an Jamie denke, wird mir warm ums Herz.

»Danke, Süße. Und ich wünsche dir viel Spaß mit der Band und Carter. Sollte Megan blöd zu dir sein, dann zeig ihr einfach das hier.« Sie streckt mir ihren Mittelfinger entgegen.

»Wow, ist das etwa eine offizielle Gebärde für *Fick dich*, Miss Parker?«, frage ich lachend und muss meine immer noch schmerzende Seite halten. Der Bluterguss hat sich mittlerweile in ein schillerndes Gelb verwandelt.

»Nicht ganz so offiziell, aber glaub mir, sie wird es verstehen«, erwidert Hazel und schnappt sich ihre Reisetasche.

»Und wünsch mir Glück, dass ich meiner Mutter auf dem Weg zur Farm nicht den Hals umdrehe.«

»Mach ich. Und wenn doch, dann gebe ich dir ein wasserdichtes Alibi. Versprochen!« Hazel haucht mir einen Kuss auf die Wange.

»Du bist echt die Beste, danke.« Mit diesen Worten, ihrer Tasche und einer Krücke bewaffnet, verlässt sie unser Zimmer.

Carter schreibt mir, dass er draußen auf mich wartet, und als ich einen Blick auf die Uhr werfe, fluche ich leise, weil ich die Zeit vollkommen aus den Augen verloren habe. Das letzte Mal war ich vor drei Stunden auf der Toilette, und ich will ungern riskieren, dass ich mich in zwei Stunden wieder entleeren muss – und zwar in einer schäbigen Clubtoilette. Ich schreibe Carter, dass ich noch einen Moment brauche, steuere das Badezimmer an und krame alle Utensilien zusammen. *Sicher ist sicher.*

• • •

»Holy, Sky!« Carter sieht umwerfend aus. Er stößt sich von der Laterne vor dem Campusgelände ab, kommt auf mich zu und betrachtet mich wie eine nagelneue Harley. Zum Glück trage ich genug Make-up, um die Röte in meinem Gesicht darunter zu verstecken.

»Du siehst grandios aus.« Er drückt mir einen Kuss auf den Scheitel, während ich versuche, mir nicht anmerken zu lassen, wie sehr mich sein Kompliment aus dem Konzept bringt.

»Du aber auch. Hast du jetzt eine Vorliebe für diese Teile?« Ich zupfe herausfordernd an seinem schwarzen Hemd. Es ist matt und schmiegt sich perfekt um seinen definierten Oberkörper. Die Ärmel hat er bis zu den Ellbogen hochgekrempelt, und die obersten Knöpfe des Hemdes stehen offen, sodass man den Ansatz seiner zahlreichen Tattoos sehen kann. Über seinem linken Arm baumelt seine Lederjacke, die er bei den Temperaturen wohl kaum benötigen wird. Die Sonne steht tief am Horizont und taucht den Campus in ein schummriges Licht. An einigen Stellen sieht es aus, als hätte man pastellfarbene Zuckerwatte in den Himmel geworfen.

»Keine Ahnung, irgendwie fühle ich mich damit so erwachsen«, antwortet er grinsend und stellt sich hinter mich, um mich Richtung Club zu bewegen. »Ich kann auch allein fahren«, biete ich ihm an, bin aber dankbar, dass er mich schiebt. Die letzten Tage waren körperlich wahnsinnig auslaugend, und ich fühle mich einfach nur schlapp. So, als wären meine Gliedmaßen mit grünem Waldmeisterwackelpudding gefüllt.

»Ach, halt die Klappe, Sky. Ich schiebe dich natürlich.«

Gemeinsam machen wir uns auf den Weg zum *Shooting Star*. Von Carter weiß ich, dass der Laden nur wenige Querstraßen vom Campus entfernt ist. Megan hat den Club ausgesucht, und ich bin schon gespannt, ob sie einen guten Geschmack beweist.

»Ich bin irgendwie nervös. Fühlt sich an, als würde ich meinen Eltern zum ersten Mal meine Freundin vorstellen.«

Sein Lachen ist tief und elektrisierend, während meines eher unsicher über meine Lippen kommt.

»Da vorne sind sie.« Carter hat sich von hinten über mich gebeugt. Sein verführerischer Duft nimmt mir die Fähigkeit, mich auf die kleine Traube an Menschen zu konzentrieren, die vor dem Club auf uns wartet.

»Wenn du nach Hause willst, weil es dir zu viel wird, sag sofort Bescheid, okay?«

Atemlos nicke ich und setze ein Lächeln auf. Ich will, dass dieser Abend schön wird – für uns alle. An vorderster Stelle für meinen besten Freund.

»Na sieh mal einer an«, ruft Carter.

Sofort schnellen die Köpfe der Leute in unsere Richtung, und als die ersten Blicke auf mir landen, wird mir schwindelig. In diesem Moment bin ich froh, sitzen zu können, weil ich sonst vermutlich umkippen würde.

»Carter!« Isaac ist der Erste, der sich uns nähert. Er sieht unfassbar gut aus in dem engen, schwarzen Shirt, der schwarzen Jeans und mit dem dunkelbraunen Sidecut. In einem Artikel der *Vibez* habe ich gelesen, dass seine linke Gesichtshälfte durch einen Unfall leicht gelähmt ist, aber es fällt kaum auf. Die Lähmung und sein daraus resultierendes, einseitiges Lächeln sind dafür verantwortlich, dass er Millionen Frauen bereits den Kopf verdreht hat. Vor mir bleibt er stehen, und als er mich schließlich in seine Arme nimmt, halte ich die Luft an. Es ist, als würde mich Justin Bieber umarmen! Wie eine knisternde Flamme flackert mein Groupieherz unter der dünnen Bluse.

»Freut mich, dich persönlich kennenzulernen, Sky. Carter hat uns so viel über dich erzählt …« Kurz wandert sein Blick über Holly, und ich weiß, was er sagen will: *Carter hat uns viel über dich erzählt, aber mit keiner Silbe erwähnt, dass du im Rollstuhl sitzt.*

»Ich hoffe doch, nur Gutes.«

»Der Kerl würde kein schlechtes Haar an dir lassen, glaub mir. Schön, dass du da bist.« Als er Carter in eine brüderliche Umarmung zieht, tritt auch die restliche Band auf mich zu. Durch die Videos und Fotos erkenne ich David, Connor und Louis sofort. Alle sehen grundverschieden aus. David, der Keyboarder von Crashing December, hat rotblonde Haare, die ihm wild um den Kopf schwirren. Seine grünen Augen sind stechend, und die Sommersprossen auf seinem Gesicht sehen total süß aus. Connor ist der Drummer, und mit seinen rabenschwarzen Haaren und den braunen Augen ein echter Hingucker. Louis ist der Gitarrist und hat genau wie Carter blonde Haare, die ihm in die Stirn reichen. Seine Augen sind ebenfalls braun und erinnern mich an Zartbitterschokolade.

»Hey, Sky. Schön, dich kennenzulernen. Du bist also die Frau, mit der wir uns Carter teilen mussten«, sagt Connor lachend, und ich nicke stolz.

»Die einzig Wahre.« Alle Mitglieder der Band begrüßen mich herzlich, und ich fühle mich sofort wohl in ihrer Gegenwart. Bis Megan an meine Seite tritt. Sie trägt einen schwarzen Einteiler, der auf der Mitte ihrer karamellfarbenen Oberschenkel endet und einen so gewagten Ausschnitt hat, dass meiner nahezu prüde dagegen wirkt. Ihre schwarzen Haare fallen in kleinen Naturlocken über ihren Rücken.

»Oh Gott, ich habe mich am meisten darauf gefreut, dich kennenzulernen!« Sofort habe ich Schuldgefühle, weil es nicht auf Gegenseitigkeit beruht. Sie zieht mich in eine freundschaftliche Umarmung, drückt mir einen Kuss auf die Wange und flüstert mir hinter vorgehaltener Hand ein Kompliment zu.

»Carter hat ja gesagt, dass du hübsch bist, aber du siehst wirklich umwerfend aus.« Wieso zur Hölle muss sie so lieb zu mir sein?

»Danke«, flüstere ich. »Du siehst auch toll aus.« Nichts, was ich nicht schon längst gewusst hätte … Als Megan sich schließlich von mir löst und Carter in die Arme springt, spüre ich eine Faust, die sich um mein Herz schließt. Er wirbelt sie einmal im Kreis, drückt ihr einen Kuss auf die Wange und setzt sie am Boden ab. Vielleicht ist es meine weibliche Intuition, vielleicht spricht auch nur die Eifersucht aus mir. Aber ich weiß einfach, dass sie miteinander Sex hatten, als Carter in Europa war.

»Lange nicht gesehen, Cowboy.« Sie nimmt ihm einen imaginären Hut ab und setzt ihn sich selbst auf. Die beiden haben also sogar schon Insider, die ich nicht verstehe.

»Wahnsinnig lange. Ich hätte fast vergessen, wie sehr ihr Nervensägen mir auf den Sack geht«, kontert mein bester Freund. Eine Weile unterhalten sich alle, und als Megan vorschlägt, in den Club zu gehen, bin ich froh darüber. Normalerweise kann ich mich gut in fremde Gruppen einfügen, aber langsam fühle ich mich wie das fünfte Rad am Wagen. Drinnen wird die Musik dafür sorgen, dass ich nicht so viel nachdenken kann. Carter stellt sich wieder hinter mich, und während die anderen bereits freudig den Club betreten, führt er seinen Mund an mein Ohr. Sein warmer Atem jagt eine Gänsehaut über meinen Körper, und ich bilde mir ein, diesen Schauer selbst an meinen Beinen zu spüren.

»Alles okay, SkySky?«

Ich nicke.

»Jap. Lass uns reingehen.« Doch als wir uns dem Eingang nähern, würde ich meine Antwort gern zurücknehmen. Ich brauche keinen Zollstock, um zu sehen, dass Holly niemals durch diese Tür passen wird. Davon abgesehen, dass es eine Stufe vor der Tür gibt und sich im Inneren eine schmale Treppe befindet, die nach oben führt.

»Scheiße«, flucht Carter, und als Megan sich zu uns umdreht und die Treppe sieht, kommt sie zu uns zurückgerannt. »Oh, fuck. Das tut mir so leid. Ich … ich wusste ehrlich gesagt nicht, dass du im Rollstuhl sitzt, Sky. Mist. Lass uns einfach woanders hingehen, okay? Ihr habt hier sicher Dutzende coole Clubs.«

Hier passiert gerade genau das, was ich vermeiden wollte. Dass sich alles nur um mich und Holly dreht. »Quatsch. Ich will nicht, dass ihr eure Planung meinetwegen über den Haufen werfen müsst. Geht ruhig. Ich werde einfach wieder nach Hause gehen«, schlage ich vor und versuche, der Enttäuschung keinen allzu großen Raum zu geben.

»Spinnst du? Ohne dich gehe ich da ganz sicher nicht rein«, sagt Carter empört, lässt mich auf dem Bürgersteig stehen und geht zu dem bulligen Türsteher am Eingang herüber. Er deutet auf mich, und ich versuche zu verstehen, was sie besprechen, aber ich kann sie nicht hören, weil das Blut in meinen Ohren zu laut rauscht. Megan steht neben mir und tätschelt meine Schulter, um sich zu entschuldigen, während ich mir immer noch wünschte, sie wäre nicht so wahnsinnig lieb zu mir. Ich kann sie nicht *nicht* mögen.

»Und?«, fragt sie stirnrunzelnd, als Carter zu uns zurückkommt. Er legt mir seine schwarze Lederjacke auf den Schoß und deutet in Richtung *Shooting Star*, aus der bereits die ersten Bässe dringen.

»Oben gibt es leider zu viele Hindernisse.« Ich sehe Schuldgefühle in seinem Blick aufwallen, weil er vergessen hat, Megan über meine Beeinträchtigung in Kenntnis zu setzen. Verdammt, ich will doch bloß einen schönen Abend mit ihm und seinen Freunden verbringen, ist das zu viel verlangt? Krampfhaft denke ich darüber nach, wie wir das Problem in den Griff kriegen, und komme zu einem verrückten Entschluss.

»Carter könnte mich nach oben tragen. Hat der Club schöne Sitzgelegenheiten?«, frage ich Megan, weil sie diesen Laden ausgesucht hat. Sofort nickt sie. »Ja, ziemlich viele sogar! Ich habe uns auch eine Lounge reserviert.«

Ich wende mich Carter zu. »Also?« Es ist sicher nicht die beste Lösung, aber ich habe keine Lust, zig Clubs der Stadt abzuklappern.

»Ist das wirklich okay für dich?« Noch immer liegt seine Stirn in Falten, und sie glättet sich erst, als ich ihn warm und zuversichtlich anlächle. Es ist für mich kein Problem, getragen zu werden. Erst recht nicht, wenn es seine Arme sind, die mich umschließen.

»Ist es. Wir können meinen Rollstuhl einfach einklappen und unten abstellen.«

Vorsichtig hebt er mich hoch. Der Türsteher tritt derweil in die angenehme Abendluft, um meinen Rollstuhl zusammenzufalten und in den Club zu tragen. Anscheinend hat er unser Gespräch belauscht und kennt unseren Plan.

»Danke, Carter«, flüstere ich ihm zu, während er mich die Treppe hinaufträgt. Als Antwort drückt er mir einen Kuss auf die Schläfe.

Im Club herrscht ein buntes und lautes Treiben. Die Tanzfläche ist rappelvoll, und auch die Bar sieht nicht gerade leer aus.

»Hier müsste unsere Lounge sein«, ruft Megan uns über Keishas *Tik Tok* hinweg zu. Carter steuert daraufhin die freie Sitzecke neben der langen Bar an. Isaac, Connor, David und Louis haben es sich bereits auf dem einen Sofa bequem gemacht. Sobald wir zur Truppe dazustoßen, setzt Carter mich auf der Couch ab.

»Also, der Abend geht natürlich auf mich. Trinkt einfach, so viel ihr wollt!« Isaac klatscht in die Hände. Ich mag die Wärme, die er ausstrahlt. Doch hinter dieser Wärme und der guten Laune steckt mehr, das sehe ich, obwohl ich ihn erst seit ein paar Minuten kenne. Ich kann mir nur ausmalen, wie viel Druck auf seinen breiten Schultern lastet. Der Hype um die Band schwappt gerade erst nach Amerika rüber, aber in Europa wird er gefeiert wie ein junger Gott. Mir ist klar, dass das Leben als Star auch Schattenseiten haben muss.

»Ich hole uns was zu trinken. Was willst du, SkySky? Einen Mojito?« Früher habe ich diesen Cocktail wahnsinnig gern getrunken, und ich könnte definitiv ein wenig Alkohol gebrauchen, um den Abend gut zu überstehen. Aber ich weiß auch, dass ich viel öfter aufs Klo muss, wenn ich Alkohol getrunken habe. Also schüttle ich den Kopf und bitte Carter, mir eine Cola zu holen.

»Ich komme mit zur Bar.« Megan gesellt sich an Carters Seite, und als sie flüchtig seine Hand berührt, entscheide ich mich schnell wieder um.

»Moment. Ich glaube, ich nehme doch einen Mojito!« Entschlossen schicke ich Carter zur Bar und widerstehe dem Drang, den beiden hinterherzusehen.

»Also, Sky. Welche guten Geschichten über Carter kannst du uns erzählen, hm?« Isaac rutscht neben mir auf das Sofa. Sein linker Mundwinkel wandert nach oben, während der rechte starr unten bleibt.

»Oh, da gibt es viele. Verdammt viele«, antworte ich und versuche, mich wirklich zu entspannen und nicht mehr an Megan und Carter zu denken.

»Wir haben die ganze Nacht Zeit!«

»Nach dem Abschlusskonzert sind die Fans richtig ausgerastet. Einige haben die Mülleimer vor der Halle angezündet, andere haben drinnen die Geländer auseinandergenommen. Sei froh, dass du nicht dabei warst, Carter. Das Ganze hat damit geendet, dass die Cops Dutzende Leute mit aufs Revier genommen haben.«

Die Jungs schwelgen in Erinnerungen an die letzten Monate, und ich bin froh, dass ich so einen besseren Einblick in das letzte halbe Jahr bekomme. Fühlte ich mich Carter seit unserer Nacht durch meine Lüge so fern, ist er mir jetzt wieder ganz nah. Wortwörtlich. Er sitzt neben mir auf dem Sofa und hat seinen Arm lässig um meine Schulter gelegt. In der linken Hand hält er eine Bierflasche, in der sich die bunten Lichter des Clubs spiegeln.

Megan sitzt uns gegenüber, direkt neben ihrem Stiefbruder. Das leere Glas meines zweiten Mojitos steht auf dem zugemüllten Tisch vor uns, und ich weiß schon jetzt, dass ich es später bereuen werde.

»Oh mein Gott!« Eine kleine Herde von Mädels hat sich um uns versammelt. Alle starren die Bandmitglieder an, als hätten sie noch nie vier gut aussehende junge Männer auf einem Haufen gesehen. Crashing December in Kombination mit Carter Davis setzt dem Ganzen die Krone auf.

»Können wir ein Foto mit euch machen?«, fragt die Schwarzhaarige in dem knappen Glitzerkleid, das mit der Decke des Clubs um die Wette funkelt.

»Klar.« Die Jungs stehen auf, um ein paar Fotos mit den Fans zu machen, und als Isaac schließlich hinter unser Sofa tritt und Carter von mir wegzieht, fühlt sich mein Körper kühl und verlassen an.

»Sorry, Sky. Carter war in den letzten Monaten auf Instagram quasi ein Teil der Band, und da sind sicher ein paar Fans, die auch ein Bild mit ihm haben wollen«, entschuldigt er sich. Carter sieht mich fragend an, als würde er auf meine Erlaubnis warten, und als ich ihn in Richtung Groupies scheuche, drückt er mir einen Kuss auf die Schläfe. »Ich bin gleich wieder da.« Eigentlich will ich ihn nicht gehen lassen, aber es wird sicher nicht allzu lang dauern, bis sie wieder zurück sind, oder?

Carter verschwindet gemeinsam mit der Band in der Meute. Megan und ich bleiben allein zurück, und ich bin froh, als sie sich zu mir setzt.

»Das nervt tierisch, oder?« Sie wirft einen Blick in Richtung Tanzfläche und seufzt. »Isaac kann nirgendwo hingehen und mal einen ganz normalen Abend unter Freunden verbringen. Irgendwo sind immer Paparazzi oder Fans. Ich habe den Club hier extra ausgesucht, weil er relativ klein und unbekannt ist. Es tut mir echt leid … das mit dem Rollstuhl, meine ich. Carter hat mir nichts gesagt.«

»Er wusste es selbst bis zu seiner Rückkehr nicht«, schießt es plötzlich aus mir heraus wie ein Kugelhagel aus einem Maschinengewehr. Auf keinen Fall steht auf meiner heutigen Agenda, dass ich Megan mein Herz ausschütten will. Sie macht große Augen und greift anschließend nach meiner Hand.

»Mist. Carter wusste, dass etwas mit dir nicht stimmt. Er hat sich wahnsinnige Sorgen gemacht, es war echt schwer, ihn davon abzuhalten, noch früher abzureisen. Wieso hast du es ihm nicht gesagt?«, fragt sie einfühlsam nach. Ich fasse sofort Vertrauen zu ihr, als würden wir uns schon ewig kennen.

»Weil ich nicht wollte, dass er zurückkommt. Der Job war wichtig für seine Karriere. Und anscheinend habe ich alles richtig gemacht, wenn er jetzt sogar schon Fans hat«, albere ich, meine es aber ernst. Es gefällt mir, dass mein bester Freund endlich die Aufmerksamkeit bekommt, die er verdient hat. Hoffentlich werden die Leute seinen künftigen Büchern genauso viel Euphorie entgegenbringen, auch ohne den Namen der Band als Werbung.

»Das Buch wird sicher grandios. Würdest du mich kurz entschuldigen? Das Bier will wieder raus. Ich bin aber gleich wieder da, okay?« Sie drückt noch einmal fest meine Hand, bevor sie aufsteht und sich einen Weg zu den Toiletten erkämpft. Allein hocke ich in dieser Lounge und spüre, wie sich auch meine Blase zu Wort meldet.

Nein.

Bitte nicht.

Jammernd starre ich die Gläser auf dem Tisch vor mir an. Wieso zur Hölle habe ich mir nicht einfach ein Wasser geholt und den ganzen Abend an einem Glas genippt? Panisch und Hilfe suchend blicke ich mich um, aber sowohl von Megan als auch von den Jungs fehlt jede Spur. Entweder ist die Schlange vor dem Klo riesig, oder Megan wurde ebenfalls aufgehalten. Ich hole das Handy aus meiner kleinen Handtasche und versuche Carter anzurufen, aber es springt nur die Mailbox an.

»Scheiße!« Je länger ich darüber nachdenke, dass ich in einer Zwickmühle sitze, desto wütender werde ich auf mich. Weil ich normalerweise immer bestens vorbereitet bin und ich heute so neben der Spur war, dass ich meine Notfalltasche nicht mitgenommen habe. Außerdem habe ich, als ich Carter vorschlug, mich hochzutragen, keine Sekunde an meine Blase gedacht. Selbst wenn Megan zurückkommt, kann sie mich nicht in meinen Rollstuhl tragen, und bis sie Carter in der Menge gefunden hat, könnte es schon zu spät sein. Ich lege die Hände auf den Bauch und spüre Tränen der Verzweiflung.

»Hör zu, kleine Blase. Du musst jetzt noch ein bisschen durchhalten, okay? Ich hole uns hier raus«, flüstere ich, aber es bringt nichts. Stattdessen wird der Druck nur noch größer. Weitere Minuten vergehen, in denen niemand zurückkommt, um mir zu helfen. Weil ich langsam wirklich Bedenken habe, gleich einzupinkeln, winke ich einen der Kellner an unseren Tisch. Er ist groß gebaut, hat ein warmes Lächeln und starke Arme, die mich sicher federleicht tragen könnten.

»Entschuldige, ich habe eine Bitte. Eine ziemlich seltsame Bitte.«

»Schieß los. Was kann ich für dich tun, Hübsche?« Er stellt sein Tablett auf der Lehne des Sofas ab und stützt sein Kinn darauf ab, während er auf meine Antwort wartet.

»Ich muss dringend in meinen Rollstuhl«, sage ich so selbstbewusst wie nur möglich.

»Deinen Rollstuhl? Wo ist der?« Er blickt sich in der Lounge um, wird aber nicht fündig. »Er ist nicht hier. Euer Türsteher hat ihn vorne im Flur für mich abgestellt. Ich muss dringend hier raus und nach Hause.« *Bevor das hier gewaltig in die Hose geht und ich eure teuren Polster ruiniere.* Der Barkeeper zögert nicht lange, lässt das Tablett auf das Sofa rutschen und hebt mich hoch. In seinen Armen fühle ich mich nicht so wohl wie in Carters, aber gerade bleibt mir nichts anderes übrig. Wo zur Hölle bleibt er nur? Er hat mir versprochen, dass wir gehen, wenn ich gehen will …

»Danke«, murmle ich, während mich der Kerl nach draußen auf die Straße trägt. Der Türsteher bringt Holly hinterher, und als ich endlich in meinem Rollstuhl sitze, atme ich erleichtert auf.

»Ihr seid meine Rettung«, bedanke ich mich bei den beiden netten Männern. Sie wünschen mir einen guten und sicheren Heimweg, bevor sie wieder im Club verschwinden und ich allein nach Hause fahre. *Hoffentlich schaffe ich es noch rechtzeitig.*

Meine Arme fühlen sich schon nach den ersten zweihundert Metern wie zwei unbrauchbare, labberige Spaghetti an. Meine Lunge brennt, weil ich es eilig habe und meine Kondition noch lange nicht auf dem Level von ›vor dem Unfall‹ ist.

Gerade als ich die letzte Querstraße überbrückt habe, sehe ich zwei dunkle Gestalten, die an einem alten Backsteingebäude lehnen. Bevor ich sie passieren kann, stellen sie sich mir in den Weg. Ich komme im letzten Moment zum Stehen, und als ich ihre Blicke auf meinen nackten Armen spüre, weiß ich bereits, dass ich in Schwierigkeiten stecke.

Einer der beiden hat eine geöffnete Flasche Whiskey in der Hand, die bereits zur Hälfte geleert ist, der andere zündet sich genüsslich eine Zigarette an.

»Könntet ihr mich bitte durchlassen?« Langsam rennt mir die Zeit davon. Ich muss dringend in mein Badezimmer!

»Wieso so eilig, Süße? Ist ja nicht so, als wärst du sonderlich schnell unterwegs, oder?«, fragt mich der Typ mit dem grauen Cap, das er falsch herum auf seinem Kopf trägt. Er nimmt einen tiefen Zug seiner Zigarette, dessen Spitze rot in der Dunkelheit glüht. Der Kerl mit dem Whiskey umkreist mich, und als er sich dicht hinter mich stellt, zieht sich meine Brust zusammen. Angstschweiß bildet sich unter meinen

Achseln und auf meiner Stirn, den die beiden sicherlich riechen können. Denn sie kommen mir so nahe, dass ich wiederum ihre Fahnen riechen kann.

»Gefällt dir das?« Der Kerl mit der Zigarette legt seine schmierige Hand auf mein Knie, und als er mit den Fingern fordernd nach oben wandert, schlage ich sie ihm weg. »Oh là là, da ist aber jemand kratzbürstig unterwegs. Ich flirte doch bloß ein bisschen mit dir.« Erneut landet seine Hand auf meinem Oberschenkel, dieses Mal gefährlich nah an meiner Mitte.

»Bitte, lasst mich einfach gehen«, keuche ich.

»Gehen? Der war gut, wirklich! Humor scheint die Kleine ja zu haben«, lacht der Kerl hinter mir. Er beugt sich über mich und vergräbt seine Nase in meinem Haar, um einen tiefen Atemzug zu nehmen. »Die riecht gut.«

Der Mann mit der Zigarette zwischen den Lippen lässt von mir ab. Kurz flackert Hoffnung in mir auf, dass sie mich gehen lassen. Dass sie bloß ein kleines, perfides Machtspiel spielen wollten, aber im Grunde genommen nicht bereit sind, mir wirklich wehzutun. Bis der Typ sich schließlich doch umentscheidet, erneut auf mich zutritt und nach der Beule unter dem Stoff seiner Jeans greift.

»Ich bin mir sicher, dass wir eine Menge Spaß haben können, Süße.«

Die ersten Tränen rollen über meine Wangen, während ich mich unter den Griffen der Kerle winde. Und während ich die Augen schließe und mich von hier fortwünsche, frage ich mich nur eins: Hat Carter schon bemerkt, dass ich nicht mehr da bin?

20

Carter

»Wo ist sie, Meg?« Die Panik in mir flackert heller als die leuchtenden Sternschnuppen, die als Animationen über die Decke des Clubs rasen. Ich habe das Zeitgefühl verloren, während ich mit den Jungs Autogramme gegeben und Fotos mit den Fans gemacht habe. *Du hast versagt, Davis. Deine beste Freundin, der du versprochen hast, immer auf sie aufzupassen, ist wie vom Erdboden verschluckt.*

»I-Ich weiß es nicht, Carter. Wir haben uns unterhalten, und ich habe ihr gesagt, dass ich nur kurz aufs Klo verschwinde. Kann ja keiner ahnen, dass ich fast eine halbe Stunde anstehen muss, weil sich zwei betrunkene Frauen in den Toiletten eingesperrt haben.« Die Jungs suchen den Club nach Sky ab, während ich mein Handy aus der Tasche hole, ihren Anruf sehe und sofort zurückrufe. Doch außer ihrer Mailbox erreiche ich nichts. »Fuck!« Langsam gesellt sich Wut zu meiner Panik – eine Mischung, die bei mir nur selten gut ausgeht.

»Hey, sie ist hier irgendwo. Sie kann ja kaum weggelaufen

sein«, will Megan mich beruhigen. Stattdessen schürt sie meine Angst, indem sie Öl ins Feuer gießt. »Das ist es ja. Sie kann nicht weg sein, und trotzdem ist sie nicht da. Oder siehst du sie hier irgendwo?« Ich blicke mich haareraufend im Club um, aber man kann kaum einen Meter weit sehen, weil der Schuppen zum Bersten gefüllt ist mit tanzwütigen Teenagern.

Ich habe Sky für ein paar Groupies allein gelassen. Obwohl ich ihr versichert habe, dass ich sie niemals im Stich lassen würde.

»Ich gehe runter und sehe nach, ob ihr Rollstuhl noch da ist. Und du gehst zur Bar und fragst, ob sie jemand gesehen hat.« Megans Vorschlag nehme ich nickend an. Während sie zum Ausgang rennt, bahne ich mir einen Weg durch die Menge zum überfüllten Tresen. Jeder Hocker ist besetzt, und die meisten haben nicht viel Lust, mir Platz zu machen.

Irgendwann gelingt es mir, die rothaarige Kellnerin am Handgelenk zu greifen.

»Was ist?«, fragt sie schnippisch. »Siehst du nicht, dass ich gerade einen anderen Gast bedienen wollte?«

»Hast du die Frau in der Lounge links neben der Bar gesehen?«, frage ich laut über den Lärm der Musik hinweg und deute auf die Ecke im Club, in der wir bis vorhin noch zusammensaßen. Die Barkeeperin schüttelt den Kopf, runzelt die Stirn und deutet an, dass sie mich nicht verstanden hat.

»Das Mädchen in der Lounge da drüben. Hast du sie gesehen?«

»Welches Mädchen? Hör mal, wie du sehen kannst, sind hier Hunderte von Mädchen. Wie sah sie aus?«

»Wunderschön«, rutscht es mir raus, und ich fühle mich wie ein Vollidiot, der verlernt hat, ganze Sätze zu sprechen. Dass sie keine Lust hat, mir zu helfen, ist nicht zu übersehen, aber das interessiert mich nicht. Ich werde nicht lockerlassen, bis ich eine Antwort habe.

»Damit kann ich nicht viel anfangen, Mann. Ich brauche schon mehr Infos.«

»Sie hat blonde, glatte Haare, die ihr bis zum Bauchnabel reichen. Eine dunkle Bluse und eine helle Jeans. Sie trägt roten Lippenstift und …« ist wunderschön. Ich beiße mir auf die Lippe, damit ich es nicht schon wieder laut ausspreche. Den ganzen Abend über konnte ich kaum den Blick von ihr abwenden, und doch habe ich sie für einen viel zu langen Moment aus den Augen gelassen.

»Die Beschreibung trifft auf achtzig Prozent der Mädels hier zu. Sorry, Mann. Ich weiß nicht, wo deine Freundin ist.« Vor ein paar Monaten hätte ich sie noch korrigiert und ihr gesagt, dass ich Single bin und Sky nur eine Freundin ist, aber heute kriege ich die Worte nicht über die Lippen.

»Du suchst das Mädchen, das da drüben saß?« Ein groß gewachsener Kerl mit breiten Schultern gesellt sich zur Rothaarigen. Eilig nicke ich.

»Ja. Sie braucht einen Rollstuhl, also kann sie nicht allein weggegangen sein.«

»Ich habe sie nach unten getragen, weil sie gesagt hat, dass sie dringend losmuss. Danach ist sie nach Hause gefahren. Schien es eilig zu haben.« Er wirkt ehrlich, und ich spüre, wie sich der Knoten in meinem Magen lockert. Aber eine Restanspannung bleibt, weil ich nicht weiß, wieso sie einfach verschwunden ist. Als ich ging, war noch alles in Ordnung. Ob Megan etwas Blödes zu ihr gesagt hat?

»Danke, Mann. Danke, wirklich.« Der Weg zurück durch die Menge gestaltet sich leichter als der Hinweg, und so bin ich nach wenigen Sekunden auf der Treppe, die nach unten in den Flur des Eingangsbereichs führt. Megan steht dort und unterhält sich mit dem Türsteher.

»Da bist du ja!« Sie kommt auf mich zu und deutet auf die Straße. »Der Türsteher meint, er hat ihr den Rollstuhl nach draußen getragen, und dann ist sie los.« Meg ist genauso außer Atem wie ich.

»Ich weiß. Der Barkeeper hat sie runtergetragen. Hör mal, Meg. Ich muss sie finden, okay? Sag den Jungs, dass wir uns an einem anderen Tag treffen.« Flüchtig gebe ich ihr einen Kuss auf die Wange und stürme los. Ich muss Sky finden. Mit den Fingern fahre ich über das Tattoo an meinem Handgelenk. Irgendetwas stimmt hier nicht …

• • •

Ich renne die Straßen entlang, die zu ihrem Campus führen. In der Nacht sind nur wenige Gestalten unterwegs. Ein paar Typen, die gemeinsam einen draufmachen wollen. Ein paar Kids, die die Regeln ihrer Eltern brechen und ihre Grenzen austesten.

Vermutlich ist sie längst zu Hause.

Wieso geht sie dann nicht ans Telefon?

Meine Schritte werden größer, und der Alkohol in meiner Blutbahn sorgt dafür, dass mein Gang wackelig ist.

Alles wird gut, Davis. Vielleicht war sie müde und ist eingeschlafen.

»Sky!«, rufe ich ihren Namen. Die Nachtluft klart meinen vernebelten Geist auf, und als ich schließlich einen Typen hinter dem Backsteingebäude neben mir lachen höre, werde ich langsamer. Ich stütze die Hände auf meine Oberschenkel, versuche meine Atmung zu regulieren, doch sobald ich eine leise Stimme höre, beginnt mein Blut zu kochen.

Sky.

Das ist Sky.

Wieso ist sie hier? Und wieso klingt sie ängstlich? So schnell ich kann, renne ich um das alte Postgebäude herum, und als ich im schwachen Licht der Straßenlaterne zwei Kerle sehe, die Sky umzingeln, gießt der Anblick Öl ins Feuer.

»Sieh mal, wie viel Angst sie hat«, höhnt einer der Kerle, bevor er ihr seine Hand auf den Oberschenkel legt. Und ehe ich darüber nachdenken kann, dass ich in der Unterzahl bin, stürze ich mich auf den Typen und reiße ihn von ihr weg.

»Finger weg von ihr!«, brülle ich ihn an. Sein Blick ist so vernebelt, dass ich mir sicher bin, einen Junkie vor mir zu haben. Er sieht mich an und hebt abwehrend die Hände.

»Was denn? Willst du etwa mitmachen? Komm schon, teil sie dir mit uns.« Hinter mir höre ich das kehlige Lachen des anderen Typen, neben dem Wimmern meiner besten Freundin. Ich kann sie nicht ansehen, solange diese Wichser noch hier sind.

»Weißt du, was ich will? Dir deinen eigenen Schlappschwanz in den Rachen schieben!« War die Wut im Club noch gegen mich gerichtet, weil ich Sky aus den Augen gelassen habe, feuere ich sie jetzt einzig und allein diesem Typen vor mir entgegen. Mit aller Kraft presse ich ihn gegen die Backsteine, lege meinen Unterarm an seine Kehle und drücke zu.

»Alter, wir machen doch nur Spaß«, ächzt er, aber ich drücke noch fester. »Tja, ich mache keinen Spaß«, knurre ich. Der zweite Kerl torkelt auf uns zu. Als ich im Augenwinkel die Whiskeyflasche in seiner Hand sehe, trete ich dem Kerl vor mir in die Eier, stürze mich auf den anderen und entreiße ihm die Flasche.

»Carter, bitte …« Skys Flehen dröhnt in meinen Ohren, auf einmal fühle ich mich wie im Rausch, obwohl ich nur drei Drinks hatte.

»Lass uns einfach abhauen. Ich … ich muss nach Hause«, setzt sie wimmernd hinterher, aber meine Wut überdeckt alles andere. Ich kann diese Wichser nicht ungeschoren davonkommen lassen. Wer weiß, was sie mit ihr gemacht hätten, wenn ich nicht rechtzeitig gekommen wäre. Wenn ich noch ein weiteres Selfie geschossen hätte.

»Hör auf die Kleine. Geh einfach. Wir wollten nur witzig sein«, verteidigt sich der Kerl neben mir. Währenddessen kniet sein Freund am Boden und fasst sich jammernd in den Schritt. Er klingt wie ein Kind, dem man ein Kuscheltier weggenommen hat.

Weichei.

»Glaub mir, ich höre sonst immer auf sie, aber gerade ist mir eher danach zumute, dir die hässliche Visage zu polieren. Hast du schon mal Zähne als Mitternachtssnack gehabt,

Arschloch?« Meine Glieder stehen unter Strom, und ich habe einen Tunnelblick aufgesetzt.

»Carter, bitte. Ich muss nach Hause. Jetzt sofort!« Sky greift nach meinem Arm, in der ich die Flasche halte, doch anstatt ihrer Bitte nachzukommen, entreiße ich ihr meinen Arm und donnere den Whiskey gegen die Wand. Die Flüssigkeit läuft über meine Hand, Scherben fallen zu Boden, und der saure Geruch nach Hochprozentigem erfüllt die Abendluft.

Automatisiert drücke ich den zweiten Kerl gegen die Wand. Zeitlupenartig gleitet der kaputte Flaschenhals zu seiner Kehle, und als sich die scharfe Kante leicht in seine Haut drückt, hüpft sein Kehlkopf ängstlich auf und ab.

»Na, wollt ihr sie immer noch mit mir *teilen?*«, frage ich zischend und drücke noch fester zu. Die ersten Tropfen Blut laufen über seinen Hals, und in seinem Blick erkenne ich Todesangst.

»Carter, hör auf!« Sky schreit mich an, doch ich bin wie im Rausch. Mein Verstand weiß, dass ich von ihm ablassen muss, aber ich bin so in Rage, dass mein Körper rebelliert.

»Bitte nicht«, fleht der Kerl. »Wir werden nie wieder so was machen. Wir … wir sind nur betrunken.«

»Ihr habt sie bedrängt!«

»Nein, wir … w-wir wollten ihr nur Angst einjagen.« Im Hintergrund höre ich Skys Tränen so laut, als würde eine Abrissbirne das Gebäude neben mir in Schutt und Asche legen.

»Carter …«

Einen Augenblick betrachte ich noch den Wichser vor

mir, und als Sky mich erneut bittet zu verschwinden, hole ich aus und lasse den Rest der Flasche direkt neben seinem hässlichen Schädel zerbersten. Keuchend zuckt der Kerl zusammen, während ich mich Sky zuwende, und sie zum ersten Mal ansehe.

Die Mascara hat schwarze Spuren auf ihren Wangen hinterlassen, und ihr Lippenstift ist verschmiert.

»Alles wird gut. Ich bringe dich nach Hause.« Ich lege meine Lederjacke um ihre Schultern, und als ich sie mit dem Rollstuhl zurück auf den Bürgersteig schieben will, keucht sie plötzlich laut auf. Sekunden später bricht sie noch stärker in Tränen aus. Abrupt halte ich inne. »Sky? Was ist los?«

»Nun fahr mich endlich nach Hause, verdammt!« Sie schreit mich an, als wäre ich der Kerl, der ihr das angetan hat. Die beiden Wichser haben sich mittlerweile aus dem Staub gemacht, und ich kann nur beten, dass sie mir nie wieder unter die Augen kommen.

»Sky, was ist los? Bitte, rede mit mir«, flehe ich sie an. Ihr Blick ist stur nach unten auf den weichen Boden gerichtet, und bevor ich noch etwas sagen kann, unterbricht sie mich.

»Du willst wissen, was los ist? Ich musste aufs Klo, Carter. Ich musste aufs Klo, und ich konnte nicht einfach im Club auf die Toilette gehen, so wie Megan. Du hast mich alleingelassen, Carter. Du warst nicht da.« Ihre Worte werden in regelmäßigen Abständen von einem gequälten Schluchzen unterbrochen. Es bricht mir das Herz, sie so zu sehen. »Was mit mir los ist? Neben der Tatsache, dass diese beiden Männer mich gerade belästigt haben, habe ich mir in die Hose gemacht. Das ist los!« Noch immer brüllt sie, und als wir den Bürgersteig erreichen und das Licht der Straßenlaterne meine Sicht erhellt, kann ich es sehen. Ihr Schoß hat sich dunkel verfärbt.

»Fuck, Sky. Ich … es tut mir so leid«, flüstere ich. Am liebsten würde ich mich selbst gegen die Mauer stoßen und mir die Flasche an den Hals halten. Ich hätte es genauso sehr verdient.

»Bring mich einfach nach Hause, Carter. Bitte.«

• • •

Das Schweigen zwischen uns ist ohrenbetäubend, als wir fünf Minuten später das Zimmer in ihrem Wohnheim betreten. Weil sie Angst hatte, dass jemand den Fleck auf ihrer Hose sehen könnte, hat Sky sich meine Lederjacke auf den Schoß gelegt, während wir über den Campus fuhren.

In der Wohnung herrscht absolute Stille, man könnte eine Nadel fallen hören, so leise ist es. Die Wut auf die Kerle hat sich wieder in einen unbändigen Zorn gegen mich selbst verwandelt, aber ich versuche, ihn für Sky herunterzuschlucken.

»Ich muss mich waschen«, sagt Sky teilnahmslos, nachdem wir ein paar Minuten schweigend im Wohnzimmer standen. Ich verschwinde in ihrem Zimmer, gehe zu ihrem Schrank und ziehe die ersten sauberen Sachen heraus, die ich in die Finger bekomme. Ein graues Shirt von mir, eine Leggings und Unterwäsche. Bewaffnet mit einem Stapel Klamotten komme ich zurück in den Raum, aber Sky ist nicht mehr da. Im angrenzenden Bad brennt Licht, und als ich leise an die angelehnte Tür klopfe, höre ich ihr Schluchzen. Sie sagt nichts. Bittet mich nicht herein, sagt aber auch nicht, dass ich draußen bleiben soll. Also schiebe ich langsam die Tür auf und sehe Sky zu, die sich aus den nassen Jeans schält. Ihre Sandalen liegen quer im Raum verteilt, und als ich die Sachen auf dem Toilettensitz abgelegt habe, gehe ich auf sie zu.

»Brauchst du Hilfe?«

»Nein, ich kam sechs Monate gut allein klar. Ich schaffe das auch so«, murmelt sie und pellt sich aus der Bluse.

In einem weinroten Slip und einem passenden Spitzen-BH sitzt sie vor mir in ihrem Rollstuhl, der ebenfalls völlig durchnässt ist.

»Ich könnte dir ein Bad einlassen.« Sky spannt ihre Schultern an, nickt mir jedoch zu. Entschlossen stehe ich auf, schiebe die dreckigen Sachen zur Seite und drehe den Wasserhahn auf. Anschließend gebe ich ein wenig Badezusatz hinein und warte, bis fluffiger, weißer Schaum entsteht. Sky liebt diesen Schaum, das hat sie schon als Kind getan. Wir reden nicht, während wir darauf warten, dass sich der Rosenduft im Bad verteilt, aber ich kann meinen Blick nicht von ihr lassen. Ich wusste schon immer, dass ich nicht gut genug für sie bin, aber heute wurde es mir auf schreckliche Weise bewiesen. Immerhin habe ich sie im Stich gelassen, und ich will mir nicht ausmalen, was alles hätte passieren können, wenn mir noch später aufgefallen wäre, dass sie nicht mehr auf ihrem Platz sitzt.

Ich drehe den Hahn zu und sehe im Augenwinkel, wie Skylar sich auch aus dem Rest ihrer Sachen schält. In den letzten Monaten dachte ich aufgrund ihrer Distanziertheit irgendwann, dass ihr unsere gemeinsame Nacht unangenehm war und sie sich für irgendetwas schämt. Dass sie jetzt kein Problem damit hat, sich vor mir auszuziehen, beweist das Gegenteil. Es ging ihr immer nur um das Geheimnis, nie um die Nacht mit mir. Unter anderen Umständen würde mich diese Erkenntnis beruhigen, aber in mir herrscht noch immer Ausnahmezustand.

Ihre perfekten Brüste habe ich damals zum ersten Mal gesehen, und seither wünsche ich mir wieder diese Intimität zwischen uns, aber ich weiß, dass es falsch ist. Es ist falsch, seine beste Freundin zu lieben. Es ist falsch, mit ihr schlafen zu wollen. Es ist falsch, sie traurig zu machen, und doch habe ich es heute Abend getan.

Sky nutzt die Einstieghilfe der Badewanne und stöhnt vor Schmerzen auf, als ihre Prellung auf das heiße Wasser trifft. Doch je länger sich die Wärme um sie schmiegt, desto mehr scheint sie sich zu entspannen.

»Ich lass dich lieber allein.« Alles in mir wehrt sich dagegen, jetzt zu gehen. Am liebsten würde ich sie den Rest der Nacht nicht mehr aus den Augen lassen. Was denke ich da? *Den Rest ihres Lebens.* Bevor ich gehen kann, hält sie mich am Arm zurück.

»Würdest du bleiben?«, fragt sie, und ihre angeschlagene Stimme fügt meinem ohnehin verwundeten Herzen neue Narben zu. Ohne zu zögern, lasse ich mich zu Boden gleiten, setze mich neben die Badewanne und greife nach dem kleinen, gelben Schwamm auf dem Rand. Ich tauche ihn unter Wasser, und als er sich vollgesogen hat, beginne ich, ihre

Schultern damit zu waschen. Achtsam wandere ich mit dem Schwamm über ihre Arme, und als Sky die Augen schließt und endlich wieder Farbe in ihr Gesicht zurückkehrt, fühle ich mich tatsächlich nützlich. Der Schatten des Selbsthasses lichtet sich ein wenig, aber eine Restdunkelheit bleibt. Sie begleitet mich schon mein ganzes Leben.

»Wieso hast du mir nicht sofort gesagt, dass du früh nach Hause musst, Sky? Ich hätte dich nie aus den Augen gelassen, wenn ich es gewusst hätte.«

Sie wendet das Gesicht von mir ab, und ich wünschte, sie würde es nicht tun. Ich will nicht, dass sie sich für irgendetwas schämt.

»Ich habe meine Sachen vergessen. Außerdem dachte ich, dass ich ja einfach nach Hause gehen kann, sobald ich will. Gott, das hier ist mir so peinlich.«

Ich umfasse mit der freien Hand ihr Kinn, um ihr Gesicht in meine Richtung zu drehen. »Hey. Dir muss nichts hiervon peinlich sein. *Rein gar nichts.*«

Stumm nickt sie, aber ich weiß nicht, ob meine Worte wirklich bei ihr angekommen sind.

»Wird das ab jetzt für immer so sein? Werde ich mich für den Rest meines Lebens so hilflos fühlen?« Angst flackert in ihren Augen auf.

»Sky«, sage ich mit brüchiger Stimme, lasse den Schwamm ins Wasser fallen und greife stattdessen nach ihrem Handgelenk. Mit zwei Fingern fahre ich das Semikolon unter ihrer Haut nach. Dieses kleine Zeichen, das mir die Welt bedeutet und mein Leben beschreibt.

»Du weißt doch, dass deine Geschichte noch nicht zu

Ende geschrieben ist. Und ich werde alles dafür geben, dass es ein Happy End gibt. Ich gebe mich nicht mit einem mittelklassigen oder traurigen Ende für dich zufrieden. Hast du verstanden?«

Wie in Trance nickt sie, und als sie meine Lippen fokussiert, spüre ich ein Verlangen in mir, das heißer ist als das Wasser in der Badewanne. Das Verlangen danach, meine beste Freundin zu küssen und nie wieder damit aufzuhören.

»Sie ist noch nicht zu Ende«, wiederhole ich entschlossen.

21

Skylar

Noch immer spüre ich die schmierigen Hände der beiden Männer auf meinen Schenkeln, ihre Worte echoen in meinem Kopf, und mein Magen zieht sich zusammen. Carters Wut, dieser heftige Zorn, lässt mich nicht mehr los. Die Befürchtung, dass er dem Kerl die Kehle aufschneiden wollte, verfolgt mich, seit wir zurück im Wohnheim sind.

Sonst habe ich es immer geschafft, ihn zu beruhigen, aber ich hatte keine Chance, ihn aus dem Tunnel zu holen. Zitternd werfe ich noch einen letzten Blick in den Spiegel vor mir. Meine Haare kleben nass an meiner Kopfhaut und locken sich wieder, das Make-up habe ich hastig von meinem Gesicht gewaschen. Ich wollte es nicht mehr sehen und an den Abend erinnert werden.

Kurz verweile ich noch im Bad, entschließe mich jedoch, dass ich mich nicht ewig verstecken kann. Mein bester Freund sitzt auf dem Sofa in unserem Gemeinschaftsraum, das Gesicht in die Hände gebettet. Seine Haare stehen wild in alle Richtungen ab, seine Augen sind genauso gerötet wie meine. Als er mich entdeckt, zucken seine Mundwinkel.

»Das Shirt steht dir«, macht er mir ein Kompliment. Ich blicke an mir hinab und zupfe an dem grauen Stoff seines Shirts, das ich in den letzten Monaten ständig getragen habe. Ich leiste ihm neben dem Sofa Gesellschaft. Mir liegen so viele Worte auf der Zunge, aber alles, was ich hervorbringe, ist ein ehrliches »Danke«.

»Du siehst traurig aus«, stellt er nüchtern fest.

»Na ja. Ich bin traurig«, antworte ich schulterzuckend. Carter greift nach meiner Hand, die zitternd in meinem Schoß liegt. »Weißt du noch, wie wir damals immer mit Traurigkeit umgegangen sind?« Seine Frage kommt zögernd über seine schönen Lippen.

»Ja. Wir haben getanzt«, erwidere ich in Erinnerungen schwelgend. Meine Mundwinkel zucken, weil mich plötzlich eine Welle des Bewegungsdrangs überkommt. Dieser Stimmungswechsel überrumpelt mich etwas, aber auf der anderen Seite genieße ich jede Sekunde davon. Der heutige Abend war schwer, aber das sollte mich nicht daran hindern, trotzdem Leichtigkeit zu verspüren.

»Weißt du was? Wir sollten tanzen. Jetzt.« Ich beginne, Holly vor- und zurückzubewegen, und wippe mit dem Kopf, als würde im Hintergrund gute Musik laufen.

Carter schenkt mir ein skeptisches Lächeln, das sich blitzschnell in ein breites Grinsen verwandelt. Dann steht er auf und tanzt gemeinsam mit mir. Seine Bewegungen sahen schon damals immer etwas holprig aus, aber das macht den Anblick nicht weniger schön. Der Platz in dem Zimmer ist begrenzt, aber er reicht aus, um eine kleine Einlage aufs Parkett – oder besser gesagt aufs Linoleum – zu legen.

Und als Carter mich nach ein paar Minuten aus dem Rollstuhl hebt, rasselt mein Atem. Er presst mich an seinen Körper, als hätte er Angst, mich sonst zu verlieren. So wie ich seit jener Nacht Angst habe, ihn zu verlieren. Dankbar kralle ich meine Finger in den Stoff seines Hemdes, und als Carter beginnt, sich mit mir im Arm zu drehen, schießen mir Freudentränen in die Augen.

Weil ich tanze.

Nicht auf eigenen Beinen, aber ich tanze.

In den Armen des Mannes, der den Takt meines Herzens vorgibt, seit ich denken kann. Es spielt keine Musik, aber wir brauchen auch keine. Wir brauchen nur unsere Emotionen. *Ich wünschte, Charles und Heather könnten sehen, was sie uns mitgegeben haben.*

Carter hält mich mit Leichtigkeit in seinem Arm, und als er seine Stirn gegen meine lehnt, purzeln die Worte nur so aus mir heraus.

»Du hast mir Angst gemacht heute.« Kurz hört er auf, uns zu bewegen, bevor er wieder einsetzt. »Deine Wut … sie war so einnehmend. Es ist lange her, dass ich dich so gesehen habe«, flüstere ich.

»Ich weiß«, sagt er gepresst. »Und es tut mir leid. Aber dich zu sehen und zu hören, was diese Arschlöcher …« Er schüttelt sachte den Kopf, während er mich zu der Musik unserer Fantasie bewegt. Der Musik unserer Freundschaft, die so viel mehr als das ist.

»Ich bin nicht so perfekt wie du, Sky. Das war ich nie. Ich

bin impulsiv. Ich bin wütend. Ich habe so viel Zorn in mir, dass es mich manchmal zu Boden ringt. Vor allem, wenn ich Angst um dich habe.«

»Ich bin nicht perfekt«, widerspreche ich ihm leise. Meine Finger krallen sich noch immer in den Stoff, sie sind aber hoch zu seinem Kragen gerutscht. Unter dem Hemd kann ich seine Tattoos sehen. Die wichtigsten Momente seines Lebens festgehalten auf wunderschöner Haut.

»Alles an dir ist perfekt.« Er löst seine Stirn von meiner und sieht mir in die Augen. Moleküle tanzen in der Luft, die meinen ganzen Körper zum Beben bringen. Selbst meine Beine … in meiner Vorstellung.

»Du trägst den Himmel in deinen Augen und in deinem Namen. Bitte sag mir, was an dir nicht perfekt ist?« Seine Worte berühren mich mehr als alles andere. Alles, was er sagt, schreit nach Liebe. Schreit nach mehr als Freundschaft. Aber ein Teil von mir hat noch Angst davor, was passiert, wenn er dasselbe für mich empfindet wie ich für ihn.

Was, wenn es nicht funktionieren würde? Was, wenn wir uns trennen würden? Würde unsere Freundschaft diesen Sturz überstehen? Doch Carter hat mich früh gelehrt, der Angst keine Macht über mich zu geben, und während ich in seinen Armen liege und wir zu unseren Gefühlen tanzen, ist meine Welt wieder in Ordnung.

»Hast du auch noch mehr drauf, oder tanzt du neuerdings immer wie ein Opa?«, necke ich ihn und wische mir mit dem Handrücken die restlichen Spuren meiner Tränen fort. Carter zieht die Brauen zusammen und schenkt mir anschließend ein diabolisches Grinsen. »Na, wart's ab.« Er beginnt sich schneller zu drehen, woraufhin mir ein lautes Lachen entflieht. Ein Lachen, das echt ist. Das sich gut anfühlt. Selbst an einem schrecklichen Abend wie diesem schafft dieser Mann es, mich aufzuheitern.

»Besser so?«, fragt er mich herausfordernd und wechselt abermals die Richtung. Mit mir auf dem Arm tanzt er durch unser kleines Wohnheimzimmer. Wie zuvor und doch so anders.

Als Carter schließlich zum Stehen kommt, vergrabe ich mein Gesicht an seinem Hals und inhaliere seinen Duft. »Viel besser«, hauche ich und spüre etwas, das ich in diesem Moment nicht spüren sollte. Wie kann mich die Nähe zu einem Mann nach allem, was heute Abend passiert ist, erregen? Die Worte meiner Therapeutin schießen mir wieder in den Sinn. Man braucht jemanden, dem man zu einhundert Prozent vertrauen kann. Und ich vertraue Carter noch immer mein Leben an, immerhin hat er mich gerade in der wohl verletzlichsten Situation gesehen und ist mir nicht von der Seite gewichen.

Schluckend hebe ich den Kopf an, und als wir einander in die Augen sehen, weiß ich, dass ihn diese Nähe ebenfalls nicht kaltlässt.

»Wie wäre es mit einer Folge *Friends*?«, hauche ich und räuspere mich, weil meine Stimme viel zu verrucht dabei klingt. Carter hält mich dicht an sich gepresst und nickt.

»Gute Idee. Hast du Popcorn hier?« Er trägt mich zum Sofa, setzt mich behutsam ab und reicht mir die Fernbedienung.

»Ja, in der Schublade unter der Mikrowelle.«

Carter lässt mich auf dem Sofa zurück, und während er zur Küchenzeile hinübergeht, taxiere ich seinen Hintern unter der dunklen Jeans. *Verdammt, ich muss dringend auf andere Gedanken kommen.*

22

Carter

Als ich mit Sky auf meinem Arm getanzt habe und sie lachen musste, schien ein Knoten geplatzt zu sein. Seit ich wieder hier bin, haben wir alles darangesetzt, normal miteinander umzugehen, aber langsam müssen wir beide einsehen, dass zwischen uns nichts mehr normal ist. Wir sind nicht mehr dieselben Menschen wie vor einem halben Jahr. Vor meiner Abreise hätten wir diese Folge Friends noch mit ganz anderen Augen gesehen. Die Folge, in der sich Chandler und Monica zum ersten Mal in ihrer Affäre dazu bekennen, dass sie Gefühle füreinander haben.

Freunde, die zu Liebenden wurden.

Wie wir.

Denn wenn dieser Abend eines bestätigt hat, dann dies: Wir sind so viel mehr als beste Freunde. Und wenn Sky dachte, dass ich diese Anziehung zwischen uns beim Tanzen nicht gespürt habe, dann ist sie blind.

Sie ist gar nicht richtig bei der Sache und sucht stattdessen mein Shirt, das sie zum Schlafen angezogen hat, nach

Flusen ab. Darunter hat sie nur eine kurze, graue Wollshorts an, die ihre schmalen Beine betont. Vor einem halben Jahr noch waren ihre Beine immer durchtrainiert gewesen, weil sie das Tanzen als Sport geliebt hat, mittlerweile hat sie einiges an Muskelmasse verloren. Auch ich bekomme nichts mehr von der Folge mit, als Sky etwas dichter an mich heranrutscht und sich eine Handvoll Popcorn in den Mund schiebt.

Sie bettet ihren Kopf an meine Schulter und beginnt an dem Shirt zu zupfen, das ich trage. Sofort beschleunigt sich mein Herzschlag, weil ich daran denken muss, wie es sich angefühlt hat, als sie mir die Klamotten vom Leib riss und in meinem Bett unter mir lag.

Unter mir kam.

Vorsichtig lege ich den Arm um sie, fahre mit den Fingern über ihre Schulter, hinunter zu ihrem Ellbogen, und als ich wieder hinaufwandere, schlüpfen meine Finger unter den Stoff des weichen Shirts. Sie hat oft in meinen Shirts geschlafen, aber heute fühlt es sich so bedeutend für mich an. *Nur feste Freundinnen tragen deine Klamotten, Davis …* Wie oft haben wir schon so nebeneinandergesessen? Tausende Male. Und doch fühlt es sich wie eine Premiere an.

»Meinst du, wir sind wie sie?«, frage ich in die Leere und versuche zu verhindern, dass ich hart werde. Vergebens. Als Sky mich aus ihren perfekten blauen Augen ansieht und aufhört zu kauen, bin ich machtlos. Pochend drängt sich mein Schwanz gegen die Shorts, obwohl ich es mir nahezu verbiete, heute Nacht solche Gedanken zu denken.

»Wie wer?«

»Monica und Chandler. Meinst du, wir sind wie sie?«, konkretisiere ich meine Frage. Sky schürzt die Lippen, und als sie meinen Mund anstarrt wie eine Quelle in der trockenen Wüste, werde ich noch härter für sie.

»Ich weiß es nicht.«

Ich auch nicht.

Und das macht mich seit Monaten fertig.

»Wärst du gern wie sie?«, frage ich stattdessen. Skys unsicheres Lachen passt nicht zu der lockeren und offenen Frau, die ich seit Jahren an meiner Seite habe. Aber ich weiß auch, dass sie mit den Gefühlen überfordert ist, genau wie ich.

»Ich denke …« Sie beendet den Satz nicht, stattdessen starrt sie erneut meine Lippen an. *Gott, wie gern ich sie in diesem Augenblick küssen würde.* Seit Monaten muss ich ständig an ihren Mund denken, und jetzt ist er meinem so nah … Scheiße, ich war nie ein Mensch, der seine wahren Gedanken verbirgt. Nie jemand, der sich nicht traut, den ersten Schritt zu machen.

»Ich würde dich wirklich gern küssen, SkySky«, sage ich schließlich, weil die Worte ohnehin gleich aus mir herausgeschossen wären.

»Wieso tust du es dann nicht?« Ihr Augenaufschlag macht mich fertig. Diese langen, vollen Wimpern. Die Schatten, die sie auf ihre rosigen Wangen werfen.

»Heute Abend war …« Bevor ich den Satz beenden kann, liegt ihr Zeigefinger auf meinen Lippen und bringt mich zum Schweigen. »Nicht.« Sie schüttelt den Kopf. »Ich will diesen Männern keine Macht über mich geben, wenn ich eigentlich etwas ganz anderes will.« Sie nimmt ihren Finger langsam von meinem Mund und dann überbrücke ich die letzte Distanz zwischen unseren Mündern. Meine Lippen streicheln ihre erst sanft, und ich genieße diesen unschuldigen Kuss. Wir harmonieren perfekt miteinander, das haben wir schon am Valentinstag.

Sky schmeckt umwerfend. Sie fühlt sich umwerfend an. Alles an ihr ist umwerfend. Meine Zunge tastet sich langsam vor, und sobald sie ihre Lippen geöffnet hat, seufzt sie in meinen Armen. Mein Schwanz drückt sich noch stärker gegen den störrischen Stoff meiner Jeans, und ich kann nicht fassen, dass das hier echt ist. Wir küssen uns. Nach sechs langen Monaten schmecke ich sie wieder.

Meine Hand gleitet auf ihre nackte Schulter, und als ich mit den Fingern Richtung Schlüsselbein wandere, hält sie den Atem an. Ich taste mit der freien Hand blind nach der Fernbedienung und schalte den Fernseher aus. Ich will keine weitere Sekunde dieser Nacht mit einer Serie verschwenden, wenn mein Körper etwas ganz anderes will. Nur widerwillig löse ich mich von ihren Lippen.

»Darf ich?« Ich stehe auf und deute an, dass ich sie hochheben will. Atemlos nickt sie, und als ich sie in ihr Zimmer trage, die Lichterkette über ihrem Bett anknipse und sie aufs Bett lege, würde ich dieses Bild gern für immer mit einer Kamera einfangen. Keiner von uns sagt etwas, als ich mich zu ihr lege, mich über sie beuge und ihr in die Augen sehe.

»Wieso kann ich nicht aufhören, an unsere Nacht zu denken, SkySky?« Meine dämliche Stimme zittert, und die Nervosität, die ich empfinde, ist mir völlig neu. Ich hatte mit vielen Frauen Sex, und Sky weiß das. Aber nie wollte ich es so sehr wie in diesem Moment.

»Wieso kann ich nicht aufhören, daran zu denken, wie es sich angefühlt hat, in dir zu sein? Manchmal glaube ich, du hast mich in der Nacht entführt und auf einen fremden Planeten verschleppt. Und jetzt bin ich wieder in dieser normalen Welt, verstehst du? Scheiße, ich hasse diese normale Welt, in der du nur meine beste Freundin bist«, raune ich. Sky kann meine Härte nicht spüren, die sich fordernd gegen ihren Unterleib drückt.

»Ich bin nicht mehr die Frau, die du vor sechs Monaten zurückgelassen hast, Carter. Mein Leben hat sich verändert.« Ihr Atem rasselt, und ihr unverwechselbarer Duft macht es mir schwer, an etwas anderes zu denken als daran, in ihr zu sein.

»Aber ich kann auch nicht aufhören, daran zu denken.« Die Luft um uns brennt wie Feuer. Meine Hand wandert zum Saum ihres Shirts, und als sie den Atem anhält, halte ich inne. Seit sechs Monaten lässt sie es zum ersten Mal wirklich zu, mit mir darüber zu reden.

»Darf ich?«

Sie nickt, und ein Teil in mir wünschte, sie hätte es nicht getan. Weil ich Angst habe, wieder eine Grenze zu überschreiten. Weil ich Angst habe, nach dem emotionalen Höhenflug wieder abzustürzen. Weil ich Angst habe, dass der Aufprall in der Realität zu schmerzhaft sein wird.

Quälend langsam streife ich ihr das Shirt vom Körper, und als ich ihre schlichte Unterwäsche sehe, werde ich noch härter. Noch willenloser. Ich ziehe scharf die Luft ein, während ich Sky nun auch die dünne, graue Wollshorts abstreife. Passend zum schwarzen BH trägt sie einen dunklen Slip ohne Verzierungen.

»Ich habe mir extra die schönen Dessous gekauft, aber …« Ihre Mundwinkel zucken, und sie sieht dabei zum Anbeißen aus.

»Du bist perfekt so«, versichere ich ihr und betrachte ihren Körper im schwachen Licht. Sie muss keine Reizwäsche tragen, um mich um den Verstand zu bringen. Sky hat eine schmale Taille und eine ausladende, kurvige Hüfte, die in ein schönes Becken übergeht. Ihre helle Haut hebt sich wie Elfenbein von dem dunklen Laken ab, auf dem sie liegt. Mein Blick gleitet über ihren Bauch, hinauf zu ihren Brüsten und mündet an ihren verführerischen Schlüsselbeinen. Widerwillig lasse ich mich zur Seite gleiten, bis ich neben ihr liege. Ich weiß nicht, wie lange sie mein Gewicht auf sich tragen kann, ohne Schmerzen zu bekommen. In diesem Moment merke ich, dass ich keine Ahnung habe, wie der Sex für sie sein wird. Wird sie überhaupt noch in der Lage sein, einen Höhepunkt zu bekommen? Und wenn nein – wird es ihr trotzdem gefallen?

»Spürst du das?« Ich fahre die perfekte Linie ihres Körpers nach, wandere über ihr Becken, streiche über den Rand ihres Slips und anschließend über ihren Venushügel. Ich weiß, dass ich mehr Druck ausüben muss, damit sie mich überhaupt fühlen kann. Fast ist es, als wäre das hier mein erstes Mal mit einer Frau.

»Ein wenig, ja«, haucht sie. Ihre Unsicherheit umgibt sie wie ein Kleid, das ich ihr gern ausziehen würde, so wie diesen Hauch von Nichts, den sie trägt. Sie soll sich in meiner Nähe niemals unsicher fühlen müssen.

»Sag mir, was dir gefällt, Sky. Ich sage es nicht gern, aber ich habe keine Ahnung, ob ich es richtig mache. Hattest du seit deinem Unfall mit jemandem Sex?« *Seit ich in dir war und den Himmel schmecken konnte.* Sich auf die Unterlippe beißend, verneint sie.

»Nein. Ich hatte keinen Sex nach unserer Nacht. Und … es wird anders sein, schätze ich.« Sie holt tief Luft, und mit jedem Atemzug scheint sie nicht nur Sauerstoff, sondern auch neuen Mut zu tanken.

»Ich kann aber noch feucht werden«, entfährt es ihr seufzend, während ich meine Finger unter den Slip hake und ihn über ihre Oberschenkel abstreife. Sechs Monate sind vergangen, aber plötzlich fühle ich mich in diese eine Nacht zurückversetzt.

»Woher weißt du das?«, frage ich und wandere mit den Fingern spielerisch über ihre schönen Innenschenkel. Sie regen sich nicht, zucken nicht einmal. Es ist ein seltsames Gefühl zu wissen, dass sie meine Berührungen nur gedämpft wahrnimmt, während ich bei jeder ihrer Berührungen fast zerspringe.

»Ich habe es probiert«, gesteht sie mir leise. Ihr Blick huscht eilig zur Decke, als wäre ihr diese Tatsache peinlich. »In der Nacht hatten wir telefoniert. Ich war frustriert, weil ich nicht aufhören konnte, an dich zu denken. Also habe ich … es versucht.«

»Moment. Du hast dich berührt und dabei an mich gedacht?« Sky bejaht und hat absolut keine Ahnung, was das mit mir anstellt. Allein die Vorstellung daran könnte mich auf Knopfdruck kommen lassen.

»Scheiße, Sky.« Ich fahre über ihre Scham, hoch zu ihrem Bauch. Berühre ihr schönes Dekolleté in dem BH, der wie angegossen sitzt. Meine Wanderung endet, als ich die Hand an ihre heiße Wange lege. Sie glüht regelrecht, und auch ich spüre, dass die Temperatur im Raum mit jeder Minute zunimmt.

»Das ist das Heißeste, was ich je gehört habe.« Ich stelle mir dieses bildschöne Mädchen vor, das in diesem Bett liegt und sich beim Gedanken an mich selbst befriedigt. Wenn sie wüsste, wie oft ich an sie gedacht habe, wenn ich mir in Europa einen runtergeholt habe …

»Es ist nur die Wahrheit«, sagt sie, und ihre schneeweißen Zähne blitzen auf, weil sie mir ihr schönstes Lachen schenkt. Ein paar Sekunden genieße ich noch den Anblick, bevor ich mich wieder auf sie rolle, ihr Gesicht in meine Hände nehme und sie küsse. Unsere Lippen passen perfekt zusammen, als wären sie nur hierfür geschaffen worden. Skys Mund schmeckt nach dem süßen Popcorn, und als ich sanft an ihrer Unterlippe knabbere, stöhnt sie heiser auf. Dieses Geräusch pumpt umgehend mehr Blut in meine Lenden. Ihre Wangen glühen regelrecht, und ich genieße das Gefühl ihrer zarten Haut an meiner.

»Carter …« Ihre Hände tasten nach meinem Shirt, und sobald sie es mir ausgezogen und weggeschleudert hat, verbinden sich unsere Münder wieder. Als könnten wir es keine Sekunde ohneeinander aushalten. Ich frage mich, wie viele Küsse wir verpasst haben, weil wir nicht sehen konnten, was direkt vor uns lag. All die Jahre, in denen ich sie mein Lieblingsmädchen nannte und dabei eigentlich nur eins meinte: Du bist *mein,* Lieblingsmädchen.

Als sie anfängt, an meinen Piercings zu knabbern, wird meine Atmung heftiger. Jeder Millimeter meiner Haut will nur noch eins: Sie. Auf mir spüren. Ihre Lippen wandern über mein Kinn, küssen meine Kieferlinie, und ich bin mir sicher, dass ich noch nie so viel empfunden habe wie in diesem Augenblick.

Widerwillig löse ich mich von ihr. Mit diesem perfekten Augenaufschlag sieht sie zu mir auf, und ich verliere mich in der Unendlichkeit ihrer Augen.

Diese Frau ist meine ganze Welt.

»Du sollst wissen, wie ernst mir das ist. Du weißt, dass ich viele Frauen hatte, aber das mit dir ist anders.«

Sie nickt. Ihre Brust hebt und senkt sich schnell, genau wie meine.

»Gut. Du bist meine Sonne, Sky. Mein Universum dreht sich nur um dich.« Als Antwort zieht sie mich hungrig zu sich herab, vergräbt ihre Hände in meinem Haar und küsst mich leidenschaftlich. Mit einer Hand umfasse ich ihr Gesicht, mit der anderen wandere ich zwischen unsere Körper. Als meine Finger ihre Mitte berühren, kann ich mich kaum noch zurückhalten. Aber das hier wird kein schneller Sex. Das hier muss ich langsam angehen lassen.

Sky schließt flatternd ihre Lider, während ich ihre Schamlippen mit meinen Fingern spreize und ihre Nässe spüre.

Und wie feucht sie werden kann …

»Du bist so nass, Sky. Ich will in dir sein«, keuche ich, während ich zwei Finger in sie schiebe. Warm und weich legt sie sich um mich und treibt meine Lust auf ein mir unbekanntes Level.

»Okay«, flüstert sie benommen. Berauscht betrachte ich ihr Gesicht. Die geröteten Wangen. Die blonden Locken, die sich wie ein Fächer aus Gold auf dem Kissen verteilen.

»Okay?«

»Ja. Ich will es auch.« Und als ich sie erneut küsse und von innen massiere, weiß ich es. Wir sind nicht wie Monica und Chandler. Wir sind Sky und Carter. Die beste Kombination, die diese Welt zu bieten hat.

23

Skylar

Seine Finger liebkosen mich, und auch, wenn ich nur den Hauch einer Berührung spüren kann, lege ich stöhnend den Kopf in den Nacken. Eine Mischung aus Aufregung und Angst breitet sich in mir aus, während Carter seine Finger aus mir herausgleiten lässt. Er sieht mich an, während er seine Hand an meine Taille legt.

»Wie möchtest du liegen?«, fragt er mich, und ich finde seine Unsicherheit unfassbar süß. Mein bester Freund war nie ein unsicherer Mensch, aber heute ist es anders. Und ich bin mir sicher, dass nach dieser Nacht nichts mehr wie vorher sein wird.

»Ich glaube, seitlich ist es am besten«, wispere ich nervös. Nickend rutscht er neben mich und hilft mir, mich auf die Seite zu drehen. Carter liegt hinter mir, und ich spüre, wie ein dünner Schweißfilm meine Haut umgibt, weil mir so heiß ist. Am liebsten würde ich aufspringen und das Fenster öffnen, aber ich bin an dieses Bett und meinen besten Freund gefesselt. *Vor allem* an meinen besten Freund.

»Ich will, dass es gut für dich ist, Sky. Ich würde mir auch die ganze Nacht Zeit für dich nehmen, das sollst du wissen.« Seine weichen Finger fahren erneut über meine Silhouette, und als er den Verschluss meines BHs öffnet, flackern Erinnerungen auf. *Ich liege unter ihm, während er sich in die Matratze stützt und mir eine Strähne aus dem Gesicht schiebt. Mein ganzer Körper vibriert vor Lust.*

»Du bist schön, Skylar Campbell. Denk nie etwas anderes«, raunt er und vergräbt sein Gesicht in meinen Locken. Seine Hand streichelt meinen Bauch, und als er sie wieder zwischen meine Beine schiebt, atme ich rasselnd ein.

»Ich spüre deinen Kitzler, Sky.«

»Und ich deine Hand«, antworte ich seufzend. Wieder verliere ich mich in den Szenen, die mich seit einem halben Jahr nicht loslassen.

Carter beugt sich über mich, küsst die Stelle unterhalb meines Ohrläppchens und dringt anschließend in mich ein. Ich spüre seine Härte in mir und seinen donnernden Herzschlag, als er meine Hand auf seine Brust legt. Ich war Carter so oft nah, und doch ist es, als würde ich ihn zum ersten Mal wirklich *berühren.*

»Hast du ein Kondom?«

Ich beuge mich nach vorn, greife nach der Schublade meines Nachttisches und ziehe die kleine, schwarze Folie heraus. Carter nimmt mir das Kondom ab und legt es neben sich auf die Matratze. Sein Daumen streichelt meinen Kitzler, während ich daran denke, wie es sich angefühlt hat, auf ihm zu sein.

»Gott, Sky.« Ich gleite stöhnend auf seine Länge, und als er seine Hände an meine Taille legt, beginnt er meine Bewegungen zu kontrol-

lieren. Das Tempo, die Intensität. Und es gefällt mir, die Kontrolle an ihn abzugeben, obwohl ich auf ihm sitze. Carter lässt mich in keiner Sekunde aus den Augen, während ich meine Hände auf seine Bauchmuskeln lege und die Wärme seiner Haut an meiner genieße.

»Sag mir, wenn dir etwas wehtut.« Mein Herz explodiert beim Gedanken daran, wie liebevoll er mit mir umgeht. Ich kenne Carter besser als jeden anderen Menschen auf dieser Erde, und ich weiß auch, dass er beim Sex verdammt stürmisch sein kann. Aber heute Nacht ist er anders.

»Es ist alles gut«, versichere ich ihm, drehe meinen Oberkörper leicht in seine Richtung und sehe ihn an. »Ich will dich spüren. Jetzt.« Meine Stimme ist nicht mehr als ein dünnes Band, das innerhalb von Sekunden reißen könnte. Aber ich weiß, dass Carter zärtlich mit mir umgehen wird.

»Okay.« Seine blonden Haare hängen ihm wild in die Stirn, seine blauen Augen funkeln wie zwei Diamanten, in denen das Wasser des Ozeans gefangen ist. Er schält sich aus seinen restlichen Klamotten, und als ich das Aufreißen des kleinen Päckchens höre, schließe ich die Augen und stelle mir vor, dass ich wieder alles spüren kann. Stelle mir vor, wie ich in die Vergangenheit reise. Carter streift sich das Kondom über, und als er sich zwischen meine Beine schiebt, zittern meine Hände.

Ein leichter Druck entsteht an der Stelle meines Körpers, die früher immer am empfindlichsten war. »Ich bin in dir«, sagt er rau, und ich liebe es, dass er mir genau beschreibt, was passiert. Dass er nicht einfach nur Sex mit mir hat, sondern Liebe mit mir macht.

»Ja«, keuche ich, weil sich der leichte Druck mit den Bildern in meinen Gedanken vermischt.

In jener Nacht war es, als würde ein Feuerwerk in meiner Brust explodieren, als Carter sich in mich schob. Heute spüre ich von diesem Feuerwerk nur noch einen Bruchteil. Wenige Prozent dessen, was man beim Sex empfinden sollte. Da sind nur Funken statt Explosionen.

Tränen brennen in meinen Augen, aber ich vergrabe mein Gesicht in dem Kissen, damit Carter sie nicht sehen kann. Das Letzte, was ich will, ist, Zweifel in ihm zu schüren. An seiner Bewegung erkenne ich, dass er mich langsam nimmt. In ruhigem Rhythmus und voller Leidenschaft.

»Fuck, Sky«, murmelt er, streicht mir die Haare hinter den Rücken und beißt neckend in mein Ohr. Sobald ich seine Küsse unterhalb meines Ohrläppchens spüre, schießt eine Welle der Empfindung durch meinen Körper. Und als er meine Brust mit seinen großen Händen umfasst und sanft an meinen Brustwarzen zieht, verdoppelt sich meine Erregung. Die Tränen in meinen Augenwinkeln versiegen, weil ich etwas empfinde, das zwar ganz anders, aber genauso schön ist.

Carter liebkost meinen Hals, fährt mit der Hand über mein Schlüsselbein und streichelt meinen Bauch. Jeden Zentimeter, den er dabei berührt, spüre ich viel intensiver als sonst.

Ich spüre … anders.

»Das fühlt sich gut an«, stöhne ich leise und genieße es, sein dunkles Lachen an meinem Rücken zu spüren. Selten klang ein Lachen aus seinem Mund so attraktiv wie in dieser

Sekunde. Carter gleitet weiterhin langsam in mich hinein und aus mir heraus.

»Deine Haut ist so weich.« Seine Hand wandert Richtung Süden, und als er über meine Oberschenkel streicht, bilde ich mir ein, dass sich nichts verändert hat. Die Vergangenheit vermischt sich mit der Gegenwart. Die Erinnerung mit der jetzigen Empfindung.

»Dreh mich auf den Rücken«, sage ich leise. Carter nickt mit dunklem Blick. Der Ozean in seinen Augen sieht jetzt wie der Chrystal Beach bei Nacht aus. Mit Millionen kleinen Sternen, die auf der Wasseroberfläche gespiegelt werden. Carter dreht mich auf den Rücken, drückt mit der Hand meine Beine auseinander, sodass er sich zwischen meine Schenkel gleiten lassen kann. Er greift nach einem Kissen, hebt bestimmend mein Becken an und schiebt es unter meinen Rücken.

Ich schlinge meine Arme um seinen Hals, ziehe ihn zu mir herab und küsse ihn. Seine Zunge teilt meine Lippen, spielt mit meiner, und ich liebe es, wie richtig sich dieser Kuss anfühlt. Unsere Münder kollidieren jetzt etwas fester, und als er meine Unterlippe zwischen seine Zähne nimmt, jagt diese Geste ein Prickeln in meine Mitte. Meine Hände fahren in sein weiches, blondes Haar, und ich zerfließe unter ihm wie heißes Kerzenwachs.

Der sanfte Druck unterhalb meines Beckens zeigt mir, dass er wieder in mir ist.

Dieses Mal spüre ich … mehr.

Mehr Druck in meiner Brust. Mehr Leidenschaft in meinem Herzen. Meine Brustwarzen sind empfindlicher denn je, als würde mein Körper kompensieren, was ich mit den Beinen nicht mehr spüren kann.

»Ich liebe dich, Sky.« Seine Worte lassen den Wirbelsturm in meiner Herzregion heftiger werden, und als sich doch ein paar Tränen aus meinen Augen stehlen, sind es Tränen der Freude. Weil es sich, auch wenn es anders ist, so besonders mit ihm anfühlt.

»Hey, Sky. Ist alles in Ordnung?« Er verharrt in mir, seine Atmung geht schnell, genau wie meine. Mein Puls schnellt in die Höhe, und ich weiß, dass ich heute nicht kommen werde, aber das ist okay. Mehr als okay.

»Ja. Ich liebe dich auch, Carter. Und ich will, dass du für mich kommst.« Erneut küsse ich ihn und stöhne in seine Mundhöhle. Erst zögert er, doch als ich meine Nägel in seinen muskulösen Rücken grabe, bewegt er sich wieder in mir. Erst langsam, dann immer schneller. Heftiger. Das Kopfteil des Bettes knallt gegen die Wand, weil er an Tempo aufnimmt. Und ich genieße einfach nur dieses warme Gefühl in meiner Brust, das ich so noch nie empfunden habe. Als würde die Mittagssonne nicht nur auf meine Haut scheinen, sondern direkt in mein Herz.

Carter vergräbt sein Gesicht an meinem Hals, ich kann spüren, dass sein Körper von dünnem Schweiß überzogen ist. Und als er schließlich kommt, spüre ich das Beben seiner Schultern. Seine Lippen fahren flüchtig über meinen Hals, streifen meinen Kehlkopf und küssen anschließend die Stelle oberhalb meines Schlüsselbeines. Anschließend legt er sich auf meine Brust, und ich greife erneut in sein dichtes Haar.

Ich streichle durch seine Strähnen und könnte vor Glück tanzen.

Der Unfall hat mir vielleicht etwas Leichtigkeit genommen.

Aber er hat mir dafür etwas anderes geschenkt.

Etwas, das ich nicht in Worte fassen kann.

»Du bist nicht gekommen«, stellt er leise fest, und ich bete darum, dass er darüber nicht enttäuscht ist. *Ich bin es nicht.* Stattdessen flutet Dankbarkeit mein Herz, weil ich jetzt weiß, dass es auch mit meiner Verletzung schön sein kann, Sex zu haben. Man braucht keinen Orgasmus, um einen Höhepunkt zu haben.

»Das, was ich empfunden habe, war viel schöner.« Mein Grinsen steckt ihn an, und als Carter mich ansieht und meinen Mundwinkel küsst, zerspringt mein Herz vor Liebe. Erschöpft gleitet Carter neben mich, streift sich das Kondom ab, zieht mich an seine Brust und lässt mich seinen Herzschlag dicht an meiner Wange spüren. Jeder seiner Schläge ist so kraftvoll und voller Energie, dass ich mich in dem Rhythmus verliere.

»So viel Zeit habe ich mir noch nie für eine Frau genommen. Ich wünschte wirklich, ich wäre gut genug für dich.« Müde blicke ich zu ihm auf, fahre mit den Fingern über seine Wange und schüttle den Kopf.

»Das bist du doch.«

»Niemand ist gut genug für dich.« Dieser Schleier aus Selbstzweifeln huscht über sein Gesicht, und ich würde ihn gern für immer von ihm reißen. Carter sollte keine Zweifel haben. Nie.

»Ich bin bloß ein Kerl, der seine beste Freundin liebt, aber ihre Liebe nicht verdient hat.«

Weil ich nicht länger mitansehen kann, wie er sich selbst behandelt, ziehe ich mit meiner Hand mein Bein über seinen Schoß und stütze mich in der Matratze ab, bis ich erschöpft auf ihm liege. Carter presst mich dicht an sich, und ich ignoriere die Tatsache, dass meine Beine langsam zu schmerzen beginnen.

»Carter«, seufze ich. »Wir können nur die Liebe annehmen, von der wir glauben, dass wir sie verdienen. Du glaubst, dass du nicht gut genug bist, weil du keine Penelope in deinem Leben hattest. Aber soll ich dir etwas sagen? Dafür hast du eine Sky. Und wenn ich dir sage, dass du gut genug – und mehr als das – bist, dann glaubst du mir gefälligst!« Ich weiß, dass ich wütend klinge, aber das ist mir egal. Er soll endlich das sehen, was ich sehe, wenn ich ihm in die Augen blicke.

Schluckend betrachtet er mein Gesicht. Eine Weile herrscht Stille zwischen uns, das Einzige, was man hören kann, ist der leichte Wind draußen, der durch die Ritzen des Fensters pfeift.

»Ich sollte dir jetzt wohl nicht widersprechen, oder?«, fragt er mich, und sein Lachen lockert die Kette, die sich um mein Herz geschlungen hat.

»Solltest du nicht. Mir zu widersprechen wäre eine Straftat«, albere ich und fange an, ihn zu kitzeln. Carter war noch nie kitzelig, deshalb macht ihm das nichts aus. Er verschränkt die Arme hinter dem Kopf und sieht selbst verschwitzt nach dem Sex umwerfend aus.

»Du hast gewonnen«, grummelt er.

»Immer. Carter?« Ich zeichne Kreise über seine Brust und fahre anschließend die Linien des römischen Schriftzuges auf seinen Rippen nach. Das Datum, an dem er zu Heather und Charles kam. Der Tag, an dem er eine zweite Chance bekommen hat, auf seiner Haut verewigt.

»Ja?« Amüsiert beobachtet er, wie ich seine Tattoos umkreise.

»Ich will den Moment nicht kaputt machen, aber ich muss jetzt dringend aufs Klo, wenn ich keine Harnwegsinfektion bekommen möchte.«

»Wow«, haucht er mit funkelnden Augen und einem schelmischen Grinsen. »Das Wort Harnwegsinfektion klang noch nie so sexy wie aus deinem Mund.«

Widerwillig rolle ich von ihm herunter, und als ich mich daran erinnere, dass Carter mich ins Bett getragen hat und Holly noch im anderen Zimmer steht, sehe ich ihn aus großen Augen an. »Wenn du nicht willst, dass ich nackt zum Bad robbe, dann musst du mir helfen.«

»Okay. Aber nur unter einer Bedingung.« Er rappelt sich auf, fährt sich durch die Haare und steht auf. So, wie Gott ihn schuf. Perfekt.

»Und die wäre?« Grinsend warte ich darauf, dass er mir aufhilft.

»Die Bedingung ist, dass du heute Nacht Haut an Haut neben mir schläfst.«

24

Carter

»Charles und Heather sind gleich bei dir!« Kiki, das kleine Mädchen, das seit zwei Jahren bei den beiden in der Obhut ist, tanzt zurück ins Haus, während ich auf der alten, morschen Holzbank davor sitze.

Heathers Garten ist das reinste Blumenparadies, eine Pflanze reiht sich an die nächste. In den buntesten Farben explodieren deren Blüten und wiegen im leichten Sommerwind hin und her.

»Carter Davis! Gucke ich wirklich richtig?« Charles' warme, dunkle Stimme durchtrennt die Stille hier draußen, und als ich ihn sehe, springe ich beinahe kindlich auf, um ihn in die Arme zu nehmen.

Unsere Umarmung muss verdammt witzig aussehen, weil er zwei Köpfe kleiner als ich ist. Charles trägt eines seiner Arbeitsshirts, das voller Öl und Farbe ist, und als er zu mir aufblickt, grinst er mich stolz an. Seine Haare sind lichter geworden, seit ich ihn das letzte Mal gesehen habe.

»Du guckst richtig.« Grinsend blicken wir uns an, und als

schließlich Heather den Garten betritt, gilt meine volle Aufmerksamkeit der Frau, die vor Jahren noch das blühende Leben war und jetzt müde und abgekämpft aussieht. Von Sky weiß ich um ihren gesundheitlichen Zustand, aber dass es so schlimm ist … darauf war ich nicht vorbereitet. Ihren Kopf hat sie in ein dünnes, schwarzes Tuch gewickelt, das ihre fehlenden Haare verbirgt, ihre Augen liegen tief in ihrem Gesicht, und die Schatten darunter sind einnehmend.

Doch als sie mich sieht, leuchtet ihr Gesicht auf. Eilig renne ich zu ihr hinüber und nehme sie in meine Arme. Ihre Füße heben vom Boden ab, und ich wirble sie, so sanft es mir möglich ist, im Kreis. Der Kieselboden unter uns knirscht.

»Oh Gott.« Eine Hand liegt an ihrem Nacken, die andere an ihrem Rücken, und als ich sie wieder absetze, steht ihr der Schwindel ins Gesicht geschrieben. Ich vergrabe mein Gesicht an ihrem Hals und fühle mich innerhalb von Sekunden in meine Kindheit versetzt.

»Tut mir so, so leid, dass ich mich in den letzten Monaten so selten gemeldet habe. Ich hasse mich dafür«, flüstere ich und meine die Worte verflucht ernst.

»Hey, Carter. Alles ist gut. Du hattest schließlich viel Arbeit, nicht wahr?« Sie tätschelt mütterlich meine Wange, und als ich meine Hand an ihre lege, erschreckt mich die Kälte ihrer Haut. Obwohl es brütend heiß ist, scheint sie zu frieren.

»Ja, die hatte ich. Trotzdem …« *… hätte ich mir mehr Mühe geben müssen.*

»Kommt, wir setzen uns«, sagt Charles und deutet auf eine weitere Bank im Garten. Sie ist aus Granit und kann uns drei problemlos tragen. Wir setzen uns und genießen die Sonnenstrahlen auf unserer Haut.

»Wie ist es dir in Europa ergangen, Carter? Was hast du alles gesehen?«, fragt Heather mich aus. Mein Besuch scheint ihr augenscheinlich gutzutun. Die Blässe verschwindet und macht einem rosigen Teint Platz.

»Alles, was man sehen muss, Heath. Den Buckingham Palace, den Big Ben, das Brandenburger Tor, den Kölner Dom, das Kolosseum, den Eiffelturm …«, zähle ich nur ein paar der Sehenswürdigkeiten auf, die ich im letzten halben Jahr besucht habe. Obwohl ich erst seit Kurzem zurück bin, fühlt es sich bereits wie ein anderes Leben an.

Charles pfeift anerkennend.

»Wow. Wer hätte gedacht, dass der kleine Carter, der früher sogar Angst vor der Höhe eines Baumhauses hatte, mal um die ganze Welt fliegen würde.«

»Oh ja! Ich erinnere mich noch an einen Tag, an dem du aufs Baumhaus geklettert bist, aber partout nicht mehr runterkommen wolltest«, schwelgt Heather in ihrer Erinnerung.

»Bis Sky mich dazu überredet hat, mich mal was zu trauen«, vollende ich die Geschichte. Beide lachen herzlich beim Gedanken daran, und auch ich liebe es, in Erinnerungen zu schwelgen und hin und wieder eine längst vergessen geglaubte zu entstauben.

»Wie läuft es mit der Arbeit, Carter? Was macht dein Buch über diese Band?«, will Charles wissen, und als Heather automatisch meine Hand nimmt, presse ich ihre kalte Haut an meine warme.

»Es ist gerade im letzten Feinschliff beim Korrektor. Danach wird der Buchsatz in Angriff genommen. Erscheinen soll es im Oktober, und dann gibt es das volle Programm. Ich werde die Band auf der Tour durch die Staaten begleiten und nach dem Konzert die Bücher verkaufen und signieren. Es wird sogar eine Lesetour geben. Ganz schön aufregend, oder?«

»Du kannst stolz auf dich sein«, sagen beide gleichzeitig. Und auch wenn ich weiß, dass sie recht haben, fällt es mir wahnsinnig schwer, diesen Stolz ebenfalls aufzubringen.

»Wie geht es euch?«, lenke ich vom Thema ab. Heather schluckt schwer, setzt für mich aber gleich wieder die Gute-Laune-Maske auf. Die hat sie echt perfektioniert.

»Gerade unglaublich gut. Es ist so schön, dich zu sehen.« Sie lehnt ihren Kopf an meine Schulter, und ich erschrecke erneut, weil sie so zerbrechlich wirkt.

»Und kommt ihr mit der Arbeit noch hinterher?« Von Sky weiß ich, dass Charles in den letzten Monaten alles wie ein Profi jongliert hat, aber irgendwann wird es sicherlich selbst einem Superhelden wie ihm zu viel.

»Darüber müssen wir doch heute nicht sprechen.« Charles winkt ab, und auch Heather schüttelt den Kopf. Sie waren immer stark für mich und die anderen Kinder, aber jeder Blinde würde sehen, wie erschöpft sie sind.

»Wir kriegen das gemeinsam hin. Wie immer«, sage ich entschlossen, auch wenn ich noch keine Ahnung habe, wie ich ihnen helfen soll. Ich kenne mich nicht mit der Pflege von Kindern aus, und alles, was ich ihnen anbieten kann, ist meine handwerkliche Hilfe. Und so wie ich Charles kenne, hat er sich bereits um alles gekümmert.

»Wie immer«, wiederholt Heather müde. Man merkt, dass sie selbst das bloße Sitzen in der Sonne auslaugt. Früher ist sie den Kindern immer in Windeseile hinterhergerannt, heute sieht es aus, als könnte sie kaum aufstehen. Ich hasse es. Ich hasse dieses Schicksal. Und in diesem Moment wünschte ich, Sky hätte mich hierherbegleitet, weil ich keine Ahnung habe, wie ich mich verhalten soll, ohne in Tränen auszubrechen. Sie wüsste genau, was zu tun ist. Beim Gedanken an sie und die letzten vier Tage, in denen wir ihr Wohnheim so gut wie nicht verlassen haben, wird die Schwere in meiner Brust etwas leichter.

Heather legt ihre zierliche Hand in meine, und je länger wir so beisammensitzen, desto nervöser werde ich. Weil diese beiden Menschen meine Eltern sind und ich ein Geheimnis mit mir herumtrage, das gigantischer ist als der Mount Everest.

»Dir brennt doch etwas auf dem Herzen, mein Schatz.« Meine Pflegemutter greift nach meinem Kinn und dreht meinen Kopf in ihre Richtung. Fuck, wenn sie mich so forsch ansieht, kann ich nicht standhaft bleiben.

»Du hast wirklich einen siebten Sinn für so was, oder?«, scherze ich und verdrehe anschließend die Augen. Mein linker Mundwinkel zuckt, weil die beiden vor Neugier nahezu an meinen Lippen hängen.

»Nun spuck es schon aus!«, drängt Heather.

»Skylar und ich … ich glaube, wir sind nicht nur Freunde. Nicht mehr.« Ich schließe die Augen, als könnte ich mich so in Luft auflösen. Scheiße, ich habe keine Ahnung, wie die beiden auf diese urplötzliche Verkündung reagieren werden.

»Oh mein Gott!« Jetzt wirft Heather sich in meine Arme. Sie duftet wie damals – nach Rosengeranie und Lavendel. Nach meinem Zuhause. »Ich wusste es!«, schnieft sie an meiner Brust und presst mich fest an sich. Charles klopft mir stolz auf die Schulter.

»Es wurde ja auch Zeit, dass ihr das einseht. Ihr beide wart schon immer füreinander bestimmt. Seit dem Augenblick, in dem du Sky dazu überredet hast, eine Armee an Einhornkeksen zu backen.« Beide strahlen mit der Sonne um die Wette.

»Ich habe sie nur aus der Reserve gelockt …«

»Nein. Du hast so viel mehr für sie getan. Durch dich ist sie zu dieser bezaubernden, mutigen Frau geworden, Carter.« Noch immer kämpft Heather mit den Tränen und fasst sich ans Herz.

»Das hat sie ganz allein geschafft, Leute«, widerspreche ich. »Ich habe ihr höchstens einen kleinen Schubs in die richtige Richtung gegeben.«

»Ich kann es gar nicht glauben. Wie lange wünschen wir uns das jetzt schon beim lieben Herrn?« Heather blickt in den wolkenlosen, blauen Himmel. Charles lacht aus vollem Herzen. »Quasi schon immer. Wir freuen uns wirklich für euch.« Heathers Euphorie verwandelt sich urplötzlich in eine tonnenschwere Trägheit. Ihre Augen fallen beinahe zu, so als hätten ihr meine Neuigkeiten die letzte Kraft entzogen. *Du musst stark bleiben. Für uns. Für Charles. Für dich. Für diese Welt. Diese Welt braucht starke Herzen.*

»Hey, ist alles okay, mein Liebling?« Besorgt legt Charles den Arm um seine Frau. »Ja, ja. Ich bin nur … erschöpft.«

»Ich denke, wir sollten reingehen. Ist es okay für dich, wenn du ein anderes Mal wiederkommst? Vielleicht ja mit Sky zusammen?«

»Auf jeden Fall«, antworte ich gut gelaunt, obwohl es mir beschissen geht, wenn ich Heather so sehe. Sie gehört zu den besten Engeln auf dieser Welt. Als ich sie erneut in meine Arme ziehe, schließe ich die Augen und halte die Tränen zurück. Die Sonne scheint stark auf unsere Köpfe, und als ich in den weiten Himmel blicke, tue ich zum ersten Mal etwas, das ich sonst nie gemacht habe. Ich bete. Für die Frau in meinen Armen. Für den Mann neben uns, der diese Frau aus tiefster Seele liebt. Für ihr schwaches Herz, das einst so stark war.

Halte durch.

Halte einfach durch, verdammt.

25

Carter

In den letzten Tagen hat Sky ihre Verpflichtungen etwas schleifen lassen und etliche Kurse verpasst, weshalb ich heute Morgen darauf bestanden habe, dass sie wieder zur Uni geht. Nach ihrem Stundenplan müsste sie inzwischen zurück sein, und ich kann es kaum erwarten, sie wieder zu spüren. Am liebsten würde ich den Rest des Tages mit ihr im Bett verbringen, uns von Joe – dem Pizzaboten, der unsere Bestellungen inzwischen auswendig kennt – beliefern lassen und die Wirklichkeit noch für ein paar weitere Tage ausschalten.

Doch als ich Skys Wohnzimmer betrete, löst sich mein Wunsch von einem Tag im Bett in Wohlgefallen auf. Sky sitzt in ihrem Rollstuhl neben dem Fernseher und sie starrt eine andere Person im Raum an, die auf dem Sofa sitzt. Moment Mal?

»M-Megan?« Perplex blicke ich Isaacs Schwester an, die nervös an ihren künstlichen Fingernägeln knabbert. »Was machst du denn hier?« Die Band hält sich immer noch in Texas auf, um ein paar Locations für eine künftige Tour abzuklappern, aber seit unserem Abend in der Disco habe ich nichts mehr von Megan oder den Jungs gehört.

»Ich wollte mit dir sprechen, Cowboy.« Unsere Blicke treffen sich, und dort, wo immer ein gewisser Schalk in ihren Augen lag, ist jetzt etwas anderes. Seitdem ich sie kenne, war Megan noch nie so angespannt und nervös, nicht einmal vor einem der Bandevents.

Sie steht vom Sofa auf und geht auf mich zu. Megan trägt einen ziemlich dicken schwarzen Pulli, eine helle Stoffhose und beige Ballerinas. Vor ihrer Brust umklammert sie eine kleine, schwarze Handtasche.

»Ich hoffe, es ist okay, dass ich hier einfach so reinplatze und die Studenten auf dem Gang nach deiner Wohnung gefragt habe, Sky.«

Sie wirft meiner Freundin einen entschuldigenden Blick zu.

»Aber das hier kann leider nicht warten.«

Scheiße, was ist passiert? Eins steht fest: So neben der Spur war Megan in den letzten Wochen nie, wenn wir uns gesehen haben, und das macht mich verdammt nervös.

»Hey, Meg. Was ist denn los? Ist irgendetwas passiert?« In ihren braunen Augen schimmern Tränen, und ich nehme sie freundschaftlich in den Arm. Megan vergräbt ihr Gesicht an meiner Brust und krallt ihre Nägel in mein Shirt. Ich spüre Skys Blicke auf uns, und ich kann mir vorstellen, wie unwohl sie sich gerade fühlt.

»Wollen wir vielleicht kurz raus auf den Campus gehen, um zu reden?«, schlage ich Megan vor, aber sie schüttelt nur den Kopf. »Das, was ich dir sagen will, möchte ich dir lieber unter vier Augen sagen und nicht da draußen zwischen den ganzen Kids.«

Ich werfe Sky einen bittenden Blick zu, den sie sofort richtig zu verstehen scheint. Schmallippig nickt sie, löst die Bremse an ihrem Rollstuhl und deutet zur Tür.

»Ich lass euch mal allein.«

Dankbar lächle ich sie an, und sobald Sky die Tür hinter sich ins Schloss gezogen hat, schiebe ich Megan zum Sofa, drücke sie ins Polster und gehe vor ihr in die Hocke.

»Also, was ist los, hm? Hattest du Streit mit Isaac?« Die beiden lieben sich wie leibliche Geschwister, aber hin und wieder geraten sie heftig aneinander. Megan schüttelt erneut den Kopf, und nach kurzem Zögern öffnet sie ihre Handtasche und kramt darin. Als sie ein Stück Papier herauszieht, bleibt mir das Herz stehen. Ich muss es nicht in der Hand halten, um zu wissen, was der weiße Punkt auf dem schwarzen Untergrund bedeutet. Passiert das gerade wirklich?

Meine Kehle wird eng, als Megan sich die Wangen mit den Handrücken abwischt und mir das Foto hinhält. Mit zitternden Fingern greife ich danach und bin mir im selben Moment sicher, gleich aus den Latschen zu kippen.

»Ich war vorgestern beim Arzt, weil mir immer so kotzübel war«, schnieft sie und deutet auf das Ultraschallbild in meiner Hand, das vor meinen Augen immer mehr verschwimmt. Scheiße, heule ich gleich etwa? Das hier bringt mich vollkommen aus dem Konzept, und ich frage mich, ob ich bloß träume und gleich schweißgebadet aufwache.

»Wie ist das möglich, Meg?«, frage ich schluckend. Sie

streicht eine verirrte Strähne hinter das Ohr und wischt erneut – dieses Mal mit dem Ärmel des Pullis – über ihre Wangen.

»Vermutlich ein kaputtes Kondom?«

»Wir haben doch aufgepasst, außerdem …« Fuck, das hier ist ein Scherz, oder? Ich bin nicht bereit für ein Baby, außerdem haben Sky und ich gerade erst zueinandergefunden. *Sky*. Ob sie in ihrem Zimmer hören kann, was wir bereden?

» … außerdem hatten wir nur einmal Sex.« Natürlich weiß ich, dass eine verheißungsvolle Nacht reichen kann, aber wie hoch stehen die Chancen? Und doch zweifle ich nicht eine Sekunde daran, dass ich der Vater sein könnte. Megan würde mich nicht anlügen, und wenn sie mit einem anderen im Bett gewesen wäre, hätte sie es längst gesagt.

»Ich weiß, das ist gerade echt nicht leicht. Für mich auch nicht. Aber du solltest es von mir persönlich erfahren und nicht per SMS oder am Telefon.«

Ich verliere mich in dem Anblick dieses kleinen Babys auf der Schwarz-Weiß-Aufnahme und bekomme meinen Herzschlag kaum unter Kontrolle. Als ich heute Morgen wach wurde, dachte ich noch, dass mein Tag nur wegen des Besuchs bei Heather und Charles emotional aufwühlend werden würde, aber das hier? Das hier setzt allem die Krone auf.

»Ich sag dir gleich, dass ich es behalten werde, Cowboy«, sagt Megan traurig. »Auch wenn das ganz und gar nicht in meine Planung passt. Für mich kam Abtreiben nie infrage …«

»Okay«, erwidere ich zügig. Die Tränen brennen noch

immer in meinen Augen, aber ich meine es todernst. Ich bin kein Kerl, der davonläuft, wenn es schwierig wird. Und ich muss dafür genauso die Verantwortung tragen wie Megan.

»Okay«, wiederholt sie. Ihre Mundwinkel zucken, während sich meine Stirn langsam glättet.

»Ich würde nie von dir verlangen, dass du das tust. Und ich würde es auch nicht wollen. Wir kriegen das hin. Irgendwie. Auch wenn ich keine Ahnung habe, wie. Vermutlich brauche ich erst einmal einen Drink.«

»Den könnte ich auch gebrauchen, aber ich darf nicht mehr. Wenn du anstößt, dann denk an mich.« Sie schenkt mir ein mattes Lächeln.

»Mach ich, Meg.« Ich greife nach ihrer Hand und drücke sie fest, um ihr zu zeigen, dass sie nicht allein ist. Ihre Tränen sind inzwischen versiegt, und als ihr Blick zu Skys Zimmertür geht, schlingt sich eine eiserne Faust um mein Herz. Was wird aus Sky und mir, wenn sie es erfährt? An meinen Gefühlen für sie wird sich niemals etwas ändern, aber sieht sie es genauso?

»Ich lass euch jetzt mal wieder allein, Cowboy. Denke, ihr habt einiges zu bereden.« Megan steht auf, drückt mir einen Kuss auf die Wange und steuert die Tür an. Sobald sie das Wohnheimzimmer verlassen hat, setze ich mich auf den Platz, auf dem sie eben noch saß. *Die Mutter meines Kindes.* Wie zur Hölle soll ich das jemals in meinen verdammten Kopf bekommen? Das Ultraschallbild liegt noch immer in meiner Hand, und ich muss es unentwegt anstarren.

Ich bin so in Gedanken versunken, dass ich nur vage mitbekomme, wie Sky die Tür öffnet und zurück ins Zimmer kommt. Ein Blick in ihr Gesicht und ich erkenne sofort, dass sie geweint hat.

»Ich wollte nicht lauschen, aber …«

»Schon okay«, sage ich liebevoll und fahre mir mit der freien Hand übers Gesicht.

»Ich weiß nicht, was ich sagen soll, Sky.« Ich stehe auf und gehe zu ihr hinüber. Ihre Aufmerksamkeit gilt dem Bild in meiner Hand. »Darf ich es sehen?«

Nickend reiche ich ihr das Foto und versuche, jede Regung in ihrem Gesicht zu analysieren, während sie das Ultraschallbild ansieht. Ich weiß, dass Sky schon immer eines Tages Mutter sein wollte, aber das hier ist sicher das genaue Gegenteil von dem, was sie sich gewünscht hat.

»Das ist … echt verrückt.« Sie zieht die Brauen zusammen und schluckt schwer, aber Sekunden später schenkt sie mir dennoch dieses typische Sky-Lächeln. Auch wenn ich weiß, dass sie sich Mühe geben muss, nicht zusammenzubrechen. Genau wie ich.

»Ich weiß nicht, ob ich lachen oder heulen soll, SkySky. Ein Kind? Ich? Als Vater?«

»Du wirst ein toller Vater, das habe ich dir schon immer gesagt«, versucht sie, mich zu bestärken.

»Ich bin mir da nicht so sicher.« Skeptisch sehe ich sie an. »Wie geht es dir damit? Ich kann mir vorstellen, dass das für dich ein Schock sein muss.« Und das ist noch harmlos ausgedrückt.

»Nicht mehr als für dich«, erwidert sie. »Aber es ist schön, wenn ihr das wollt.«

»Denk ja nicht, dass es etwas an uns ändern wird, Sky«,

sage ich mit Nachdruck in der Stimme. Und ich hoffe, dass sie mir glaubt. »Das hier …«, ich nehme das Ultraschallbild wieder an mich und halte es hoch, » … ändert nichts zwischen uns. Das musst du wissen. Gar. Nichts. Zwischen mir und Megan ist einmal was in Europa gelaufen, danach nie wieder.«

»Okay«, wispert sie wenig erleichtert.

»Okay«, wiederhole ich grinsend, aber ich bin mir sicher, dass das Lächeln meine Augen nicht erreicht. »Ich glaube, ich muss den Kopf jetzt ein bisschen freibekommen. Willst du mitfahren?« Ich hauche ihr einen Kuss auf den Mund, schiebe das Foto in die Arschtasche meiner Jeans und stehe auf. Eine Fahrt auf dem Bike ist jetzt genau das Richtige.

»Fahr ruhig allein, Carter. Ich muss noch etwas für die Uni machen«, sagt Sky und versucht dabei möglichst neutral zu klingen. Aber mir kann sie nichts vormachen, ich weiß, wie düster es gerade in ihrem Kopf aussieht. Und ich wünschte, ich könnte ihr helfen, aber dafür muss ich selbst erst mal klarkommen.

»Okay, SkySky. Ich komme nach der Tour sofort wieder.« Mit diesen Worten verlasse ich das Zimmer und kann erst wieder durchatmen, als ich an der frischen Luft bin. *Ich werde Vater.* Und Scheiße, ich weiß überhaupt nicht, wie das geht …

26

Skylar

Vergangenheit

Eine gefühlte Ewigkeit saß ich schon am Fenster in meinem Zimmer und starrte in die Auffahrt, aber von Owens ach so schickem Ford Mustang fehlte noch immer jede Spur. Mein Valentinsdate sollte mich vor zwei Stunden von zu Hause abholen, aber … nichts. Kein Entschuldigungsanruf, keine Erklärungs-SMS, gar nichts. In mir brodelte die Enttäuschung, und ich konnte nicht fassen, dass ich tatsächlich glaubte, dieses Date würde wirklich stattfinden. Ich hatte meine letzten Ersparnisse für dieses Schickimicki-Kleid ausgegeben und mich in unbequeme Pumps gezwängt. Nur, um sitzen gelassen zu werden? Und das ausgerechnet an Carters letztem Abend vor der Abreise nach Europa? Es klopfte an meiner Tür, und als Mom hereinkam, ließ ich vom Fenster ab, sank aufs Bett und schlüpfte aus den schrecklichen Schuhen. Dann kickte ich sie wütend zur Seite.

»Hey, meine Süße. Immer noch kein Owen in Sicht?«

»Siehst du ihn irgendwo?«, fragte ich und hob die Bettdecke prüfend an. Anschließend sah ich auch unter den Kissen nach. »Owen? Bist du hier?« Ich feuerte die Kissen wieder an ihren Platz. »Also hier ist er nicht.«

»Wenn dieser Mann dich versetzt und es nicht einmal für nötig hält, dir Bescheid zu sagen, dann ist er ein Idiot. Du siehst bezaubernd aus, Sky.« Mom setzte sich neben mich und zog mich in ihre Arme. Ich ließ die Umarmung zu, aber im selben Moment stiegen Tränen in meine Augen. Nicht, weil ich versetzt wurde, sondern weil ich meine letzte Möglichkeit auf Zeit mit meinem besten Freund damit verbracht hatte, am Fenster zu hocken und Löcher in die Auffahrt zu brennen.

»Er ist morgen früh weg, Mom«, schniefte ich und wischte mir die Augenwinkel trocken. »Sechs Monate! Wie soll ich das aushalten?«

»Ah.« Penelope tätschelte meine Wange, und ich hörte das Lächeln in ihrer warmen, mütterlichen Stimme. »Daher rührt der Wind also. Wieso fährst du nicht noch zu ihm?«

Schluckend löste ich mich von meiner Mom, und als sie mir zuzwinkerte, durchspülte mich ein unbändiger Tatendrang.

»Du hast recht. Owen ist es nicht wert, dass ich hier sitze und Däumchen drehe.« Ich angelte mein Handy vom Nachttisch und entdeckte eine Nachricht von Carter. Keine von Owen. Natürlich nicht.

Sag mir später, wie dein Date lief, SkySky.

Ich antwortete ihm, dass ich ihn sehen wollte, ohne auf

seine Bitte einzugehen. Sekunden später schrieb er mir bereits, dass er zu Hause war und auf mich wartete.

»Ich fahre jetzt zu ihm. Danke, Mom!« Eilig sprang ich vom Bett, raste zur Haustür und schnappte mir die erstbesten Turnschuhe, die ich zu fassen bekam. Sobald ich hineingeschlüpft war, riss ich die Tür auf und ging nach draußen. Mom war mir inzwischen gefolgt. Sie trug bereits ihren seidenen Kimono und war vermutlich schon auf dem Weg ins Bett gewesen.

»In dem Kleid? Willst du dir nicht etwas Bequemeres anziehen?« Meine Mutter wollte mich mit einer wilden Gestik wieder hineinscheuchen, aber ich machte mich bereits auf den Weg zur Garage, um mein Fahrrad rauszuholen.

»Ich behalte es einfach an. Keine große Sache, Mom. Es ist schließlich Valentinstag. Sicherlich bin ich nicht die Einzige, die heute Nacht in einem schicken und viel zu teuren Cocktailkleid auf einem Drahtesel umherfährt.«

»Ich glaube, dass du sehr wohl die Einzige sein wirst«, argumentierte sie lachend.

»Hast recht. Aber ich bin gern ein Unikat. Vor Mitternacht bin ich sicher wieder zurück. Carter muss ja schlafen.«

»Der war gut!«, rief sie mir hinterher. Mom wusste auch, dass mein bester Freund selten früher als drei Uhr ins Bett ging. »Fahr vorsichtig, mein Schatz!«

»Mach ich, Mom.« Ich schob das Tor der Garage hoch, schaltete das Licht an und befreite das rostige Fahrrad aus dem ganzen Kram, der sich hier stapelte. Kisten mit altem Geschirr, Farbeimer, die niemand mehr brauchte, Carters Werkzeuge, mit denen wir immer die Bikes reparierten. Sobald ich auf das Fahrrad stieg und sich die ersten Leute grinsend zu mir umsahen, musste ich ebenfalls lächeln. Vielleicht endete der Abend ja doch nicht in einem Desaster.

• • •

»Whoa, SkySky. So bist du mit dem Fahrrad hergekommen?« Carter zog mich lachend in seine Wohnung, knipste das Licht an und drehte mich einmal im Kreis, als würden wir tanzen. Geschockt betrachtete er mein Outfit, und als ihm ein anerkennender Pfiff entfloh, machte ich einen adeligen Knicks.

»Frag nicht«, erwiderte ich augenrollend.

»Oh doch. Und wie ich frage. Wieso fährst du in diesem scharfen Teil mit einem klapperigen Fahrrad? Das Outfit schreit eher nach Limo.« Carter hatte recht, das Kleid, das ich mir extra für dieses Date mit Owen gekauft hatte, war eindeutig zu sexy für einen Ausritt auf dem Drahtesel. Es war trägerlos, hatte einen gewagten Rückenausschnitt und umspielte mit dem seidigen Stoff meine Kurven. Meine Brüste wurden durch den integrierten Push-up leicht in Form gepresst und zauberten mir ein perfektes Dekolleté. Damit wollte ich Owen nicht beeindrucken, ich liebte es einfach hin und wieder, mich in Schale zu werfen. Wer sagte auch, dass eine Frau sich immer nur für einen Kerl herausputzen musste? Wenn ich Lust darauf hatte, konnte ich mir auch Strapse kaufen und damit durch mein Zimmer im Wohnheim stolzieren, einfach, weil ich es konnte.

»Komm rein. Ich hab schon Popcorn in der Mikrowelle.

Aber bevor du es essen darfst, musst du mir verraten, wieso du an einem Valentinstag vor Mitternacht hier bist, anstatt mit diesem geheimnisvollen Owen Spaß zu haben.«

»Oh, er ist nicht geheimnisvoll, sondern ein Arsch.« Ich stolperte über ein paar Klamotten am Boden, zog die Turnschuhe aus und ging in Carters Wohnzimmer. Es war eine typische Junggesellenbude mit dreckigem Geschirr, etwas zu viel Staub auf den Möbeln und Sachen am Boden, die eigentlich in die Wäsche gehörten. Während Carter zur Mikrowelle der offenen Küche ging, sammelte ich ein paar seiner Sachen auf und stapelte sie auf dem grauen Sofa. Mehr als einmal hatte ich darauf übernachtet, wenn wir wieder einmal die Zeit vergessen hatten und ich nicht mehr nach Hause wollte, weil mir die Augen zufielen. Die schwarze Wolldecke, die Carter immer über mich legte, lag unordentlich auf der Lehne und war mir mittlerweile richtig ans Herz gewachsen.

»Nun spuck schon aus, SkySky. Ich hatte heute nicht mehr damit gerechnet, dich zu sehen. Aber ich freue mich.« Er warf mir ein spektakuläres Grinsen zu, das das Chaos in der Bude wieder wettmachte. Dieses Megawattlächeln, das innerhalb von Sekunden die ganze Nacht erhellen konnte.

»Ich wollte dich noch mal sehen. Ja, ich weiß, wir haben uns eigentlich gestern schon verabschiedet, aber ich hätte es mir nie verziehen, wenn ich nicht noch mal die letzte Chance genutzt hätte. Hast du schon deine Koffer fertig gepackt?«, lenkte ich vom Thema ab. Ich wollte weder mit Mom noch mit Carter über den Abend reden, ich wollte die letzten Stunden sinnvoll füllen. Dieses Nicht-Date gehörte nicht dazu.

»Ja, so weit schon. Meine Taschen stehen im Schlafzimmer. Kaum zu glauben, dass ich das echt durchziehe.« Das Popcorn glitt in die große, schwarze Schüssel, die Carter in der Hand hielt. Er trug ein schwarzes Shirt und eine Jogginghose, die ich mir schon öfter ausgeliehen hatte.

»Ich kann es auch noch nicht fassen. Sechs Monate in Europa. Das wird wohl das Coolste sein, was du je tun wirst. Aber eins musst du mir versprechen.« Nachdem ich alle Klamotten vom Boden gefischt hatte, ging ich auf die Küche zu. Carter streute etwas Extra-Zucker in die Schüssel und drehte sie, damit er sich darin verteilen konnte.

»Und das wäre?«, hakte er neugierig nach.

»Dass du in einem Stück zurückkommst. Heile. Ohne irgendwelche Narben, die du dir auf einem der Konzerte zugezogen hast. Nimm keine von diesen stylischen Partydrogen, auch wenn die Leute von der Band das machen. Ach ja – und benutz immer ein Gummi, und achte darauf, dass es nicht abgelaufen ist. Du weißt doch, was man sagt. Was ist ein Kondom mit Loch?«

»Eine Kinderüberraschung«, beendete er den Witz und stützte sich mit den Armen auf der Küchenplatte ab. Seine Unterarme waren von Adern überzogen, und seine Sehnen stachen leicht hervor.

»Jackpot. Eine Kinderüberraschung!« Mit dem Zeigefinger deutete ich auf ihn, als würde ich ihm damit wie mit einem Messer drohen. Abwehrend hob er die Hände hoch.

»Ich denke, ich habe es kapiert, SkySky. Keine klaffenden Wunden, kein MDMA und keine kaputten Kondome. Das war aber mehr als eine Voraussetzung«, sagte er schmunzelnd. Er kam zu mir herüber, griff in die Schüssel und warf ein Popcorn in meine Richtung. Wir waren Profis darin, deshalb fing ich es ohne Probleme mit dem Mund. Süß legte sich der Geschmack um meine Zunge und ließ mich aufstöhnen.

»Aber jetzt genug von mir. Was ist passiert? Mit Owen, meine ich.«

»Long story short: Er hat mich sitzen lassen.«

Ich hüpfte auf die kleine Kochinsel hinauf, langte in die Popcornschüssel und schob mir eine Handvoll in den Mund.

»Fuck, was? Muss ich ihn verprügeln, bevor ich abreise?« Aufgrund seines Vorschlages runzelte ich die Stirn. Carter verstand sofort, dass sein Vorschlag alles andere als angebracht war. »Okay, dummer Vorschlag. Ich kann ihm auch einen liebevoll gemeinten Drohbrief schreiben.«

Mit vollem Mund schüttelte ich den Kopf, obwohl mir der Vorschlag schon besser gefiel.

»Weder noch. Aber du könntest mir versichern, dass ich nicht so sterbenslangweilig bin, wie ich mich gerade fühle«, schmollte ich, riss die Schüssel gänzlich an mich und schaufelte mir eine neue Portion in den Mund.

»Moment. Du glaubst doch nicht ernsthaft, dass der Idiot dich sitzen gelassen hat, weil du ihm zu langweilig bist?« Carters Stimme wurde dunkler und nahezu bedrohlich. Er hasste es, wenn mich jemand beleidigte. Auch, wenn ich selbst dieser Jemand war.

»Irgendwie schon …«, stotterte ich.

Er stellte sich neben mich, lehnte sich gegen die Kochinsel und sah zu mir herüber. Die Schüssel stand mittlerweile auf meinem Schoß, und das Popcorn krümelte mein Kleid voll. Vermutlich würde ich die Fettflecken nicht mal mehr in der Wäscherei herausbekommen, und ich konnte das Teil direkt in den Müll schmeißen. Wunderbar. Einhundertachtzig Dollar für die Katz.

»Du hast dich einmal während der Fahrt auf einem Motorrad auf den Sitz gestellt und dreißig Sekunden das Gleichgewicht gehalten. Abgesehen davon, dass du verdammt gut tanzen kannst, kannst du auch wahnsinnig gut mit Menschen umgehen, selbst mit den schwierigen. Du hast dich in das Haus dieses Typen geschlichen, um den kleinen Beagle zu retten, weil du wusstest, dass der Hund dort nicht gut behandelt wird.«

Mein bester Freund redete sich in Rage, und ich hörte ihm geduldig zu, weil ich Beweise dafür haben wollte, dass ich nicht langweilig war.

»Audio hatte ein besseres Leben verdient als das bei diesem Scheusal. Und die Frau, die ihn danach bekommen hat, liebte den kleinen Kerl abgöttisch.«

»Siehst du.« Carter nahm die Schüssel von meinem Schoß, schob sie auf den Herd hinter uns und stellte sich direkt vor mich. »Du bist nicht langweilig, Sky. Du bist alles andere als das. Und ein Kerl, der das nicht sieht, hat nicht nur den IQ eines Koalas, sondern ist auch blind auf beiden Augen. Dich sollte jeder Kerl auf Händen tragen. Und zwar dein ganzes Leben lang.«

Seine Augen sahen direkt in meine, und auch wenn wir uns oft so intensiv ansahen, war es heute anders. Ich ertrank förmlich in dem Blau seiner Iriden, und mein Mund wurde bei diesem Anblick ganz trocken. Carter hatte wahnsinnig schöne Augen, das wusste ich. Aber heute wirkten sie noch schöner als sonst. Er legte seine Hände an meine Wangen, und als seine Finger sanft über meine Haut fuhren, hielt ich den Atem an.

Mein Herz machte einen Satz, und ich fragte mich, was hier eigentlich passierte. Carter berührte mich oft auf diese Weise, wieso klopfte mein Herz auf einmal so laut, als würde ein Drummer auf sein Schlagzeug hämmern?

»Du solltest Liebesromane schreiben, weißt du das?«, neckte ich ihn, spürte aber, dass es nicht so scherzend rüberkam, wie ich es beabsichtigt hatte. Mein Puls wurde schneller, und ich musste den Kloß herunterschlucken, der sich in meiner Kehle bildete. Carters Hände verweilten noch einen Moment auf meinen Wangen, und als er sie sinken ließ und stattdessen meine Hände in seine nahm, schürzte ich die Lippen.

»Liebesromane sind nicht mein Ding«, lockerte er die Stimmung auf, aber auch Carter wirkte nicht mehr so gelassen, wie er es sonst immer in meiner Nähe war. Sein Daumen strich langsam über meinen Handrücken, und ich blieb mit meinem Blick an den beiden Piercings unter seinen Lippen hängen. Sie glitzerten verführerisch im Licht der Lampe über uns.

»Danke«, flüsterte ich. »Danke für die ganzen netten Worte. Es war heute einfach nicht mein Tag.«

»Wegen des geplatzten Dates? Oder ist da noch etwas anderes?«, hakte Carter einfühlsam nach. Ich liebte es, dass er innerhalb von Sekunden von Humor auf Mitgefühl umsteigen konnte. Nur die wenigsten Menschen, die ich kannte, waren dazu in der Lage.

»Weil du morgen weg bist natürlich? Frag doch nicht so blöd …« Ich ließ den Blick sinken, und als ich sah, dass sich sein Brustkorb heftig hob und senkte, fragte ich mich, ob er vielleicht dasselbe empfand wie ich. Die Luft um uns herum schien zu glühen, genau wie mein Körper unter dem Seidenstoff.

»Du siehst übrigens umwerfend in diesem Kleid aus, SkySky«, raunte er und ließ seinen Blick über mich gleiten. Jede Stelle, die seine Augen scannte, kribbelte. In den letzten fünfzehn Jahren hatte ich in Carter immer nur meinen besten Freund gesehen, doch heute … heute war etwas anders.

»Danke«, flüsterte ich und spürte, wie das Blut in meine Wangen schoss. »Kannst du mich nicht mitnehmen? Nach Europa, meine ich? Ich will nicht hierbleiben ohne dich.« Mir stiegen Tränen in die Augen, und ich war froh, dass ich sie nicht wegen Owen vergoss, sondern wegen Carter. Owen hatte keine Tränen verdient, der Mann vor mir schon. Seine Hände packten meine noch fester, und als er mich leicht an sich zog, lag meine Stirn plötzlich auf seiner. Wir waren einander so nah, dass ich seinen Atem spüren konnte. Er roch nach Popcorn und seinem Parfum, das ich so liebte. Jeder Mann auf dieser Welt sollte wie Carter Davis riechen.

»Glaub mir, ich würde dich liebend gern in meine Tasche stecken und mitnehmen. Klar, die Tour durch Europa wird cool, aber ohne dich? Das ist scheiße«, hauchte er, und sein Atem jagte eine Gänsehaut über meinen Körper. Plötzlich fühlte ich mich in diesem schicken Kleid viel zu nackt und gleichzeitig noch viel zu angezogen.

Ich schloss die Augen und versuchte, die Bilder aus meinem Gehirn zu verbannen. Davon, wie es wohl wäre, wenn Carter mich noch dichter an sich ziehen würde, mich auf die Kochinsel drücken und sich über mich beugen würde. Davon, wie seine warmen Hände über meine Schenkel streichen und mein Kleid nach oben schieben würden.

»Sky?« Seine Frage riss mich aus dem Film heraus, und als ich die Augen wieder öffnete, waren sich unsere Münder plötzlich noch näher.

»Ich werde dich vermissen«, seufzte ich und spürte, wie ein Prickeln zwischen meinen Beinen entstand. Ich presste die Beine fester zusammen, atmete heftig ein und aus. Meine Hände glitten vorsichtig über das Shirt, das Carter trug, und als ich seine definierten Brustmuskeln unter meinen Fingern zucken spürte, biss ich mir auf die Unterlippe. Ich fühlte unter seinem Shirt den Anhänger der Kette, die er schon immer trug.

Carters Atem ging pressend, und ich spürte, dass er alles daransetzte, sich zusammenzureißen. Er wusste, dass wir kurz davorstanden, einen gigantischen Fehler zu begehen. Den wohl größten überhaupt …

»Sky, ich …«

Sein Duft vernebelte meine Sinne und machte es mir unmöglich, klar zu denken. Meine Hände lagen mittlerweile auf seinen Schultern und wanderten in seinen Nacken, wo ich mit den Fingern Kreise über seine nackte Haut zog. Mittlerweile hatte Carter meine Beine auseinandergedrückt und sich zwischen sie geschoben. Während ich immer noch auf der Kochinsel saß, spürte ich etwas Hartes an meinem dünnen, schwarzen Slip.

Er war hart.

Er war hart für mich.

»Ich denke, wir sollten …«

… aufhören. Wir sollten sofort stoppen, bevor wir etwas Unüberlegtes tun konnten, das unsere ganze Freundschaft gefährdete. Ich war traurig. Er wollte mich trösten. So war es schon immer zwischen uns gewesen. Wenn es mir nicht gut ging, wollte Carter meine Welt besser machen, aber doch nicht, indem wir Sex hatten. Insgeheim wusste ich, dass es hier nicht um Trost ging, sondern um etwas ganz anderes.

»Ich weiß«, flüsterte ich erregt. Ich war wie berauscht vor Lust, und wüsste ich es nicht besser, würde ich behaupten, ich war betrunken.

»Fuck«, knurrte er dicht an meinen Lippen. »Du riechst so gut. Wieso riechst du so gut?«, fragte er heiser, und ich liebte das Kratzige in seiner Stimme.

»Ich benutze dasselbe Parfum wie immer.«

»Und doch ist es gerade so anders«, stellte er erstaunt fest. Seine Hände lagen jetzt auf meinen Hüften, und es fühlte sich an, als würden seine Finger den Stoff des Kleides einfach wegbrennen, bis nichts als Asche davon übrig war. Der Druck, mit dem er mich hielt, schrie nach mehr. Mehr Zärtlichkeit. Mehr Nähe. Mehr als Freundschaft. Ich ließ meinen Kopf gegen seine Brust sinken, hörte, wie sein Herz raste, und legte seine linke Hand auf meines.

»Spürst du das?«

Er nickte, sagte aber nichts. Sein Körper stand unter Strom, ich konnte es an der Härte seiner Muskeln erkennen. Seine Erektion drückte sich dichter gegen meine empfindliche Mitte, und ich wollte nur eins: Dass dieser Stoff zwischen uns verschwand. Ich wollte ihn spüren, und zwar ganz, ohne Barriere. Carter nahm meine Hand und legte sie auf seine Brust, sodass ich den Kopf heben musste. Unsere Hände verharrten auf unseren Herzen, und als wir uns wieder in die Augen sahen, standen wir so kurz davor, die unsichtbare Grenze zwischen Liebe und Freundschaft zu überschreiten. Carter griff mit der freien Hand in meinen Nacken, drückte mich auf die Kücheninsel und beugte sich über mich. Sekunden später schalteten wir auch die restlichen Zweifel aus, im selben Moment, in dem unsere Lippen sich trafen. Ich zerfloss unter seinen weichen Lippen, bebte wie nie zuvor in meinem Leben. Meine Hände krallten sich in den Kragen seines Shirts, während ich den Mund langsam öffnete und seiner Zunge Einlass gewährte. Gierig sog ich jede Sekunde dieses Kusses auf, ohne daran zu denken, was wir hier eigentlich taten. Carter schmeckte genauso umwerfend, wie er aussah und roch. Nach Popcorn, nach Leidenschaft, nach Liebe. Nach meinem besten Freund, der meine Welt schon immer etwas schneller drehen ließ. Und heute brachte er sie mit seinen Lippen plötzlich zum Stehen.

Unsere Hände glitten vom Körper des anderen, und als er anfing, meinen Hals zu küssen, krallte ich mich in der braunen Arbeitsplatte fest. Meine Knie zitterten, als Carter mit seinen Lippen den Rand meines trägerlosen Kleides nachzeichnete und sanft in die Haut oberhalb meiner Brust biss.

»Oh Gott«, keuchte ich und warf meinen Kopf in den Nacken. Ich bog meinen Rücken durch, damit ich ihm noch näher sein konnte, und als ich Carters Hand an meinem Knie spürte, die immer höher Richtung Slip wanderte, schaltete ich auch den Rest meines Verstandes aus.

Ich wollte das hier.

Ich wollte ihn.

»Fuck, Sky. Du bist schon so feucht«, stellte er stockend fest, als er über den Stoff meines Slips fuhr. Sein Daumen streichelte über die Stelle, unter der mein Kitzler pochte und mehr wollte. Mehr von Carter. Mehr von uns.

Sekunden später spürte ich ein leichtes Kratzen unterhalb meines Ohrläppchens, weil Carter sein Gesicht an meinem Hals vergrub. Er neckte mich, küsste meine empfindsame Haut und schob langsam meinen dünnen Slip zur Seite.

»Du wirst mir auch fehlen.« Seine Worte erreichten mich auf eine Art und Weise, die ich noch nie gespürt hatte. Und als er schließlich mit zwei Fingern in mich eindrang, wusste ich es: Ich liebte meinen besten Freund schon lange. Viel länger, als ich mir eingestehen wollte …

27

Skylar

»Was hältst du davon, wenn wir heute Abend ausgehen?« Carters Hände liegen auf meinen Schultern, während er mich durch den Botanischen Garten schiebt und wir die Sonne auf unserer Haut genießen. So gut, wie es unter den aktuellen Umständen möglich ist. Seit vorgestern drehen sich all meine Gedanken um Megan und das Baby. Darum, ob unsere Beziehung diese riesige emotionale Lawine überstehen kann. Nachdem Carter bis abends mit seiner Harley auf den Straßen unterwegs war, um die Neuigkeit zu verdauen, hat er sich zu mir ins Bett gelegt und mich einfach nur im Arm gehalten. Und diese Umarmung hat mehr ausgesagt als tausend Worte. Er will mich nicht verlieren, das weiß ich. Und ich will ihn auch nicht verlieren, also muss ich einen Weg finden, um mit dem Baby-Thema klarzukommen. Irgendwie.

»Du willst Party machen?«, frage ich ihn misstrauisch. »Ich will dich ja nicht enttäuschen, aber das letzte Mal, als wir aus waren, lief es nicht sonderlich gut für mich.« Die Gesichter der beiden Kerle blitzen hin und wieder noch vor meinem inneren Auge auf, aber ich habe sie zum Glück seitdem nirgends gesehen. Allein die Tatsache, dass sie in der Nähe meines Campus unterwegs waren, bereitet mir immer noch Bauchschmerzen.

Carter stellt sich mir in den Weg, beugt sich zu mir, nimmt mein Gesicht in seine Hände und lehnt seine Stirn gegen meine.

»Doch nicht in einen Club, SkySky.« Er schert sich nicht darum, dass wir den anderen Besuchern im Weg stehen, und schlägt neben mir Wurzeln. Murmelnd schieben sich die älteren Herrschaften an uns vorbei. Einige nennen uns süß, andere finden unser Verhalten unverschämt und frech. So oder so schaffe ich es nicht, mich aus dem Bann seiner Augen zu lösen.

»Was schwebt dir denn vor?«

Seine Mundwinkel zucken, und ein strahlendes Grinsen schmückt sein Gesicht. Auch wenn er mir so nah ist, habe ich das Gefühl, den Faden zu ihm zu verlieren. Und dieses Gefühl ist mehr als beängstigend.

»Ein Dinner. Nur wir zwei. In irgendeinem Nobelschuppen, den wir früher nicht mal mit dem Arsch angeguckt hätten.«

»Vielleicht hast du es vergessen, aber ich bin immer noch eine arme Studentin«, ziehe ich ihn auf und zupfe an seinem schwarzen Longsleeve.

»Und ich bin jetzt kein armer Schlucker mehr, also lass mich mein Mädchen ausführen.« Anschließend geht er mit mir durch den Bereich des Gartens, der schon immer mein liebster war, weil ich die Kirschbäume so sehr liebe.

»Das klingt wirklich schön.« Wer weiß, vielleicht schaffen wir es ja heute Abend bei dem Essen ungezwungen über diesen schwangeren Elefanten im Raum zu sprechen. Und damit meine ich nicht Megan. Megan sieht immer noch grazil und umwerfend aus. Sie wird eine der Schwangeren, von denen man den Blick nicht abwenden kann, weil sie so schön aussieht.

»Perfekt. Wie wäre es mit sieben?«

»Sieben passt mir super.«

Gemeinsam schlendern wir weiter durch die Gärten, und während ich die Grünanlagen, die wunderschön geschnittenen Buchsbäume und die exotischen Pflanzen bewundere, hat Carter seit ein paar Minuten nur Augen für sein Handy. Genervt bleibe ich auf der kleinen Brücke in einem der Pavillons stehen und sehe abwartend zu ihm auf. Sobald er meine Blicke bemerkt, stopft er das Handy in seine Jeans und setzt den Welpenblick auf, den er immer herausholt, wenn er Mist gebaut hat.

»Tut mir leid, Sky. Das war Megan. Sie hat heute die erste richtige Kontrolluntersuchung und schiebt im Wartezimmer Panik.«

»Stimmt etwas nicht?«, frage ich besorgt.

»Doch, es geht ihr gut. Sie scheint nur gerade zu realisieren, dass das hier echt passiert. Ich versuche ihr irgendwie zu helfen, aber ich sollte das Handy nicht die ganze Zeit anstarren, wenn ich mit dir hier bin«, entschuldigt er sich. Immer mehr Leute nörgeln, weil wir die Wege blockieren, und meine Lust, noch länger hierzubleiben, schwindet mit jeder vergehenden Minute. Es macht einfach keinen Spaß, wenn Carter nicht bei der Sache ist.

»Wieso fahren wir nicht hin?«, schlage ich ihm vor. Carter runzelt die Stirn, aber ich sehe auch, dass er erleichtert über meinen Vorschlag ist.

»Wie? Jetzt, meinst du?«

»Ja, jetzt. Megan scheint dich zu brauchen, und du kannst mit zur Untersuchung.«

»Und was ist mit unserem Tag?«, hakt er missmutig nach.

»Wir gehen doch heute Abend aus, Carter. Ich werde es überleben. Während du drin bist, warte ich einfach auf euch. Das ist wirklich kein Thema.« Carter wird Vater, und er sollte auch das ganze Programm miterleben. Und dazu gehört natürlich auch, bei den Untersuchungen dabei zu sein, solange Megan noch in Texas ist. Demnächst wird er vermutlich nur noch übers Handy Updates bekommen können. Oder wird sie womöglich sogar herziehen? Mir brennen tausend Fragen auf dem Herzen, aber im Augenblick ist nicht der richtige Zeitpunkt dafür.

»Du bist wirklich die Beste, weißt du das?«

»Jap«, antworte ich grinsend. Carter küsst mich als Antwort. Nicht flüchtig oder sanft, sondern wild und entschlossen. Seine Hände umfassen mein Gesicht, und als seine Zunge meine Lippen teilt, bin ich für den Moment einfach nur glücklich. Ein Kuss von ihm kann innerhalb von Sekunden das Gedankenkarussell zum Stoppen bringen.

•••

Seit zwanzig Minuten sind die beiden jetzt schon im Praxiszimmer der Frauenärztin, während ich versuche mich mit ein paar Magazinen über moderne Frauengesundheit abzulenken. Ich lese einen Artikel über die Gefahren der Antibabypille, und mit jedem weiteren Satz bin ich heilfroh, dass ich sie ohnehin nicht mehr nehmen darf. Durch die Umstände habe ich auch ohne die Pille schon ein erhöhtes Thromboserisiko.

Im Wartezimmer sitzen nur zwei ältere Damen, die sich angeregt über ihre Ehemänner unterhalten. Der Raum strahlt in einem freundlichen Pfirsichton, überall stehen Grünpflanzen, und durch die bodentiefen Fenster fällt viel Sonnenlicht.

Prüfend werfe ich einen Blick auf die Uhr, und langsam mache ich mir Sorgen. Dauert so ein Termin immer so lange? Oder stimmt wirklich etwas mit dem Baby nicht? Da ich mich nicht mehr auf die Artikel in der Zeitschrift konzentrieren kann, schlage ich sie zu, schiebe sie auf den kleinen Beistelltisch und richte meinen Blick auf die braune Tür des Behandlungsraumes. *Alles wird gut.*

Nach fünfunddreißig Minuten kommen Megan und Carter – Seite an Seite – heraus. Der Anblick versetzt mir einen Stich in die Magengegend. Sie sieht wie immer bezaubernd aus.

Carter legt seine Hände auf ihre Schultern und flüstert ihr etwas zu, das ich aus der Entfernung nicht hören kann.

»Oh, schau mal, Margaret.« Eine der beiden alten Ladys stupst die andere an. »Zwei werdende Eltern. Erinnerst du dich noch an deine erste Schwangerschaft?«

»Wie könnte ich nicht? Eduard erzählt ständig von dem Gefühl, wie es war, das Baby zum ersten Mal auf einem Ultraschall zu sehen. Und heutzutage kann man das Kind sogar in 3D sehen, habe ich gehört«, antwortet die Frau mit den schulterlangen, grauen Haaren. Wir drei starren jetzt gemeinsam meinen Freund an, der seine Hände auf Megans Bauch legt und unfassbar glücklich dabei aussieht.

Das hier ist wichtig für ihn. Er hat mir versprochen, dass sich nichts an unserer Liebe ändern wird. Doch je länger ich hier sitze und die beiden aus der letzten Reihe des Konzertsaals ansehe, desto mehr zweifle ich diese Aussage an. Nach meinem Bad im Selbstmitleid reißt Carter mich wieder ins Hier und Jetzt. Die beiden Damen gratulieren ihm, was er mit einem breiten Grinsen und einem charmanten Dankeschön kommentiert. Anschließend setzt er sich neben mich, während Megan zur Schwester am Empfang geht.

»Es war echt verrückt, bei der Untersuchung dabei zu sein. Danke, dass du das möglich gemacht hast, SkySky.« Seine Lippen streifen meine Schläfe, und ich bemerke die zornigen Blicke der beiden Damen gegenüber von uns.

»Du solltest bei jeder Untersuchung dabei sein können.« Warm lächle ich ihn an.

»Du bist die Beste, weißt du das?«

»Hab ich heute schon mal irgendwo gehört. Ich kann mich nur beim besten Willen nicht mehr daran erinnern, bei wem …« Carter umgreift meine Hand und haucht einen Kuss auf meine Fingerspitzen, bevor er neckisch in meinen Daumen beißt. Kichernd entreiße ich ihm die Hand.

»Megan geht es nicht sonderlich gut, die Schwangerschaftsübelkeit zehrt sie ziemlich aus. Also werde ich sie gleich ins Hotel bringen, wo die Jungs auf sie warten. Ist das okay für dich?«

»Klar. Ich wollte eh noch mal nach Hause und mit Hazel quatschen, bevor wir heute Abend ausgehen.« Es lebt sich eindeutig leichter, wenn man der Eifersucht den Kampf ansagt. Vor allem, wenn man stärker ist und gegen sie gewinnt.

»Soll ich dich erst zum Wohnheim bringen?«

»Nein, mach dir keine Umstände. Außerdem kam ich sechs Monate lang alleine klar, und der Campus ist gleich um die Ecke.« Ich klinge selbstsicher, fühle mich aber nicht so.

»Okay. Ich liebe dich, SkySky.« Nur flüchtig streifen seine Lippen die meinen, und ehe ich die drei magischen Worte erwidern kann, ist Carter bereits aufgestanden, um Megan nach draußen zu begleiten. Einen kurzen Moment brauche ich noch, um durchzuatmen, und als ich erneut den garstigen Blicken der beiden Frauen begegne, halte ich es hier drin kaum länger aus. »Wissen Sie was? Heutzutage ist es nicht unüblich, dass die Eltern eines Kindes getrennt leben. Das Kind wird es trotzdem gut haben.« Mit dieser kleinen Predigt manövriere ich Holly aus dem Wartezimmer heraus, schiebe mich über den Gang zur Tür und atme erleichtert aus, als ich wieder an der frischen Luft bin.

• • •

Im Wohnheim suche ich nach Indizien für Hazels Anwesenheit, aber da weder ihre Schuhe neben der Tür stehen noch ihre schwarze Unitasche auf dem Sofa liegt, gehe ich davon aus, dass sie noch nicht zurück ist. Gerade als ich ihr eine SMS schreiben will, höre ich ein leises Wimmern aus ihrem Zimmer. Mein Handy lasse ich sofort in meine Hosentasche gleiten, und als ich mein Ohr dicht gegen ihre Tür drücke, bin ich mir sicher, mich nicht nur verhört zu haben.

Hazel ist da.

Und sie weint.

Zögerlich klopfe ich an, bekomme aber keine Antwort. »Hazel?«, frage ich unsicher und verharre mit der Hand auf der Türklinke. »Hazel, ich kann dich hören. Kann ich reinkommen?« Ein tiefer Schluchzer ertönt, und als sie mir endlich erlaubt reinzukommen, öffne ich langsam die Tür. Hazels Zimmer ist genau wie meines eingerichtet, nur spiegelverkehrt. Meine Mitbewohnerin liegt auf ihrem Bett, ihr Rucksack steht am Boden. Sie trägt noch ihre schwarzen Boots und hat ihr Gesicht in dem grünen Kissen vergraben.

Ich beuge mich herunter, um den Rucksack zur Seite zu stellen. Als ich den zerknüllten Briefumschlag neben ihrem Kissen sehe, ahne ich Böses.

»Hey.« Ich schiebe ihr die tränennassen Strähnen hinter das Ohr, und es bricht mir das Herz, sie so aufgelöst zu sehen. Ihre Mascara ist verwischt und hat kleine, schwarze Bahnen auf ihren Wangen hinterlassen.

»Was ist passiert?« Einfühlsam streichle ich über ihre Stirn. Sie wirkt blass.

»Kannst du mich in den Arm nehmen?«, fragt sie schniefend. Umgehend stemme ich mich mit den Armen aus Holly und ziehe mich auf ihr Bett herauf. Hazel macht mir sofort Platz, und als ich meine Beine auf die Matratze gezogen habe, legt sie ihren Kopf auf meinem Bauch ab. Meine helle Bluse fängt ihre Tränen auf, und als ich einen Seitenblick auf den Briefumschlag mit Masons Handschrift werfe, schlucke ich schwer.

»Wir müssen nicht darüber reden, wenn du nicht willst. Aber wenn doch, dann kannst du mir alles sagen, das weißt du, oder?« Wir kennen uns erst seit wenigen Monaten, aber in der Zeit ist mir dieses Mädchen unheimlich ans Herz gewachsen. Ich streichle ihr weiches Haar und versuche sie zu beruhigen. Ihre schmalen Schultern beben, während sie ihr Gesicht an meinem Bauch vergräbt. Blind tastet sie nach dem Briefumschlag, zieht das Blatt Papier heraus und reicht es mir. Mit einem mulmigen Gefühl falte ich es auseinander, auch wenn es mir widerstrebt, ihren Brief zu lesen.

»Lies ihn vor«, bittet sie mich schluchzend.

»Bist du dir sicher? Ich denke nicht, dass du ihn noch mal lesen oder hören solltest …« Sie wäre kaum so fertig, wenn sie ihn noch nicht gelesen hätte.

»Doch. Bitte. Lies vor.« Sie zupft das Taschentuch in ihrer Hand in kleine Fetzen und verteilt sie über meinem Körper und auf dem Bett wie der Winterhimmel den Schnee. Währenddessen betrachte ich die jungenhafte Schrift auf dem beigen Papier.

»Haze«, beginne ich mit zitternder Stimme. »Eigentlich wäre ich jetzt bei dir in Texas, würde dich im Arm halten, dir sagen, wie sehr ich dich vermisst habe und wie sehr ich dich liebe. Stattdessen sitze ich in einer notdürftigen Unterkunft, die nicht mal ein richtiges Bad oder ein Fenster hat, starre dieses Blatt Papier an und suche nach den richtigen Worten. Seit drei Tagen. Aber mir ist klar geworden, dass es hierfür keine richtigen Worte geben wird, Haze.« Meine Stimme bricht, weil ich ahne, was jetzt folgen wird. Meine Freundin starrt regungslos an die Decke, während ich weiterlese.

»Ich wünschte, ich wäre niemals zur Army gegangen. Ich wünschte, ich hätte bei dir bleiben können, aber ich kann die Zeit nicht zurückdrehen. Dieser Gedanke ist beinah noch schlimmer zu ertragen als all das Leid und Elend, das ich hier jeden Tag erlebe. Ich weiß, dass du dir gewünscht hättest, dass ich dich besuche, aber die Wahrheit ist folgende: Ich habe Angst. Angst davor, wieder bei dir zu sein und zu merken, dass ich nicht einfach mit dir im Bett liegen, dich im Arm halten und dir sagen kann, dass ich dich liebe. Ich habe Angst davor, dass der Mensch, den du lieben gelernt hast, nicht mehr da ist. Ich bin hier in Fetzen gerissen worden – vielleicht nicht körperlich, aber seelisch, Haze. Manche Teile konnte ich bergen und retten, andere sind für immer in dem Sand Afghanistans begraben.«

Hazel zupft weiterhin ihr Taschentuch in Stücke und scheint in einer anderen Welt zu sein. Ich spüre, wie mir ebenfalls die Tränen kommen, während ich das Blatt umdrehe und den Rest des Briefes lese.

»Es bricht mir das Herz, diesen Brief zu schreiben, während die anderen Männer meiner Einheit bei ihren Familien und Freundinnen sind. Aber ich weiß auch, dass ich mich richtig entschieden habe. Du würdest mich nicht wiedererkennen. Und Scheiße, Haze, ich will, dass du mich so in Erinnerung behältst, wie du mich lieben gelernt hast. Als ganzen Menschen. Nicht als Wrack, das nachts kein Auge mehr zubekommt, weil es Albträume hat wie ein Kind. Du hast etwas Ganzes verdient, nichts Halbes. Etwas Heiles, nichts Zerbrochenes. Jemanden, der für dich und Jamie da sein kann, niemanden, der euch nur zusätzlich zur Last fällt. Es tut mir so leid, Baby. Es tut mir leid, dass ich zugelassen habe, dass der Krieg sich zwischen uns schiebt. Dass die Kugeln, die hier durch die Luft jagen, auch unsere Beziehung getroffen haben. Du verdienst das Beste, Baby. Und das kann ich nicht mehr für dich sein. Es tut mir leid. Das hier wird mein letzter Brief sein …« Jetzt rinnen die Tränen über meine Wangen. »In Liebe, Mase.«

»Ich hasse ihn«, sagt Hazel erschöpft, aber ich glaube ihr kein Wort.

»Süße, es tut mir so unendlich leid.« Ich lege den Brief zur Seite, greife nach ihrem Kinn und hebe ihren Kopf an, damit sie mich ansieht. In ihren braunen Haselnussaugen stehen Tränen, und ich wünschte, ich könnte ihr Strahlen zurückbringen. Aber ich weiß, dass sie diese Phase der Trauer braucht und dass es dauern wird. »Das hier hat nichts mit dir zu tun. Das hier ist sein Schlachtfeld.«

»Macht es das besser?«

»Nein«, antworte ich ehrlich. Sie stemmt sich müde hoch, klettert neben mich und lehnt sich gegen das Kopfteil des Bettes. Anschließend bettet sie ihre Stirn an meine Schulter, und ich lege den Arm um sie.

»Er macht in einem Brief mit mir Schluss, nachdem wir drei Jahre zusammen waren. Und anstatt den Arsch in der Hose zu haben und die zwei freien Wochen dafür zu nutzen, bleibt er einfach da. Weil es auf die Distanz leichter für ihn ist, als wenn er mir dabei in die Augen sehen müsste. Dieser Feigling.«

»Ich weiß, dass meine Worte nichts davon besser machen. Die Situation ist scheiße. Aber ich weiß, dass du das schaffst. Hörst du?« Ich hauche ihr einen Kuss auf den Scheitel und inhaliere ihren süßen Duft.

»Hörst du, Hazel? Du bist stärker als das. Du zerbrichst nicht.« Es klingt wie ein Befehl. Noch immer vergräbt sie ihr Gesicht in meiner Bluse, die ich nach diesem Tag dringend waschen muss.

»Vermutlich hat er recht, und unsere Beziehung hätte eh nicht mehr funktioniert. Aber ich hätte es gern probiert, weißt du? Er war mir in den letzten Monaten so fremd, aber ich bin mir sicher, dass wir es hinbekommen hätten.«

»Vielleicht könnt ihr das noch, wenn er wieder da ist. Wenn er merkt, dass der Krieg ihn seelisch verwundet, aber nicht zerfetzt hat.« Seine Worte hinterlassen ein bitteres Gefühl in meiner Brust. Viel zu selten denke ich an die Tausenden Menschen, die am anderen Ende der Welt um ihr Leben bangen müssen.

»Vielleicht«, murmelt sie leise. Während ich die kleinen Taschentuchfetzen mit den Fingern aufsammle und auf den Nachttisch schiebe, vibriert mein Handy in der Jeans, aber ich sehe nicht nach, weil ich gerade voll und ganz für meine Freundin da sein will. Vermutlich sollte ich das Date mit Carter heute Abend lieber absagen. Ich bin mir sicher, dass er es verstehen wird.

»Was möchtest du machen, hm?«, frage ich sie voller Mitgefühl, weil jeder Mensch etwas anderes in seiner Trauer braucht. Etwas, das mir hilft, könnte sie nur noch trauriger machen. »Ich war in den letzten Wochen zu wenig für dich da. Aber dafür habe ich heute nur noch Zeit für dich«, versichere ich ihr. Hazels feuchte Augen strahlen bei meinen Worten.

»Lass uns einfach nur hier sitzen und für ein paar Stunden vergessen, wie schlecht die Welt da draußen ist, okay?«

»Okay.«

Mit einem matten Lächeln sieht sie mich an, bevor sie auf ihre Brust zeigt und anschließend ihre Hände auf die Stelle legt, unter der ihr verwundetes Herz schlägt. Es schlägt noch. Das ist das Wichtigste. Als sie die Gebärde für *dich* hinterhersetzt, weiß ich, was sie mir sagen will, ohne dass sie es aussprechen muss.

»Ich liebe dich auch, Hazel.«

28

Skylar

Zwei Tage später wollte ich das Date mit Carter erneut verschieben, aber Hazel hat darauf bestanden, dass ich den Abend mit meinem Freund verbringe. Mit meinen Gegenargumenten bin ich nicht weit gekommen, und als Carter mich schließlich mit einer mysteriösen Einkaufstüte aus einer kleinen Boutique in der Innenstadt im Wohnheim überrascht hat, konnte ich ohnehin nicht mehr Nein sagen. Weder zu Hazel noch zu Carter.

Das Kleid, das er mir für das Date gekauft hat, ist magentafarben und legt sich wie eine zweite Haut um meine Taille. Fließend gleitet der weiche Stoff in meinen Schoß. Die dünnen Spaghettiträger halten mein Dekolleté zwar nicht bombenfest in dem Kleid, sorgen aber dafür, dass meine Brüste nicht willkürlich heraushüpfen. Für einen BH ist dieses Kleid definitiv nicht gemacht.

»Und? Wie geht es Hazel heute?« Carter hat ein Restaurant in der Nähe von Moms Haus und seinem Apartment herausgesucht, und ich freue mich wirklich auf die Zeit mit ihm, die in den letzten Tagen zu kurz gekommen ist.

»Nicht gut«, antworte ich sorgenvoll. »Sie wollte nichts essen, und ich musste sie quasi dazu zwingen, wenigstens Wasser zu trinken. Ich kann mir kaum ausmalen, was ihr Freund in Afghanistan alles mitansehen muss, aber per Brief mit seiner Freundin Schluss zu machen? Nach drei Jahren?« Umgehend beiße ich mir auf die Zunge, weil ich am besten weiß, wie schwer einem manche Entscheidungen fallen. Immerhin habe ich es am eigenen Leib erfahren.

»Das ist echt scheiße«, murmelt er. »Und es ist für sie wirklich okay, dass ich dich heute Abend entführe?«

»Glaub mir, sie hat mich geradezu aus der Wohnung geschmissen«, versichere ich ihm.

»Okay. Ich beschwere mich nicht.« Carter begleitet mich in der tiefstehenden Abendsonne über den Gehweg. Plötzlich hält er an, beugt sich zu mir herunter, und als ich sanfte Küsse auf meinem Nacken spüre, schließe ich glücklich die Augen. Dieser Abend wird uns guttun, das weiß ich. In den letzten Tagen hatten wir kaum Zeit, über alles zu sprechen, und es gibt verdammt viele Themen, über die wir uns unterhalten müssen.

»Wie geht es Megan?«

»Sie hat gestern fast den ganzen Tag über der Kloschüssel gehangen. Irgendwann wollte ich sogar den Notarzt rufen. Ich meine … wie viel kann ein Mensch erbrechen, ohne überhaupt etwas gegessen zu haben? Aber heute ging es ihr schon viel besser.« Auf den Straßen sind nur wenige Menschen unterwegs, weil in dieser ruhigen Wohngegend nur selten etwas los ist. Jede Laterne, jeder Vorgarten, jeder Stein des Bürgersteigs erinnert mich an meine Kindheit. Steckt voller Erinnerungen, die ich mit Kreide auf die Steine gemalt habe.

»Das ist gut. Und wird sie mit Isaac und den Jungs zurück nach London fliegen?« Um meine Nervosität bezüglich der Antwort zu überspielen, zähle ich die Wolken am Himmel.

»Ja, sie fliegt nach Hause. Isaac meint, dass seine Mutter gute Kontakte zu den besten Frauenärzten in ganz London hat. Wen wundert es auch? Sie ist schließlich Chefärztin in irgend so einer protzigen Klinik, in der nur die Reichen und Schönen behandelt werden. Seine Worte, nicht meine.«

»Und wie wollt ihr das Ganze hinkriegen? Du und Megan, meine ich? Wir wissen ja jetzt, wie schlimm diese Entfernung sein kann …«

Carters unterdrücktes Lachen macht mich noch nervöser.

»Willst du wissen, ob ich sie so vermissen werde wie dich, SkySky?«

»Blödsinn. Du vermisst niemanden so sehr wie mich«, kontere ich grinsend und mit erhobenem Haupt. Ich hoffe, dass ich die Wahrheit sage.

»Stimmt voll und ganz. Es wird nicht einfach sein, alles nur übers Handy mitzubekommen, aber es wird gehen. Vor der Geburt werde ich nach London fliegen. Aber etwas Genaueres haben wir noch nicht geplant.«

Weil ich nicht den ganzen Abend mit dem Megan-ist-schwanger-Thema vollladen möchte, deute ich zur Ablenkung in den Himmel. »Guck mal. Die Wolke erinnert mich an die grässliche Ente auf der Postkarte aus Deutschland!« Die Wolken sind rosafarben und sehen aus wie Zuckerwatte.

»Hey ... aus einem hässlichen Entlein wird auch mal eine Gans, oder?«

»Ein Schwan«, korrigiere ich ihn. »Aus einem Entlein wird ein Schwan. Gott, du musst deine Sprichworte wirklich auf die Reihe kriegen, bevor dein Mädchen auf der Welt ist.«

»Mein Mädchen?« Carter hält inne, und als ich zu ihm aufblicke, strahlt sein ganzes Gesicht. »Wie kommst du darauf, dass es ein Mädchen wird?«

»Keine Ahnung.« Ich zucke mit den Schultern. »Ich hab so was im Gefühl. Das nennt sich Intuition.«

»Ich besitze keine Intuition. Manchmal träume ich davon, dass Megan ein Alienbaby zur Welt bringt. Komischerweise stelle ich die Vaterschaft dabei trotzdem nie infrage ...« Grinsend setzen wir den Weg fort, doch als mein Blick auf die Straße fällt, bleibt mir das Herz in der Brust stehen.

Bilder flackern vor mir auf, die ich sechs Monate lang gekonnt verdrängt habe. Aus dem Zuckerwattenhimmel wird eine dunkle Schwärze, die sich über die ganze Stadt hängt. Es weht ein leichter Wind, der meine Haut streichelt. Sekunden später höre ich das Quietschen von Autoreifen in der Valentinstagnacht.

»Carter, ich ...« Er stellt sich dichter neben mich und schaut in dieselbe Richtung wie ich. Aber er kann nicht sehen, was ich sehe, weil er nicht da war. Weil ich allein war, als mich der Jeep auf dieser Straße erwischt und meinen Rücken zerfetzt hat. Schweiß entsteht unter dem dünnen Stoff des

Sommerkleides, und ich bekomme kaum noch mit, was Carter sagt. Ich höre meinen Namen. Er rüttelt an meiner Schulter. Wieder fällt mein Name. Wieder rüttelt es …

»Sky …«

»Geh aus dem Weg, du Krüppel. Oder willst du den ganzen Tag den Gehweg mit deinem Rolli blockieren?« Die schneidende Stimme eines Fremden reißt mich aus meinem Flashback heraus, und als ich mich umdrehe, steht eine Gruppe aus fünf Kerlen vor uns. Der Mann mit den raspelkurzen, schwarzen Haaren steht vor den anderen, als wäre er ihr Anführer. Wie damals auf dem Schulhof, nur, dass die Leute hier alle über einen Meter achtzig groß und verdammt muskulös sind.

»Hast du nicht gehört? Mach Platz. Oder bist du nicht nur gehbehindert, sondern auch schwerhörig?« Mir wird schlecht, als ich den Hass in seiner Stimme höre. Trotzdem kann ich den Blick kaum von ihm und seinen pechschwarzen Augen abwenden, und so sehe ich von den anderen Kerlen nur die schematischen Umrisse, aber es fühlt sich wie ein Flashback an. Je mehr sich mein Blick schärft, desto besser verstehe ich auch, warum: Zwei der Männer kenne ich bereits. *Von dem Abend im Shooting Star.* Galle steigt meine Kehle hinauf und brennt in meiner Speiseröhre. *Sie sind es wirklich. Und sie haben Verstärkung.*

»Ihr schon wieder?« Carter stellt sich schützend vor mich, und automatisch greife ich nach seinem Handgelenk. Schlinge meine zitternden Finger um das Tattoo unserer Freundschaft, als Zeichen dafür, dass ich da bin. Dass alles gut wird und wir einfach verschwinden sollten.

»Lass gut sein, Carter. Wir gehen«, flüstere ich, aber mein bester Freund nimmt mich nicht mehr wirklich wahr. Wie in dieser Nacht, als er die Flasche an der Wand zerschlug und sie an den Hals des Typen rechts drückte. Man sieht noch den Schorf an seiner Kehle.

»Anscheinend ist sie nicht schwerhörig. Wenigstens etwas, hm?« Der Kerl sieht lachend zu seinen Jungs herüber, die uns alle höhnisch angrinsen. Nur einer von ihnen verkneift sich das Lachen und scheint die Grashalme zwischen den Pflastersteinen zu zählen. Sein Gesicht wird von dem Schirm seiner Cap verdeckt.

»Was zur Hölle ist euer Problem, Mann?«

Bitte nicht schon wieder.

Bitte lass es keine Wiederholung der Nacht im Club sein. Gegen fünf Kerle dieser Statur hat er niemals eine Chance, und dieses Mal scheinen sie auch nicht betrunken zu sein. Drängender packe ich sein Handgelenk und ziehe daran. »Jetzt komm schon. Bitte, Carter. Wir haben einen Tisch reserviert.«

Es dauert einen Moment, bis seine Anspannung nachlässt, er sich zu mir umdreht und seine Hände an den Schiebegriff des Rollstuhls legt. Ich atme erleichtert aus, als wir die Gruppe zurücklassen, doch nach wenigen Schritten ertönt erneut die Stimme des Anführers hinter uns. Die Schwingung, die der Kerl ausstrahlt, schreit bereits nach Intoleranz.

»Weichei. Lässt du dir von dem Krüppel immer vorschreiben, was du zu tun hast, Alter? Vermutlich hat sie dir deine Eier amputiert. Hätte ihr mal lieber ein Arzt die nutzlosen Beine abgeschnitten …«

»Fick dich!« Mein Rollstuhl macht einen kleinen Satz nach vorn, als Carter mich loslässt und zurück zu den Typen geht. Mit langen, entschlossenen Schritten, von denen ich weiß, was sie bedeuten. Panisch drehe ich mich um, fahre in ihre Richtung, aber es ist zu spät. Das Knacken eines Kiefers ertönt, bevor ich eingreifen kann. Blut rinnt aus dem Mund des Arschlochs, während Carter schon zum nächsten Schlag ausholt. Sein Ellbogen versetzt ihm einen heftigen Stoß gegen den Kiefer.

»Carter! Hör auf!« Aber er hört mich nicht mehr. Ich kenne dieses Stadium seiner Wut und weiß, dass ich ab jetzt machtlos bin.

»Das wirst du bereuen«, speit er, und im nächsten Moment packen ihn die zwei Kerle, die ich bereits kenne, von hinten und zerren ihn von ihrem Freund weg. Das nächste Knacken, das ertönt, kommt von dem Schlag, der Carter trifft.

»Was? Mehr bietest du mir nicht? Da hat sogar meine *Krüppelfreundin* einen härteren Schlag drauf.« Seine Provokation lässt mich die Luft anhalten. *Wieso, um Himmels willen, konnte er nicht einfach mit mir gehen? Wieso musste er sich auf diese absurde Show einlassen?* Ich spüre die Tränen auf meinen Wangen erst, als ich die Hände wimmernd auf meinen Mund presse.

»Bitte lasst ihn los«, flehe ich die Männer an, aber keiner achtet mehr auf mich, obwohl ich der Anlass für diese dämliche Prügelei bin. Dieses perfide Machtspiel. Ängstlich und hilflos packe ich den einen Kerl am Arm, aber er schüttelt mich grob ab, als wäre ich nur Dreck auf der Spitze seiner schwarzen Boots.

»Hattest du schon mal Zähne zum Abendessen?«, wiederholt der Kerl Carters Worte aus jener Nacht und grinst teuflisch.

Als ich sehe, dass der Ruhige von ihnen noch immer auf die Pflastersteine starrt, steuere ich seine Richtung an und sehe verzweifelt zu ihm auf.

»Bitte, sorg dafür, dass sie aufhören. Sie werden ihn noch umbringen!« Unter dem Cap kann ich seine blonden Locken sehen. Schniefend warte ich darauf, dass er etwas tut, aber er schafft es nicht einmal, mir in die Augen zu sehen. Mittlerweile sind es drei der fünf Typen, die sich Carter gleichzeitig vornehmen. Zwei boxen ihm in die Rippen, der dritte tritt ihm so heftig gegen das Knie, dass er keuchend zu Boden geht.

»OH GOTT. HÖRT AUF!« Wieso hilft uns denn niemand? Wir sind mitten in einer Wohngegend. Wo sind die ganzen Menschen? Wieso hört mich niemand schreien? Wir haben beide kein Telefon dabei, weil wir den Abend ohne Ablenkung nur für uns nutzen wollten. Wie konnte ich nur so dumm sein und kein Telefon mitnehmen?

»HÖRT AUF! HÖRT AUF! HÖRT AUF!« *Doch sie hören nicht auf.* Carter liegt mittlerweile am Boden, ich kann sein Gesicht nicht sehen, weil die Kerle mir die Sicht mit ihren breiten Kreuzen versperren. Alles, was ich von ihm mitbekomme, sind die schmerzvollen Geräusche, die er macht. Wie ein Ertrinkender, der nach Sauerstoff lechzt, aber immer wieder in die Tiefe gerissen wird.

»Jetzt hilf uns doch jemand.« Verzweifelt und mit tränenüberströmtem Gesicht blicke ich die Straße entlang, hoffe, einen Menschen zu sehen, aber außer uns ist niemand hier. Ich starre panisch von einem Haus zum nächsten, und als hinter einem der Fenster die Gardinen zugezogen werden, traue ich meinen Augen kaum. Der Mensch dahinter sieht einfach weg. So viele Menschen tun das tagtäglich …

»Wenn wir mit dir fertig sind, kannst du dich gleich zu deiner Kleinen in den Rollstuhl setzen. Jetzt hast du wohl keine große Schnauze mehr, was?«, fragt einer der Typen lachend, und ich verspüre den Drang, ihm etwas in den Rücken zu rammen. Ein Messer. Hätte ich ein Messer, würde ich es tun. Schluckende Geräusche dringen zu mir herüber, der ganze Asphalt ist blutbespritzt.

»Lasst ihn los«, flehe ich nochmals, dieses Mal leiser, weil meine Stimme allmählich versagt. Mein Hals schmerzt, als hätte man ihn mit Rasierklingen malträtiert. Der Anführer der Gruppe beugt sich über Carter, während die anderen ihm Platz machen. Ich sehe seinen leblosen Körper. Seine Beine … seine blutverschmierten Fingerknöchel.

»Überleg dir beim nächsten Mal, mit wem du dich anlegst.« Er holt aus und tritt noch einmal zu. Genau in die Magengrube. Carter krümmt sich vor Schmerzen, und als ich sein Gesicht endlich sehen kann, drohe ich ohnmächtig zu werden. Sein linkes Auge ist zugeschwollen, Blut benetzt seine Wangen und seinen ganzen Hals. Die Spitzen seiner blonden Haare sind ebenfalls blutrot.

Endlich lässt auch der Letzte von Carter ab, wischt sich die Hände an den Jeans ab und spuckt ihm ins Gesicht. »Lass uns abhauen, bevor noch jemand die Bullen ruft.« Der Typ deutet in die Richtung, aus der wir gekommen sind, und ohne mir noch einmal ins Gesicht zu sehen, rennen die Typen davon. Wimmernd starre ich Carter an. Er liegt mittlerweile wieder auf dem Rücken, hält sich schützend die Hände über die Rippen und hustet Blut.

»Oh Gott, Carter.« So schnell ich kann bin ich bei ihm, aber es sieht nicht aus, als würde er mich wahrnehmen.

»Carter«, wispere ich seinen Namen wieder und wieder. Ich muss etwas tun, verdammt. Irgendetwas. Erneut blicke ich mich in der Wohngegend um. Auf der einen Seite will ich ihn auf keinen Fall allein hier zurücklassen, auf der anderen bleibt mir keine Wahl. Jemand muss Hilfe holen, und dieser Jemand werde ich sein. Entschlossen steuere ich das Haus an, hinter dessen Fenster ich eine Bewegung wahrgenommen habe, fokussiere die Treppenstufe vor der Haustür und stecke all meine Kraft in die Arme, um sie zu überwinden. In der Reha haben wir gelernt, wie man kleine Hindernisse überwinden kann, und so stehe ich wenige Sekunden später mit donnerndem Herzschlag und rasendem Puls vor der braunen Haustür. Ich hämmere meine Fäuste gegen das dunkle Holz und drücke abwechselnd dazu mehrfach die Klingel, aber nichts passiert. Niemand öffnet mir die Tür, obwohl ich weiß, dass jemand da ist.

»Ach ficken Sie sich doch!«, fluche ich und verlasse das Haus, so schnell ich kann, um mich auf den Weg zum benachbarten Grundstück zu machen. Wieder setze ich einen Tunnelblick auf, überwinde die kleine Stufe der Veranda und betätige die Klingel.

»Nun komm schon. Irgendjemand muss da sein«, bete ich innerlich mit geschlossenen Augen. Das Herz rutscht mir in den Magen, als die Tür Sekunden später aufgeht. Eine Frau mittleren Alters erscheint vor mir. In der linken Hand hält sie das Kabel ihres Staubsaugers, der rechts neben ihr am Boden steht.

»Bitte, Sie müssen mir helfen! Mein Freund wurde zusammengeschlagen.« Ich bin erschrocken über die Neutralität in meiner Stimme, aber ich spüre bereits, dass eine Welle des Schmerzes auf mich zurast. Sie wird mich einholen, das weiß ich.

»Oh mein Gott. Wo ist er jetzt?« Die Frau lässt umgehend das Kabel fallen und tritt zu mir nach draußen. Ich deute auf den Gehweg.

»Er liegt wenige Meter entfernt auf dem Bürgersteig. Sie müssen einen Krankenwagen rufen, bitte!« Eilig nickt sie, um anschließend im Inneren des Hauses zu verschwinden. Ich nutze den Moment, um wieder zu Carter zu gelangen. Er liegt nach wie vor regungslos am Boden, und dieses Bild zerfetzt mein Herz in tausend Teile. Sobald ich bei ihm bin, stemme ich mich hoch und rutsche zu Boden. Mein Kleid ist innerhalb weniger Sekunden mit Dreck besudelt, aber das spielt keine Rolle. Ich stütze meine Hände auf dem Bordstein ab und ziehe meine Beine hinter mir her über die Steine. Meine Knie schürfen auf, aber es fühlt sich an, als wäre es mein Herz, das über die Steine gezogen wird. Sobald ich bei Carter bin, rutsche ich noch dichter an ihn heran und lege meine Hände an seine Wangen. Seine Haut ist glühend heiß.

»Hey, hey. Bleib bei mir, Carter«, schluchze ich, aber er

kann kaum die Augen offen halten. »Ich habe Hilfe geholt, hörst du?« Ich versuche, optimistisch zu klingen, aber ob es mir gelingt, weiß ich nicht. Meine Finger fahren sanft über seine Schläfe. Schluchzend lege ich mich neben ihn, bette mein Gesicht auf seine Brust und lausche seinem Herzschlag. Es schlägt, aber es fühlt sich an, als wäre es viel zu langsam und gleichzeitig viel zu schnell. Ich halte meine Augen geschlossen, versuche einen klaren Kopf zu bewahren, aber es ist sinnlos. Die Gedanken sind einfach zu laut.

• • •

Ich habe mein Zeitgefühl vollkommen verloren. Ich weiß nicht, ob es wenige Minuten oder ein paar Stunden gedauert hat, bis der Krankenwagen endlich da war.

Jetzt ist es bereits finster draußen, die Zuckerwatte ist verschwunden und die Entenwolke ist längst weitergezogen. Ich sitze in meinem dreckigen, zerrissenen Kleid im Wartebereich der Klinik.

Carter ist meinetwegen zum zweiten Mal in Schwierigkeiten geraten. Einmal hätte er beinahe einem der Typen eine kaputte Flasche in die Kehle gedrückt, und heute … heute war er selbst das Opfer. Da ich keine Tränen mehr habe, starre ich einfach nur die hellblaue Wand an. Vom Empfang aus konnte ich Mom anrufen, und sie hat mir versprochen, dass sie gleich bei mir sein wird, aber noch haben sich die großen, gläsernen Schwingtüren nicht geöffnet. Carters Blut klebt angetrocknet an meiner Haut und erinnert mich damit pausenlos an diese schrecklichen Minuten.

Für gewöhnlich versuche ich, das Gute im Leben zu sehen und in jeder Situation optimistisch zu bleiben, aber was kann daran schon gut sein? Und wann lassen sie mich endlich zu ihm? Während der Fahrt ins Krankenhaus wurden seine ersten Wunden gesäubert, aber Carter fiel immer wieder in einen Sekundenschlaf, sodass ich nicht mit ihm sprechen konnte.

Ich muss wissen, dass er wieder gesund wird.

Dass diese Kerle keinen dauerhaften Schaden angerichtet haben wie der schwarze Jeep bei mir in jener Nacht. Als nach einer kleinen Ewigkeit die Türen aufschwingen und Mom auf mich zustürmt, will ich mich einfach nur in ihre Arme stürzen.

»Oh Gott, Sky!« Mom presst mich an sich, und es ist mir egal, dass dabei mein Oberkörper unheimlich schmerzt. Diese Umarmung brauche ich jetzt.

»Was ist passiert?«, will sie atemlos wissen. Sie trägt eine helle Flanellhose, die sie oft zum Schlafen anhat, ein trägerloses Top und eine dünne Strickjacke. Vermutlich war sie schon im Bett, als ich anrief.

»Was passiert ist?« Höhnisch lache ich. »Ich bin passiert.«

»Was redest du denn da, mein Schatz?«

»Carter ist in eine Prügelei geraten. Meinetwegen«, zische ich und beiße mir auf die Zunge, weil es unfair ist, meine Wut gegen Mom zu richten, obwohl ich doch selbst dafür verantwortlich bin.

»Das ist doch nicht deine Schuld.« Sie tätschelt meine Wange, aber ich wende den Blick von ihr ab. Erleichtert schiebe ich mich in Richtung Tür, als eine Schwester den

Warteraum betritt. Ihre Schuhe verursachen schmatzende Geräusche auf dem Linoleumboden.

»Wie geht es ihm? Kann ich zu ihm? Wird er wieder gesund?«, bombardiere ich sie mit Fragen. Sie lächelt mich matt an, lässt das Klemmbrett sinken und nickt.

»Es geht ihm den Umständen entsprechend gut, Miss Campbell. Er hat einige Platzwunden, die genäht werden mussten, und Blutergüsse, aber es ist zum Glück nichts gebrochen. Er hatte wohl einen Schutzengel.«

Der riesige Stein, der auf meinem Herzen liegt, wird ein bisschen leichter. Ganz verschwindet er nicht.

»Er will Sie sehen. Kommen Sie mit.« Ohne Mom anzusehen, folge ich der Schwester in Carters Zimmer. Er sitzt aufrecht am Rand des Krankenbettes, eine Nadel steckt in seinem Handrücken. Am Kopf sehe ich die Nähte, genau wie es die Schwester gesagt hat.

»Ich lasse Sie jetzt allein. Aber bitte denken Sie darüber nach, den Vorfall bei der Polizei zu melden.« Mit diesem gut gemeinten Ratschlag verschwindet sie, und sobald wir allein sind, breche ich in Tränen aus.

»Es tut mir so leid«, schluchze ich und rühre mich nicht vom Fleck. »Es tut mir so leid, dass ich dich immer wieder in diese Situationen bringe. Du … Du hättest sterben können.«

»Hey, Sky! Hör auf damit. Das ist nicht deine Schuld. Wie kannst du nur so was Bescheuertes denken?« Seine Stimme klingt gedämpft, weil seine Unterlippe wie sein Auge ebenfalls geschwollen ist. »Und jetzt komm her zu mir. Bitte.« Er deutet neben sich, aber ich schaffe es nicht, mich vom Fleck zu rühren.

»Okay, gut, dann komme ich eben zu dir.« Mit einem Ruck entfernt er die Infusion, steht auf und kommt auf mich zu.

»Carter, deine …«

»Scheiß drauf.« Er steht vor mir, und ich sehe ihm an, dass er Schmerzen am ganzen Körper hat. Trotzdem beugt er sich zu mir herunter, hebt mich aus Holly heraus und lässt sich selbst in den Rollstuhl gleiten. Mich zieht er auf seinen Schoß.

»Das tut dir doch weh.«

»Na und? Mir tut es mehr weh, wenn du dir die Schuld an der Scheiße gibst. Diese Idioten hatten es verdient.«

»Du aber nicht. Du hast es nicht verdient. Sie waren zu fünft, Carter!« Vorwurfsvoll sehe ich ihn an und suche nach einem Teil in seinen Augen, der bereut, was er getan hat. Dass er so kopflos und impulsiv gehandelt hat, nur um mich zu beschützen. Oder zu rächen …

»Ich würde es auch mit Hunderten aufnehmen. Der Kerl war ein intolerantes Dreckschwein«, zischt er. »Wer weiß, wie oft er so eine Scheiße abzieht.« Seine Hände liegen auf meinen Beinen.

»Es war trotzdem falsch«, flüstere ich.

»Können wir über etwas anderes reden?« Er runzelt die Stirn, und mein Blick fällt wieder auf seine frische Naht an der linken Schläfe. Die Platzwunde muss heftig gewesen sein, vermutlich kam daher das ganze Blut.

»Und worüber? Darüber, wie unfassbar romantisch dieser Abend gelaufen ist? Oder darüber, dass dein Geschenk jetzt hinüber ist?« Ich zupfe an dem zerrissenen Fetzen, den ich trage. Man könnte meinen, ich wäre selbst in die Schlägerei involviert gewesen.

»Du siehst auch blutverschmiert mit Dreck im Gesicht und aufgeschürften Knien wunderschön aus. Wir holen das Date nach, versprochen. Und dann wird es noch besser.«

Kopfschüttelnd blicke ich an die Decke des Krankenzimmers. Wie kann er nur so gelassen bleiben und tun, als wäre nichts passiert? Dieser Abend war eine Katastrophe. Bereits die zweite, seit er zurück in Texas ist. Als würde ich mit meinem Rollstuhl magnetisch Idioten anziehen, die ihren Frust an mir auslassen wollen.

»Küss mich, Sky.« Carter schlingt seine Hände um meinen Po, gleitet mit ihnen meinen Rücken hinauf und verharrt an meinem Nacken. Mein französischer Zopf hat sich bereits im Wartezimmer aufgelöst, sodass meine Strähnen jetzt lose herunterhängen.

»Deine Unterlippe ist so groß wie ein Schlauchboot«, sage ich und versuche, mir mein Lebensmotto ins Gedächtnis zu rufen. In jeder Situation gibt es etwas Gutes, wenn man daran glaubt … Aber was sollte dieser Abend für ein Geschenk mit sich bringen?

»Perfekt. Ich wollte schon immer mal Botox ausprobieren. Und jetzt küss mich.«

Sanft streifen meine Lippen seinen Mund, und er lässt sich nicht anmerken, dass es ihn schmerzt. Aber ich weiß, dass er nur für mich diese gute Laune aufsetzt. Wenn ich traurig bin, bringt er mich zum Lachen. Wenn ich glücklich bin, potenziert er mein Glück. Sein ganzes Universum dreht sich um mich, er hat es mir selbst gesagt. *Du bist meine ver-*

dammte Sonne, Sky … In diesem Moment habe ich Angst davor, seine Sonne zu sein. Weil eine Sonne explodieren kann … und ich weiß, dass er diese Explosion niemals überleben würde.

29

Carter

Die Ärztin wollte mich noch eine Nacht unter Beobachtung behalten, für den Fall, dass sich eine der Wunden entzündet, und um sicherzugehen, dass ich bei der Schlägerei wirklich keine Gehirnerschütterung erlitten habe.

Seit heute Morgen bin ich wieder raus, doch als Souvenir habe ich diese höllischen Kopfschmerzen mitgenommen. Genervt wühle ich mich durch den Medizinschrank in meinem Badezimmer, und als ich die Schmerzmittel finde, pfeife ich mir gleich zwei Tabletten in den Mund. Mit einem Schluck aus dem Wasserhahn spüle ich sie herunter und bete dafür, dass sie schnell wirken und ich wieder klarer denken kann.

Eigentlich weiß ich, dass das Chaos in meinen Gedanken nicht von den Schmerzen kommt oder davon, dass ich letzte Nacht kaum Schlaf bekommen habe. Das Problem hat nämlich himmelblaue Augen und blonde Locken.

Nachdem Sky sich gestern von mir verabschiedet hat, habe ich nichts mehr von ihr gehört. Sie kam weder am

Morgen ins Krankenhaus, um mich abzuholen, noch hat sie auf meine Anrufe und Nachrichten reagiert. Normalerweise hakt sie sogar alle paar Minuten nach, wie es mir geht, wenn ich eine lächerliche Erkältung habe, aber seit meiner Entlassung? Nichts. Kein Wort.

Sie hatte das Krankenhaus mit gesenktem Blick und eingefallenen Schultern verlassen, und ich hatte sofort ein schlechtes Gefühl, sie gehen zu lassen.

Im Wohnheim habe ich außer einer verweinten und von Liebeskummer geplagten Hazel niemanden angetroffen. Laut ihrer Aussage war Sky seit gestern nicht mehr zu Hause, und deshalb jagt ein schrecklicher Gedanke den nächsten, seit ich zurück in meiner Wohnung bin.

Ich lasse mich erschöpft auf das Sofa fallen, ziehe mein Handy heraus und checke, ob sie mir mittlerweile geantwortet hat. Fehlanzeige. Meine letzten zehn Nachrichten blieben unbeantwortet. Ich starte einen neuen Versuch, sie telefonisch zu erreichen, aber ihre Mailbox springt sofort an. Sie muss ihr Handy ausgeschaltet haben.

»Fuck!« Fluchend presse ich das Handy gegen meine Schläfe und denke nach. Habe ich etwas getan, das sie verletzt hat? Habe ich etwas Dummes gesagt, als ich sie vor diesen Flachwichsern verteidigt habe? Doch sosehr ich auch in den verschwommenen Erinnerungen wühle, mir fällt nichts ein.

»Geh wenigstens du ran«, murmle ich, als ich es stattdessen bei Penelope versuche. Nach einer gefühlten Ewigkeit nimmt sie ab. Pen klingt erschöpft.

»Carter …« Eine Mischung aus Erleichterung und Verzweiflung schwingt in ihrer Stimme mit. »Ein Glück rufst du an. Sie hat mir verboten, mich bei dir zu melden, aber ich denke, du solltest herkommen.« Sofort bin ich in Alarmbereitschaft, springe auf, schnappe mir meine Lederjacke und fische meinen Schlüssel aus der Schale im Flur. Während ich das Handy zwischen Ohr und Schulter einklemme, streife ich mir die Jacke über.

»Was ist passiert, Pen?«

»Ich weiß es nicht genau. Gestern Abend wollte ich sie mit nach Hause nehmen, aber sie hat darauf bestanden allein nachzukommen. Seitdem verschanzt sie sich in ihrem alten Kinderzimmer. Sie isst kaum, redet nicht mit mir, schläft nur … Habt ihr euch gestritten, als sie bei dir im Zimmer war?« Pens Sorgen machen mich nur noch nervöser.

»N-Nein«, antworte ich stotternd und versuche krampfhaft Skys Verhalten zu erklären. »Nein«, setze ich jetzt entschlossen hinterher. Wir haben uns geküsst, ich habe einen Witz gemacht, und sie ist gegangen. »Wir haben uns nicht gestritten. Sie war ziemlich durch den Wind und hat sich Vorwürfe gemacht …«

»Kommst du vorbei, Carter? Ich weiß nicht, ob es eine gute Idee ist, aber ich weiß nicht weiter. Sie hat immer mit mir gesprochen, aber jetzt hat sie komplett dichtgemacht. Sie verlässt das Zimmer nur, um ins Bad zu gehen. Ich habe Angst, dass sie in ein Loch fallen könnte. Eigentlich dachte ich, dass es sofort nach dem Unfall passieren würde, aber sie hat sich so gut geschlagen … Irgendwann musste es passieren, schätze ich. Kein Mensch kann immer funktionieren.«

Genau das ist es, was Sky und ich machen. Wir funktionieren für andere und stellen unsere eigenen Probleme in den Hintergrund, bis das Fass überläuft. Bis eine einzelne Schneeflocke eine Lawine auslöst. Gestern gab es einen ganzen Schneesturm … mitten im Spätsommer.

Die Vorstellung, dass sie sich ernsthaft die Schuld an dem Abend geben könnte, obwohl es eindeutig an dem niedrigen IQ dieser Neandertaler gelegen hat, killt mich.

»Ich bin in fünf Minuten bei euch.«

• • •

»Sie ist in ihrem Zimmer?«, frage ich Penelope zur Begrüßung, drücke ihr einen Kuss auf die Wange und steuere direkt den Flur an, in dem sich ihr altes Kinderzimmer befindet.

»Ja. Aber bitte … sei behutsam«, bittet sie mich. Ich lasse Penelope im Flur stehen, klopfe an ihre Tür und warte, bis sie mich hereinbittet.

»Sky?« Scheiße, zittert meine Stimme etwa aus Angst? Ich räuspere mich und versuche, mich zusammenzureißen. »Sky, kann ich reinkommen?« Ich lehne meine Stirn gegen das Holz und warte. Vergeblich. Weil sie nicht antwortet und sich die grässlichsten Bilder vor meinem inneren Auge formen, drücke ich die Klinke herunter, aber die Tür ist versperrt.

Das Déjà-vu erreicht mich mit voller Wucht. Ich sehe mich auf dem Flur ihres Wohnheimes stehen, gegen ihre Tür klopfen, und spüre wieder diese Enge in meiner Brust. Wenn Sky die Tür abschließt, ist das nie ein gutes Zeichen. Beim letzten Mal musste ich erfahren, dass sie im Rollstuhl sitzt. Was wird es heute sein?

»Geh bitte, Carter«, höre ich ihre leise Stimme aus dem Inneren. Hinter mir kann ich Penelopes Schritte erahnen. Sie macht sich genauso große Sorgen um sie wie ich.

»Bitte mach auf. Ich will dich sehen.«

Die Stille schwillt an und verschluckt jeglichen Sauerstoff in der Luft. Erst als ich den Schlüssel im Schloss höre, fällt mir das Atmen wieder leichter. Mit einem letzten Blick auf Pen öffne ich die Tür und betrete ihr Zimmer, das noch genauso aussieht wie früher. Dasselbe Bett steht auf der linken, derselbe Eichenschrank auf der rechten Seite. Dieselben grünen Vorhänge, dieselben Fensterbilder an der Scheibe, die wir in unserer Kindheit mit Heather und Charles gemacht haben. Derselbe Mosaikteppich vor ihrem Bett mit dem Brandloch in der Mitte, weil wir heimlich in ihrem Zimmer ihre erste und letzte Zigarette geraucht haben.

Sky sitzt in ihrem Rollstuhl vor dem Fenster, schiebt die Gardinen ein Stück zur Seite und sieht nach draußen, während ich die Tür leise hinter mir schließe.

»Ich wusste nicht, dass du hier bist«, begrüße ich sie und hasse es, dass sie mich nicht ansieht, obwohl sie in den letzten Wochen kaum den Blick von mir lassen konnte.

»Jetzt weißt du es ja.« Ihre Antwort hört sich dünn an.

»Hey, Sky. Was ist los? Du gehst nicht ran, wenn ich dich anrufe. Du schreibst nicht zurück. Deine Mom macht sich Sorgen um dich. Hazel macht sich Sorgen. Und ich mache mir Sorgen.« Ich nähere mich ihr, aber bevor ich sie an der Schulter berühren kann, hebt sie abwehrend die Hände und verkrampft sich. »Bitte nicht. Nicht berühren«, wispert sie. Scheiße, sie benimmt sich so eigenartig. Der Verdacht, dass die Kerle sie noch einmal getroffen haben könnten, wallt in mir auf. Vor meinem inneren Auge läuft ein Film, der mich würgen lässt.

»Hast du sie wiedergesehen? Diese Wichser? Haben sie dich angefasst?« Ein Cocktail aus Emotionen breitet sich in meinem Körper aus. Und er ist verdammt hochprozentig. Weil Sky nicht antwortet, balle ich die Hände zu Fäusten, grabe die Nägel in meine Handinnenflächen und stoße angewidert den Atem aus.

»Das ist es, oder? Sie haben dich wiedergesehen. Sie haben dich angefasst. Deshalb willst du nicht berührt werden, oder? Gott, ich werde ihnen die Seelen aus den Leibern prügeln. Jedem. Einzelnen.« Eilig laufe ich im Raum auf und ab, und als Sky sich in meine Richtung dreht, liegt so viel Traurigkeit auf ihrem Gesicht.

»Siehst du? Genau das ist das Problem.« Sie klingt müde, obwohl Pen meinte, dass sie den ganzen Tag geschlafen hat.

»Wo liegt das Problem? Sky, sag mir, was sie getan haben …«

»Es geht nicht darum, was sie getan haben, Carter. Ich verkrafte diese dämlichen Sprüche schon«, murmelt sie. Ihre Haut ist blasser als sonst, ihre Augenringe sind dunkel. Ihre Lippen rissig, als hätte sie seit Tagen nichts getrunken. »Ich komme damit klar, dass ich mich von einem Fremden aus einem Club tragen lassen muss, weil ich keine Treppen mehr gehen kann. Dass ich viele Läden nicht mehr betreten kann, weil sie nicht behindertengerecht sind. Daran habe ich mich gewöhnt.«

»Was meinst du dann?«, hake ich irritiert nach. Noch immer laufe ich wie ein getriebenes Tier über den knarzenden Dielenboden.

»Ich meine dich, Carter.«

Ich bleibe abrupt stehen und drücke meine Nägel noch tiefer ins Fleisch. Der Kopfschmerz lässt durch die Tabletten zwar nach, aber jetzt ist da ein anderer Schmerz in mir. Er sticht mir in die Brust, breitet sich in meinem Magen und meiner Kehle aus.

»Vielleicht hätten mir diese Kerle etwas getan, vielleicht wollten sie einfach nur ihren Frust an mir ablassen. Vielleicht hätten sie noch mehr Beleidigungen ausgepackt, vielleicht auch nicht. Aber Fakt ist, dass sie zu fünft waren, Carter«, sagt sie zitternd. »Sie waren zu fünft, und du warst allein. Ich habe dich angefleht, nicht auf sie zu hören und mit mir zu gehen. Habe dich darum gebeten, mit mir in dieses überteuerte Restaurant zu gehen, um den Rest des Abends zu retten.«

»Aber sie haben nicht aufgehört. Sie dürfen nicht so mit dir umgehen.« Ihre Worte ergeben einfach keinen Sinn für mich.

»Du hättest sterben können! Meinetwegen!« Jetzt brüllt sie mich an. Penelope muss uns hören können, die Wände dieses Hauses sind dünn, und sie steht sicherlich im Flur.

»Du hättest sterben können, Carter. Du wusstest, dass du keine Chance gegen fünf Männer hast, und trotzdem war dein Ego, das mich um jeden Preis beschützen wollte, größer als dein Überlebensinstinkt.« Nun bricht ihre Stimme endgültig. Sie krallt sich an die Armstützen ihres Rollstuhls und ihre Knöchel treten weiß hervor.

»Moment …« Kopfschüttelnd versuche ich ihre Worte zu rekonstruieren. »Du bist wütend auf mich, weil ich dich verteidigt habe? Vor intoleranten Wichsern?«

»Du hättest sterben können!«, wiederholt sie ihre Worte laut, als hätte ich sie nicht längst verstanden.

»Na und? Ich würde sofort für dich sterben, und das weißt du!« Die Muskeln in meinem Körper brennen, genau wie die kleinen Halbmonde, die ich mit den Nägeln in meine Haut presse.

»Und da liegt das Problem, Carter. Ich ziehe Menschen wie diese an, seit ich im Rollstuhl sitze. Das hier ist jetzt mein Leben. Scheiße, ich versuche wirklich, damit klarzukommen, aber es … es …« Sie ringt nach Worten. »Fakt ist, dass du nicht für mich sterben sollst. Und auch niemand sonst. An dem Abend nach dem Club hättest du einen der Männer fast mit der Flasche umgebracht.«

»Wir wissen nicht, wie weit sie gegangen wären«, sage ich entsetzt, weil ihre Worte so sinnlos sind. Ich erkenne Sky kaum wieder.

»Du warst rechtzeitig da. Wir hätten gehen und sie anzeigen können. Aber du … du warst so voller Wut und Hass, Carter. In den letzten Jahren habe ich es immer geschafft, dich vor diesen Anfällen zu beschützen, habe dir helfen können runterzukommen. Doch seit ich … seit ich … so bin, kann ich das nicht mehr. Seitdem ziehe ich dich eher in die Scheiße, anstatt dir herauszuhelfen.«

»Hör auf, dir die Schuld daran zu geben!«, fahre ich sie an.

»Du hättest in den Knast wandern können, wenn du mit der Glasscherbe zugedrückt hättest, Carter. Hast du überhaupt eine Ahnung, in welche Schwierigkeiten ich dich gebracht habe, seit du zurück bist? Du stehst gerade vor deinem Durchbruch als Schriftsteller und hättest beinahe jemanden umgebracht.« Der bittere Geschmack von Schuld wabert durch die Luft und setzt sich in ihren Augen fest.

»Ich bin weder in den Knast gewandert, noch bin ich gestorben. Die Kerle hatten die Schlagkraft von Kleinkindern«, versuche ich die Stimmung zu lockern. Witze haben Sky immer auf andere Gedanken gebracht. Sie schließt ihre Augen, und als eine einsame Träne über ihre Wange rollt, weiß ich, dass es heute anders ist. Heute ist alles anders.

»Du kannst nicht alles mit einem Scherz herunterspielen. Nicht mehr. Irgendwann reichen Witze nicht mehr …«

»Wir machen aus Zitronen Limonade, Sky. Das haben wir schon immer gemacht. Was hat sich verändert?« Behutsam gehe ich auf sie zu, aber sie weicht vor mir zurück, bevor ich sie berühren kann. Noch nie hat sie meine Nähe so sehr gemieden.

»Was sich verändert hat?«, fragt sie bitter.

Ein verzweifeltes Lachen huscht über ihr Gesicht, das nach seelischen Qualen schreit. »Ist das nicht offensichtlich?« Sie blickt an sich hinab, und ich weiß bereits, was sie sagen will.

»Ich habe mich verändert, Carter. Dieser Unfall hat mich verändert. In den letzten Monaten ohne dich habe ich so sehr versucht, stark zu sein. Habe versucht, das Gute an meiner Situation zu sehen. Das Geschenk, das mir damit gemacht wurde. Habe versucht, die Zitronen zu nehmen und daraus etwas zu machen, das weniger bitter ist, weil wir das immer so machen. Aber die Wahrheit ist: Es gibt nichts Gutes daran. Ich kann meine verdammten Beine nicht mehr bewegen!« Noch mehr Tränen rinnen über ihre Wangen, und die Faust schließt sich noch enger um mein Herz.

»Ist es das, was du willst? Willst du eine Freundin haben, deren Leben so eingeschränkt ist?«

Ihre Frage lässt mich nur bitter auflachen.

»Gott, Sky. Wieso fragst du das überhaupt? Bei dir klingt es so, als wärst du nur noch das. Als wärst du der Rollstuhl und kein Mensch aus Fleisch und Blut. Soll ich dir sagen, was *ich* will?« Dieses Mal lasse ich nicht zu, dass sie mich wieder abweist. Ich schließe meine Hände um ihr Gesicht und sehe ihr in die Augen.

»Ich will *dich,* Sky. Ich wollte dich schon, als ich noch nicht mal wusste, wer ich eigentlich bin. Und wag es jetzt nicht, mir zu sagen, dass das falsch ist …«

Bitte.

Sag.

Es.

Nicht.

Skys Lider flattern, weil sie meinem Blick nicht standhält. Früher konnten wir stundenlang die Welt um uns herum vergessen und einander in die Augen schauen. Nun fühlt es sich an, als hätte sie einen Riegel vor die großen Tore ihrer Welt geschoben.

»Du hast keine Ahnung, worauf du dich einlässt«, sagt sie monoton.

»Ich weiß, worauf ich mich einlasse. Und du hast kein Recht, das zu verurteilen.«

»Weißt du das wirklich, Carter? Woher? Weil du einen beschissenen Artikel im Internet über Querschnittgelähmte gelesen hast?« So wie jetzt hat Sky noch nie mit mir geredet. So voller Wut.

»Wie soll dein Leben an meiner Seite aussehen, hm?« Forsch und herausfordernd funkelt sie mich an. »Willst du in jedem Menschen, der mir einen skeptischen Blick zuwirft, eine Gefahr sehen? Oder immer darauf achten müssen, dass ein Laden, den wir betreten, rollstuhlgerecht ist? Willst du den Rest deines Lebens nur noch in einer Position Sex haben?« Ihre Tränen sind gefüllt mit Selbstzweifeln. Selbsthass. Wut. Trauer um ihr altes Leben. Unser altes Leben.

»Willst du jedes Mal darauf achten müssen, dass ich vorher einen Katheter legen kann, um nicht einzupinkeln, wenn wir miteinander schlafen?«, fährt sie mit ihrem Monolog fort, der mich kaltlässt. Egal, was sie aufzählt, nichts würde mich umstimmen oder etwas an meinen Gefühlen für sie ändern.

»Ich wäre Ballast für dich, Carter. Kein Mensch auf dieser Welt kennt dich so gut wie ich. Du liebst es, spontan zu sein. Du liebst es, die Welt zu bereisen. Du liebst es, Abenteuer zu erleben. Spontaneität gibt es in meinem Leben nicht mehr. Und ich werde mich nicht von einem Flughafenmitarbeiter ins Flugzeug tragen lassen, weil die Gänge nicht breit genug für meinen Rollstuhl sind. Ich kann nicht mehr mit dir aus einem Flugzeug springen, wie wir es immer wollten.« Ihre zerbrechliche Stimme wird immer leiser, und Tränen treten in ihre Augen.

»All das hatte für mich immer nur Bedeutung, weil wir es zusammen machen konnten. Denkst du, es ist mir wichtig? Ich würde mich auch in diesem Zimmer anketten und nie wieder etwas anderes als diese vier Wände sehen, solange ich bei dir sein kann.« Wie sehr meine Stimme zittert, bekomme ich nur gedämpft mit. Nichts um mich herum hat mehr eine Bedeutung, wenn Sky mich so ansieht. So ... entschlossen. Sie ist entschlossen, mich von sich zu stoßen, aber ich bin entschlossen, sie festzuhalten.

»Das sagst du jetzt. Aber das stimmt nicht. Du bist ein Freigeist, Carter. Und ich? Mit mir kannst du dieses Leben vergessen. Mit ihr hingegen ...«

Mit ... ihr?

»Was meinst du damit?« Ich setze mich vor Sky aufs Bett, weil ich weiß, dass mir ihre Antwort auf meine Frage den Boden unter den Füßen entreißen wird.

Ich spüre es in der Art, wie sie mich ansieht und sich anschließend von mir abwendet.

»Megan«, erklärt sie sich. »Mit Megan kannst du das alles haben. Mit ihr kannst du eine Familie haben. Kinder, die eine gesunde Mutter haben, die durch den Garten rennen kann. Mit ihr kannst du reisen, aus Flugzeugen springen und so viel Sex in so vielen Positionen haben, wie du nur willst. Mit ihr geht dieses Leben noch«, haucht sie. »Mit ihr kannst du alles und noch viel mehr haben. Ich habe euch gesehen ...« Sie wischt sich mit den Ärmeln ihres viel zu großen, olivfarbenen Hoodies die Tränen von den Wangen.

»Was redest du da? Wieso geht es hier plötzlich um Megan? Ich liebe sie nicht. Und ich habe sie auch nie geliebt.«

»Aber du könntest sie lieben. Sie ist eine wundervolle Frau, Carter.«

Will sie mich eigentlich verarschen? Der Boden unter mir fühlt sich wie heiße Lava an.

»Scheiße, Sky. Was soll das?«

»Ich habe beim Frauenarzt gesehen, wie du ihren Bauch gehalten hast. Wie sicher und glücklich und erleichtert sie sich in deinen Armen gefühlt hat. Ihr saht so perfekt zusammen aus. Wie eine Familie, die einfach zusammengehört.«

»Sie ist eine Freundin. Sie wird die Mutter meines Kindes. Aber ich liebe sie nicht auf diese Weise. Ich will für das Kind da sein, aber mehr nicht.«

»Aber du könntest mehr haben«, widerspricht sie mir. »Du könntest all das haben, was du verdient hast, Carter. Das mit uns beiden war von Anfang an ein riesiger Fehler. Wir hätten niemals unsere Freundschaft für Sex aufs Spiel setzen dürfen. Hätten niemals …« Sie fächert sich Luft zu, während meine in der Lunge feststeckt, als wäre ein kürbisgroßer Ballon in meiner Luftröhre. Ich kann weder aus- noch einatmen.

»Du hast gesagt, dass du nichts bereust«, sage ich und fühle mich, als hätte sie mir einen zentnerschweren Stein gegen den Kopf geschlagen. Plötzlich sind die Kopfschmerzen wieder da. Nur zehnmal schlimmer. Keine Tablette der Welt könnte da was ausrichten.

»Ich wusste es nicht besser. In der Nacht, als es passiert ist, war ich traurig. Ich habe Trost gesucht.« Sie starrt Löcher in den Boden zwischen uns, und als ich ihre Hände in meine nehme, versteift sie sich.

»Du weißt nicht, was du da sagst. Das ist nicht der Grund. Wir haben nicht miteinander geschlafen, weil du traurig warst. Du hast mich nicht ausgenutzt. Das würde mir meine beste Freundin niemals antun.« Galle steigt meine Kehle hinauf, aber ich schlucke sie herunter.

»Vielleicht war es aber genau so«, sagt sie bebend.

»Du lügst.«

»Ich konnte immer ehrlich zu dir sein. Du warst der einzige Mensch, zu dem ich immer ehrlich sein konnte …« Die Tränen schleudern durch die Luft, weil sie so heftig mit dem Kopf schüttelt. Langsam gleiten ihre Finger aus meinen Händen und damit auch ihr Herz. Ich will es packen, an mich ziehen und fest verschließen, aber es rutscht mir aus den Händen …

»Du lügst«, wiederhole ich, habe aber Angst davor, dass sie die Wahrheit sagen könnte.

»Du lügst!«, zische ich. Entschlossen stehe ich auf.

»Nein. Ich habe doch gesagt, dass ich immer ehrlich zu …«

»Sprich es nicht aus!«, unterbreche ich sie scharf. »Sag nicht, dass du ehrlich zu mir bist. Du hast mir sechs Monate lang verschwiegen, was dir passiert ist. Jeden Tag, an dem wir telefoniert haben, hast du mir mitten ins Gesicht gelogen, Sky! Ich bin fast umgekommen vor Sorge um dich, und doch hast du es nicht für nötig gehalten, ehrlich zu mir zu sein.« Bis jetzt kam ich mit ihrer Lüge klar, aber gerade bricht alles über mir zusammen. Die morschen Balken dieses Hauses stürzen herab und zertrümmern mir den Schädel.

»Siehst du?«, schnieft sie. »Siehst du jetzt, was ich für ein Mensch bin? Ich habe gesagt, dass ich deinen Job nicht gefährden wollte, aber ich glaube, dass es mir nie darum ging. Ich wollte einfach nicht wahrhaben, dass ich nicht mehr dieselbe Frau wie vor dem Unfall bin. Solange du in Europa warst, konnte ich zumindest für dich die alte Sky sein.«

Ihre Schultern sacken nach unten, genau wie meine. Die Anspannung fällt von mir ab und hinterlässt nur diese bleierne Leere in mir. Leere in meiner Brust. In meinem Kopf. In meinem Herzen. Selbst das Tattoo an meinem Handgelenk fühlt sich auf einmal so leer an, als wäre es nicht mit schwarzer Tinte gefüllt.

Keiner von uns sagt mehr etwas. Ich stehe inmitten des Zimmers, in dem wir so viele Freundschaftsmomente erlebt haben, aber ich erkenne die Frau vor mir kaum wieder. Die Kälte in ihrem Blick ist mir so fremd, als würde ich ihr zum ersten und nicht zum tausendsten Mal in die Augen sehen.

»Geh jetzt bitte, Carter. Ich will allein sein.« Sky wendet sich von mir ab, stellt sich wieder Richtung Fenster und starrt nach draußen. Mittlerweile ist es dunkel geworden, und ich weiß, dass sie nach Sternen sucht, die hier in der Stadt nicht zu sehen sind.

Spitze Nadeln bohren sich in meine Haut. Aber das hier ist nicht der gute Schmerz. Das hier ist der schlimme Schmerz. Die letzten Wochen mit Sky fühlten sich wie Fliegen an, jetzt falle ich.

Der Aufschlag in der Realität ist härter, als ich befürchtet habe. Gegen diesen Schmerz waren die Schläge dieser Kerle nur Streicheleinheiten.

Keine Ahnung, wie lange ich noch hier stehe und sie ansehe. Ihre wüsten, blonden Locken, deren Duft ich so gut kenne. Wie sie sich auf meiner nackten Brust anfühlen. Diese Arme, die immer meinen Halt gesucht haben.

Allmählich lösen sich meine Füße vom Boden, ich taumle rückwärts aus dem Raum heraus, reiße die Tür auf und stürme nach draußen. Penelope sitzt weinend im Flur, ihr Blick verrät sie. Sie hat alles mitangehört.

»Carter, warte …«

»Lass mich gehen, Pen. Ich … ich muss sofort hier raus, bevor ich etwas kaputt schlage.« Ohne sie noch einmal anzusehen, stürme ich zur Haustür. Reiße sie auf. Nehme die Treppen hinunter zum Vorgarten. Laufe zur Garage und sehe die nagelneue Harley an. Erinnere mich an unseren Tag am Strand, als Sky in meinen Armen lag und mit mir in die Sterne gesehen hat. Wie glücklich sie aussah, als ich ihr sagte, wie sich der Sand an meinen Füßen angefühlt hat.

Erinnere mich an die Nacht, in der ich zum ersten Mal nach Monaten wieder in ihr war. Sie gehalten und mir geschworen habe, dass es für immer ist. Unser *Für immer* ist zu einem *Vorbei* geworden. Zu einem Ende. Ich setze die Fußstützen an der Harley, die ich für sie gebaut habe, und würde sie am liebsten eigenhändig abreißen. Stattdessen verlässt mich die Kraft, und ich sinke zu Boden. Spüre den kühlen Beton an meiner Haut, blicke nach draußen in den Nachthimmel und suche vergeblich nach den Sternen. Aber ich sehe keinen einzigen.

30

Skylar

Ich starre Löcher in das dunkle Holz der Tür, die Carter gerade lautstark zwischen uns geschlossen hat. Es war nicht nur ein einfaches Zuschlagen vor Wut, es war viel mehr. Vermutlich ist er schon über alle Berge, und doch hängt sein unverwechselbarer Duft nach Patschuli und Sandelholz noch immer in der Luft meines alten Kinderzimmers. *Vielleicht war er gerade zum letzten Mal hier.* Der Gedanke bringt mich um.

Die Tränen laufen ungehemmt über meine Wangen und tropfen auf den olivfarbenen, zerschlissenen Hoodie, den ich immer zum Malern anhatte, wenn Mom mal wieder renoviert hat. Meine Finger fühlen sich an wie Eisklumpen, und diese Kälte breitet sich mit jedem Atemzug weiter in meinem Körper aus. Ich habe Dinge gesagt, die ich niemals hätte sagen dürfen. Die ich niemals so meinen würde, wenn ich bei klarem Verstand wäre. Aber seit ich gestern Abend das Krankenhaus verlassen habe, in dem Carter meinetwegen die Nacht verbringen musste, ist alles über mir zusammengebrochen.

Sechs Monate lang habe ich meinem kindlichen Optimismus die Oberhand gelassen, habe gekämpft und am Ende doch verloren. Gegen das Schicksal, das mir die verdammte Arschkarte gegeben hat.

Ein zögerliches Klopfen ertönt, und ohne auf meine Erlaubnis zu warten, kommt Mom herein. Sie versteckt ihre eigenen Tränen nicht, während ich meine eilig mit den Ärmeln fortwische, um ihr nicht zu zeigen, wie miserabel es mir geht.

»Sky …« Sie kommt auf mich zu, setzt sich an die Bettkante und nimmt meine bebenden und eiskalten Hände in ihre warmen. »Es tut mir so leid. Ich war in den letzten Monaten nicht genug für dich da. Ich habe nicht gesehen, wie es dir wirklich geht.«

»Du hast nichts falsch gemacht«, tröste ich sie. »Du warst perfekt. Nur ich … ich dachte, ich wäre stärker als das hier.« Mein Blick gleitet zu Holly, die sich seit gestern wie eine Gefängniszelle anfühlt.

»Du bist stark.« Eindringlich sieht sie zu mir auf. »Und Carter wegzustoßen ist nicht der richtige Weg. Das weißt du, oder?«

»Vielleicht ist es nicht der richtige Weg, aber er ist notwendig«, halte ich gegen. »Du hast ihn nicht mit Megan gesehen. Du hast nicht gesehen, wie glücklich die beiden zusammen ausgesehen haben, Mom. Er könnte dieses glückliche Leben führen.« Seit gestern Abend bekomme ich ihr Strahlen in der Arztpraxis nicht mehr aus meinem Kopf. Es hat die ganze Stadt erhellt. Nach dem Verlassen des Krankenhauses habe ich Carters Leben an mir vorbeiziehen sehen wie in einem Film. Und in diesem Film war nicht ich die Frau an seiner Seite, sondern Megan, auch wenn sich mein Herz ein anderes Bild gewünscht hätte.

»Ich glaube, dass du verletzt bist. Dass du sauer auf das Leben bist und sauer auf dein Schicksal. Aber du bist nicht allein, und du solltest auch nicht so tun«, flüstert sie mit nassen Augen.

»Ich bin nicht allein. Ich habe immer noch dich und Hazel.« Ein aufgesetztes Lächeln kaschiert, wie es wirklich in mir aussieht. Dunkel. Nebelig. Zertrümmert. Innerhalb weniger Minuten habe ich es geschafft, Carter das Herz zu brechen und meines gleich mit auf den Boden zu schleudern.

»Du und Carter, ihr seid füreinander bestimmt. Oder muss ich dich daran erinnern, wie sehr du mich angefleht hast, ihn ebenfalls bei mir aufzunehmen? Es hat mir das Herz gebrochen, wie traurig du warst, als ich dich bei Heather und Charles abgeholt habe. Carter ist unserem Auto hinterhergerannt, so schnell er konnte, und du? Du hast deinen Blick keine Sekunde lang von der Heckscheibe gelassen, auch als er längst fort war. Die ersten drei Tage hast du in diesem Zimmer am Fenster gesessen. Genau dort, wo du jetzt sitzt. Und hast nach draußen auf die Einfahrt geblickt, als würde er wie von Zauberhand dort auftauchen.«

»Du musst mich nicht daran erinnern, wie viel er mir bedeutet«, sage ich müde.

»Ich denke schon«, antwortet Mom leise. »Du musst dich daran erinnern, was euch verbindet, Sky. Und dann wirst du sehen, dass all das, was du Carter an den Kopf geworfen hast, gelogen war. Wir wissen beide, dass du ihn liebst. Wir wissen beide, dass er dich liebt. Er wird ein guter Vater für dieses Kind, ohne Zweifel, aber ihn zu einer Beziehung zu drängen, die er gar nicht will? Das bist doch nicht du.«

Gedankenversunken starre ich unsere ineinander verwobenen Hände an. Meine Haut ist fleckig und blass, die meiner Mutter warm und gebräunt. Eine neue Angst überkommt mich. *Was, wenn ich mich nicht mehr selbst erkenne?*

• • •

Ich dachte immer, dass die Anfangszeit bei Penelope die schwierigste und längste meines Lebens war. Oder die ersten Tage bei Heather und Charles, nachdem mich meine leibliche Mutter wie ein Paket ohne Rücksendeschein dort abgegeben hat. Jetzt bin ich schlauer.

Seit dem Streit zwischen Carter und mir herrscht absolute Funkstille, während es in meinem Kopf so laut wie nie zuvor ist. Beinah jeden Tag verharrt mein Daumen über seinem Namen in meiner Kontaktliste, aber ich schaffe es nie, den grünen Hörer zu drücken, ihn anzurufen und mich zu entschuldigen. Stattdessen gebe ich mich damit zufrieden, die Bilder auf seinem Instagram-Profil durchzuklicken, obwohl ich jedes davon bereits in- und auswendig kenne. Seit er zurück in Texas ist, hat er keines mehr online gestellt, für das Internet existiert sein Leben nach London nicht.

»Weißt du was?«

»Was?«, frage ich und blicke zu Hazel auf. Meine Beine liegen auf der Sofalehne in unserem Gemeinschaftsraum, während im Fernsehen *Brooklyn Nine Nine* läuft. Seit zwei

Wochen schaffe ich es nicht mehr, *Friends* anzusehen, ohne in Tränen auszubrechen. Ich vermisse ihn so sehr, dass es wehtut. Und das, obwohl er nur wenige Luftmeilen von mir entfernt ist. Selbst als er in Europa war, war die Sehnsucht nicht so stark. Es ist noch schlimmer, wenn das, was man unbedingt will, in greifbarer Nähe und doch unerreichbar ist.

»Wir müssen heute etwas unternehmen. Irgendwas. Das geht so nicht weiter. Weder mit dir noch mit mir.« Hazel stößt sich von der Küchenzeile ab, baut sich vor dem Sofa auf und stemmt die Hände in die Hüften. Anschließend sieht sie sich in dem kleinen Zimmer um. Sie braucht mittlerweile keine Krücken mehr, sie benutzt die Teile jedoch in den Fluren und auf dem Campus weiterhin, damit sie noch etwas länger meine Mitbewohnerin bleiben kann. Die Vorstellung, dass sie bald in ein anderes Zimmer oder sogar Gebäude ziehen muss, macht mich wahnsinnig traurig.

»Und ich habe auch die perfekte Idee, wie wir zwei auf andere Gedanken kommen.« Seit der Trennung von Mason hat sie die meiste Zeit in ihrem Bett verbracht, sich seine alten Briefe aus Afghanistan durchgelesen und sie anschließend fein säuberlich in dem Karton unter ihrem Bett verstaut.

»Und die wäre? Suchen wir etwa eine zwielichtige Firma im Internet auf, die unsere Erinnerungen an Carter und Mason löschen lässt? Wie bei Vergissmeinnicht?«

»Vergissmeinnicht?«, fragt sie irritiert.

»Das ist ein Film mit Jim Carrey. Seine Freundin hat sich nach der Trennung der beiden die Erinnerungen an ihn löschen lassen, um mit dem Liebeskummer fertigzuwerden.« Der Gedanke gefällt mir.

»Ähm … nein, das meinte ich nicht. Obwohl du mir den Film unbedingt mal zeigen musst. Ich denke, wir sollten putzen.« Ihr Vorschlag lässt mich nur fragend die Brauen heben. Ein ungläubiges Lachen steckt in meiner Kehle fest.

»Putzen?«

»Ja, putzen. Meine Grandma sagte immer, dass das Chaos im Kopf kleiner wird, je sauberer das Umfeld ist. Und das hier?« Sie dreht sich im Kreis, greift nach dem überfüllten Mülleimer und rümpft die Nase, weil er bereits bestialisch stinkt. »Das hier ist ekelerregend.«

»Ich liebe dich, Hazel. Aber ich glaube nicht, dass es dich weniger traurig macht, wenn der Boden sauber ist oder die Spinnweben aus den Ecken verschwunden sind. Und ich fühle mich garantiert nicht weniger scheußlich und schrecklich, nur weil der Mülleimer leer ist. Mason hat dich verlassen, und ich habe das Herz meines besten Freundes in Fetzen gerissen. Daran kann auch eine heiße Putzorgie nichts ändern.«

Sie seufzt als Antwort auf meine schonungslose Analyse und atmet tief durch.

»Lass es uns wenigstens probieren. Sonst dauert es nicht mehr lange, bis der Geruch auch auf den Flur zieht und wir die ersten Ratten als Besucher bekommen.«

Die Vorstellung, mir bald mit ein paar Nagetieren das Zimmer teilen zu müssen, spornt mich dazu an, den Fernseher auszuschalten. »Okay, okay. Du hast gewonnen. Aber du musst alles übernehmen, das hier drunter liegt.« Ich halte meine Hand in Holly-Höhe hoch und zeige mit dem Finger zum Boden.

»Abgemacht. Ich kümmere mich um den Boden und alles unterhalb Hüfthöhe. Du musst dafür die Arbeitsplatte in der Küche wischen und den Kühlschrank säubern.« Am liebsten würde ich mich in meinem Zimmer verkriechen und die Bettdecke über meinen Kopf ziehen, anstatt den Staubwedel zu schwingen. Mich von der Außenwelt abschirmen und in eine Zeit zurückbeamen, in der ich mich noch nicht so elendig gefühlt habe.

»Deal«, gebe ich schließlich nach, hieve mich in Holly und hole ein paar frische Putztücher aus der Schublade unserer kleinen Küchenzeile. Einen Versuch ist es wert.

• • •

»Deine Grandma war eine verdammt weise Frau. Es geht mir jetzt wirklich etwas besser«, sage ich erstaunt, während ich mir mit einem frischen Geschirrtuch den Schweiß von der Stirn wische. Mittlerweile habe ich den kleinen Minikühlschrank komplett ausgeräumt, gesäubert und wieder eingeräumt. Die Arbeitsplatte glänzt, und ich habe sogar unsere Türklinken gereinigt und desinfiziert.

»Siehst du? Ich wusste es doch. Mir geht es auch besser jetzt.« Erschöpft vom langen Schrubben des hässlichen Linoleums lässt Hazel sich aufs Sofa fallen, schmeißt ihren Putzlappen auf den Couchtisch und starrt schnaufend an die Decke.

»Und jetzt haben wir auch genug Kalorien verbrannt, um

uns eine Pizza zu bestellen. Wenn das keine typische Win-Win-Situation ist, dann weiß ich auch nicht.«

»Vermisst du deine Grandma sehr?« Ich werfe meinen Putzlappen in die Spüle und wende mich Hazel zu, die sich jetzt aufrappelt, die Knie heranzieht, das Kinn darauf ablegt und mit geschürzten Lippen nickt.

»Wahnsinnig. Mein Grandpa gibt sich große Mühe, sich nichts anmerken zu lassen, wenn ich da bin. Oder wenn Jamie ihn besucht. Aber sie fehlt so, so sehr. Das Haus ist nicht mehr dasselbe ohne den Duft ihres Parfums oder den Klang ihres Lachens. Die Farm ist nicht mehr dieselbe, selbst die Tiere merken, dass etwas fehlt …« Sie blinzelt die Tränen weg, bevor sie sich ihren Weg bahnen können. »Aber ich weiß, dass sie jetzt an einem besseren Ort ist. Dass ich sie irgendwann wiedersehen werde und dass Grandpa eines Tages wieder bei seiner Liebsten sein wird. Das ist ein Trost, findest du nicht? Zu wissen, dass unsere Liebsten immer noch bei uns sind, auch wenn sie sterben?«

Vor mir tauchen die warmen Augen von Heather auf. Ihr strahlendes, einnehmendes Lächeln. Die warme Stimme. Jedes der Pflegekinder weiß, dass es nur noch eine Frage der Zeit ist, bis der Krebs sie in die Knie zwingen wird. Aber Hazels Worte über den Tod machen mir Mut.

Mein eingefrorenes Herz taut langsam auf, je länger sie so liebevoll über ihre Großeltern spricht. Als es an der Tür klopft, tupfe ich mir die nassen Augenwinkel, gleite Richtung Tür und drücke die wie nagelneu glänzende Klinke herunter. Sobald ich sie einen Spalt geöffnet habe, tauen auch die letzten Eiszapfen, die mein Herz in Beschlag genommen haben, auf. Tropfend schwindet das Eis und bildet eine Pfütze aus Schuld unter meinem Rollstuhl.

»Carter?«, frage ich wispernd. Mein bester Freund lehnt sich gegen den Türrahmen, und als sich unsere Blicke treffen, gibt es in diesem Moment nur noch ihn und mich. Ihn, mich und tausend Dinge zwischen uns, die da nichts zu suchen haben.

Ich habe ihn verletzt.

Ich habe mich verletzt.

Sag ihm einfach, dass es dir leidtut …

»Was machst du hier?« Im Hintergrund höre ich, dass Hazel sich in ihr Zimmer verzieht, und ich wünschte, sie wäre geblieben, um mir Beistand zu leisten. Carter trägt eine lässige schwarze Jogginghose, die tief auf seinen Hüften sitzt, und ein zerrissenes, altes Nirvana-Shirt. Das mit dem gelben Smiley drauf.

»Darf ich kurz reinkommen?« Seine Stimme, die sonst immer vor Lebensfreude strotzt, klingt so anders als sonst. Ernster und erwachsener irgendwie. Es sieht aus, als wäre er in den letzten zwei Wochen um fünf Jahre gealtert.

»K-Klar«, stottere ich, mache ihm Platz und lasse ihn ins Zimmer kommen. Er sieht sich hier drin um, und ich weiß, dass er die Ordnung bemerkt. Aber er spricht sie nicht an, genauso wenig wie den stechenden Geruch der Reinigungsmittel, der noch in der Luft hängt und sich jetzt mit seinem Parfum vermischt. Noch nie habe ich mich so unwohl in seiner Gegenwart gefühlt. Noch nie habe ich mir gewünscht, dass wir nicht allein wären. Ich hasse mich für das, was ich ihm angetan habe, und schaffe es kaum, ihm in die Augen zu sehen. Es ist nicht seine Anwesenheit, die ich nicht ertrage, sondern meine.

»Ich wollte mich nur … verabschieden.« Als er sich zu mir umdreht, sticht es in meiner Brust, und das getaute Eis friert wieder zu. Kleine Eiskristalle ummanteln mein Herz.

»Verabschieden?« Meine Augenwinkel werden wieder feucht, aber dieses Mal wische ich sie mir nicht trocken, weil meine Hände mit den Armlehnen des Rollstuhls verschmelzen. Ein kindischer, naiver Teil in mir dachte, dass er hier wäre, um mir zu vergeben.

Du hast dich noch nicht mal entschuldigt. All das, was ich an diesem Tag vor zwei Wochen gesagt habe, hängt immer noch zwischen uns in der Luft wie eine dicke Gewitterwolke.

»Ja, ich werde morgen mit den Jungs und Megan nach London fliegen«, erklärt er sich und starrt jetzt Löcher in den sauberen Boden. Meine Kinnlade klappt herunter, aber Worte kriege ich nicht heraus. *Er geht zurück nach London?*

»Oh …« Ich wende den Blick ab, weil ich es nicht länger ertrage, ihn anzusehen. Vor allem nicht, wenn ich weiß, dass er das Land verlassen wird. Schon wieder. Dabei habe ich mit meinen Worten genau das beabsichtigt. Ich wollte, dass er Megan eine Chance gibt, weil sie es verdient hat.

»Wie lange?« Die beiden Worte kommen kaum über meine rissigen Lippen. Seine tätowierten Hände hat er in den Taschen seiner Jeans vergraben, sodass ich meinen Namen auf seinen Fingerknöcheln nicht sehen kann.

»Ich weiß es noch nicht genau. Isaacs Manager will noch ein paar Dinge mit mir besprechen, und der Verlag in London will mich sehen, bevor das Buch nächsten Monat offiziell erscheint. Ich denke, ich soll noch ein paar Exemplare vorab mit der Band signieren. Außerdem kann ich so Megan helfen, das Kinderzimmer einzurichten.« Ich fokussiere seine schwarzen Boots, würde mich gern an seinen Beinen festklammern wie ein Äffchen und ihn nirgendwohin gehen lassen.

»Das ist gut, schätze ich. Das Buch wird sicher ein Wahnsinnserfolg«, flüstere ich benommen von den Neuigkeiten. Und auch wenn das Zimmer so sauber wie nie zuvor ist, fühle ich mich im Moment dreckiger denn je. Als würde sich all der Schmutz jetzt stattdessen auf meiner angeknacksten Seele absetzen.

»Werden wir sehen. Ich bin eigentlich nur hier, um dir das zu sagen. Ich schätze, ich hätte nicht einfach gehen können, ohne dich noch einmal zu sehen. Das hätte sich falsch angefühlt.« *Alles hier fühlt sich falsch an. Die letzten zwei Wochen ohne dich …* Endlich hebt er den Blick, und als ich mich in der Schönheit seines Ozeans verliere, fühlt es sich an, als könnte ich nicht schwimmen. Ich strample gegen den Sog an, der mich in die Tiefe zerrt, aber ich bin zu schwach. Das erste Wasser rinnt in meine Lunge und nimmt mir die Luft zum Atmen. Kleine Blasen steigen an die Oberfläche und saugen das Leben aus mir heraus. Genau so habe ich mich schon einmal gefühlt. Carter lag auf dem Boden, von Blut benetzt und mit Schmerzen am ganzen Körper. *Es ist richtig, was ich getan habe. Ich muss ihn schützen. Ich muss …*

»Ich hoffe, London empfängt dich ausnahmsweise mit Sonnenschein«, rutscht es mir heraus, und ich würde mir am liebsten auf die Zunge beißen. Ehrlich? Er steht hier, um sich zu verabschieden, und das ist alles, was mir einfällt? Ein Satz über das Wetter? Carter runzelt die Stirn, fährt sich mit der rechten Hand durch das wilde, blonde Haar und zieht die Snake Bites zwischen die Lippen. Eine Weile steht Carter mir noch gegenüber, und während ich mir wünsche, er würde mich in seine Arme nehmen und nie wieder loslassen, entgleitet er mir mit jedem Atemzug mehr. Ich spüre, wie die Kluft zwischen uns größer wird. Ich habe diesen riesigen Graben zwischen uns erschaffen und nicht die Kraft, ihn wieder mit Sand zu füllen.

Sand. Meer. Sonnenuntergänge.

Bilder von uns am Chrystal Beach flackern vor mir auf, aber je länger ich sie betrachte, desto trauriger werde ich, weil ich ab jetzt allein im Sand sitzen werde.

»Ich muss jetzt auch los. Meine Sachen packen und ein paar Dinge regeln …« Er kommt auf mich zu, und kurz verfalle ich dem Glauben, dass er mich in den Arm nimmt. Dass er mich hochhebt, in mein Bett trägt und mir sagt, dass er trotz allem, was ich gesagt habe, bei mir bleibt. Vor mir kommt er zum Stehen, und als er sich über mich beugt, schließe ich die Augen und inhaliere seinen Duft so tief, dass es fast schmerzt. Stechend weiten sich meine Lungen, bis sie gänzlich mit Carters Duft gefüllt sind.

Als er seine Hand in meinen Nacken legt und schließlich meinen Scheitel küsst, fühlt es sich so endgültig an. Sonst hat mir diese Geste immer Sicherheit gegeben, doch jetzt fühle ich mich alles andere als sicher.

Es ist wie ein Abschied, von dem ich nie wollte, dass es ihn ein zweites Mal geben wird. Ich sehe die kleine Sky im

Wagen ihrer Adoptivmutter sitzen und die Heckscheibe auf der Suche nach ihrem besten Freund anstarren. Sehe den kleinen Carter, der so schnell rennt, wie es seine dünnen Beine zulassen. Aber er ist nicht schnell genug, um das Auto einzuholen.

Seine Lippen verharren einen Moment lang auf meinem Haar, bevor er mich loslässt und zur Tür geht. Bevor er sie schließen kann, halte ich ihn auf.

»Carter?«

Ich bilde mir ein, Hoffnung in seinen Augen zu sehen. Er hält inne, die Hand weiterhin auf der Türklinke.

»Guten Flug«, wispere ich. *Es tut mir leid.* Das ist es, was ich sagen will. Das ist es, was ich nicht über mich bringen kann, weil ich tief im Inneren immer noch glaube, dass er ohne mich besser dran ist. Weil er nie aufhören würde, mich um jeden Preis beschützen zu wollen.

Enttäuschung flackert in seinem schönen Gesicht auf wie das Licht einer kleinen Flamme. Meine Worte sind der Wind, der seine Hoffnung erlöschen lässt. Und als die Tür ins Schloss fällt, breche ich in Tränen aus. Schluchzend presse ich mir die Fäuste in den Magen, stoße einen erstickten Schrei aus und spüre erst, dass ich noch am Leben bin, als Hazel aus ihrem Zimmer stürmt, sich hinter mich stellt und ihre Arme um mich schlingt. Sie bettet ihren Kopf an meine Schulter, umschließt mich mit ihrer Wärme und hält mich. Wiegt mich sachte hin und her.

»Alles wird gut, Sky.«

Aber ich habe Carter gehen lassen, schreie ich sie gedanklich an. Wieso, um Himmels willen, habe ich ihn gehen lassen?

31

Carter

Mein Daumen streicht über den Einband des vierhundert Seiten dicken Buches. Man sollte meinen, dass dieser Moment in der Liste meiner Greatest Hits an oberster Stelle stehen würde, stattdessen schafft er es nicht einmal in die Top Hundert. Nicht, wenn Sky nicht bei mir ist, das Buch an sich reißt, es jedem Menschen unter die Nase hält und vor Stolz ausflippt. Seit ich ein kleiner Junge war, habe ich immer davon geträumt, eines Tages mein eigenes Werk in den Händen zu halten. Das Papier an meinen Fingern zu fühlen, an dem kleinen Lesebändchen zu ziehen und die ersten Sätze zu lesen, die *ich* ganz allein geschrieben habe. Der Moment, wie aus einem Dokument auf dem Laptop ein gebundenes Buch wird, sollte magisch sein.

Jetzt, Jahre später, ist mein Traum in Erfüllung gegangen und hat doch keinerlei Bedeutung mehr für mich. Das Cover ist schlicht. Es zeigt die Aufnahme eines der Konzerte auf der England-Tour, der Location nach zu urteilen ist es in der Royal Albert Hall in London entstanden.

Das Foto ist von weit hinten aufgenommen, die Kamera schwebte über den Köpfen der tanzenden Menge, die elektrisiert den Klängen der Musik lauschte. Zum Rand hin verschwimmt das Publikum in ein tiefes Schwarz, und am Horizont sieht man Isaac und die Jungs auf der Bühne stehen. Blau beleuchtet, voll in ihrem Element. Ich hockte während der Aufnahme vermutlich irgendwo hinter der Bühne, habe mit Skylar telefoniert oder ein Video für sie vom Backstagebereich gedreht. Während der ersten Konzerte habe ich noch gebannt zugehört und sie vom Rand der Bühne aus beobachtet, aber irgendwann kannte ich die Show der Jungs auswendig.

Auch wenn ich nicht selbst auf der Bühne war, habe ich gespürt, wie sie sich gefühlt haben müssen. Wie Götter. Die Fans lagen ihnen zu Füßen und hätten alles dafür gegeben, Isaac oder einen der anderen bei einem Stagedive durch die Menge zu tragen. Mein Blick wandert über meinen Namen, der unten neben dem Logo des Verlages steht. *Carter! Kannst du das fassen? Dein Name. Auf einem Buch! Neben dem Logo von einem der größten Verlage Englands! Ich glaube, ich spinne. Kneif mich mal. Nun komm schon, kneif mich!*

»Ich sehe es«, antworte ich der Stimme meiner besten Freundin, die ich mir nur einbilde. Seit vier Wochen bin ich jetzt in London und habe nichts mehr von Sky gehört, aber in meinem Kopf laufen die Gespräche trotzdem ab, als hätte sich nichts zwischen uns verändert. Ich wünschte, ich könnte es darauf schieben, dass ich seit Wochen betrunken bin, aber ich habe keinen Tropfen Alkohol angerührt, seit ich hier bin. Wer weiß, vielleicht verliere ich ja langsam einfach meinen Verstand.

»Hast du was gesagt, Alter?« Isaac stupst mich an, und als ich mich aus dem Bann meiner Gedanken reiße, lasse ich das Buch auf den Tisch gleiten.

»Hm?«

»Ob du was gesagt hast. Ist verrückt, oder? Ich kann's auch nicht fassen. Da drin …« Er nimmt eines der fünftausend frisch gedruckten Exemplare vor uns in die Hand. » … steht einfach unsere Geschichte. Das ist so abgefahren, Mann.« Der Stolz, den ich ebenfalls empfinden sollte, lodert in seinen dunklen Augen auf. Und ich freue mich für die Band, weil sie jeglichen Erfolg dieser Welt verdient hat. Und das sage ich nicht nur, weil die Jungs korrekt sind und ich sie mag, sondern weil ihre Musik wirklich gut ist. Sie bewegt Menschen, ohne kitschig zu sein.

»Schon echt verrückt«, antworte ich nickend. Isaac schlägt das Exemplar in seinen Händen auf und signiert es auf der fünften Seite. Der Verlag wollte, dass wir herkommen, um die ersten Exemplare für die Fans zu signieren, also hocken wir seit drei Tagen in diesem riesigen Büro über Londons Innenstadt und schreiben uns die Finger wund. Jedes Mal, wenn mein Blick dabei auf die drei Buchstaben auf meinen Knöcheln fällt, würde ich die Bücher am liebsten in die Ecke feuern und verschwinden. Aber hey, das hier ist jetzt mein Job und neben den Jungs, Megan und meinem ungeborenen Kind alles, was ich noch habe.

»Mir fällt echt bald die Hand ab«, jammert Connor, der mit den anderen Jungs gegenüber von uns sitzt. Jeder von uns signiert die Exemplare einzeln, und langsam kann ich meinen Namen nicht mehr ansehen, ohne dass mir schlecht wird.

»Die signierten Exemplare werden sicher innerhalb eines Tages ausverkauft sein. Ihr glaubt ja nicht, wie viele junge Mädels schon in unserem Verlag angerufen haben, um zu fragen, ob wir manche Buchhandlungen auch schon vor Release beliefern.« Beverly schnappt sich die fertigen Bücher und sortiert sie in die großen Pappkartons ein, damit sie später ins Lager gebracht werden können.

Sie ist unsere persönliche Ansprechpartnerin hier im Verlag und auf den ersten Blick eine ziemlich strenge Frau. Mit ihrer großen Brille, dem akkurat sitzenden Dutt und dem hellbraunen, knitterfreien Kostüm sieht sie spießig aus, aber je besser man sie kennenlernt, desto lockerer wird sie.

»Und das alles haben wir Carter zu verdanken.« Isaac legt seinen Arm um meine Schulter und boxt mir gegen den Oberarm. Gott, ich hasse es, Komplimente für meine Arbeit zu bekommen.

Weil du nicht siehst, was ich sehe.

»Wartet doch erst mal ab, wie das Buch ankommt. Vielleicht wird es ja nach drei Tagen schon von zig Kritikern zerrissen und als Klolektüre abgestempelt.«

Unsinn, Carter. Du bist gut. Ich weiß noch, dass du mir nie deine Texte zeigen wolltest, aber einmal habe ich dich gezwungen, mir eine Kurzgeschichte vorzulesen. Glaub an dich, Carter. Denn ich tue es.

»Die war echt beschissen«, murmle ich der imaginären Sky zu. Alle Augenpaare im Raum ruhen auf mir, und ich beginne zu schwitzen. Nervös wische ich mir die feuchten

Hände an den Jeans ab, und ich befürchte, dass ich dabei wie ein Junkie auf Entzug aussehe. Nur, dass ich nicht nach einem Schuss lechze, sondern nach Kontakt mit Sky.

»Alter, du führst schon seit Wochen diese Selbstgespräche. Müssen wir uns Sorgen machen?« Es ist Louis, der mich jetzt mit seinem schwarzen Edding abwirft.

Sag ihnen, dass es dir nicht gut geht, Carter. Sag ihnen, dass du mich vermisst und eigentlich nicht hier sein willst. Skys Augen sind überall in meinem Kopf, und ich spüre ihre Hand, die über meine Wange streichelt, und ihren zierlichen Körper, der sich gegen meinen drückt.

Ich beiße mir auf die Lippe, damit ich nicht am Ende dieses Tages wirklich noch in einer Anstalt lande. »Ich brauche nur ein bisschen Schlaf.«

»Schlaf? Vergiss es. Wir wollten heute noch feiern gehen. Beverly ist auch dabei, oder?« Isaac dreht seinen Stuhl lässig in ihre Richtung und verschränkt die Hände vor seinem Bauch. Sie verschließt den gefüllten Karton, zieht das Paketband über die Pappe und reißt es dann grinsend ab. »Ich wäre dabei.« *Dir entgeht nicht, dass sie dich anstarrt, seit du den Verlag betreten hast, oder? Ihre Blicke ziehen dich beinahe aus.* Sky klingt eifersüchtig. Mein Blick huscht zu Beverly und tatsächlich: Obwohl Isaac sie eingeladen hat, sieht sie nur mich an. War das schon den ganzen Tag so? Wenn ja, habe ich es nicht geschnallt.

»Komm schon, Alter. Das wird nicht schlecht. Seit du mit uns zurück bist, kriegt man dich kaum noch raus.« Liegt vielleicht daran, dass der letzte Abend in einem Club katastrophal endete.

»Sorry, aber ich bin wirklich raus. Ich wünsche euch einen grandiosen Abend.« Mit diesen Worten schnappe ich mir meine Lederjacke, schlüpfe hinein und stehe auf.

»Langweiler«, wird mir hinterhergerufen, aber ich ignoriere sie und achte nur auf die eine Stimme, die wirklich von Bedeutung ist, auch wenn ich sie mir nur einbilde.

Es ist die richtige Entscheidung. Mit Alkohol im Blut hast du dich nicht unter Kontrolle, Carter.

»Ohne dich auch nicht, SkySky«, korrigiere ich sie auf dem Weg durch das riesige Gebäude des Verlages. An nahezu jeder Ecke stehen deckenhohe Bücherregale mit den großen Bestsellern, unter meinen Sohlen spüre ich den beigen Teppichboden, und die Fenster erlauben einem den perfekten Blick auf das abendliche London. Die Lichter der Autos tanzen durch die Straßen, während ich mich bei der Frau am Empfang verabschiede und an die frische Luft trete.

Nach wenigen Metern spüre ich die Vibration meines Handys in der Jackentasche und fische es in der Hoffnung heraus, dass es Sky sein könnte. Sky, die mir sagt, dass sie mich vermisst und dass sie will, dass ich zurückkomme. Doch nicht der Name meiner besten Freundin steht auf dem Display, sondern der von Charles. Ich nehme das Gespräch stirnrunzelnd an. Charles hat mich in den letzten Jahren nie angerufen. Wenn ich mit ihnen telefoniert habe, dann immer über Heathers Telefon.

Etwas stimmt nicht, flüstert Skys Stimme in mein Ohr.

»Carter …« Er klingt niedergeschlagen. »Ich habe schlechte Neuigkeiten.«

• • •

Als ich in Isaacs protzige Wohnung zurückkehre, bin ich sternhagelvoll. Nach Charles' Anruf habe ich auf Skys Stimme der Vernunft geschissen, bin zur nächsten Tankstelle gegangen und habe mir billige Flüssignahrung besorgt.

Im Haus ist es dunkel, und es herrscht ohrenbetäubende Stille. In diesem Moment wünschte ich, ich wäre doch mit den Jungs und Beverly feiern gegangen, anstatt herzukommen. Hier ist es viel zu leise, und meine Gedanken sind viel zu laut.

Sie ist tot.

Der Krebs hat ihr Herz zum Stillstand gebracht.

Die Frau, die mich gerettet hat, lebt nicht mehr.

»Ich habe dir doch gesagt, dass du durchhalten musst, du verdammtes Herz.«

Taumelnd halte ich mich am Türrahmen fest, werfe meinen Schlüssel neben, anstatt auf die Kommode und torkele in den großen Wohnbereich. Mitten im Raum bleibe ich stehen, kralle meine Finger enger um den Flaschenhals und nehme einen großzügigen Schluck.

Du hättest nicht zur Flasche greifen sollen. Du hättest hierbleiben sollen. Bei mir. Wir hätten die Nachricht zusammen erfahren sollen.

»Als ob ich das nicht wüsste«, knurre ich Imaginations-Sky an. »Aber falls du es vergessen hast: Du hast mich nicht aufgehalten. Du hast mir einen verfickten guten Flug gewünscht wie eine Stewardess und hast mich einfach gehen lassen.«

»Carter?« Das Licht wird angeschaltet, und es fühlt sich

an, als würde ich mit geöffneten Augen direkt in die Sonne starren. Megan trägt nur einen beigen Morgenmantel über ihrer Karamellhaut, und als sie die Flasche in meiner Hand sieht, runzelt sie besorgt die Stirn. Keine Ahnung, ob sie sehen kann, dass ich auf dem gesamten Heimweg wie ein kleines Baby geheult habe. Meine Augen müssen aussehen, als hätte ich tagelang einen durchgezogen.

»Meeeeeg«, begrüße ich sie lallend und halte meine Flasche in die Höhe. *Sie ist die Mutter deines Kindes. Benimm dich, Carter.*

»Du bist sturzbesoffen«, stellt sie wütend fest. Megan und ich sind nach wie vor nur Freunde. Trotzdem benimmt sie sich manchmal, als wären wir ein Paar. Jetzt zum Beispiel.

»Gut erkannt, Sherlock. Wieso bist du noch wach?« In den letzten Wochen ging Megan schon immer am frühen Abend ins Bett, weil sie die Schwangerschaftsübelkeit tagsüber so müde macht.

»Ich weiß nicht. Weil hier ein Betrunkener ins Haus gestolpert ist und man den Krach selbst im zweiten Stock noch hören kann?« Sie tapst barfuß auf mich zu, und als sie mir die Flasche wegnimmt, will ich protestieren, aber meinen Mund verlässt nur ein frustriertes Seufzen.

»Vergiss es, Carter. Was zur Hölle ist denn los? Willst du nicht endlich mit mir darüber reden, was passiert ist, bevor wir Texas verlassen haben?« Seit unserer Abreise löchert sie mich mit diesen Fragen, aber ich habe wenig Lust, über den Streit zu reden, der mich hergetrieben hat. Solange ich ihn von mir schiebe, ist er nicht wirklich real.

»Nicht der Rede wert, Megan. Lass einfach gut sein …«

Mit der Hand greife ich nach der Flasche, aber meine Reaktionszeit liegt deutlich hinter ihrer. Sie entwischt mir mit Leichtigkeit.

»Nein!« Mahnend hält sie ihren Finger in die Höhe. »Du gehst mir jetzt nicht wieder aus dem Weg. Sag mir, was passiert ist. Es muss etwas zwischen dir und Sky sein, ihr telefoniert nicht mehr. Und ich erinnere mich daran, dass ihr das sonst jeden Tag getan habt«, entlarvt sie mich.

»Carter, bitte …« Megan stellt die Flasche auf dem Esstisch ab, tritt auf mich zu und legt ihre warmen Hände auf meine Wangen. »Sag mir, was los ist.«

»Sie denkt, dass sie ein Klotz an meinem Bein ist, ich mich für sie umbringen lassen werde und dass du besser zu mir passt als sie.« Die Worte gleichen einem Kugelhagel auf dem Schlachtfeld, so schnell kommen sie über meine Lippen.

»Das denkt sie wirklich?« Megan legt die Stirn in Falten und sieht mich irritiert an. »Ich mag dich wirklich, Carter. Aber ich liebe dich nicht auf die Weise.« Ihre Mundwinkel zucken, und ich war noch nie so froh über einen Korb wie über diesen. Dumm nur, dass meine beste Freundin es nicht hören konnte.

»Habe ich ihr auch gesagt, aber sie glaubt mir nicht. Tja, Pech gehabt, was?« Schulterzuckend lasse ich Megan stehen, gehe zur Bar hinüber und hole mir anstelle des angefangenen Tankstellenfusels zwei neue Flaschen heraus. Einen edlen Bourbon und einen arschteuren Wodka.

»Hey, Cowboy!«

Dieses Mal halte ich die Flaschen so hoch, dass Megan

nicht drankommt, auch nicht, als sie sich auf die Zehenspitzen stellt. »Das ist also der Grund, wieso du dich heute so volllaufen lässt? Wegen des Streits mit Sky?«

»Nein.« Ich laufe rückwärts Richtung Flur, in dem sich das Gästezimmer befindet, in das ich mich einquartiert habe. Allein sein. Ich muss allein sein. Allein mit den beiden Trostspendern in meinen Händen.

»Was ist es dann?«, ruft sie mir hinterher, aber ich antworte ihr nicht mehr. Ich will nicht mit Megan über den Grund reden. Ich brauche Sky. Ich brauche ihren Duft, ihre Hände, ihre Worte, die mir sagen, dass alles gut wird.

»Du kannst nicht jedes Problem in Alkohol ertränken, Carter!« Megan klingt ängstlich, und ich bin es auch. Mir ist klar, dass der Alkohol mir nicht helfen wird, aber sie ist tot, verdammt!

Hinter mir schließe ich ab, schlurfe zum Bett hinüber und lasse mich davor auf den Boden gleiten. Mit dem Rücken lehne ich mich dagegen und starre die beiden Flaschen an, die ich jetzt auf dem Parkett vor mir abstelle.

»Na, wer von euch soll es werden, hm?« Mit schräg gelegtem Kopf betrachte ich die beiden Flaschen zwischen meinen Beinen, kann mich aber nicht entscheiden.

Du weißt, was du immer tust, wenn du dich nicht entscheiden kannst. Ihre Stimme in meinem Kopf ist kaum mehr als ein Flüstern.

»Ich weiß«, seufze ich. »Aber du würdest mir nur sagen, dass ich keine von beiden trinken soll.«

Du kennst mich.

»Besser als mich selbst.«

32

Skylar

Der Schmerz in meiner Brust ist kaum auszuhalten. Seit Charles mich vor einer Stunde unter Tränen angerufen hat, halte ich mein Handy in der Hand und hoffe, dass er sich erneut meldet und mir sagt, dass es ein Irrtum war. Dass seine Frau heute Morgen nicht von uns gegangen ist und die Welt, die sie so viel besser gemacht hatte, verlassen hat.

Meine Finger zittern, während ich durch meine Galerie scrolle und die letzten Jahre Revue passieren lasse. Seit ich von Penelope adoptiert wurde, habe ich Heather und Charles einmal im Monat besucht und viele Feiertage mit ihnen verbracht. Thanksgiving, Weihnachten, Ostern …

Bei einem Bild von Carter und mir in dem alten Baumhaus bleibe ich stehen. Mein Daumen streicht über das Gesicht meines besten Freundes, und jetzt weine ich nicht mehr nur um Heather, sondern auch um unsere Freundschaft.

Wir sollten heute zusammen sein. Zusammen trauern, Charles besuchen und ihm eine Stütze sein. Stattdessen ist er in London, während ich keine Kraft habe, mein Zimmer im Wohnheim zu verlassen. Hazel ist bei Jamie und ihrem Großvater, und allein habe ich das Gefühl, dass die Wände immer näher rücken. Ich könnte meine Freundin anrufen, und sie wäre innerhalb einer Stunde bei mir, aber ich will, dass sie die Zeit mit ihrem Grandpa auf der Farm genießt.

»Du müsstest hier sein«, murmle ich Carter auf dem Bild zu, und gerade als ich weiterscrollen will, blinkt mein Handy wild auf. Die Nummer auf dem Display ist mir unbekannt, weshalb ich mit einem mulmigen Gefühl im Bauch abnehme.

»Ja?«

»Sky?« Ich erkenne Megans Stimme sofort, obwohl ich noch nie mit ihr telefoniert habe. In London muss es bereits spät am Abend sein.

»Ja, ich bin es«, sage ich irritiert, stemme mich hoch, bis ich auf dem Bett sitze, und streiche mir die nass geweinten Locken aus dem Gesicht.

»Gott sei Dank. Du musst mir helfen. Es geht um Carter.«

»Was ist mit ihm?« Weiß er es schon? Hat Charles ihm schon gesagt, was passiert ist? Für Carter muss es noch schlimmer sein, immerhin ist Heather seine Mutter.

»Er kam total besoffen nach Hause. Jetzt sitzt er in seinem Zimmer und hat sich mit zwei Flaschen eingesperrt. Egal, was ich auch sage, er will einfach nicht mit mir reden. Wenn er noch mehr trinkt, muss ich Isaac holen und ihn die Tür eintreten lassen.« Meine Lunge schmerzt bei der Nachricht. *Er weiß es also.*

»Scheiße!«, wispere ich, presse mir die Hand vor die Stirn

und denke fieberhaft nach, wie ich ihm helfen soll, wenn er in London ist und ich hier bin.

»Das kannst du laut sagen. In den letzten vier Wochen war er nie betrunken, er ist nicht mal mit den Jungs feiern gegangen, wenn sie ihn auf Knien angebettelt haben. Aber heute ist es anders. Ich dachte, dass es vielleicht daran liegt, dass ihr …«

»Wir haben seit eurer Abreise nicht mehr miteinander gesprochen«, entgegne ich und erschrecke darüber, wie leichtfertig ich diese Tatsache aussprechen kann, obwohl mir dabei das Herz aus der Brust reißt.

»Ich weiß«, seufzt sie. »Ich weiß nur einen Bruchteil von dem, was zwischen euch passiert ist. Aber Carter hat mir erzählt, was du gesagt hast. Dass ich besser zu ihm passe?«

Ungläubig beiße ich mir auf die Unterlippe. Heute war ich definitiv nicht auf so ein Gespräch vorbereitet. Eigentlich war ich das in den letzten Wochen nie, aber heute ist ein ganz besonders schlechter Zeitpunkt.

»Ich weiß nicht, was ich sagen soll …«

»Du musst nichts sagen, Sky. Lass mich einfach reden, okay?« Im Hintergrund höre ich, wie sie sich einen Stuhl heranzieht. »Wir beide kennen uns kaum, was ich übrigens sehr schade finde. Was ich sagen will, ist Folgendes: das mit Carter und mir? Das ist nur Freundschaft. Natürlich weißt du, dass wir Sex hatten, bevor er zurück nach Hause geflogen ist …« *Und jetzt nicht mehr?*

»Das ist mir bewusst. Babys kommen schließlich nicht vom Storch«, versuche ich dieses Thema aufzulockern.

»Komisch, oder? Als Kind glaubst du daran, wenn dir

dieser Scheiß erzählt wird.« Ihr Lachen ist traurig, und ich wünschte, ich könnte ihr helfen, aber ich kenne sie ja kaum.

»Ich liebe Carter nicht, wenn du das glaubst. Und ich wusste die ganze Zeit, dass er mich auch nicht auf diese Weise liebt, Sky.« Ich lege den Kopf in den Nacken, rolle meine Augen Richtung Decke und versuche meine Emotionen in den Griff zu bekommen.

»Woher weißt du das?«, hake ich nach und hoffe, dass sie mir meine Unsicherheit nicht anmerkt. Die Kerze, die auf meinem Nachttisch lodert, wirft ein warmes Licht an die krumme Zimmerdecke und taucht den Raum in einen süßen Vanilleduft.

»Wir Frauen merken doch, wenn das Herz eines Mannes vergeben ist, oder?«

»Vermutlich schon«, antworte ich nickend.

»Und dass sein Herz an dich vergeben ist, hätte jeder Blinde gesehen, glaub mir. Das Letzte, was ich will, ist, euch im Weg zu stehen. Natürlich freue ich mich darüber, dass Carter hier ist und mich zu den Untersuchungen begleitet und mir bei den Vorbereitungen hilft, aber ich denke, er gehört hier nicht hin.« *Weil er zu mir gehört. Zu Charles und zu Heather.*

»Was soll ich tun, Megan? Wir hatten seit Wochen keinen Kontakt mehr zueinander. Ich habe ihn gehen lassen. Soll ich ihn jetzt einfach anrufen und so tun, als wäre nichts gewesen?« Als wäre Heather nicht tot? Mein Magen zieht sich schmerzlich zusammen, und diese Leere in meiner Brust fühlt sich unerträglich für mich an.

»Sei einfach für ihn da«, ist ihre schlichte Antwort. »Versprichst du mir das, Sky?«

Ich nicke.

»Ich verspreche es dir.« Nicht nur er braucht mich, sondern auch ich ihn. Wir müssen zusammen durch die Trauer gehen und uns in Erinnerungen verlieren, bevor sie in Vergessenheit geraten.

»Danke. Wirklich. Du bist das Beste, was Carter passieren konnte.« Mit diesen Worten verabschiedet Megan sich von mir, noch bevor ich sie fragen kann, wie es ihr und dem Baby geht. Seufzend lasse ich das Handy sinken, verweile über seinem Namen in meiner Kontaktliste und spreche mir selbst Mut zu.

»Jetzt oder nie«, sage ich laut, tippe auf seinen Namen und rufe ihn an. Nach wenigen Sekunden nimmt Carter ab, und sobald ich seinen Atem am anderen Ende der Leitung höre, nimmt die Schwere in meinem Körper ab. Allein seinen Atem zu hören, beruhigt mich auf eine Weise, die sonst nur Tabletten schaffen.

»Du hast es also gehört?«

Meine Begrüßung ist anders als sonst. Trauriger.

»Ja. Charles hat mich angerufen, als ich auf dem Weg vom Verlag hierher war«, antwortet er, und ich höre die Trunkenheit in seiner dunklen, rauen Stimme. Er gibt sich Mühe, nicht zu lallen, aber ich höre die Schwammigkeit in seinen Worten. Er klingt nicht so klar wie sonst.

»Das ist so unfair, oder?«, schniefe ich, rutsche auf dem Bett herunter, drehe mich auf die Seite, positioniere meine Beine und presse mir die Hand auf das schmerzende Herz.

»Ja.« Mehr als ein Knurren schafft es nicht über seine Lippen. »Ich wollte nicht trinken.« Er stöhnt leise auf, als hätte er Schmerzen. »Wirklich nicht. Aber ohne dich … ohne dich ist das so schwer, SkySky.« Noch nie klang mein Name trauriger aus seinem Mund als in dieser Sekunde.

»Ich meine, diese Frau war ein Engel auf Erden. Wieso musste sie gehen?« Ich weiß, dass er nicht wirklich eine Antwort darauf erwartet, aber ich suche trotzdem nach etwas, das ich ihm sagen kann. Nach einem Strohhalm, an den er sich klammern kann.

»Damit sie im Himmel Kindern helfen kann, die zu früh gehen mussten?« Die Vorstellung zaubert mir ein trauriges Lächeln ins Gesicht. Ich weiß, dass ich nur dank Carter wieder lächeln kann. Seine Stimme zu hören ist wie Sonnenschein nach Tagen voller Finsternis.

»Sie hat ein Helfersyndrom«, pflichtet er mir bei.

Carters Atem rasselt, und ich höre, wie eine Flasche leise über den Boden rollt, als wäre sie ihm aus der Hand gerutscht. »Du weißt, was sie gewollt hätte, oder?«, fragt er rau.

»Ja. Sie hätte gewollt, dass wir zu unserer Traurigkeit tanzen. Sie hätte gewollt, dass wir es fühlen«, wispere ich. »Und deshalb wünsche ich mir, dass du jetzt für uns beide tanzt, hörst du?« Der Druck in meiner Brust lässt langsam etwas nach, auch wenn ich weiß, dass er nie ganz fort sein wird.

»Ich bin zu besoffen zum Tanzen. Vermutlich breche ich mir nur die Beine«, erwidert er. »Aber weißt du was? Scheiß drauf.« Ich höre es am anderen Ende des Telefons rascheln und ich wünschte, ich könnte ihm zusehen. Könnte sehen, wie er zu der Melodie seiner Trauer tanzt. Früher hat Carter immer Luftgitarre gespielt, ist durch das Haus gehüpft und hat sich die Seele aus dem Leib geschrien. Heute nicht.

Das Handy muss abseits liegen, es ist vollkommen ruhig in der Leitung. Als Carter schließlich schnaufend zurück am Handy ist, bin ich stolz auf mich. Weil ich es geschafft habe, dass er den Alkohol durch etwas viel Besseres ersetzt hat.

»Und? Wie geht es dir?«

»Besser. Es hilft immer … Ich wünschte, du könntest es auch fühlen, Sky.« Mein Blick haftet an Holly, die neben meinem Bett steht und so trostlos aussieht. Ohne mich ist es nur ein Stuhl auf Rädern, mit mir ist er mit Leben gefüllt.

»Du könntest herkommen«, entflieht es mir plötzlich. Meine Finger schlüpfen unter mein Shirt zum Kreuz an meinem Hals, und als ich das silberne Material nachfahre, fühle ich mich Carter näher.

»Ja, du könntest herkommen und mit mir gemeinsam tanzen. Wie in der Nacht, nachdem wir im Club waren … erinnerst du dich?« Meine Erinnerungen sind bunt und lebhaft, lassen mich seit Wochen nicht los.

»Wie könnte ich das vergessen? In der Nacht hast du mir gezeigt, wie sehr du mir vertraust, SkySky.« Verdammt, ich wünschte, ich könnte mich jetzt in seine Arme schmiegen und in seinen Augen Zuflucht suchen.

»Ich habe dir immer vertraut.«

Waren die Wände vorhin noch bedrohlich nah und das Zimmer viel zu eng, kann ich jetzt wieder freier atmen.

»Aber an dem Tag hast du es bewiesen, Sky. Ich weiß, dass du Spoiler hasst, aber das wird meine Nummer eins an deinem nächsten Geburtstag sein. Dieser Abend, an dem du mir dein Vertrauen gezeigt hast.« Die neuen Tränen, die über meine Wangen rollen und auf das beige Kissen tropfen, fühlen sich erstaunlich erleichternd an.

»Ich vermisse dich«, gestehe ich ihm. »Ich vermisse dich so sehr, Carter. Es ist, als wäre ich seit Wochen unter Wasser gefangen. Ich sehe die Oberfläche, aber ich kann nicht auftauchen. Es tut mir so leid, dass ich dich habe gehen lassen. Dass ich diese furchtbaren Dinge gesagt habe, die allesamt gelogen waren. Ich habe an diesem Abend nicht mit dir geschlafen, weil ich Trost suchte, sondern weil ich es wollte.«

Eine unerträglich lange Pause entsteht zwischen uns, und fast glaube ich, dass Carter nicht mehr da oder eingeschlafen ist. Sein Atem geht gleichmäßig. Meiner poltert.

»Ich weiß«, antwortet er schließlich nach einer kleinen Ewigkeit. »Und ich hätte nie gehen dürfen.«

»Wirst du zur Beerdigung da sein? Ich weiß nicht, ob ich diesen Tag ohne dich überstehen würde, Carter …«

»Natürlich werde ich da sein.« Er klingt entschlossen. »Wir schaffen das gemeinsam.«

»Okay«, flüstere ich angeschlagen.

Wieder kehrt Stille zwischen uns ein, aber sie ist nicht bedrückend, sondern schön. Carter und ich konnten schon früher stundenlang schweigen, ohne dass es seltsam wurde. Ich glaube, daran erkennt man wahre Freunde. Nur mit den richtigen Menschen kann Schweigen so erfüllend sein.

»Weißt du, was ich gerade auf meinem Nachttisch sehe?«, reißt er mich aus meinen endlosen Gedanken.

»Was?«

»Das erste Exemplar meines Buches. Hab es vor drei Tagen im Verlag bekommen.« Wieder ertönt ein Rascheln, vermutlich holt er das Buch vom Nachttisch.

»Das ist … wow. Ich freue mich so für dich. Es muss ein tolles Gefühl sein, oder?« Melancholisch starre ich auf meinen Schreibtisch gegenüber vom Bett und hasse es, dass ich nicht da sein kann.

»Ich dachte immer, dass du bei mir sein würdest, wenn ich es zum ersten Mal in den Händen halte. Irgendwie habe ich es noch nicht richtig realisiert. Dass ich es wirklich geschrieben habe, meine ich …«

»Ich bin stolz auf dich. Und ich dachte auch, dass ich dabei sein würde. Wenn es erschienen ist, werde ich in jede Buchhandlung der Stadt fahren, und prahlend verkünden, dass der Autor mein bester Freund ist.«

»Bin ich das noch?« Seine Frage lässt mich schlucken. »Dein bester Freund?«

»Hast du mich das wirklich gefragt? Du warst es immer und wirst es immer bleiben.« Es tut weh, dass ich ihn so verunsichert habe, weil mein Verstand meinte, klüger zu sein als mein Herz. Die Wahrheit ist: Ohne mein Herz ist mein Kopf verdammt dämlich.

»Gott, was würde ich dafür geben, dich jetzt zu spüren, Sky …« Das Kratzen in seiner dunklen Stimme jagt mir eine Gänsehaut über den Körper. Bilder von uns beiden vervollständigen das Gefühl.

»Du kannst mich spüren, wenn du dich darauf konzentrierst. Meine Hand liegt auf deiner Brust. Über deinem Herzen.« Meine Finger wandern zu meiner eigenen Brust. Zu meinem eigenen Herzen. Ich spüre die schnellen Schläge unter meiner Haut und stelle mir vor, dass es seine Hand ist, die mich berührt. Dass die Schläge, die ich spüre, seine sind.

»Spürst du es?«, frage ich leise.

»Ja, ich spüre es.«

»Ich liebe dich, Carter. Und ich will, dass du nach Hause kommst. Dein Zuhause ist hier bei mir.« Endlich spreche ich das aus, was ich schon vor Wochen im Wohnheim zu ihm hätte sagen müssen. Endlich lasse ich wieder mein Herz reden. Vermutlich zum ersten Mal seit dem Unfall.

»Das war es immer. Ich suche den nächsten Flug raus, Sky. Ich werde bei dir sein, hörst du? Nicht nur am Tag der Beerdigung, sondern für immer.«

33

Carter

Ohne Sky an meiner Seite hätte ich die letzten drei Stunden nicht überstanden. Wenn ich behaupten würde, dass ich mich während Heathers Beerdigung tapfer geschlagen habe, wäre es eine dreiste Lüge. Ich habe geheult wie ein Baby, während Charles die Rede für seine Frau gehalten hat. Sky hat mich während der gesamten Zeremonie nicht losgelassen, sie hat sich an mich geklammert, und ich weiß, dass wir uns gegenseitig Halt gegeben haben.

Nach dem Telefonat mit Sky habe ich sofort in London meine Koffer gepackt und einen Flug herausgesucht. Megan hat mich am nächsten Morgen zum Flughaften gefahren und hätte mich beinahe eigenhändig ins Flugzeug geschubst. Meine Abreise war offenbar längst überfällig.

Die Beisetzung war wunderschön, aber die vielen Kindertränen haben mir den Rest gegeben. Heather hat nicht nur mich und Sky verlassen, sondern auch die Kinder, die zurzeit bei ihnen wohnen. Die Jüngste ist erst drei Jahre alt und weiß noch gar nicht, was der Tod eigentlich bedeutet. Sie hat immer wieder gefragt, ob Heather sie heute Abend ins Bett bringen wird. Diese Frage hat mir das Scheißherz gebrochen. Das kleine Mädchen mit den blonden Locken und der schwarzen Schleife im Haar hat mich nicht nur an Sky erinnert, sondern auch an meinen eigenen Schmerz in der Kindheit. Und als sie sich wie eine Ertrinkende an meine Brust geklammert hat, obwohl wir uns kaum kennen, hat sie mein Herz endgültig erobert.

Nachdem der Pastor ein paar abschließende Worte gesagt hat, haben sich alle in der alten Scheune hinter dem Haus getroffen. Es gibt Kuchen, es gibt Kaffee, und überall stehen Bilder von Heather, Charles und den Kindern. Auf etwa der Hälfte der Bilder sind auch Sky und ich zu sehen.

»Kommst du klar?«, will Sky wissen, als sie von der Toilette zurück ist. Sie sieht wunderschön aus. Das schwarze Kleid reicht ihr bis zu den Knien und hat einen hochgeschlossenen Kragen. Es ist ärmellos und passt perfekt zu der schwarzen Rose in ihrem goldenen Haar.

»Irgendwie«, antworte ich desorientiert. Auch wenn ich als Kind so oft hier gespielt habe, fühlt es sich jetzt wie ein fremder Ort für mich an. Hin und wieder kommt jemand vorbei und füllt die Gläser. Ich habe mich gegen Sekt und für Wasser entschieden.

»Weißt du noch, wie du einmal von da oben runtergefallen bist, als wir Verstecken gespielt haben und dich eine Ratte überrascht hat?« Sky stupst mich an und zeigt auf die zweite Ebene der Scheune, die man nur mit der klapperigen, alten Holzleiter erreichen kann.

»Ich bin nicht runtergefallen, ich bin trotz Höhenangst gesprungen. Das war mutig«, verteidige ich mich.

»Du kannst von Glück sagen, dass du dir nichts gebrochen hast.« Charles taucht neben uns auf. Er trägt ein schwarzes Hemd und eine Anzughose. Man sieht an seinen geröteten Augen, dass er in der letzten Woche nur geweint hat, aber er schlägt sich heute wie ein Krieger. Für die Kinder, da bin ich mir sicher.

»Ich habe Knochen aus Stahl«, sage ich schulterzuckend und mit einem schiefen Grinsen. Eine Weile sehen wir einander nur an, und als Charles mich in seine Arme zieht, brechen erneut alle Dämme in mir. Schluchzend vergrabe ich mein Gesicht an seiner Schulter, was bei dem Größenunterschied vollkommen albern aussehen muss. Im Augenwinkel kann ich sehen, dass Sky seine Hand hält. Gemeinsam stehen wir hier – zwischen all den Erinnerungen und all den Fotos von Heather – und halten einander. Charles tätschelt meinen Rücken, und als wir uns voneinander lösen, sehe ich eine erdrückende Zukunftsangst in seinen weisen Augen. Sky scheint sie ebenfalls zu entdecken, denn sie greift nach meiner Hand und nickt in Charles' Richtung, als würde sie mir sagen, dass jetzt der richtige Zeitpunkt gekommen ist.

»Wir wollten dir noch etwas sagen«, bringe ich hervor und räuspere mich. »Ich weiß, dass wir keine Ahnung von Kindern haben und dass Heather niemand ersetzen kann. Aber wir sind für dich da, wenn du uns brauchst.«

»Immer«, pflichtet Sky mir nickend bei. Die Angst in seinen Augen wird durch Liebe ersetzt.

»Ich weiß, dass ihr es gut meint, aber ihr zwei habt euer eigenes Leben«, sagt er gerührt.

»Und dass dieses Leben so verlaufen ist, haben wir euch zu verdanken. Bitte, lass dir von uns helfen.«

Charles laufen jetzt Tränen über die Wangen, aber ich weiß, dass es Tränen der Dankbarkeit sind. Nochmals nimmt er mich in den Arm, und als er mein Gesicht in seine Hände nimmt, erkenne ich in seinen Augen so viel von seiner Frau wieder.

»Ihr seid ein Geschenk für diese Welt. Heather war so stolz auf euch, und ich bin es auch«, sagt er ehrfürchtig. Sky und ich sehen einander an, während Charles sich die Tränen mit einem Taschentuch von den Wangen wischt. Und wir beide wissen, dass Heather direkt neben uns steht und über uns wacht.

• • •

Skys blonde Locken verteilen sich sanft und weich auf meiner nackten Haut, und während ich sie im Arm halte, hört das Gedankenchaos auf. Weil ich im dritten Stock wohne, kann ich Sky nicht mit zu mir nach Hause nehmen, aber ich habe bereits einen Plan und werde mich schnellstmöglich auf die Suche nach einer neuen Bude begeben. Ich will mein Mädchen mit zu mir nehmen können, ohne dass wir uns Gedanken darüber machen müssen, wie sie mit ihrem Rollstuhl durch die Türen passt oder wie sie die Treppen hochkommt, ohne dass ich sie jedes Mal tragen muss. *Nicht, dass ich etwas dagegen einzuwenden hätte …* aber sie will nicht auf meine Hilfe angewiesen sein. Sky weiß noch nichts von meinem Vorhaben, aber ich bin mir sicher, dass sie froh ist, wenn wir uns nicht mehr nur in ihrem Wohnheim treffen können.

»Hast du gesehen, wie seine Augen gestrahlt haben, als wir ihm unsere Hilfe angeboten haben? Mir war klar, dass er sie nicht annehmen würde, aber sein Blick hat ihn verraten«, sage ich triumphierend.

»Ja. Er hat richtig gestrahlt. Allein bei der Vorstellung, dass es sein kann, dass er die Kinder aufgeben muss, wird mir schlecht, Carter. Das darf niemals passieren. Niemals, hörst du? Was würde sonst aus all den Kindern werden, die ihn so dringend brauchen?«

Sky stützt sich jetzt auf die Ellbogen, dreht ihren nackten Oberkörper in meine Richtung und presst ihre Brüste an mich. Mein Blick huscht über ihre weiche Haut, und ich werde erneut hart. Wir haben nach der Zeremonie unsere Körper zu unserer Trauer bewegt. Nicht so, wie wir es bei Heather und Charles gelernt haben, aber auf eine genauso schöne Art und Weise.

»Das wird nicht passieren, SkySky«, versichere ich ihr. Auf dem Heimweg von der Trauerfeier hat sich ein Gedanke in meinem Kopf eingenistet, den ich eigentlich bereits als albern und unrealistisch abgestempelt hatte, aber er ist ziemlich penetrant. Die Sorge in ihrem Blick lässt ihn erneut aufflammen.

»Was?«, fragt Sky und kneift mir sanft in die Schulter. »Du siehst aus, als würdest du etwas Böses aushecken.« Abwartend und ungeduldig sieht sie mich an. Die dünne, graue

Decke schmiegt sich um ihren Rücken und schafft einen schönen Kontrast zu ihrer hellen Haut.

»Ich hecke nichts aus«, verteidige ich mich. »Okay, das ist gelogen. Was würdest du sagen, wenn ich dir erzähle, dass ich einen verrückten Traum habe?«

»Dann würde ich sagen: Raus damit! Ich will alles wissen! Jedes noch so kleine Detail. Ist es ein Sextraum? Stehst du etwa auf den üblen Scheiß? Wie hieß es noch gleich?« Nachdenklich sucht sie nach dem Wort. »Kaviar!«

Lachend schüttle ich den Kopf. »Nein, das ist es nicht. Ich …« Noch einmal denke ich darüber nach und schiebe meinen freien Arm unter meinen Nacken. Mit dem anderen halte ich Sky dicht bei mir und zeichne mit den Fingern kleine Zacken auf ihre verletzte Wirbelsäule. Manchmal stelle ich mir vor, wie es in dieser Nacht vor meiner Abreise passiert ist. Wie der Jeep sie erwischt und ihr Leben auf den Kopf gestellt hat. Andere Menschen hätte es aus dem Leben gerissen, aber sie ist die stärkste Frau, die ich kenne.

»Carter! Nun spuck es schon aus!«

»Ich dachte nur daran, dass wir eines Tages wie sie sein könnten.«

»Wie sie?« Ihre Brauen zucken nach oben.

»Wie Heather und Charles. Nicht morgen oder in einem Jahr. Aber vielleicht in fünf.« Spielerisch wickle ich mir eine ihrer goldenen Strähnen um den Zeigefinger. Skys Augen werden groß wie blaue Wasserballons. Wie die, mit denen wir uns in unserer Kindheit so oft bekriegt haben, bis wir klitschnass reinkamen und Heather ein Schmunzeln entlockt haben.

»Moment.« Schnaufend setzt sie sich auf und richtet ihre Beine unter der dünnen Decke. »Willst du mir etwa vorschlagen, dass ... dass ...« Stotternd ringt sie um Worte.

»Wie gesagt, es ist nur so ein Gedanke. Du studierst Familienwissenschaften, um Kindern zu helfen, die wie wir sind. Waisen. Verwahrlosten Kindern. Und ich kann schließlich von zu Hause aus schreiben. Die Jungs haben angerufen und mir gesagt, dass die erste Auflage des Buches bereits vergriffen ist. Und, na ja, die war nicht gerade niedrig ...«

»Du meinst das echt ernst«, wispert sie mit feuchten Augen. »Du willst wirklich, dass wir Kinder in Pflege nehmen?«

»Was spricht dagegen? Wir wissen, wie es ist, ohne richtige Eltern aufzuwachsen.«

Schulterzuckend lasse ich ihre Haarsträhne frei. Sie legt sich über ihre nackte Schulter und endet an ihren perfekten, leicht steifen Brustwarzen. Dass ich bei diesem Anblick überhaupt noch in der Lage bin, diese Unterhaltung zu führen, gleicht einem Weltwunder.

»Das ist ... einfach perfekt, Carter.« Sky strahlt wie ein Christbaum an Weihnachten. Strahlt Wärme aus. Geborgenheit. Und unendliche Liebe, die sie zu geben hat. Sie wäre eine perfekte Pflegemutter für die Kinder, und ich glaube, ich wäre auch nicht gerade übel. Ich könnte den Kindern ein gigantisches Baumschloss bauen, ihnen beibringen, wie man seine Emotionen zu Papier bringt ... Wir könnten Luftgitarre zu der Wut in unseren Herzen spielen.

»Wir sollten den Gedanken im Hinterkopf behalten.«

»Ja. Aber ...« Sky lehnt sich wieder an meine Brust, ihre

warme Haut berührt meine. »Heißt es, dass du hierbleibst? Du gehst nicht wieder zurück nach London?«

»Willst du denn, dass ich bleibe?«, stelle ich kess die Gegenfrage. Ihre Wimpern sind voll und zaubern schattige Halbmonde auf ihre rosigen Wangen.

»Ja.« Entschlossenheit brennt in ihrem Blick. »Heute ist mir wieder klar geworden, wie wichtig es ist, die Zeit mit seinen Liebsten auszukosten. Jeden Moment. Ich will nicht mehr über dich oder deine Gefühle entscheiden, weil ich dich schützen will …«

»Und das musst du auch nicht, weil ich schon ein großer Junge bin, weißt du?« Feixend zwinkere ich ihr zu. »Außerdem habe ich schon mit ein paar Ärzten gesprochen. Ich werde wohl bald so eine Therapie anfangen, du weißt schon …« Mit der Hand winke ich ab, als wäre es keine große Sache, dabei haben mir die Telefonate echt einiges abverlangt.

»Du wirst eine Therapie machen?« Sky ist völlig überrumpelt von all den Neuigkeiten, die ich ihr um die Ohren haue.

»Ich will meine Wut endlich besser unter Kontrolle haben. Es darf nicht deine Aufgabe sein. Ich will nicht, dass du glaubst, mich retten zu müssen. Stattdessen will ich mich selbst retten. Ergibt das irgendwie Sinn?« Den Gedanken habe ich schon gefasst, als ich noch in London war und zwischen uns Funkstille herrschte. Sky haucht einen Kuss auf die Faust, die auf meine Brust tätowiert ist.

»Das ergibt so, so viel Sinn. Mehr als du ahnst«, sagt sie aufrichtig. »Und du glaubst gar nicht, wie attraktiv dich das macht.« Ein Raunen entflieht meinem Mund, als Sky sich dichter an mich presst, ihre zierliche Hand auf meinen Bauch legt und sie unter die Decke wandern lässt. Ich bin nackt, und als ihre warmen Finger meine Härte spüren, beißt sie sich auf die Unterlippe. Dabei verspüre ich den Drang, selbst an ihrer zu knabbern. Meine Hand wandert in ihr wildes Haar, und als ich mich zu ihr herunterbeuge, stöhne ich in ihre Mundhöhle, weil sich ihre Hand an meinem Schwanz so perfekt anfühlt.

Sie fährt meine Länge nach, umschließt mich, und ich könnte allein beim Gedanken daran für sie kommen. Aber wenn ich eins an unserem Liebesleben am meisten schätze, dann die Tatsache, dass wir uns immer Zeit lassen. Mit Sky gibt es keinen versauten Quickie auf einer schäbigen Clubtoilette. Keine schnelle Nummer im Auto. In den letzten Jahren hatte ich viele One-Night-Stands, aber seit ich weiß, wie sie für mich empfindet, hat sich mein ganzes Leben verändert. Anstatt Sex mit fremden Frauen gibt es jetzt etwas viel Wertvolleres.

»Fuck, Sky …« Mit den Zähnen sauge ich ihre Unterlippe ein, und als ich sanft in sie beiße, spüre ich eine Welle der Erregung durch ihren Körper wandern. Während sie mich unter der Decke beglückt, kann ich es kaum erwarten, in ihr zu sein. Sie überall zu spüren. Ihre Enge. Ihre Feuchtigkeit. Und sie Dinge empfinden zu lassen, obwohl die Ärzte ihr sagten, dass es nie wieder wie vorher sein würde.

»Ich will in dir sein«, murmle ich zwischen unseren Küssen. »Darf ich etwas ausprobieren?«

Atemlos nickt sie. Ihre nackte Brust hebt und senkt sich

schnell. Ich greife zum Nachttisch und lasse Sky kurz aus den Augen, auch wenn ihr ganzes Antlitz wie ein Magnet ist. Es zieht mich immer wieder in ihre Richtung, selbst über Meilen hinweg. Sobald ich das Kondom aus der Schublade geholt, geöffnet und mir übergestreift habe, sehe ich sie wieder an.

»Vertraust du mir?«

»Immer.«

Als Antwort packe ich sie an den Hüften und hebe sie auf meinen Schoß. Kurz flackert Panik in ihren Augen auf, die ich ihr nehmen will. »Wollen wir es probieren?« Sie schwebt über mir, und als sie erneut nickt, lasse ich sie langsam auf meine Härte gleiten. Knurrend schiebe ich mich in sie und kann kaum beschreiben, wie gut es sich in ihr anfühlt.

»Geht es?« Behutsam verharren meine Hände auf ihren Hüften. Ihre Beine liegen schwer neben meinem Becken. Sky blickt an unseren ineinander verwobenen Körpern hinab, schiebt ihr rechtes Knie ein Stück weiter nach außen und legt ihre Hände schließlich auf meine Schultern. Dabei streicheln ihre Strähnen meine Brust und hinterlassen ein Prickeln auf meinem gesamten Körper.

»Ich denke, es geht«, flüstert sie überwältigt und voller Glück.

»Gut.« Ihre Mitte legt sich feucht und eng um meinen Schwanz. »Dann werde ich dich jetzt leiten.« Mit diesen Worten hebe ich ihr Becken an und senke es erneut auf meine Härte. Ich kontrolliere unsere Bewegungen, und als Sky schließlich entspannt und beinah ekstatisch den Kopf in den

Nacken legt, brennt sich dieses Bild in meine Gedanken. Ich fokussiere mich auf jedes Gefühl, das ich gerade empfinde.

Glück. Freude. Sehnsucht. Erfüllung.

Meine Hände packen etwas fester zu, und als Sky ihre von meinen Schultern nimmt und stattdessen an ihre Brüste legt, um ihre Brustwarzen zu liebkosen, zerspringe ich fast. Mit jedem Heben und Senken besiegeln wir, was wir eigentlich schon längst wussten. Dass wir eins sind. Eine Tatsache, die wir uns nicht eingestehen wollten, weil uns die Angst davon abgehalten hat. Angst macht uns schwach und hindert uns daran, wirklich zu leben. *Und ich habe es so was von satt, aus Angst die besten Dinge meines Lebens zu verpassen.*

Während wir uns in ihrem kleinen Wohnheimzimmer lieben und ich unsere gemeinsame Zukunft in den schillerndsten Farben vor uns sehen kann, kreist dieser eine Gedanke ununterbrochen durch meinen Geist.

Wir sind eins.

Wir sind eins.

Wir sind eins.

Das waren wir schon immer.

Epilog

Skylar

Zwei Monate später …

»Also eins muss ich dir lassen, Süße. Deine Holly bringt echt einige Vorteile mit sich.« Hazel kichert, während uns einer der Sicherheitsmänner an unseren Platz bringt. Direkt am Rand der Bühne, nicht weit von der Stelle entfernt, auf der gleich Crashing December auftreten und ihr Abschlusskonzert in diesem Bundesstaat geben werden. Auch wenn ich schon mehr als ein Video von den Auftritten der Jungs gesehen habe, bin ich aufgeregt. Es ist mein erstes Konzert seit dem Unfall.

»Und es gibt da noch etwas, das Vorteile mit sich bringt. Mit dem Kerl zusammen zu sein, der das Buch über die Band geschrieben hat, zum Beispiel.« Carter hat uns in den Backstagebereich gebracht, und auch wenn das Sicherheitspersonal nicht sonderlich begeistert war, stehen wir jetzt am Rand der Bühne und blicken durch den halb geöffneten, schwarzen Vorhang in die Menge. Zehntausend Leute passen in diese Halle unserer Heimatstadt, und das Konzert ist komplett ausverkauft. Es ist eine bunte Mischung aus jungen Pärchen, erwachsenen Kerlen und frechen, alternativ angezogenen Rockgören.

Die Band ist gut und hat jeden einzelnen Fan verdient. Hazel trägt heute ein kurzes Schwarzes mit ebenfalls schwarzen Turnschuhen. Ich trage einen Lederrock, der mir bis zu den Knien reicht, eine löchrige, schwarze Seidenstrumpfhose und ein bauchfreies Netzoberteil, das ich mir extra für diesen Abend besorgt habe. Carter wollte mich am liebsten im Wohnheim anketten, weil er die Finger nicht von mir lassen konnte, seit ich in diesen Hauch von Nichts geschlüpft bin. Mittlerweile komme ich mir nicht mehr albern vor, wenn ich mich style. Eher im Gegenteil. Der Unfall hat mir kein Stück meiner Schönheit genommen.

»Ich bin nervös. Das hier ist mein allererstes Konzert«, sagt Hazel und klatscht aufgeregt in die Hände. »Jamie wollte immer auf Konzerte gehen, aber Mom hat es verboten, weil es keinen Sinn für einen gehörlosen Jungen macht. Dabei hat sie doch gar keine Ahnung.« Sie sieht aus, als hätte sie gerade in eine saure Zitrone gebissen.

Im Hintergrund wuseln die Tontechniker, checken die Mikrofone, positionieren die Nebelmaschinen um und sehen dabei aus wie kleine, emsige Ameisen.

»Na, seid ihr bereit für das Konzert eures Lebens?« Es ist Isaac höchstpersönlich, der uns aus dem Bann reißt. Er trägt ein schwarzes Shirt, das er sich spätestens zur Zugabe vom Körper reißen und in die Menge werfen wird. Ich kenne die

Show der Jungs, und dieser kleine Striptease gehört einfach dazu. Wie die Kirsche auf der Sahnetorte.

»Sind wir«, antwortet Hazel eilig. Ihre braunen Augen werden riesig, und ich befürchte, dass sie gleich aus den Turnschuhen kippen wird, weil Isaac mit ihr spricht. Manchmal vergesse ich, was für ein Star der Kerl eigentlich ist.

Schützend lege ich meine Hand in Hazels Rücken, nur für den Fall der Fälle … Auch wenn sie mit einem gebrochenen Bein vielleicht wieder meine Zimmernachbarin werden könnte, will ich nicht, dass sie sich wehtut. Seit vier Wochen wohne ich jetzt neben einem Mädel, das mich weitestgehend meidet, aber da Carter ein schickes, ebenerdiges Apartment in der Nähe des Campus gefunden hat, ist diese Nachbarschaft ohnehin nicht von langer Dauer. Dass ich zu ihm ziehen werde, stand sofort fest, und ich freue mich auf den nächsten Schritt in unserer Beziehung.

»Gut. Es wird e-pisch.« Isaac grinst dieses teuflisch schiefe Lächeln, das jede Frau da unten im Konzertsaal in eine Pfütze aus Pheromonen verwandeln wird, sobald er die Bühne betritt.

»Genießt es!« Isaac drückt mir einen freundschaftlichen Kuss auf die Wange, und als er an meinem Ohr innehält, verwirren mich seine folgenden Worte:

»Für dich wird es ein ganz besonderes Konzert, Sky.« Dann ist er verschwunden, und ich bleibe völlig perplex und überfordert zurück. Im nächsten Moment taucht Carter auf. Seine schwarze Jeans sitzt locker auf seinen Hüften, und eine silberne Kette baumelt an den Gürtelschlaufen. Unter seiner schwarzen Lederjacke trägt er ein gut sitzendes graues Shirt von der Band. Er sieht aus wie ein wandelndes Werbemaskottchen von Crashing December.

In den letzten Wochen hat er die Band auf die Tour durch Texas begleitet, um nach den Konzerten die Bücher der Fans zu signieren, und wir haben uns kaum gesehen. Umso glücklicher macht es mich, heute mit ihm hier zu sein. Gemeinsam mit ihm das Konzert zu genießen, wie damals immer.

»Na, seid ihr schon nervös?«, fragt er grinsend und stellt sich hinter mich. Seine Hände kneten routiniert meine Schultern, und ich liebe diese sanfte Massage. Immer, wenn wir zusammen sind, liegen seine Hände auf mir, so als würde er keine Sekunde ohne Körperkontakt aushalten.

»Ich hyperventiliere gleich. Der Sänger war gerade da und hat mit uns geredet«, fiept Hazel. Ihre braunen Haare trägt sie gelockt über dem rückenfreien Kleid. Sie ist noch lange nicht über die Trennung von Mason hinweg, aber es geht ihr besser. Sie weiß, dass es weder ihre noch seine Schuld ist, dass es in die Brüche gegangen ist. Manche Beziehungen sollen einfach nicht sein, egal, wie sehr man es sich wünscht. Mason ist noch ein paar Wochen in Afghanistan, bevor er zurück in die Staaten kommt. Innerlich bete ich dafür, dass es für sie trotzdem noch ein Happy End geben wird.

»Wenn du willst, kann ich klarmachen, dass wir nach dem Konzert mit auf die Aftershowparty gehen«, schlägt Carter ihr vor. Ihre Augen werden größer als die Scheinwerfer, die über unseren Köpfen in die Menge leuchten. Ich spüre seinen Atem, bevor ich seine Stimme höre. »Keine Sorge, Megan hat dafür gesorgt, dass die Location ebenerdig ist.«

Als Antwort lege ich meine Hand auf seine und drücke

dankbar zu. Megan kümmert sich von London aus um alles Organisatorische, während sie die Schwangerschaft in vollen Zügen genießt. Die Morgenübelkeit hat nachgelassen, und Carter bekommt regelmäßige Updates über sein Mädchen.

Ich habe recht behalten.

Sie wird das schönste kleine Mädchen auf dem Planeten.

»Das wäre der Hammer! Danke, Carter.«

Ich werfe meinem Freund einen Blick über die Schulter zu. Verliere mich in seinem schönen Gesicht und den wilden, blonden Haaren. Er sieht aus wie ein Rockstar.

»Danke«, flüstere ich.

• • •

Isaac hat nicht zu viel versprochen, als er sagte, dass der Abend episch wird. Die Jungs geben seit zwei Stunden alles auf der Bühne. Schweiß rinnt über Isaacs nackten Oberkörper, als er den letzten Song der Zugabe spielt. Die Menge kreischt den Refrain von *November Nights* so laut mit, dass es mir eine Gänsehaut auf den Rücken zaubert.

Hazel ist in einer völlig anderen Welt gefangen, seit Isaac seine Stimme erhoben hat. Sie ist warm, kratzig und mit einem Hauch Melancholie in sich. *Wuchtig.* Dieses Wort beschreibt sie am allerbesten, schließlich nimmt sie diesen gigantischen Saal komplett für sich ein. Auch die Bandmitglieder geben an den Instrumenten alles.

»Ich muss noch mal kurz weg. Rühr dich nicht vom Fleck, okay?« Während des ganzen Konzerts hat Carter seine

Hände nicht von meinem Körper gelassen, und als er jetzt mit seinen Fingern in meinen Nacken fährt und mich nahezu stürmisch küsst, werde ich unter seiner Berührung zu heißem Wachs.

»Ich werde nirgendwohin gehen«, verspreche ich ihm und sehe ihm grinsend hinterher. Er verschwindet hinter der Bühne, während Isaac ein letztes Mal den Refrain aus vollster Kehle singt. Die Haare an meinen nackten Armen stellen sich auf, und als ich Hazels Hand in meiner spüre, verschränke ich meine Finger mit ihren. Seit wir uns kennen, weiß ich, wie innig Frauenfreundschaften sein können. In der Schule haben mich die meisten Mädchen gemieden, aber Hazel ist so anders. Ihr Herz steht weit offen – für jeden Menschen. Selbst für ihre ignorante und herablassende Mutter kann sie Liebe empfinden.

»Wow, Leute …« Isaac wischt sich den Schweiß aus dem Nacken und wirbelt das feuchte Handtuch anschließend in die grölende Menge. Das rothaarige Mädchen in der ersten Reihe hat vor drei Songs sein Shirt gefangen und umklammert es seitdem wie ihren größten Schatz. Nebel wabert über die Bühne und tanzt zwischen den Beinen und Instrumenten der Jungs umher.

»Das war der Hammer …«

»Zugabe! Zugabe! Zugabe!« Die hungrige Meute will mehr. Mehr von seiner Stimme, mehr Emotionen. Auch ich könnte noch stundenlang hier stehen und ihnen zusehen.

»Ihr kriegt einfach nicht genug, oder?«, will er lachend wissen. Er blickt über die Bühne, als würde er etwas suchen, und als auf der anderen Seite plötzlich Carter erscheint, runzle ich die Stirn. Wieso ist er da drüben und nicht bei mir?

»Heute muss euer Glückstag sein, Beaumont!«, brüllt Isaac jetzt ins Mikro. »Es gibt da nämlich einen nagelneuen Song, den wir noch nie vor Publikum gespielt haben. Er ist erst seit zwei Wochen fertig, und glaubt mir – dieses Lied wird euch umhauen.« Feurig stapfen die Fans mit den Füßen, und ich habe das Gefühl, sie bringen damit die Halle zum Beben.

»Aber eins muss ich euch beichten. Dieses Mal ist der Text nicht von mir … glaubt mir, ich wünschte, ich könnte so gut schreiben. Aber mein großes Talent ist das Singen. Schreiben hingegen ist das Talent einer meiner Brüder. Keiner ist darin so gut wie er.« Isaac blickt Carter an, und beide nicken sich grinsend zu. Sein Strahlen übertönt selbst das der großen Scheinwerfer. *Carter hat einen Song für die Band geschrieben? Ohne es mir zu sagen?* Ich forme meine Lippen zu einem *Warum* und halte fragend die Hände in die Höhe. Mein Freund lehnt sich gegen den großen Stahlträger neben sich und zuckt lachend mit den Schultern.

»Der Song heißt *September Sky*. Und er trieft vor Kitsch, Leute. Aber glaubt mir, das Mädchen, für das dieser Text geschrieben ist, hat jedes der Worte verdient. Sky?« Isaacs Blick sucht meinen, und als er mir zuzwinkert, bleibt mir der Atem weg.

»Oh Gott, Sky!« Hazel reißt an meiner Schulter, aber ich kann den Blick nicht von Carter lassen, der mich ebenfalls fokussiert. Nicht einmal, als die ersten Gitarren einsetzen und Isaac ans Mikro in der Mitte tritt, kann ich wegsehen.

Schon nach den ersten Textzeilen laufen mir die Tränen über die Wangen und bewegen sich zu diesem Song. Einem Song, der *unsere* Geschichte erzählt.

Ein Lied, das von Freunden erzählt. Von verlorenen Seelen, die ohne Halt durch das Universum wandelten, bis sie einander fanden. Von Verbundenheit, von dem Gefühl, verlassen zu werden. Der Song erzählt von dem September in diesem Jahr, in dem mein bester Freund sein Herz endgültig an mich verloren hat.

Baby, you are my heaven
You are my pain
Baby, you are my craving
My September rain
With you I'm flying high
I will rise
and I will fall
into September Skies

Meine Unterlippe bebt, und während alle anderen im Saal nur Augen für Isaac haben, kann ich nur Carter ansehen. Sein Blick ruht auf mir, seine Hände stecken in seinen Hosentaschen, und er hat die Beine überkreuzt, während ich am liebsten aufspringen und zu ihm rennen würde. Ich wünschte, jeder Mensch in diesem Saal wüsste, dass ich sein bin.

Sein Lieblingsmädchen.

Sein Himmel.

Die Bässe treffen mitten in mein Herz, genau wie jedes

Wort, das Isaac singt und von dem ich weiß, dass es *seiner* Feder entsprungen ist. Wild klopft mein Herz unter dem dünnen Netzoberteil, die Haare an meinen Armen haben sich zu Beginn des Liedes aufgestellt, und die Gänsehaut wird nie wieder vergehen, da bin ich mir sicher.

»Das ist so romantisch«, ruft Hazel über die Musik hinweg, und als das Lied langsam und genau in dem richtigen Tempo ausklingt, schluchze ich laut auf. Hoffentlich hat jemand die letzten drei Minuten aufgenommen, damit ich mir diesen Moment wieder und wieder im Internet ansehen kann.

Isaac klatscht über seinem Kopf in die Hände, die Gitarre hängt an seiner Seite herab und ist mit einem Gurt an seinem Hals befestigt. Alle zehntausend Menschen heben die Arme über den Kopf und stimmen in sein Klatschen mit ein. Genau wie Carter, der genau wusste, was heute Abend passieren würde.

Sobald der letzte Ton gespielt ist, rastet das Publikum vollkommen aus. In meiner Brust tanzen eine Millionen Schmetterlinge. *Die Melodie ihrer Flügelschläge werde ich niemals vergessen.*

»Wer ist noch dafür, dass der Songwriter auf die Bühne kommt?« Isaac winkt Carter zu sich, aber er hebt nur abwehrend die Hände. Er stand zwar immer gern im Mittelpunkt, aber das hier ist eine andere Nummer. Hier warten Tausende Menschen darauf, dass er auf die Bühne kommt, nachdem gerade jeder im Saal seine Seele im Liedtext erkennen konnte.

»Nun komm schon, Alter. Hast du gesehen, wie die Leute

abgegangen sind? Deinetwegen, Mann. Das hier ist dein Ruhm.« Isaac steht mitten auf der Bühne im Rampenlicht, das sich jetzt leicht blau färbt und den hohen Raum in eine mystische Atmosphäre taucht. Carter stößt sich widerwillig von dem Stahlträger ab, während der Drummer ihm einen schnellen Trommelwirbel gibt. Als mein Freund neben Isaac im Scheinwerferlicht steht, rastet die Menge erneut aus.

Genau wie mein Herz.

»Dieser Kerl ist der Hammer, Leute. Ich sag es euch … und er hat nicht nur diesen Song geschrieben, sondern auch ein ganzes Buch über uns.« Im nächsten Moment wirft der Manager der Band ein Exemplar in Isaacs Richtung. Er fängt es mühelos in der Luft ab.

»Ein Buch über uns, ist das zu fassen? Das Teil ist jetzt seit ein paar Wochen auf dem Markt. Es ist immer noch völlig verrückt, es in den Händen zu halten. Das hier ist dein Applaus, Alter!« Er drückt Carter das Buch gegen die Brust, der sich anschließend mit der freien Hand die Haare rauft. Der ganze Saal tobt vor Applaus und Zurufen.

»Wer will das Buch haben?« Isaac hält sich die Hand ans Ohr und hält mit der anderen das Mikrofon in Richtung Fans. Alle jubeln.

»Mach einen Menschen glücklich, Alter.« Isaac klopft Carter auf die Schulter, der das Buch in seinen Händen anstarrt, als hätte er es noch nie zuvor gesehen.

»Okay … danke, Mann. Aber vorher würde ich gern noch etwas sagen.« Seine dunkle Stimme klingt durch das Mikrofon noch einnehmender.

»Lass dir alle Zeit der Welt …« Isaac zwinkert Hazel und

mir zu, bevor er Carter das Rampenlicht allein überlässt, sich ein Wasser schnappt, die Flasche auf ex leert und sich zu seinen Bandkollegen gesellt. Carter dreht das Mikro in seinen Händen nervös hin und her, doch als er es an seine Lippen führt, wird er innerhalb von Sekunden zum Vollprofi. Als hätte er schon zig Male auf einer Bühne wie dieser gestanden.

»Erst einmal will ich der Band für diesen grandiosen Abend danken. Ich war hier in meiner Heimatstadt auf Hunderten Konzerten, aber das hier hat einfach alles getoppt!« Wieder rasten alle aus und stimmen ihm kreischend zu.

»Und jetzt würde ich euch gern noch etwas über den Song sagen, den ich geschrieben habe. Er heißt *September Sky,* weil ich dieses Jahr im September zum ersten Mal wirklich gesehen habe, was die ganze Zeit vor mir lag. Ich war gerade in London bei der Band, wir haben einen Haufen Bücher signiert und so einen Scheiß. Ich saß eines Abends auf meinem Bett, habe nach draußen gesehen und in den Himmel geguckt. Achtung, es könnte jetzt kitschig werden«, warnt er den Saal. Ein leises Lachen geht durch die Reihen.

»Es war eine Septembernacht. Es war kalt draußen, weil – sind wir mal ehrlich – das Wetter in London echt zum Kotzen ist. Jedenfalls habe ich dem Regen zugehört, der gegen die Fensterscheibe prasselte. Ich war einsam, ich war wütend und frustriert. Weil ich den einzigen Menschen, den ich immer beschützen wollte, nicht beschützen konnte. Weil dieser eine Mensch, der mir die Welt bedeutet, nicht bei mir war und ich diesen trostlosen Himmel angesehen habe und wusste, dass es nicht am Regen lag, dass er so traurig ausgesehen hat. Auch nicht an den Wolken oder den fehlenden Sternen, sondern daran, dass diese Frau nicht bei mir war. Mit den richtigen Menschen an seiner Seite kann jeder Himmel schön sein. Ein strahlend blauer. Ein wolkenverhangener. Ein Gewitterhimmel. Jeder. Und für diesen Menschen habe ich den Song geschrieben. Sie ist meine beste Freundin, seit ich denken kann, und Leute, ich übertreibe nicht, wenn ich euch sage, dass sie das schönste Mädchen auf dieser Welt ist.«

Meine Hände liegen mittlerweile überkreuzt auf meinem Herzen, ich spüre die kraftvollen Schläge an meinen Fingerspitzen und lasse die Tränen einfach laufen. Sehe diesen wundervollen Mann an, der sich jetzt in meine Richtung dreht und seine Mundwinkel für mich tanzen lässt.

»Wir waren Freunde. Beste Freunde. Seelenverwandte. Aber ich wusste schon immer, dass da mehr zwischen uns ist, als wir uns eingestehen wollten. Ich erinnere mich daran, dass wir immer übers Heiraten gesprochen haben. *Wenn ich gut genug für dich wäre, würde ich dich heiraten, SkySky.* Das habe ich gefühlte tausend Male zu ihr gesagt, meistens an ihren Geburtstagen.« Ich blende alles um mich herum aus. Die Lichter, die sein Haar jetzt wieder golden strahlen lassen. Den Nebel, der um seine Füße tanzt. Hazel, die neben mir wie ein Kaninchen auf Ecstasy auf und ab hüpft.

»Sie hat immer gesagt, dass ich gut genug bin. Dass ich mehr bin. Aber sie war auch eiskalt. Knallhart, um genau zu sein. Was hast du immer gesagt, Sky? Was waren die Voraussetzungen?« Er nickt mir zu, und dieses Nicken reißt meine Mundwinkel beinah auf, weil ich so breit grinsen muss.

»Ein Buch«, rufe ich ihm zu.

»Richtig. Sie hat immer gesagt, dass sie mich erst heiratet, wenn ich ein Buch geschrieben und ein Sixpack habe.« Er hebt die Brauen und beißt sich auf die Unterlippe. *Gott, er sieht so unfassbar attraktiv aus.*

»Machen wir doch mal eine kleine Bestandsaufnahme …« Carter greift nach dem Saum des Bandshirts, und als er es anhebt, kreischt das weibliche Publikum. Sicherlich sind auch ein paar Männer darunter, die gerade Schnappatmung kriegen, weil er sich halb entblößt.

»Sixpack?« Er klopft sich auf den Bauch. »Check«, verkündet er schmunzelnd, und die sehnigen Bauchmuskeln werden von den Scheinwerfern perfekt in Szene gesetzt. *Vermutlich wünscht sich gerade der halbe Saal, dass er sein Shirt auszieht …*

»Buch?« Er hält das druckfrische Exemplar des Buches in die Höhe und schleudert es ins Publikum. Ich sehe nicht, wer es auffängt, weil ich meine Augen nicht von ihm abwenden kann.

»Check«, sagt er jetzt leiser. »Keine Sorge, SkySky. Ich mache dir jetzt keinen Antrag. Aber ich weiß eins: Wenn ich eines Tages eine Frau zum Altar führen werde, dann wirst du es sein. Und du wirst wunderschön aussehen. Du wirst … Scheiße, du wirst mir den Kopf verdrehen, so wie du es heute schon den ganzen Tag tust.« Hungrig gleiten seine Augen über meinen Körper.

»Was ist? Willst du nicht endlich zu mir kommen?« Er breitet die Arme für mich aus und lässt das Mikrofon auf die Bühne fallen, wo es einen schrillen, übersteuerten Ton von sich gibt.

Ein Teil von mir hat Angst und würde am liebsten verschwinden, aber der größere Teil will einfach nur bei ihm sein. Auch vor Tausenden Menschen. Erst als Hazel mich in seine Richtung schiebt, schlucke ich die Aufregung herunter und betrete die Bühne. Sobald mich die Menschen sehen, bricht ein lauter Applaus aus. Vielleicht bilde ich es mir nur ein, aber er scheint noch lauter zu sein als nach der Zugabe. Röte steigt in meine Wangen, und als ich bei Carter ankomme, geht er auf die Knie.

»Carter, du bist verrückt«, flüstere ich überwältigt und bin mir sicher, dass meine Tränen im Scheinwerferlicht glitzern wie Schneeflocken in der Sonne.

»Ich liebe dich«, entfährt es ihm, und ich sehe all die Facetten des Ozeans in seinen Augen. Stürmisch an manchen Tagen. Ruhig und glatt an anderen. Von der Sonne geküsst heute, vom Regen verschluckt morgen.

»Ich liebe dich auch.«

Er nimmt meine Hand in seine, fährt mit dem Daumen über mein Tattoo und küsst es. Und während seine weichen Lippen meine empfindsame Haut am Handgelenk berühren, läuft unsere Geschichte wie in einem Film vor mir ab, genau wie mein Leben. Seit dem Unfall im Februar habe ich mein Leben in ein ›Davor‹ und ›Danach‹ eingeteilt. In ein ›vor Holly‹ und ein ›nach Holly‹. Doch in diesem Augenblick – mit Carter auf der Bühne – wird mir klar, dass nicht der Unfall mein Leben verändert hat, sondern die Nacht mit ihm. Die Nacht, in der ich mich Hals über Kopf und unwiderruflich in meinen besten Freund verliebt habe.

Carter steht auf, beugt sich über mich und verharrt mit

seinem Mund an meinem Ohr. Schauer überlaufen mich wie warmer Sommerregen. »Wir werden gute Pflegeeltern, SkySky.«

Diesen Gedanken haben wir seit Heathers Beerdigung nicht losgelassen, aber wir haben bis jetzt immer noch gezweifelt.

»Wir werden diesen verlorenen Seelen die Liebe geben, die jedes Kind auf der Welt verdient hat.« Ein überzeugender Tatendrang funkelt in seinen schönen Augen, der mich wie eine Welle mit sich reißt. Hastig nicke ich, schlinge meine Arme um seinen Nacken und küsse ihn. Küsse ihn mit einer Leidenschaft, die nie enden wird. Genau wie unsere Geschichte. Und unsere Liebe. *Das Semikolon an unseren Handgelenken ist der perfekte Beweis dafür.*

Anmerkungen der Autorin

In dem Buch benutzt Skys Mitbewohnerin in der Kommunikation mit ihrem gehörlosen Bruder die Gebärdensprache. Da der Großteil meiner Leser*innen aus Deutschland kommt und ich auch gehörlose Leser*innen habe, habe ich mich dazu entschieden, die deutschen anstelle der amerikanischen Gebärden zu benutzen. Auch in dieser Sprachform gibt es mehrere Dialekte, die sich zum Teil von Bundesland zu Bundesland unterscheiden können. Alle Informationen zu Skys Querschnittlähmung und zur Gebärdensprache von Hazel und Jamie habe ich zuvor auf diesen Seiten recherchiert:

Quellen zur Gebärdensprache

www.gebaerdenlernen.de
www.signdict.org
www.spreadthesign.com

Quelle zum Thema Querschnittlähmung

Das Informationsportal der Manfred-Sauer-Stiftung
www.der-querschnitt.de

Danksagung

Dankbarkeit ist für mich eine der kraftvollsten Emotionen, die es gibt, und während der letzten Monate hat sie jedes Mal mein Herz geflutet, wenn ich an Rise and Fall gedacht habe. Zum einen, weil mich die Idee von Sky und Carter 2020 im Sturm erobert hat, zum anderen, weil an der Entstehung dieses Buches so viele wundervolle Menschen beteiligt waren. An erster Stelle meine Agentin Nina Arrowsmith, ohne die ich das Buch vermutlich gar nicht in der Hand halten würde!

Ich danke dem gesamten Team von Forever für die Liebe und den unerschütterlichen Tatendrang, mit dem es schon drei meiner Geschichten ein wundervolles Zuhause gegeben hat. Ein besonderer Dank geht an meine Lektorin Tabea, die meine Geschichte auf Herz und Nieren geprüft und verbessert hat – durch dich habe ich mich noch mehr in Carter verliebt als ohnehin schon! Außerdem danke ich der lieben Julia Niederstraßer dafür, dass sie mir als Sensitivity Readerin zur Seite gestanden hat. Dank dir habe ich so viel dazugelernt und meine Geschichte ist enorm gewachsen – genau wie Sky. Mein nächster Dank gilt meinen zwei besten Freundinnen Christelle und Tina. Dafür, dass ihr seit der ersten

Sekunde an meiner Seite wart und an diese Geschichte genauso geglaubt habt wie ich. Tina? Danke für das wundervolle Plot-Abendessen, bei dem wir vor lauter Seufzen gar nicht richtig zum Essen kamen. Ihr zwei seid meine Hazels. Der nächste Dank gilt euch: meinen Leser*innen. Dafür, dass ihr mein Buch gelesen und ihm eine Chance gegeben habt. Ich hoffe, es konnte euch genauso berühren, wie es mich berührt hat. Eine Geschichte nach Monaten voller Arbeit zum ersten Mal in den Händen zu halten, ist jedes Mal wie ein Feuerwerk für mich. Danke, dass ihr gemeinsam mit mir die Aussicht genießt! Als Letztes richte ich das Wort an meine Protagonisten selbst. Sky? Danke, dass du mich mit deiner erfrischenden Art so oft zum Lächeln gebracht hast, obwohl dein Weg kein leichter war. Deine Limonade schmeckt einfach am besten! Carter? Worte könnten nicht im Ansatz beschreiben, wie sehr ich dich liebe. Ihr seid meine Greatest Hits. Für immer.

Sarah

Content Note

Liebe Lesende,

ich möchte euch darauf aufmerksam machen, dass *Rise and Fall* Elemente enthält, die triggern können. Diese sind: Sexualisierte Gewalt, elterliche Vernachlässigung, aggressives Verhalten und Diskriminierung von Menschen mit Behinderung.

Passt auf euch auf!
Eure
Sarah Stankewitz